LUZIFER
VERLAG

THE BLACK

DER TOD AUS DER TIEFE

PAUL E. COOLEY

LUZIFER
VERLAG

Zweite überarbeitete Ausgabe
Titel der Originalausgabe: THE BLACK

www.luzifer.press

Umschlaggestaltung: Michael Schubert | Luzifer-Verlag
Übersetzung: Andreas Schiffmann

ISBN: 978-3-95835-104-2

Dieses Buch wurde nach Dudenempfehlung (Stand 2020) lektoriert.

Bibliografische Information der Deutschen Nationalbibliothek:
Die Deutsche Nationalbibliothek verzeichnet diese Publikation in der Deutschen Nationalbibliografie; detaillierte bibliografische Daten sind im Internet über *http://dnb.d-nb.de* abrufbar.

Für Justin Macumber und Terry Mixon.
Weil ihr mich mit ins Boot geholt und gegengelesen habt;
fürs Brainstorming und für eure Freundschaft.

TEIL EINS

DIE TIEFE

1

Wellen schlugen gegen das Versorgungsschiff. Thomas Calhoun stand am Ausguck des Hecks und blickte auf das schiefergraue Wasser. Gelegentlich tauchte eine Flosse auf und drehte ab. Ob es Delfine oder Haie waren, spielte für ihn keine Rolle, denn ihm bereitete die finstere Gewitterfront, die sie gerade hinter sich gelassen hatten, mehr Sorgen.

Nachdem sie durch prasselnden Regen und zehn Fuß hohe Flutwellen gelangt waren, fühlte er sich erschöpft und hatte weiche Knie. Wäre er die ganze Zeit über in seiner Kajüte geblieben, hätte er sie bestimmt vollgekotzt; so jedoch war es ihm gelungen, die Toilette nur ein einziges Mal nicht zu treffen. Danach hatte er nämlich beschlossen, sich das Mittagessen nur oben an Deck noch einmal durch den Kopf gehen zu lassen. Besser die Fische zu füttern, als die Luft in seiner Kabine zu verpesten.

Wäre ihm bewusst gewesen, dass das Schiff so heftig auf und niedergehen würde, hätte er versucht, auf anderem Weg zur Bohrinsel zu gelangen.

Ein Hubschrauber schaffte den Weg allerdings nicht mit einer Tankfüllung, sondern musste dafür einen Zwischenstopp auf See einlegen, und das würde *Petro-Pem Exploration* eine Menge Kohle kosten. Mittlerweile war er aber der Meinung, er hätte sie dennoch zwingen sollen, dafür zu zahlen.

Jetzt war er nur noch eine halbe Tagesstrecke von der Insel entfernt, der Sturm lag hinter ihm, und die Luft roch abgesehen vom Gestank des Dieselkraftstoffs frisch. Den war Calhoun zwar gewohnt, doch das bedeutete nicht, dass er ihn mochte. Allerdings würde er bald mehrere Monate auf einer Förderplattform verbringen, wo es erheblich schlimmer stank.

Das stete Brummen der Motoren wirkte sich fast beruhigend auf ihn aus.

Der Kapitän, ein abscheulicher Portugiese der höchstens 1,65 m maß, war nicht gerade erbaut darüber, dass sich Calhoun an

Deck befand. Dieser wiederum hatte immer wieder versucht, mit dem Mann zu diskutieren, der nur gebrochenes Englisch sprach. Letztendlich waren sie übereingekommen, dass er am Heck bleiben dürfe, sich aber verflucht nochmal vom Führerhaus fernhalten solle.

Wenigstens musste sich Calhoun keine Sorgen wegen Standlees Ausrüstung machen. Denn die Prototypen der unbemannten beziehungsweise ferngesteuerten Unterwasserfahrzeuge waren bereits vergangene Woche geliefert worden. Laut der letzten E-Mail des Technikers hatte dieser die Maschinen auch schon ausprobiert und ihre Programmierung überprüft. Das war doch immerhin etwas.

Als *Petro-Pem* sein Team angeheuert hatte, waren sie mehr als nur bereit gewesen, das Bargeld springenzulassen, um Standlees aktuelle Entwürfe neben Calhouns neuen Bohrgeräten zu verwenden. Das war alles Teil des Vertrags gewesen. Seine Leute behielten die Patente und Urheberschaft auf das geistige Eigentum, während *PPE* dem Rest der Industrie eine lange Nase drehen konnte – ein gutes Abkommen, wie Calhoun fand.

Craig *Catfish* Standlee fungierte beim Entwerfen und Programmieren der Roboter als sein Partner. Während andere Unternehmen noch mit dem Aufholen beschäftigt waren, markierten Catfishs Modelle, Steuersysteme und Sensoren bereits die Weltspitze. Er war ein Senkrechtstarter; Calhouns Erfahrung als Ingenieur und die Robotertechnologie zusammengenommen hatte den Konzern gern einen Aufschlag für ihre Dienste zahlen lassen.

PPE versuchte mit *Leaguer* etwas Neues. Statt Vertragsunternehmen zu verpflichten, um einen Großteil der Schichtenanalyse und des Geschiebes von Gerätschaften sowie das eigentliche Bohren zu übernehmen, hatten sie sich dazu entschieden, Spezialisten anzuheuern und so viel Technik wie nur möglich zu kaufen. Sie wollten zu *der* führenden Offshore-Explorationsgesellschaft aufsteigen. Falls *Leaguer* ein Erfolg wurde, konnte *PPE* als Dienstleister für alle wesentlichen Ölkonzerne arbeiten. Diese konnten theoretisch durch geringere Kosten, Arbeitskräftefluktuation und ein einziges, integriertes Sicherheitsprotokoll Milliarden bei der Rohstoffförderung sparen.

Calhoun war sich allerdings nicht sicher, ob ihre Strategie wirklich aufgehen würde. Denn er wusste, der Rest der Offshore-Industrie beobachtete *Leaguer* und *PPE* mit großem Interesse. Falls sich M2 als größter Fund auf offener See in der Geschichte herausstellte, war das Unternehmen allerdings auf Jahrzehnte hinaus saniert.

In ein paar Stunden würde das Schiff über das Unterwasserfeld fahren. Laut Einschätzung der Seismografen war das Gebiet, was Öl anbelangte, größer als Saudi-Arabien – vorausgesetzt natürlich, man stellte sich das Land dreißigtausend Fuß unter Wasser versunken vor.

Der Graben, den *PPE* im Rahmen des Projekts M2 nannte, war auf keiner Karte verzeichnet gewesen und bis zum heutigen Zeitpunkt noch kaum erkundet worden; in zwei Jahren hatte man es nicht geschafft, in dieser Hinsicht auch nur einen Finger zu rühren, sondern die Zeit lieber damit verschwendet, sich Klarheit über eine mutmaßliche Goldgrube im Lizenzgebiet des Konzerns zu verschaffen. Allein auf der Grundlage möglicher Vorkommen waren die Aktienkurse in die Höhe geschossen, doch man hatte bisher keinen einzigen Tropfen Öl gefördert, nicht einmal zu Zwecken der Analyse.

Catfishs ursprüngliches seismisches beziehungsweise magnetisches Equipment hatte das Gebiet mehr oder weniger zufällig entdeckt. Während Calhoun mit seinem Team in Nigeria gewesen und mit einem wichtigen Ölförderprojekt zugange gewesen war, hatte sein Partner einen nicht gerade prall subventionierten Auftrag zur Erkundung von M2 für die *NOAA* unterzeichnet, die Wetter- und Ozeanografiebehörde der Vereinigten Staaten. Calhoun hatte ihm die Teilnahme an dieser Mission aufgrund der Steueranreize erlaubt ... nun ja, deshalb und weil es eine Gelegenheit darstellte, ein paar neue Drohnen zu testen.

Catfishs Maschinen waren offensichtlich jedoch zu mehr imstande gewesen als einer einfachen Untersuchung. Seine unbemannten Sonden oder AUVs – ferngesteuerte hießen kurz ROVs – hatten das Gebiet in Erfüllung ihrer Aufgabe gesichtet; als sie wieder aufgetaucht waren, um Informationen via Satellit zu übermitteln, hatte Catfish etwas Wichtigeres als die Topografie des Schelfs erfahren. Den Magnetsensoren war nämlich etwas untergekommen, womit er nie im Leben gerechnet hatte – Öl unter der Oberfläche des Grabenbettes.

Da die *NOAA* kein Interesse an eventuellen Ölfunden hegte, hatte er sich auch nicht dazu bemüßigt gesehen, sie darüber zu informieren, Calhoun dafür jedoch sofort gemeinsam mit den Berichten eine PGP-verschlüsselte Nachricht zukommen lassen. Dieser hatte die E-Mail bei einer Bullenhitze in einem Hotel in Abuja empfangen und Standlees Zahlen noch einmal recherchiert. Nach kurzer Überprüfung war er bereit gewesen, Nigeria sofort zu verlassen und nie wieder dorthin zurückzukehren.

Nun zog Calhoun eine Zigarre aus seiner Brusttasche, brach ein Ende ab und zündete sie mit einem vergoldeten Feuerzeug an. Sein langärmeliges Tropenhemd flatterte im Wind, während der Qualm aus seinen Nasenlöchern waberte. Er wischte sich den Schweiß von seiner glänzenden Stirn und ging noch einmal im Kopf durch, was er heute noch vorhatte.

Was war am Allerwichtigsten? Sichergehen, dass die Idioten, die seine Geräte verluden, keine seiner neuen Bohrmaschinen kaputtmachten. Zweitens? Das Personal auf der Insel anzuweisen, den Bestand vollständig aufzunehmen, bevor das Schiff wieder aufbrach. Tat es dies nämlich, war eine weitere Belieferung mehrere Tage lang, falls nicht sogar Wochen unmöglich.

Blitze zuckten über der wabernden, schwarzen Wolkenbank. Calhoun erschauderte. Er hoffte, der Sturm würde ihnen nicht bis zur Fundstelle folgen. Falls doch, durfte er sich auf einen höllischen Wochenanfang einstellen.

»Thomas?«, fragte eine Stimme hinter ihm.

Er drehte sich um und blinzelte eine kleine blasse, aber drahtige Frau in Bermudashorts und einem weißen T-Shirt an. Dann lächelte er und blies eine Rauchfahne in die Luft. »Shawna, was gibt's?«

Sie schaute zu ihm auf und erwiderte: »Ich habe gerade per Funk mit Catfish geredet. Wie es aussieht, werden sie bereit sein, wenn wir eintreffen. Er legt sich gerade ins Zeug, um den Rest der Sachen hinunterzuschaffen.«

Thomas nickte. »Du hast die Übersichtskarten kontrolliert, und sie sind mit der Plattform in Position gegangen wie von dir befohlen«, antwortete er mit gedehnten Vokalen. »Ich glaube, wir alle sind nun bereit, herauszufinden, was es dort unten gibt.«

Die Geologin rieb sich die Hände. »Falls uns dieser elende Kahn heil ankommen lässt.«

»Das kannst du laut sagen«, erwiderte Calhoun. Er blickte wieder hinaus auf den Ozean. »Hoffentlich hast du deine Angel mitgebracht.«

»Ach ja, fast vergessen«, meinte Shawna und musste dabei ihre Stimme gegen den Wind und das Rauschen der Wellen erheben. »Ich habe mich auch mit JP unterhalten; er hat sein Zeug zum Speerfischen mitgenommen.«

Calhoun verdrehte die Augen. »Vraebel wird ausflippen«, sagte er und lachte verschmitzt. »Der Arsch hasst uns ohnehin schon, und ihr werdet ihn bestimmt in den Wahnsinn treiben.«

Sie wippte auf ihren Zehen. Während das Schiff schlingerte, geriet die zierliche Frau leicht ins Schwanken. »Wir können doch schließlich nichts dafür, dass er ein Spielverderber ist. Außerdem arbeitet JP schon genauso lange mit wie Catfish, und Vraebel hat die Zwei bis jetzt nicht ins Meer geworfen – noch nicht zumindest.«

Nun verzog Calhoun sein Gesicht. Vraebel, der Aufseher der Ölbohrinsel, hatte zwar weder Catfish noch JP über die Planken gehen lassen, ihm dafür aber jede Menge Mails geschickt und darin genau damit gedroht. Dieser humorlose Redneck meldete sich nahezu täglich bei *PPEs* Vizeoperationschef. Ständig kotzte er sich über sein Missfallen aus – Beschwerden wegen unprofessionellen Verhaltens, fahrlässiger Arbeitsabläufe et cetera, und was hatte Calhoun getan? Seine Mitstreiter verteidigt, wie üblich.

Jetzt schaute er Shawna finster an. »Wenn wir die Plattform erreichen, will ich eine vollständige Bestandsaufnahme: die Bohrtechnik, eure Sachen, Catfishs Zeug, alles.« Er schnippte etwas Asche von der Zigarre. »Und dieses Mal wäre es nett, wenn du deinen Laptop nicht an Bord des Versorgungsschiffs zurücklassen würdest.«

Shawna öffnete den Mund, um etwas zu entgegnen, schloss ihn aber gleich wieder. Ihre Ohren glühten rot. »Ja, Boss. Dieses Mal gehe ich ganz sicher, dass ich mein ganzes Rüstzeug dabeihabe.«

Calhoun nickte wieder. »Gut. Denn ansonsten …« Er zeigte mit der Zigarre auf die Geologin. »… lasse ich dich schwimmen, um es zu holen.«

Die kleine Frau sah ihn nachdenklich an. »Solange ich einen Anzug und Flossen kriege, kein Problem.«

Thomas lächelte. Er arbeitete nun schon seit fast zehn Jahren mit Shawna. Trotz ihrer nervigen Charakterzüge war sie immer verlässlich.

»Aha«, gab er zurück. »Hast du vor, mit JP Fisch zu fangen?«

»Selbstverständlich«, antwortete Shawna. »Vorausgesetzt, du gönnst uns ein wenig Freizeit.«

Calhoun zuckte mit den Achseln. »Die Gelegenheit dazu ergibt sich bestimmt. Morgen werden wir die Anschlüsse überprüfen und den Bohrer ausrichten. Sobald das alles getan ist, könnt ihr euch so lange verziehen, wie ihr wollt, während Vraebels Personal den ganzen Maschinenpark verbindet – aber übermorgen …« Er grinste. »… will ich Ölschlamm aus der Druckleitung sprudeln sehen.«

»Ich denke, das lässt sich einrichten«, behauptete Shawna. »Es wird genauso laufen wie letztes Mal.«

Daraufhin lachte Calhoun und klemmte sich die Zigarre wieder zwischen die Zähne. »Hoffentlich nicht.«

***

Obwohl sich Catfish die Mähne zu einem Pferdeschwanz zusammengebunden hatte, flatterte sie im Wind. Er stand auf dem Aussichtsturm hoch über den Maschinen der Anlage und der emsig arbeitenden Inselbesatzung. Vraebel hatte deutlich gemacht, dass Rauchen nur ganz oben auf *seiner* Bohrinsel erlaubt sei. *Was für ein Wichser …*

Catfish paffte seine Zigarette, sog den Rauch tief ein und blies ihn dann in den Wind hinaus. Der verhangene Himmel hatte das Meer in eine ruhelos wallende Masse verwandelt, die dunkelgrau war wie das Metall eines Gewehrs. Fische tummelten sich im Wasser. Er schmunzelte; JP war schon in seiner Kabine und schärfte gerade seine Harpunen. Der Taucher und Spezialist für Tiefseetechnik grinste schon seit Tagen wie ein Irrer. Jedes Mal, wenn er eine der unbemannten Sonden hochgeholt hatte und zurückkam, plapperte JP ausgiebig von den Fischen in diesem Meeresabschnitt. Seine Ausrüstung für lange Tauchgänge lag auf dem Versorgungsschiff; Catfish hoffte, JP würde sie nicht brauchen.

Die AUVs, die er mit Calhoun entwickelt hatte, legten aber leider vereinzelt Kinderkrankheiten an den Tag, insbesondere Nummer 5. Das verdammte Ding bestand zwar stets alle Diagnosetests, die Catfish mit ihm durchführen konnte, verfehlte aber oft ihre Oberflächenziele. Die Funkverbindung gestaltete sich auch nicht unbedingt störungsfrei. Das nahm zwar keine so extremen Ausmaße an, dass die Computer die Informationen nicht hätten verarbeiten können, aber Nummer 5 erschwerte das Vorankommen definitiv.

Catfish hoffte, dass Calhoun imstande war, das Problem zu lösen, denn nachdem er sich dem Problem selbst eine Woche lang gewidmet hatte, wusste er nicht mehr, was er noch versuchen sollte. Gemeinsam mit dem Techniker hatte er über ein Jahr mit der Entwicklung der gottverdammten Torpedos verbracht, um so viel elektronisches Gerümpel und Sensoren in deren drei Meter lange Gehäuse zu stopfen wie nur möglich. Aber auch nach neun

Monaten andauernden Tests im Golf von Mexiko mussten sie sich mit Komplikationen herumschlagen.

Er seufzte, drückte seine Kippe auf dem Handlauf aus und warf sie dann in ein Schwerabfallfass, dessen Boden schon mit Stummeln übersät war. Vraebel mochte Glimmstängel hassen, doch viele seiner Männer rauchten. Unter Bohrturmarbeitern galten Zigaretten, Alkohol und leichte Damen (üblicherweise Obenohne-Tänzerinnen) als stereotype Freuden – und dieses Klischee stimmte absolut.

Catfish warf einen letzten Blick hinaus auf das Meer, ehe er sich die Treppe hinunter ins Quartier der Crew begab. Auf dem engen Korridor ging er an Kojen mit Stahlbetten vorbei. Platz war auf der Förderplattform ein kostbares Gut, weshalb die meisten Roughnecks – so nannte man sich in diesem Beruf – zu zweit oder manchmal gar zu viert in einem Raum lagen. Calhouns Team andererseits hatte gleich drei Gästekajüten bekommen. Craig und JP schliefen zusammen, Calhoun und Shawna jeweils allein. Catfish schaute kurz in die leere Koje seines Partners; ohne dessen Gepäck sah sie leer und viel zu groß aus. Er musste lächeln, denn lange würde sie nicht mehr so bleiben.

Als sie zuletzt gemeinsam auf einer Hochseeförderinsel gewesen waren, hatte Calhoun alle Wände seiner Privatkabine mit Karten und Diagrammen tapeziert. Der Kerl konnte einfach nicht anders, als auf alles zu zeichnen, das er in die Finger bekam – und außerdem nie mit dem Grübeln aufhören. Dass er sich schon zwei Mal hatte scheiden lassen, war kein Wunder. Denn welche Frau konnte schließlich einen Mann ertragen, der es ihr kurz und heftig besorgte, ehe er sich danach sofort wieder daran machte, über Chemie, mechanische Entwürfe und die immerwährende Suche nach schwarzem Gold nachzudenken?

Catfish seufzte und ging weiter zu seiner Koje. Ein dünner Lateinamerikaner mit einer düsteren versteinerten Miene kam ihm entgegen; er lächelte ihn an und fasste sich an den imaginären Hut. Der Roughneck grinste schief zurück und bewegte sich dann ohne ein Wort zu sagen an ihm vorbei. Typisch. Egal, auf welcher Bohrinsel Calhouns Team unterkam, es wurde königlich behandelt – oder mit anderen Worten: wie Scheiße. Die gewöhnlichen Arbeiter hassten die Truppe stets, weil sie jegliches Vorrecht genossen und gegen alle Regeln verstoßen durften. Außerdem machten sie sich in den Augen des Stammpersonals nie die Finger schmutzig.

Catfish konnte ihnen erklären, wie anstrengend es war, vor einer Demonstration bis vier Uhr morgens Schaltbretter zusammenzuschweißen oder Assemblercodes auf Fehler hin abzuklopfen; er hätte ihnen auch beschreiben können, wie es sich anfühlte, einen zwei Millionen Dollar schweren Prototypen zu Wasser zu lassen, damit er plötzlich zweitausend Fuß unter der Meeresoberfläche einfach implodierte. So viel zum Thema Arbeitsdruck; die beschissenen Roughnecks hatten doch gar keine Ahnung davon, was das wirklich bedeutete.

Von ihnen wiederum verstand das Team genauso wenig. Diese Männer leisteten gefährliche Arbeit. Sie wurden zweifellos gut dafür bezahlt, aber das genügte beileibe nicht, um tagtäglich das eigene Leben aufs Spiel zu setzen. Catfish konnte gut nachvollziehen, warum sie sogenannte »Schreibtischstrategen« hassten, doch sie mussten verflucht nochmal endlich darüber hinwegkommen. JP und er waren jetzt schon seit über einer Woche vor Ort, führten Überprüfungen durch und stellten die Maschinen auf den Betrieb ein. Sie plagten sich genauso ab und schwitzten in den stickigen Räumlichkeiten wie alle anderen.

In den kommenden Wochen würde Catfish nur während seiner sechsstündigen Auszeit täglich natürliches Licht sehen und den Wind im Gesicht spüren. Sobald die Bohrung richtig begann, würde es die Hölle werden, und dann ging es ihm ganz genauso dreckig wie dem Rest der armen Schweine hier auf der Insel. Obwohl er sich weder im Gesicht noch an anderen Körperstellen mit Öl beschmieren würde, blieb auch er nicht vor Schmierfett, Ruß und Salz gefeit. Jedes Mal, wenn eine seiner unbemannten Drohnen zurückkehrte, würde er sich ihrer annehmen, sie warten und reparieren müssen – und das alles ohne Labor oder einer in irgendeiner Weise angemessenen Werkstatt. *Scheiß auf die Roughnecks; die wussten doch nicht, was Stress war!*

Er zog sich das Gummiband vom Hinterkopf und schüttelte sein Haar, als er auf die Kabine zuging, die JP und er bezogen hatten. Nachdem er tief Luft geholt hatte, klopfte er gegen die geschlossene Luke. »Yo, JP? Holst du dir da drin gerade einen runter?«

Gedämpftes Lachen brach hinter der Tür aus. »Komm schon rein, Catfish.«

Er lächelte und öffnete die Luke. JP stand in seiner vollen Größe von knapp 1,80 m vor dem Bullauge. Überall am Boden befand sich Gepäck: Stiefel, Schwimmflossen, Kreislauftauchgeräte, Masken … der Kerl hatte mehr oder minder drei Seesäcke voller Gerümpel auf dem ganzen Boden verstreut.

»Alter, was soll das?«

JP fuhr sich mit einer Hand durch seine ergrauenden Haarstoppeln. »Ich, äh … musste etwas nachschauen.«

Catfish schüttelte unwirsch den Kopf. »Was denn? Und hättest du das nicht an Deck tun können?«

Der Ältere erwiderte mit betretenem Grinsen: »Oh, na ja, ich dachte, da du weg warst …«

»Kumpel, zwischen *weg* und *kurz raus* besteht ein riesiger Unterschied.« Catfish betrachtete das Durcheinander. »Also, hast du alles dabei?«

JP streckte beide Hände nach der unteren Schlafbank aus und hob zwei Gewehre hoch. Die Harpunen waren nicht aufgesteckt, doch Catfish wusste aus Erfahrung, dass sein Genosse mindestens fünf für jede Waffe irgendwo herumliegen hatte.

»Ich glaube schon«, antwortete JP und warf ihm eine zu.

Der Techniker fing das Gewehr mit einer Hand, dann betrachtete er es. »Wir gehen also zum Speerfischen?«

In JPs wettergegerbtem Gesicht zeichnete sich ein breites Grinsen ab. »Das hatte ich vor, wenngleich mich Thomas ermahnt hat, dass wir uns benehmen müssen, bis er hier ist.«

Catfish verdrehte die Augen. »Lass mich raten: Vraebel meckert wieder?«

»Natürlich«, bestätigte JP. »Er mag hier sozusagen der Anführer sein, bleibt aber immer noch ein Roughneck. Er hasst niemanden so sehr wie uns.«

»Der Typ kann mich mal«, schimpfte Catfish.

JP hielt ihm eine Faust hin, und er stieß mit seiner dagegen. »Richtig, aber wir müssen uns noch bis heute Nachmittag unauffällig verhalten.« Er legte das Gewehr für die Harpunen behutsam auf die obere Pritsche. »Abgesehen davon sollten wir aber wirklich mal schwimmen gehen.«

»Genau«, pflichtete Catfish ihm bei, »denn darüber kann sich Vraebel ja nicht beschweren.«

JP zog die Schultern hoch. »Also, Nummer 5 nehmen wir aber nicht für eine Runde mit, oder?«

Catfish schmunzelte. »Um genau zu sein doch.«

»Worauf warten wir denn dann noch?«, fragte JP und warf seinem Freund ein Paar Flossen zu.

***

Auf der Plattform war es sengend heiß. Metallstufen und Geländer führten hinunter auf die Ebene aus geriffeltem Stahl. Wollte man tauchen, war dies die sicherste Stelle, um sich ins Wasser zu lassen. Hier befand sich zugleich auch das Be- und Entladedock für die AUVs und das ROV. Diese waren über dem Gitter aufgehängt und durch dicke Stahlseile miteinander verbunden.

JP fuhr sich über seine schweißnasse Stirn. Er wartete darauf, dass Standlee mit seinem Tauchanzug die Stiege herunterkam. Wie gewohnt ließ sich der Mann, den alle Catfish nannten, alle Zeit der Welt. Der langhaarige Computer- und Bautechniker war nie beim Militär gewesen und hatte anscheinend nicht gelernt, wie man eine Uhr las. JP starrte auf seine Uhr am Arm und seufzte tief. *Na ja*, dachte er, *lasse ich eben schon mal das Boot ins Wasser.*

AUV Nummer 5 – Spitzname *Zicke,* wegen all der Probleme, die sie verursachte – befand sich immer noch im Ozean. Catfish hatte ihr einen Befehl zugesandt, aufzutauchen und wieder zurückzukehren. Für die Zicke bedeutete *Rückkehr*, dass sie hochkam und mehrere hundert Yards von der Insel entfernt auf der Stelle trieb.

Nachdem JP das Zodiac-Beiboot hinuntergelassen hatte, vertäute er es. Wegen des drei Meter langen Torpedorumpfs würden sie auf dem Rückweg nur langsam vorankommen, doch das war okay; Catfish und er wollten schließlich schwimmen, also konnte Vraebel sie mal kreuzweise.

»Sie beide wollen sich einfach nicht an die Regeln halten, oder?«, rief plötzlich eine Stimme von der Treppe aus.

JP warf einen genervten Blick über seine Schulter. *Apropos Vraebel*, dachte er. Der Aufseher mit der breiten Brust und der sonnengebräunten Haut lehnte gerade am Geländer. Seine Wangen schienen wie sein kurzgeschnittenes, rotes Haar in Flammen zu stehen. Als er das Gesicht vor Wut verzog, bleckte er gleichzeitig auch seine weißen Zähne.

»Welche Regeln meinen Sie genau?«

»Zuallererst die, immer einen Tauchplan auszufüllen«, begann Vraebel, »dann den Rettungsschwimmern Bescheid zu geben, dass Sie aufbrechen, und außerdem: Wer hat Ihnen überhaupt erlaubt, ins Wasser zu gehen?«

JP zeigte auf die AUVs über ihm. »Sehen Sie die? Ich zähle nur vier; Nummer 5 ist draußen im Meer. Haben Sie Standlees Bericht nicht erhalten?

Vraebel öffnete und schloss den Mund mehrmals kurz hintereinander. JP erkannte, dass die Mühlen im Kopf des Mannes mahlten. »Ja, und ihn auch gelesen.«

»Dann verstehen Sie ja, dass wir losmüssen, um sie zu holen.«

Der Aufseher trat mit seinen schweren Unfallstiefeln gegen die Treppe. »Na ja, das ist aber immer noch keine Entschuldigung dafür, dass sie keinen verdammten Tauchplan ausgefüllt haben

– mal ganz davon abgesehen, dass Sie sich nicht bei den Rettungsschwimmern gemeldet haben.«

JP seufzte wieder. »Entschuldigung, Mr. Vraebel. Ich schätze, wir haben es einfach vergessen.«

»Ganz genau. Wenn Calhoun hier eintrifft, werden wir uns ein bisschen über den schludrigen Mist unterhalten müssen, den sie zwei hier veranstaltet haben.«

»Jawohl, Sir«, antwortete JP mit einem Salut. Vraebels Wangen wurden dunkelrot. Er nickte dem Mann zu und stapfte dann wütend die Stufen hinauf.

JP schüttelte den Kopf, während er dabei zuschaute, wie der Chief der Förderplattform auf die Hauptebene zurückkehrte. Vraebel war ein Arschloch – ein komplettes, totales Arschloch. Schließlich blickte er auf das Beiboot hinab; der Kerl hatte andererseits aber auch recht; sie hätten einen Tauchplan einreichen müssen. Er seufzte abermals und wickelte die Leinen dann ordentlich auf. Danach griff er zu zwei Sauerstofftanks und stellte sie in die Halterungen an Bord, zog den Reißverschluss seines grünen, wasserdichten Seesacks auf und nahm die beiden Gewehre heraus.

Diese legte er zusammen mit vier Harpunen in die verriegelbare Bordkiste. Die rasiermesserscharfen Spitzen waren durch Pfropfen aus Kork gesichert. JP achtete stets darauf, dass sie sich jederzeit einsetzen ließen; schließlich wusste man nie, wann man die Gelegenheit bekam, etwas »Besonderes« zu erlegen.

In Gedanken ging er noch einmal seine Checkliste durch. Er hatte die Masken mitgenommen und sie eingeschmiert, damit sie nicht beschlugen. *Was nun? Waren die Tanks voll? Jawohl. Riemen und Gurte für sie beide? Auch da. Zwei Leinen? Ja.* Er öffnete die kleine Bordkiste, die am Boot befestigt war, und schaute hinein. Am Boden lagen ein Handfunkgerät und zwei Signalleuchten. Dies brachte ihn zum Lächeln, denn das war alles, was sie an Ausrüstung brauchten – gesetzt den Fall, dass sich Catfish irgendwann einmal fertig angezogen hatte.

Die beiden hielten sich wie gesagt schon über eine Woche vor Ort auf. Die Routineabläufe von Catfishs Robotern durchzukauen war anstrengend, besonders wegen der Probleme, die Nummer 5 machte. Da sich das ROV an Leinen führen ließ, stellte es kein annähernd so großes Problem dar, und die AUVs steuerten jeden Punkt an, zu dem man sie dirigierte. Solange Catfishs Codierung flexibel genug war, um sie auf jegliche Hindernisse gefasst zu machen, sollte ihnen eigentlich nichts passieren, doch auch dies hatte Schwierigkeiten nicht ausgeschlossen.

Vor Kurzem waren die Propeller aller fünf Sonden beschädigt worden, als sie sich in einem Algenwald am Meeresgrund verheddert hatten. Catfish hatte, fluchend und einem Wutanfall verflixt nahe, darauf gewartet, dass sie wieder auftauchten. Alle fünf waren zwar hochgekommen, aber JP hatte insgesamt dreimal hinausfahren müssen, um sie zu holen – es war ein langer Arbeitstag für sie gewesen.

Abgesehen von seinen Taucheinsätzen bestand seine Aufgabe auch darin, Catfish beim Warten der Maschinen zu helfen, wozu auch die Roboter zählten. Die Antriebsschrauben der AUVs zu reparieren hatte eine verdammt zähe Nacht lang gedauert. Allerdings waren alle fünf schon am darauffolgenden Nachmittag wieder im Wasser gewesen. Catfish hatte die ganze Nacht kein Auge zugetan, sondern einige neue Verfahren festgelegt, damit sie sich nicht wieder im Seetang verstrickten. Mit roten Augenringen und kehlig heiserer Stimme war der Techniker zu einer dreißig-Stunden-Schicht angetreten, um alles wieder instand zu setzen und zum Laufen zu bringen. Erst nachdem die AUVs wieder im Meer und unterwegs auf dessen Boden gewesen waren, hatte er geschlafen. Dreißigtausend Fuß tief zu tauchen dauerte Stunden, außer man jagte die Motoren in den roten Bereich. JP war bereit gewesen, am Steuerpult sitzenzubleiben und die Roboter zu beaufsichtigen, doch das hatte Catfish ausgeschlagen. In für ihn typischer Manier war er an seiner elektrischen Zigarette saugend, bis er deren Flüssigkeit verbraucht hatte, in seinem Sessel an der Überwachungskonsole eingeschlafen.

Und so hatte es sich nicht zum ersten Mal abgespielt. Der Mann meinte es todernst mit seinen Erfindungen und fasste es praktisch als persönliche Beleidigung auf, wenn eine von ihnen versagte. JP verstand Catfishs Verantwortungsbewusstsein nur allzu gut, doch hin und wieder würde der Kerl gut daran tun, verdammt nochmal eine ruhige Kugel zu schieben. Hoffentlich reichte ihm dieser kurze Ausflug dazu, denn falls nicht, würde Calhoun mit einem stressgeplagten Techniker zu tun bekommen.

»Sind wir startklar?«

JP drehte sich zur Treppe um. Catfish kam in aller Ruhe die Stufen herunter. Er hatte sich die langen Haare zu einem Zopf geflochten, der mit jedem Schritt hinter seinem Kopf baumelte.

Sein Kumpel grinste. »Nettes Leibchen; soll ich den Reißverschluss für dich zumachen?«

Catfish winkte ab. Sein schwarzer Taucheranzug sah aus wie der von JP, war jedoch vorn an der Hüfte geöffnet. Das herunterhängende Material schlackerte hin und her, während er sich bewegte. Als er den Fuß der Treppe erreicht hatte, ging er auf das Boot zu.

»Hast du Vraebel gesehen?«, fragte JP.

Catfish entgegnete mit einem genervten Blick: »Ja, habe ich. Er war angepisst wie immer. Ich habe jetzt seinen elenden Tauchplan ausgefüllt und den Schwimmern Bescheid gesagt.«

»Gut«, erwiderte JP. »Was das angeht, müssen wir besser achtgeben. Calhoun hätte uns den Arsch aufgerissen, wenn wir so mit ihm umgesprungen wären.«

»Ach, egal.«

Catfish zog seinen Anzug hoch und den Reißverschluss zu. »Hast du alle Sachen verstaut?«

»Ja, wir sind bereit«, bestätigte JP.

Catfish lächelte und stieg ins Boot, das sich kaum bewegte, während er sein Gewicht in die Mitte verlagerte. »Auf geht's.«

»Weißt du, wo Zicke ist?«

»Klar doch«, antwortete Catfish und zog einen grellgelben, rechteckigen Kasten von seinem Gürtel. Als er einen Knopf daran betätigte, fing es an zu piepen. »Dreihundertfünfzig Yards entfernt, Süd bis Südost.« Das las er von der Anzeige daran ab. Dann schaute er zu JP und lächelte wieder. »Weit genug, um noch ein bisschen Fische zu jagen, was?«

»Aber hallo«, stimmte JP zu.

Er startete den Motor und sie legten vom Tauchdeck ab.

***

Die Brücke befand sich in einem makellosen Zustand. Vraebel nippte schwarzen Kaffee aus einer Aluminiumtasse, an der das eingeprägte Logo von *PPE* prangte. Er stöhnte genüsslich, als das starke Getränk seinen Rachen hinunterlief. Durch die sauberen Fenster beobachtete er, wie das Zodiac hinaus auf das Meer fuhr. JP Harvey jagte den Motor zu weit hoch, während Standlee am Bug stand wie in einem bescheuerten Actionfilm.

Gut möglich, dass der Techniker von Bord fiel; das würde dem selbstgefälligen Fatzke zweifelsfrei nur recht geschehen. Gott, wie Vraebel die beiden hasste … Sie waren erst etwas länger als eine Woche hier und hatten es bereits geschafft, den Alltag seiner Crew komplett durcheinanderzubringen. Unangekündigte Abstecher auf den Ozean, keine Tauchformulare oder Ankündigungen, dass sie diese verfluchten Drohnen versenkten.

Teufel auch, sie machten nur Meldung, wenn sie mal etwas vom Personal brauchten – *seiner* Mannschaft, weder jene von Calhoun noch *PPE*. Jawohl, es war Vraebels Mannschaft; er hatte jeden Arbeiter auf dieser Insel eigens ausgesucht, außer Calhouns Ausschuss natürlich.

Vize Simpson hatte Vraebel befohlen, alles zu tun, um Calhouns Truppe zu helfen. Ohne sie hätte man die Plattform genauso gut in der Wüste aufstellen können, um Öl zu fördern – oder zumindest dachte dies der stellvertretende Einsatzleiter. Der Aufseher hingegen wusste ganz genau, dass das Unsinn war. Er war zwar kein Geologe, arbeitete aber nun schon seit über zwanzig Jahren auf Ölfeldern und den Weltmeeren. Seine Crew hätte er jederzeit auf eine beliebige andere Bohrinsel abrücken lassen.

Calhoun jedoch besaß die Spielzeuge, die moderne Bohrtechnologie – Standlees neue Roboter. Außerdem sollte diese Geologin Sigler ein wahres Wunderkind sein, aber egal, denn es handelte sich trotzdem ausnahmslos um einen Haufen undisziplinierter, bevorteilter Arschlöcher. Er für seinen Teil war der Ansicht, Calhouns Team könne sich kollektiv ins Knie ficken.

Er hatte Simpson mehrere private E-Mails geschickt und darum gebeten, Standlee gemeinsam mit Harvey der Plattform zu verweisen. Die Antwort des Vizes war knapp ausgefallen und ein Versuch gewesen, Vraebel in seine Schranken zu weisen. Ätzender Schlipsträger. Wenn der Führungsstab eines der wesentlichen Konsortien zur Rohstoffförderung keinerlei Erfahrung mit dem Leben auf einer Bohrinsel hatte, sollte Gott der Welt beistehen.

Das bedeutete, er musste Calhoun gefällig sein oder ihm zumindest aus dem Weg gehen, dies jedoch nur so lange, bis der alte Ingenieur wiederum ihm in die Quere kam. Für Vraebel spielte es überhaupt keine Rolle, ob Calhoun alle reich machen würde oder nicht; dies war *seine* Plattform, und hier ließ er sich von niemandem etwas befehlen.

Er hatte den Bau des Turms persönlich beaufsichtigt und jeden Tag mit seiner Crew verbracht, während das Monster Stück für Stück zusammengesetzt worden war – Tonnen über Tonnen von Stahl, Druckbehältern, meilenlangen Rohren, Generatoren, Kabeln und Hydraulikvorrichtungen. Er hatte jedes Detail, jeden Winkel und jede Nische dieser gewaltigen Maschinerie überprüft.

Nun trank er noch einen Schluck Kaffee. Vraebel hasste Fördertürme. Sie wurden mitten im Nirgendwo hochgezogen, und zwar ohne jegliche Garantie auf Ausbeute. Darüber hinaus unterzog man sie üblicherweise keiner Tests, und die Ingenieure feilten ständig weiter an der Konstruktion herum – mit anderen Worten: Sie stifteten Chaos mit Ansage.

Leaguer aber gehörte ihm, und diese Anlage würde funktionieren! Schichtführer Steve Gomez und sein Team sollten ihre Aufgabe erfüllen. Dazu war es aber erforderlich, dass schwarzes Gold unter dem Gestein verborgen lag und Calhouns Leute die *eine* richtige Stelle zum Bohren fanden; dann konnte alles klappen.

Das Zodiac war mittlerweile ein schwarzer Fleck am Horizont geworden. Hätte er die Fahrt nicht mitverfolgt, wäre es ihm gar nicht aufgefallen. Standlee und Harvey schwammen jetzt bestimmt schon mit den Fischen, statt ihrer Pflicht nachzugehen – typisch. Wenn Calhoun ankam, würde sich Vraebel als Erstes lange mit ihm unterhalten müssen.

Auch der Rest der Mannschaft hasste diese beiden Kerle. Sie wusste, dass sie eine Riesensumme Geld erhielten, aber bisher rein gar nichts dafür geleistet hatten. Sie hatten keinerlei Dienste annehmen müssen, weder zur Wartung oder Müllbeseitigung noch zum Putzen – kurz gesagt: Sie taten nur das, wozu sie Lust hatten, und das war den übrigen Crewmitgliedern eben nicht entgangen.

Vraebel lächelte innerlich. Natürlich hatte er dafür gesorgt, dass seine Männer Wind davon bekamen. Niemand würde diese Typen bei einer Pokerrunde mitspielen lassen. Ginge es nach dem Aufseher, müssten sie, soweit es in seiner Macht stand, ein Hundeleben auf der Plattform führen – außer sie stießen wirklich auf Öl. Dann würde man diese Penner als Helden feiern … jedenfalls bei *PPE.*

Aber das war auch egal. *Leaguer* war eine Förderplattform und keine Raffinerie. Die Angestellten des Konzerns wurden nicht am Gewinn beteiligt, wenn man von ihren betrieblich steuerbegünstigten Rentenplänen, Aktienbezugsrechten und Boni absah. Unter Ausnahme Letzterer sowie der Tatsache, dass es ihrem Ruf guttat, konnte es der Crew reichlich egal sein, ob die Typen auf Gold stießen – und aus diesem Grund würde sie hart für Vraebel arbeiten. Denn diejenigen, die ihn beeindruckten, konnten überall in der Industrie Jobs ergattern. Und wenn sie versagten? Dann würde er dafür sorgen, dass sie sich sogar schwer dabei tun würden, eine Stelle als Latrinenputzer zu finden.

PPE wollte dem Aufseher ebenfalls eine unerhört hohe Finanzspritze geben, falls die Insel ihren Zweck erfüllte und Öl fand, also nahm er sich vor, einfach freundlich mitzuspielen. Bis zu einem gewissen Punkt sollten Calhoun und seine Leute bekommen, was sie brauchten.

Vraebel blickte hinaus an den wolkenverhangenen Himmel. Weiße Bäusche wie aus Baumwolle verbargen nun die Sonne. In der Wettervorhersage war keine Rede von Regen gewesen, doch der Sturm zog vom Festland her in seine Richtung. Möglicherweise würde es noch ein paar Tage dauern, doch das Tief könnte sich über die Insel wälzen. Er nahm sich vor, den Radar im Auge zu behalten. Die Meteorologen von *PPE* würden ihn zwar wissen lassen, wenn sich das Unwetter anbahnte, doch das hieß noch lange nicht, dass die Landratten es entdecken würden, bevor es schon über ihnen hing.

Schritte auf den Stufen; jemand kam zur Brücke hinauf. Vraebel nahm noch einen kräftigen Schluck Kaffee und schloss die Augen. Die Gangart der Person klang zögerlich. Er lächelte wieder in sich hinein. Kurz, nachdem sie den oberen Absatz erreicht hatte, ging die Tür zur Brücke auf.

»Hallo, Steve«, grüßte ihn Vraebel, ohne sich auch nur umzudrehen.

»Martin«, entgegnete Gomez. »Haben Sie kurz Zeit für mich?«

Vraebel drehte sich nun mit seinem Sessel zu ihm und nippte abermals an seiner Tasse.

Der Bohrmeister stand mit seiner schmutzig schwarzen Baseballmütze in den Händen im Eingang. Sein dicker Jeans-Overall war überall mit dunklen Flecken gespickt. Steve fuhr sich mit einer Hand durch sein dichtes, schwarzes Haar, während er geduldig abwartete.

»Was ist los?«, fragte Vraebel schließlich.

»Wir haben damit begonnen, die Bohrschraube für den Einsatz fertigzumachen«, gab Gomez an, »und laut Standlee sind die AUVs bereit, um in die Tiefe zu gehen.« Er räusperte sich. »Ich glaube, wir können praktisch sofort beginnen, sobald Calhoun eintrifft.«

Vraebel nickte. »Gut gemacht, Steve. Steht noch irgendetwas an?«

»Nein. Ich denke, wir haben alles erledigt.«

»Okay«, sagte der Aufseher und stellte seine leere Tasse auf die Konsole. »Geben Sie Ihren Leuten durch, dass sie jetzt eine ausgedehnte Pause haben. Hier gibt es nichts mehr zu tun, bis das Versorgungsschiff ankommt.«

Nun strahlte Steve. »Das werden sie bestimmt gern hören.«

»Sie doch bestimmt auch, oder?«, Martin kicherte. »Also gönnen Sie sich entweder etwas Schlaf oder werfen Sie Ihre Leinen aus und fangen Sie uns etwas zum Abendessen.«

Gomez verbeugte sich vor ihm. »Fische können wir Ihnen definitiv besorgen.« Mit diesen Worten drehte er sich um und ging die Treppe hinunter.

Vraebel lief bereits das Wasser im Mund zusammen, denn Gomez und die anderen Mexikaner waren verboten gute Angler. Sie stellten sich für gewöhnlich auf die unteren Ebenen und ließen ihre Köder in der Nähe der Stützpfeiler ins Meer hängen. Die Fische schienen das Gefühl zu haben, dass es sich bei der Unterkonstruktion um ein Riff handelte. Ein, oder zweimal hatte Gomez sogar einen Hai erwischt.

Der Aufseher schaute auf die schwarze Taucheruhr an seinem Handgelenk. Das Versorgungsschiff sollte in vier Stunden ankommen. Falls sie sich nicht aufgrund des Sturmes verspäteten, würden sie vor dem Dinner da sein. Hoffentlich konnten seine Männer vor dem Ausladen noch etwas essen, denn schließlich stand ihnen eine lange Nacht in Aussicht.

***

Der Motor des Zodiac ging aus. Catfish drehte sich um und schaute JP an; der Taucher grinste. Das Beiboot wurde langsamer, während es sanft im Wellengang auf- und niederging. Die Wolkendecke war zwar dicht, ließ aber immer noch nicht auf Regen schließen.

Nachdem Catfish den gelben Peilsender von seinem Gürtel gelöst hatte, betrachtete er erneut die Anzeige. »Scheiße.«

»Was ist los?«, rief JP vom Heck aus.

»Sie sollte eigentlich genau hier sein. Wir treiben direkt über ihr«, erklärte ihm Catfish.

JP lehnte sich über die Bordwand und schaute ins Wasser. »Du sagtest doch, sie sei aufgetaucht, oder?«

»Ja«, bestätigte Catfish.

Er kam zu ihm an den Bug und beugte sich ebenfalls vornüber. Aufgrund der dürftigen Lichtverhältnisse konnte man kaum weiter als ein paar Fuß hinabsehen. Er hielt sich eine Hand über die Augen. Einen leuchtend gelben Torpedo im Meer zu finden, sollte eigentlich nicht allzu schwierig sein; der Sender empfing immer noch ein Signal von Zicke. »Wir müssen wirklich genau über ihr sein.«

JP schüttelte den Kopf. »Unsinn. Sie ist länger als das blöde Boot, also müssten wir sowohl ihren Bug als auch ihr Heck sehen.«

Der Kasten in Standlees Hand piepte. Er starrte ihn an und stöhnte. »Na gut, sie ist hier und wir sind tatsächlich direkt über ihr.«

»Schön, aber wo zur Hölle steckt sie denn dann bitteschön?«

Er wandte sich JP zu und knurrte: »Fünfzehn Meter unter uns. Etwas stimmt nicht mit der Gewichtung.«

JP warf ihm einen verärgerten Blick zu. »Schätze, ich weiß, was ich jetzt mache.« Er rollte eines der Taue zum Festmachen aus und warf es in das Wasser. Die dicke Leine sank sofort und ward nicht mehr gesehen. Catfish seufzte, griff zu einem Sauerstofftank und begann, ihn seinem Freund umzuhängen.

»Ich stehe total darauf, wenn mich ein Mann anzieht«, scherzte JP mit Fistelstimme.

»Ich werd's mir merken und jemandem davon erzählen, den es interessiert«, ätzte Catfish. Nachdem er die Tragegurte festgezurrt hatte, klopfte er JP noch einmal auf die Schulter und fragte: »Soll ich mit dir runtergehen?«

Der andere schüttelte den Kopf. »Nichts da, du bleibst an Deck. Vielleicht brauche ich ja das andere Tau, und außerdem: Immer nur ein Taucher auf einmal, richtig?«

Catfish grinste. »Aber nicht beim Fischen, oder?« Er nahm eine orangefarbene Boje und warf sie über Bord. Über Meilen hinweg fuhr zwar kein anderes Boot, und auch das Versorgungsschiff war immer noch mehrere Stunden weit entfernt, doch die Tauchboje zu Wasser zu lassen entsprach der Gewohnheit.

»Nicht beim Fischen«, stimmte JP zu. Er zog seine Maske an und befestigte dann die Flossen an seinen Taucherschuhen. Sobald er damit fertig war, streckte er beide Daumen für Catfish aus und ließ sich rücklings in den Ozean fallen.

***

Von dem Moment an, als er ins Wasser eintauchte, fühlte er sich wie zu Hause. Unabhängig davon, dass er eine Spezialausbildung bei der Navy genossen hatte, war er schon immer begeistert vom Meer gewesen. Egal ob er nur ein paar Meilen bis zur Spitze einer Landzunge schwamm oder mit der Harpune Fische jagte: Im Nassen befand er sich vollkommen in seinem Element.

In den Florida Keys aufzuwachsen bedeutete, dass man nicht viel unternehmen konnte, was außerhalb des Wassers stattfand. Tauchen in Riffs, Langusten fangen und Speerfischen waren in seiner Jugend die Freizeitbeschäftigungen gewesen, die er geliebt hatte.

Als er mit achtzehn zur Navy gegangen war, hatte er nicht viel gewogen und eine eher schmächtige Statur gehabt, zwei Jahre später besaß er aber stattliche Muskeln und somit eine natürliche Eignung zum SEAL.

Er ließ sich unter dem Zodiac treiben. Das Wasser war klar, doch ohne gleichmäßiges Sonnenlicht wurde es in der Tiefe rasch stockdunkel. Als JP hinunterschaute, gab sich ihm Zicke durch ihr verräterisches Gelb preis. Er hielt inne und griff nach dem Tau; die hellorange Leine war im Wasser leicht erkennbar. Er packte sie mit seinen behandschuhten Fingern, schleifte sie durch die Öse an seinem Gurtzeug und drehte sich dann um. Indem er kräftig trat, gelangte er im Nu zu dem zapfenförmigen AUV.

Nachdem er die Leine von seinem Gürtel gelöst hatte, zog er sie durch die stählernen Tüllen an der Nase der Sonde. Bei der Konstruktion der neuen Geräte hatte Catfish darauf geachtet, dass man sie relativ leicht von Hand bewegen konnte.

JP schwamm nun unter den Robotertorpedo und tastete nach dem Verschluss an der Bodenseite. Als er ihn zu fassen bekam, drehte er ihn im Uhrzeigersinn. Daraufhin sorgten grüne LEDs für ein wenig Helligkeit. Er starrte auf die Bedienelemente; in einer Ecke blinkte ein rotes Licht. JP runzelte die Stirn hinter seinem Atemgerät. Catfish hatte recht, die Kontrolle über den Ballast klemmte.

Er stieß sich ab, bis er eine Armlänge von dem AUV entfernt war, und drückte dann auf die rote Lampe am Paneel. Blasen stoben hoch, als der Roboter Restwasser ausstieß, das ihn unter der Oberfläche hielt.

Dann stieg er rasch neben dem Zodiac auf. Als etwas gegen JPs Bein stieß, fuhr er ruckartig herum. Ein kleiner Hammerhai schwamm gerade an ihm vorbei. Er schaute wieder nach unten.

Eine Schule Rotbarsche flitzte ebenfalls durch das Wasser. Zwei weitere Haie machten Jagd auf die Gruppe. Sie waren größer als der Hammerhai, und sobald einer der Fische Blut verlor, würde dies noch weitere Räuber anlocken. JP schüttelte den Kopf und sah zu, dass er nach oben kam. Binnen weniger Sekunden tauchte sein Kopf an der anderen Seite des Zodiac auf.

Catfish holte das AUV bereits an seiner Leine ein. Nachdem JP die Strickleiter hinauf an Bord geklettert war, zog er seine Maske aus und unterbrach die Sauerstoffzufuhr am Tank.

Der Techniker drehte sich zu ihm um und lächelte ernst. »Die Gewichtung, oder?«

JP nickte, während er die Tauchausrüstung abstreifte. »Ich musste am Steuerelement herumfummeln; schätze, du solltest es schließen.«

Catfish murrte und drückte einen Knopf an der Bedienung, woraufhin sie wieder grün aufleuchtete. »Warum ziehst du den Tank aus? Wollten wir nicht eigentlich Fische schießen?«

Der Ex-SEAL verneinte. »Heute wird das nichts – nicht dort unten zumindest. Da sind Haie, und weitere werden kommen.«

»Ach, Mist«, fluchte Catfish.

Er machte das Tau an der Schlagleiste fest und benutzte anschließend einen Spanner, um die Wicklungen zu straffen. Als das AUV dem Heck des Bootes bis auf wenige Fuß nahegekommen war, setzte er sich auf die Bordwand und schaute in das Wasser. »Soviel zur freien Zeit.«

JP tat gelassen. »Na ja, wir können ja nachforschen, was mit Zicke schiefläuft.«

»Vielleicht«, wog Catfish ab. »Lass uns erst einmal zurück zur Plattform fahren; kann ja sein, dass wir später mehr Glück haben.«

***

Nachdem sie das Beiboot wieder am Landesteg vertäut hatten, hängten sie die Hebeleinen ein und zogen das AUV aus dem Wasser. Der motorisierte Lift hatte keinerlei Schwierigkeiten mit den eintausendvierhundert Pfund Stahl und Elektronik.

Bevor JP die Sonde fertig zur Wartung hochgehievt hatte, lief Catfish die Treppe hinauf und in ihre Koje, um seinen Laptop und verschiedene Kabel zu holen. Alle AUVs verfügten zwar über drahtlose Schnittstellen, um auch ohne direkten Anschluss mit ihnen kommunizieren zu können, doch darauf wollte er es bei Nummer 5 nicht ankommen lassen.

Nachdem er sich durch die engen Gänge gezwängt und die Stufen erneut genommen hatte, war er erschöpft und außer Atem. JP grinste ihn an.

»*Was?*«, fragte Catfish gereizt, während er den Computer mit der Steuerung verkabelte.

»Würdest du mal mit dem Rauchen aufhören«, meinte JP, »wärst du nach einem kurzen Dauerlauf vielleicht nicht so fix und fertig.«

Catfish tat die Worte mit einer unwirschen Handbewegung ab, stellte den Laptop auf den Maschinenschaltkasten auf der Ebene und öffnete ihn anschließend. Der Bildschirm zeigte einen grünen Text auf schwarzem Hintergrund. Er tippte die Befehle ein, um eine Verbindung mit dem Bordcomputer des AUVs herzustellen.

JP stellte sich hinter ihn und blickte über seine Schulter, während Catfish das Diagnoseprogramm durchlaufen ließ. »Schon irgendeine Ahnung?«, fragte er.

Der langhaarige Techniker sog mit zusammengebissenen Zähnen die Luft ein. »Versagen der Ballastkontrolle.« Er schüttelte den Kopf. »Wir müssen sie öffnen und den Schaltkreis austauschen. Herrgott nochmal.«

»Tja«, entgegnete JP. »Damit hat sich das Fischen wohl endgültig erledigt.«

»Ganz richtig«, gab Catfish zurück. »Zicke muss schließlich morgen fit sein.« Er wandte sich dem ehemaligen Marinesoldaten zu. »Calhoun will das Führungsrohr und den Bohrlochkopf vollständig abgesichert haben. Falls wir das nicht schaffen …« Er leckte sich die Lippen. »… tritt er mir in den Arsch.«

»Du könntest doch immer noch das ROV hinunterschicken; es würde das Führungsrohr weitgehend abdecken.«

Catfish widersprach: »Nein, das ROV ist nicht auf solchen Tiefendruck ausgelegt.« Er knirschte mit den Zähnen.

»Dreißigtausend Fuß sind ein bisschen zu viel für ihre Entwurfsparameter. Eins von ihnen schafft es womöglich bis ganz nach unten, aber ich lege keine Hand dafür ins Feuer, dass es nicht implodieren könnte.«

»Und dann verlieren wir weitere zwei Millionen Dollar?«

Catfish kratzte sich am Kinn. »Genau. *PPE* ist schon wegen der Ausstattungskosten aus allen Wolken gefallen, nicht zu vergessen unser Stundenlohn; ich kann es mir einfach nicht leisten, nur eine einzige der Drohnen zu verlieren.«

JP ging hinüber zu einer Reihe von Werkzeugkästen. Als er und Catfish hergekommen waren, hatten sie direkt nach den AUVs alle Behälter voller Einzelteile und Hilfsmittel für die Elektronik ausgeladen. Er hatte gehofft, dass er sie nicht brauchen würde, doch auch dies war lediglich ein Wunschtraum gewesen.

Er nahm eine kabellose Bohrmaschine heraus, steckte einen Einsatz auf und hielt sie hoch. »Schreiten wir zur Operation«, sagte er.

Catfish stöhnte, schickte sich aber an, ihm zu helfen.

***

Das Versorgungsschiff kam früh an. Die Besatzung der Plattform hatte immer noch Pause und noch nichts gegessen.

Als sie auf der unteren Ebene zusammenkam, hatte man den Bordkran schon hochgefahren. Vraebel kündigte per Lautsprecher an, das gesamte Personal sollte sich unverzüglich zum Essen einfinden. Statt sich ihnen jedoch anzuschließen, machte er sich auf den Weg zum Ausstieg des Schiffs.

Calhoun und seine Geologin gingen gerade von Bord und betraten die Plattform.

Er ließ den Blick über die leere Umgebung schweifen, ehe er Vraebel seine breite Rechte anbot. Der Aufseher der Bohrinsel schüttelte sie, lächelte jedoch nicht.

»Willkommen zurück auf *Leaguer*«, grüßte er ihn.

Calhoun schaute sich erneut um. »Wo ist die Crew? Wir müssen das ganze Zeug abladen.«

Vraebel schüttelte den Kopf. »Sie sind über eine Stunde zu früh dran. Die Crew hat noch nicht gegessen; sobald sie ihre Abendmahlzeit zu sich …«

»Abendmahlzeit?«, fuhr Calhoun dazwischen. »Das Versorgungsschiff muss schnellstmöglich wieder umkehren. Der Kapitän hat sich den Allerwertesten aufgerissen, um so früh hier zu sein.«

Der Aufseher widerstand dem starken Drang, diesem Schnösel nahezulegen, doch einfach zur Hölle zu fahren, aber Simpson würde ihm die Eier abreißen, falls er so extrem mit dem Gehirn hinter ihren Bohrarbeiten umsprang. »Nachdem sie gegessen haben, sind sie sofort hier unten zur Stelle, versprochen. Wir entladen dann den Kahn.«

Calhoun seufzte. »Na gut, meinetwegen. Tut mir leid, Martin. Das war ein sehr langer Tag heute, und der Sturm hat uns gehörig zugesetzt.«

Sigler stand währenddessen hinter ihrem Vorgesetzten. Dann trat die kleine, dünne Frau schließlich nach vorn und lächelte Vraebel an. Auch sie bot ihm die Hand an, und er nahm sie. »Ms. Sigler«, sagte er.

Dass die Frau so kräftig zupackte, rang ihm schließlich doch ein Lächeln ab. Er hatte sie schon zweimal getroffen, doch wie stark sie war, verblüffte ihn immer wieder, wenn er ihre Hand schüttelte.

»Martin«, erwiderte sie, »und nennen Sie mich bitte Shawna.«

»Ach ja, richtig«, erinnerte er sich. »Shawna.« Er zeigte zur Treppe hinüber. »Falls Sie auch hungrig sind, lade ich Sie herzlich ein, sich zum Essen mit anzustellen.«

Calhoun suchte den Blick der Geologin. »Shawna? Geh ruhig nach oben, das wird eine lange Nacht; außerdem müssen Martin und ich noch ein paar Fragen diskutieren.«

Sie zog die Augenbrauen hoch und nickte, ehe sie sich eine schwarze Haarsträhne aus den Augen strich. »Schätze, ich bin dann mal weg. Wo sind Catfish und JP?«

Vraebel entgegnete verdrossen: »Auf der unteren Ebene; sie führen gerade irgendwelche Wartungsarbeiten an einem der Roboter durch.«

Shawna schmunzelte. »Ich sage ihnen kurz Hallo, bevor ich mir etwas zu essen schnappe.« Sie ging auf die Treppe zu.

»Sag ihnen, sie sollen sich auch etwas zwischen die Kiemen schieben!«, rief Calhoun ihr hinterher.

Sigler drehte sich nicht mehr um, hob aber eine Hand, um zu bestätigen, dass sie ihn verstanden hatte.

»Martin?«, sagte er dann. »Haben Sie Zeit für einen kurzen Spaziergang?«

Vraebel biss sich auf die Lippen, nickte aber. Er zeigte zum hinteren Teil des Ladedecks. Während sie schweigend auf die Generatoren zugingen, übertönte das Brummen den Wellengang und die raunende Crew. Als sie schließlich den hintersten Winkel erreichten, schlug er einen langsameren Schritt an und wandte sich Calhoun zu.

»Also, Thomas, worüber müssen Sie mit mir reden? Es hat doch bestimmt mit …«

»Zuallererst«, unterbrach ihn Calhoun, »möchte ich mich in aller Form für Standlee und Harvey entschuldigen.«

Vraebel blinzelte. »Entschuldigen?«

Der Ältere nickte. »Ja, ich sorge ab jetzt dafür, dass sie sich benehmen. Niemand wünscht sich so sehr wie ich, dass diese Operation glatt über die Bühne geht. Ich würde mich lieber darauf konzentrieren, Öl zu fördern, statt dass hier einer böse auf den anderen ist.«

»Also«, erwiderte Vraebel lächelnd. »Das zu hören freut mich wirklich außerordentlich.«

»Aber«, fuhr Calhoun fort, während er eine Zigarre aus seiner Brusttasche zog. »Ich erwarte auch ein bisschen was von Ihnen im Gegenzug.«

»Und das wäre?«, fragte der Aufseher misstrauisch, dem schon vor der Antwort graute.

Der Ingenieur strahlte. »Diese Crew muss an einem Strang ziehen, Martin. Ich kann nicht dulden, dass meine Hilfskräfte wie Außenseiter behandelt werden – genauso wie es Sie stört, dass sich mein Team über Sie hinwegsetzt und Ihre Bohrinsel vereinnahmt. Wir müssen lernen, uns gegenseitig zu respektieren.«

Vraebel nickte. Er regte sich über Harvey und Standlee auf, wenn er sie nur zu Gesicht bekam. Seine Männer hatten sich ein Beispiel daran genommen, ganz zu schweigen von seinen ständigen Lästereien über die beiden. Er war davon ausgegangen, sich auf diese oder jene Art mit Calhoun zu überwerfen, womöglich im Rahmen eines langwierigen Kräftemessens mit Anrufen und E-Mails an Simpson, aber damit erwischte ihn der Ingenieur jetzt auf dem völlig falschen Fuß.

»Okay«, sagte er. »Abgemacht.«

Der ältere Mann bot ihm abermals die Hand an. »Hoffentlich können wir diesen unangenehmen Abschnitt nun hinter uns lassen und uns darauf fokussieren, diesen Job zu erledigen.«

Vraebel schüttelte sie wieder. »Alles klar, Thomas. Ich gebe mein Bestes, damit wir miteinander auskommen.«

»Und ich, um diese beiden Teufelskerle zu bändigen«, versprach ihm Calhoun grinsend.

»Okay, denn ich mag sie nach wie vor nicht«, gestand ihm Martin.

Calhoun lachte auf. »Müssen Sie ja auch nicht; es genügt, dass Sie wissen: Die beiden sind unerhört gut in dem, was sie tun.« Er beugte sich so weit zu Martin hinüber, dass dieser schwach den Geruch von längst gerauchtem Tabak wahrnahm. »Ansonsten hätte ich sie nämlich selber schon vor langer Zeit an die Luft gesetzt.«

Das brachte Vraebel zum Lachen. »Freut mich, das zu hören.« Er zeigte auf die Zigarre. »Sie dürfen die entweder hier unten oder auf der oberen Ebene anzünden, wenn Sie möchten. Bloß, äh … passen Sie mit der Glut auf.«

Thomas zog sich das nunmehr feuchte Ende aus dem Mund. »Verzeihung, ist eine Angewohnheit von mir, wenn ich nervös bin«, rechtfertigte er sich. »Ich verspreche, nicht zu rauchen, bis ich grünes Licht habe – bildlich gesprochen.« Er wippte ungeduldig auf der Stelle. »Haben Sie schon etwas gegessen?« Vraebel verneinte. »Na, dann lassen sie uns das schnell nachholen.«

***

Auf der unteren Ebene war es extrem heiß. Die Sonne verschwand rasch hinter dem Horizont, doch nach der hohen Luftfeuchtigkeit tagsüber und durch die Wärmeentwicklung der Generatoren fiel das Atmen hier extrem schwer. Auf Shawnas Stirn standen bereits Schweißperlen.

Während sie die Metalltreppe hinunterging, brachten ihre Arbeitsstiefel den Stahl zum Klingen. Über den Lärm der Stromerzeuger hinweg hörte sie jemanden schimpfen und Elektrowerkzeug sirren. Catfish hatte wohl gerade einen Wutanfall. Sie seufzte; es war anscheinend mal wieder an der Zeit, Mama zu spielen.

Als sie am Fuß der Treppe ankam, sah sie, was sie bereits befürchtet hatte: Ein AUV hing weit von der Decke herunter und baumelte an seinen Stahltrossen. Der obere Teil der Maschine lag auf dem Boden. Catfish tippte wie wild auf seinem Laptop herum, während JP gerade einen Spannungsmesser beobachtete.

»Klickt er?«, fragte Catfish.

»Was weiß ich denn, zum Kuckuck?«, meckerte JP zurück. »Ich höre rein gar nichts, Mann!«

»Na ja, er sollte zumindest ausschlagen!«

»JUNGS!«, rief Shawna laut.

Die beiden drehten gleichzeitig die Köpfe in ihre Richtung. Catfishs bewährt düstere Miene schmolz zu einem freudigen Strahlen, wohingegen JP nur stöhnte; so begrüßte er sie normalerweise immer.

»Aufgepasst«, meinte er. »Die Besorgte ist wieder da.«

Shawna trat zu ihnen und schüttelte seine Hand. Catfish kam vom Maschinenschaltkasten herüber und umarmte sie herzlich.

»Schön, dich zu sehen, Mädchen. Dann habt ihr es wohl früher geschafft, was?«

Sie nickte. »Ich freue mich auch, dich zu sehen«, gab sie zurück, ehe sie auf das AUV zeigte. »Habt ihr Probleme damit?«

Catfishs zwangloses Lächeln löste sich wieder in einem düsteren Blick auf. »Das kann man wohl behaupten. Das Scheißding funktioniert einfach nicht so, wie es sollte.«

»Unerklärlicher Fehler?« Sie schaute ihn skeptisch an. »Wo drückt denn der Schuh genau?«

JP lachte auf. »Es liegt an der Ballastkontrolle, heute jedenfalls. Gestern waren es die Propeller. Und vorgestern? Die Signalübertragung.«

Sie schüttelte den Kopf. »Fehlerhafter Wandler?«

»Ich glaube ja.« Catfish zeigte auf JP. »Ich wüsste es ja sicher, wenn die taube Nuss dort das Ticken hören würde.«

Shawna ging zu der Sonde hinüber. Die Leitungen waren mit einem winzigen, durchsichtigen Kasten verbunden, der über einen sichtbaren Schalter verfügte. Sie bückte sich und betrachtete ihn genauer. »Probiere es noch einmal.«

Catfish kehrte zum Laptop zurück und drückte mehrere Tasten. Ein kleiner Lichtbogen, den man kaum sah, zuckte zwischen den Metallkontakten in dem Kasten hin und her.

»Stopp«, rief sie und drehte sich zu dem Techniker um. »Du hast gemerkt, dass er durchgebrannt ist, oder?«

»*Was?*«, fragte JP entsetzt. »Wovon sprichst du?«

Sie zeigte auf einen schwarzen Fleck am Gehäuse. »Das war doch ein Kurzschluss, JP, oder? Gib mir mal einen neuen Wandler aus der Kiste.«

Der Ex-SEAL öffnete den Mund, um Einwände zu erheben, machte ihn dann aber schnell wieder zu. Er ging zu einer der schwarzen Kisten, in der Ersatzteile lagen, und durchstöberte sie, bis einen neuen Wandler fand.

»Lass ihn schon rüberwachsen«, drängte ihn Shawna, während sie ungeduldig eine Hand ausstreckte.

Er reichte ihr das Plastikteil. Sie löste die Verbindungen mit der anderen Hand und zog den alten Wandler aus den Innereien des AUVs. Craig zuckte zusammen und maulte herum, als sie ihn einfach auf den Boden warf.

»Hey! Ich habe nicht so viele davon!«

Sie warf ihm einen erheiterten Blick zu. »Und der da ist hinüber.« Sie drückte den neuen Kasten hinein und nestelte daran herum, bis die Verbindungen aufeinander passten. Sie hörte zwar nicht, wie die Kontakte klickten, spürte aber das deutliche Einrasten der Stecker in die Buchsen. »Da; jetzt versuch's noch einmal.«

Craig schüttelte wieder den Kopf und tippte erneut ein paar Tasten. Daraufhin schlug der kleine Arm des Wandlers um, und das Licht an den Steuerelementen changierte auf Grün.

»Ich werde verrückt«, sagte JP staunend.

Catfish johlte begeistert. »Verdammt, Mädchen, warum bist du nicht schon früher in meinem Leben zur Stelle gewesen?«

Shawna strahlte. »Manchmal braucht man eben das Fingerspitzengefühl einer Frau.«

»Oder Ahnung von der Materie«, erwiderte JP.

Catfish ließ die Finger nun über die Tastatur fliegen und starrte auf den Bildschirm, während die Befehle ausgeführt wurden. Einen Moment später grinste er. »Ich denke, wir haben das Baby zurückgeholt.«

»Gut«, sagte Shawna. »Jetzt lasst uns das doofe Ding wieder zusammenbauen, damit wir endlich zum Essen gehen können.«

»Essen«, brummte JP. »Ich Taucher, ich Hunger.«

Shawna streckte einen Arm aus und tätschelte die Seitenwand des AUVs.

»Calhoun meinte, ich solle dafür sorgen, dass ihr Kinder auch etwas zum Beißen kriegt.«

»Kinder?«, schnaubte JP. »Wir sind beide älter als du.«

Sie strafte ihn mit einem bösen Blick ab. »Und trotzdem braucht ihr noch eine Mutter, die aufpasst, dass ihr euch benehmt.«

Catfish kicherte. »Das ist auch wieder wahr.« Er klappte den Computer zu. »Ehe wir hinaufgehen: Ist Thomas sehr schlecht gelaunt?«

Sie zuckte mit den Achseln. JP setzte gerade den oberen Teil der Verkleidung zurück auf die Sonde. »Das ganze Gezeter und Gemecker von Vraebel hat ihn nicht gerade zu Luftsprüngen animiert.«

»Großartig«, stöhnte Catfish. »Der Mann ist wirklich ein beschissener Spielverderber.«

»Diese Ausdrucksweise.« Shawna hielt einen mahnenden Zeigefinger hoch. Dass Catfish rot wurde, erkannte man trotz seines zotteligen Bartes. »Ja, er ist sehr anstrengend, aber wir müssen mit ihm zusammenarbeiten.«

JP setzte Drehschrauben in die vorgesehenen Löcher. »Das wissen wir«, meinte er, während er den Bohrer ansetzte. »Einfach zu dumm, dass er so ein übergenauer Penner ist.«

Als er den Bohrer per Fingerdruck einschaltete, wurde es laut auf der Ebene. Der Einsatz rotierte und versenkte die Schraube in kürzester Zeit. Als er an die Grenzen seines Drehmoments gelangte, rutschte die Spitze ab und klickte. JP schaltete ihn aus, und ging zur nächsten Schraube über.

»Schon klar«, entgegnete Shawna, »doch wir müssen noch mindestens sechs Wochen mit diesen Typen hier hausen. Ihr zwei tut vielleicht gut daran, eure Scharte auszuwetzen, bevor wir uns gegenseitig an die Gurgel springen.«

Catfish verdrehte die Augen. »Ja, *Mama.*«

Sie nickte. »Wird echt Zeit, dass wir die Kiste zumachen, damit wir endlich essen können. Ich habe schon ein richtiges Loch im Bauch.«

2

Als Calhoun wieder wach wurde, war der Himmel blaurot. Er lächelte, während er aus dem Rundfenster seiner Gästekoje schaute. Am Horizont erstreckten sich dicke Wolken, doch die aufgehende Sonne tränkte sie in dunkle Pastelltöne. Nach solchen Morgen verzehrte er sich förmlich.

Auf der Förderinsel stank es nach Dieselkraftstoff, Schmiermittel und Metall – oder anders gesagt: genauso wie auf jeder dieser Anlagen überall auf der Welt. Der Wind fügte dem Geruchscocktail noch den Duft von Salzwasser hinzu. Als die violetten Abstufungen langsam zu Orange ausbleichten, zog sich Calhoun an und kehrte auf das obere Deck zurück, allerdings nicht ohne sich vorher eine Tasse Kaffee besorgt zu haben.

Aus der Höhe blickte er auf den Ozean und in die Ferne. Inmitten der rumorenden, brummenden Maschinen der Plattform hörte er die Besatzung am Führungsschacht der Schraube arbeiten. In etwa einer Stunde würde man damit beginnen, ihn zum Bohrlochkopf hinunterzulassen.

Schon bevor JP und Standlee vor knapp einer Woche auf die Insel gekommen waren, hatten Vraebel und seine Männer mit dem Prozedere angefangen, die Stelle vorzubereiten. Die Leinen, ein Notfallverschluss und andere Gerätschaften waren bereits versenkt; alles lag nun tiefer als dreißigtausend Fuß unter der Oberfläche. Abgesehen von M2 besaß der Graben keinen richtigen Namen, doch aus frühen seismischen und magnetischen Untersuchungen ging hervor, dass sie in der Lage sein sollten, an jeder Stelle im Bett zu bohren und auf Öl zu stoßen.

Catfish hatte seine Drohnen tauchen lassen, um den Boden zu filmen und sich zu vergewissern, dass ihr Rüstzeug dort platziert war, wo es hingehörte. Laut Simpson, dem stellvertretenden Projektleiter von *PPE*, handelte es sich bei Vraebels Crew um die Beste der Branche. Sie hatte es ohne jegliche Hilfe durch elektronische Überwachungsgeräte geschafft, die Sachen genau richtig zu positionieren. Catfish gestand es zwar nur ungern, aber er war wirklich beeindruckt. Der Aufseher mochte einen Stock im Arsch haben, verstand aber offensichtlich eine Menge von seinem Metier.

Die Mannschaft hatte über vier Stunden gebraucht, um das Versorgungsschiff zu entladen. Die Kräne arbeiteten zügig und leistungsstark. *PPE* hatte eine Stange Geld dafür bezahlt, um zu gewährleisten, dass jeder Aspekt des Unterfangens vom bestmöglichen Personal betreut wurde. Allein schon die ganzen Betriebsmittel auf die Plattform zu schaffen, hätte normalerweise mindestens sieben Stunden gedauert, doch Vraebels Mannschaft hatte es relativ kurzfristig bewerkstelligt.

Hinterher hatten sie insgesamt sechs Stunden lang Pause machen dürfen, ehe sie zum Frühstück und schließlich wieder zur Arbeit angetreten waren. JP, Catfish und Shawna hatten sich ebenfalls hingelegt, sobald die Crew fertig gewesen war. Calhoun hingegen war noch zwei Stunden länger aufgeblieben, um alle Berichte und Aufnahmen der AUVs und des ROVs durchzugehen.

Vier Stunden Schlaf? Völlig ausreichend für den ersten Tag, fand er. Falls er Glück hatte, würde er sich sehr lange ausruhen können, wenn die Bohrung erst einmal in die Wege geleitet und im Gange war, zumindest nach den ersten paar Stunden.

Wenn das Team die Testbohrung lancierte, wollte Thomas wach sein und über jede Kleinigkeit in Kenntnis gesetzt werden. Falls etwas schiefging, musste er es schließlich so früh wie möglich erfahren. Der Unterschied, den perfekten Punkt zu erwischen oder einen gefährlichen Gaseinschluss aufzubohren war schwindend gering. Geologen und Schichtenanalysten behielten die Auslesebögen ununterbrochen im Auge, damit ja nichts passierte, auch wenn von zeitnaher Kontrolle nur schwer die Rede sein konnte.

Einige Bauunternehmen hatten Millionen und Abermillionen Dollar investiert, um Werkzeuge, Sensoren und Software für den

Echtzeiteinsatz zu entwickeln, um die Entscheidungsfindung zu vereinfachen, doch diese waren auch nicht idiotensicher. Shawna hatte gelernt, stärker auf ihre Instinkte zu vertrauen als auf irgendein Computerprogramm oder technischen Apparat, und Thomas verließ sich auf sie. Im Rahmen ihrer gemeinsamen Arbeit hatten die beiden beim Bohren noch nie einen Patzer gemacht, jedenfalls keinen folgenschweren.

Schrauben konnten brechen, Maschinen Fehlfunktionen erleiden und Teile verschleißen. So sah es in der Realität aus. Geschah dies, besserte man sie aus und fuhr fort. Solange die Anlage und der Plan stimmten, konnte man sich jedem Problem stellen und es überwinden – außer natürlich, wenn es vor Ort kein Öl gab.

Aus den seismischen und magnetischen Abtastungen ging allerdings deutlich hervor, dass hier welches vorhanden war.

Die beiden einzigen Fragen lauteten: *Wie viel Wasser befand sich noch unter dem Gestein, und wie hochwertig war das Rohöl?*

Die Echolote stießen nirgendwo auf Wasser, und das war gelinde gesprochen äußerst merkwürdig – das eine, winzige Detail, das die Neugier von *PPE* und Calhoun geweckt hatte. Denn sollte sich unter dem Bett des Grabens kein Wasser, geschweige denn Salzwasser abgelagert haben, war dies ein beispielloser Fund auf hoher See; das Rohöl würde sich so einfach und kostengünstig raffinieren lassen.

Calhoun zog kräftig an seiner Zigarre und behielt den Qualm einen Augenblick im Mund. Die Stumpen waren abgesehen von einem guten Single Malt Whiskey sein einziges Laster. Verbrachte man die meiste zeit seines Lebens mit dem Ölfördern, wurde Rauchen zu einem Privileg. Er hatte vor langer Zeit erkannt, dass es auf jeder Bohrinsel mindestens einen Fleck für Raucher gab.

Auf größeren sogar noch mehr, doch auf einer kleinen wie *Leaguer* musste er eben mit der höchsten Deckebene vorlieb nehmen. Bei Sturm war das suboptimal, aber immer noch handhabbar. Er musste seinem Drang also gezwungenermaßen sparsam nachhängen. Dieser Monat mochte sich lange hinziehen – und noch länger dauern, falls sie nicht sofort fündig wurden und den Idealpunkt suchen mussten.

Shawna hatte jedoch ein gutes Gefühl und er auch. Dies sollte ihr großer Coup werden – der Riesenfund, nach dem er sich zur Ruhe setzen konnte. Dann würden Catfish und er für den Rest ihres Lebens nur noch immer bessere AUVs und ROVs entwerfen, während Shawna tun durfte … na ja, wozu auch immer sie Lust hatte. Und JP? Der Pfundskerl würde sich voraussichtlich in die Keys zurückziehen oder vielleicht auf Hawaii, um dort bis ans Ende seiner Tage zu tauchen.

Als Calhoun einen Ruf von der unteren Ebene hörte, musste er grinsen. Die Roughnecks verrichteten ihre Arbeit. Der Führungsschacht würde am frühen Mittag bereit sein, und dann würde der Spaß losgehen.

***

Selbst hoch oben auf der Brücke bekam man den Aufruhr am Deck mit. Stämmige Männer gingen mit Schraubschlüsseln von der Größe eines Baseballschlägers herum, andere zogen Leinen und Trosse. Die Maschinerie wurde in Gang gesetzt, und es würde nicht mehr lange dauern, bis die Förderanlage zum Einsatz kam.

Vraebel nippte wieder mal an einer Tasse Kaffee. Das gemeinsame Abendessen mit Calhoun war … durchaus interessant gewesen. Sie hatten sich gegenseitig die üblichen Kriegsgeschichten erzählt, Thomas jedoch ausgiebiger als er. Der ältere Ingenieur war anscheinend schon überall auf der Welt gewesen, auch in Algerien, Nigeria und Südafrika. Vraebel schätzte sich glücklich, diese Brennpunkte so weit ausgespart zu haben.

»Thomas«, hatte er zu ihm gesagt, »wie in Gottes Namen ist jemand wie Sie an Harvey und Standlee geraten?«

Calhoun hatte gelacht. »Harvey ist der Umgänglichere der beiden. Ich habe ihn kennengelernt, als er einen Vortrag über Unterwassersprengungen, um brennende Bohrköpfe zu löschen, gehalten hat. Außerdem arbeitete er schon für *Boots & Coots*, daher war er mir ein Begriff. Es dauerte nicht lange, bis er sich entschloss, bei mir einzusteigen.« Der ältere Mann hatte eine Pause gemacht und mit den Fingern auf die Tischplatte getrommelt. »Standlee?« Ein Kopfschütteln. »Der Bastard ist von sich aus zu mir gekommen.«

Das hatte Vraebel überrascht. »Von sich aus?«

»Ja, vor ungefähr fünfzehn Jahren«, fuhr Calhoun fort, »gab ich ein Seminar über AUV-Technologie und deren Zukunftsaussichten. Irgendein langhaariger Rotzbengel löcherte mich mit Fragen über künstliche Intelligenz und automatisierte Sensortechnik.« Er grinste. »Standlee bewarb sich damit im Grunde genommen um eine Stelle bei mir oder hatte sich das zumindest so gedacht.«

»Er ist allein dort gewesen?«, hatte Vraebel gefragt und einen Schluck Kaffee getrunken.

Calhoun hatte den Kopf geschüttelt. »Er hatte sich als Vertreter seines eigenen Unternehmens eine Karte für die Konferenz gekauft: *Catfish Technologies.*

Er hatte in Houston einen Abschluss in Ingenieurswesen gemacht und hielt sich für ganz toll.« Thomas' schelmisches Grinsen war zurückgekehrt. »Und das zu Recht. Ich wusste überhaupt nicht, wie sich das, was ich vorschlug, umsetzen ließ. Ich meine, mir war schon klar, wie man die AUVs konstruieren musste – das ist ziemlich leicht –, aber die Programmierung?« Er hatte die Fingerspitzen aneinandergelegt und sein Kinn aufgestützt. »Die geht größtenteils auf Standlee zurück.«

»Das ist mittlerweile schon mehr oder weniger Standardkram«, hatte Vraebel entgegnet. »Ich arbeite schon seit Jahren mit ROVs auf meinen Inseln.«

Calhoun hatte genickt. »Und viele Patente, die bei deren Bau Anwendung finden, gehen auf diesen schnoddrigen Langhaardackel zurück.« Thomas hatte einen Schluck aus seinem halbleeren Glas Eistee genommen und gelächelt, bevor er sagte: »Der Rest stammt von mir. Davon mal abgesehen ist es egal, mit welchen AUVs oder ROVs sie mal gearbeitet haben; diese waren mit Sicherheit nichts im Vergleich zu denjenigen, die auf unser Konto gehen.« Calhoun hatte mit einem Zeigefinger auf den Tisch geklopft. »Unsere Modelle lassen sich mit nichts auf eine Stufe stellen, was es zuvor gegeben hat, und morgen werden sie auch erfahren, warum.«

»Unfug« war eigentlich das, was Vraebel hatte antworten wollen; stattdessen hatte er nur genickt und den Ingenieur weitersprechen lassen. Von Simpson war dem Aufseher immer wieder vorgebetet worden, dass Calhouns Techniker der beste im Geschäft sei.

»Auf Gedeih und Verderb«, hatte der leitende Angestellte in seinem breiten texanischen Akzent betont. »Er wird das Öl finden, und dann machen wir alle eine Menge Geld!«

Nachdem Vraebel seine Tasse leergetrunken hatte, stellte er sie auf die Konsole. Die Crew arbeitete zügig. Sie musste sich nicht mit dem Bohraufsatz abmühen, denn Calhouns Entwicklung ließ sich einfach befestigen. Vielleicht steckte der alte Mann am Ende doch nicht voller Scheiße.

»Chief, bitte an Deck kommen«, quäkte auf einmal das Funkgerät.

Er schaute verärgert auf den Lautsprecher. Die Stimme gehörte ohne Zweifel Standlee.

Thomas streckte sich nach dem silberfarbenen Mikrofon auf seinem Stativ aus. »Vraebel hier, sind Sie das, Standlee?«

»Jawohl, Sir.« Der andere klang hochachtungsvoll, doch der Aufseher spürte seine unterschwellig respektlose Haltung. »Wollte mir nur Ihr Okay einholen, um eines der AUVs loszuschicken. Wir wollen sie tauchen lassen.«

Vraebel grinste. Ausnahmsweise bat der kleine Scheißkerl mal um Erlaubnis. *Calhoun will sein Versprechen wohl einhalten.* »Aye, Sie dürfen das Zodiac zum Ziehen nehmen. Wissen Sie, wie lange es ungefähr dauern wird?«

Eine Pause. »Wir müssen jede Sonde ungefähr fünfhundert Yards weit hinausfahren lassen, und zwar eine nach der anderen. Folglich wird es ein paar Stunden dauern.«

»Verstanden, Sie haben mein Okay. Lassen Sie mich wissen, wenn Sie fertig sind.«

»Aye, aye«, erwiderte Standlee.

Vraebel steckte das Mikro wieder auf das Stativ. Wenigstens rafften sich Harvey und Standlee endlich auf, etwas zu bewirken, wobei es ihm am wichtigsten war, dass die beiden nicht auf der Plattform sein würden.

Er erhob sich und schaute auf das Deck hinunter. Das Führungsrohr wurde gerade durch die vorgesehene Öffnung hinuntergelassen. Man senkte behutsam ein fünfzig Fuß langes Segment in das Loch, bevor man ein zweites daran befestigte. Vraebel hatte noch nie erlebt, wie ein Schacht aus so langen Rohrstücken zusammengefügt wurde. Im Allgemeinen maßen sie sechsundvierzig Fuß weniger, doch diese entsprachen nun einem neuen Typ: dem von Calhoun.

Der Aufseher war zuerst beunruhigt gewesen, als es geheißen hatte, man werde moderne Betriebsmittel, moderne Technik – alles aus dem aktuellen Stand verwenden. Es gab viele Schauergeschichten über neue Geräte, die man mit katastrophalen Folgen auf Fördereinrichtungen getestet hatte. Öl bohren war gefährlich genug, auch ohne Komponenten in der Versuchsphase heranzuziehen und zu versuchen, sie umgehend im realen Alltag anzuwenden.

Calhoun eilte jedoch ein ruhmreicher Ruf voraus. Der Techniker des Mannes hatte sich noch nie einen Unfall zuschulden kommen lassen. Egal, mit welcher Erfindung er an einer Bohrstelle zu Werke gegangen war, es hatte einfach immer funktioniert; zumindest erzählte man es sich so.

Vraebel glaubte an das Prinzip Risikominderung. Nachdem man bezeugt hatte, wie ein Mann seine Hand beim Ausüben der einfachsten Pflicht auf einer Förderplattform verlor, sah man ein, wie heikel dieser Job in Wirklichkeit war. Also eignete man sich Gewissenhaftigkeit an.

Er hatte schon auf Inseln gearbeitet, deren Personal von ihren Chiefs zu verbissen angetrieben worden war. Fühlte sich eine

Crew gehetzt, unterliefen ihr Fehler; Fehler bedeuteten Verletzungen oder sogar den Tod.

Egal wie hart Simpson oder Calhoun die Quelle angehen wollten, egal wie viel Öl sich unter dem Gestein befinden mochte: Vraebel würde seine Männer nicht hetzen. Gomez und er arbeiteten seit über fünf Jahren zusammen. Der Bohrmeister verstand etwas davon, sich Zeit zu nehmen. Kam es zu Verzögerungen, sollte dies eben so sein.

Als Aufseher einer Förderanlage hatte Vraebel noch nie einen seiner Schützlinge verloren, und diese Erfolgsbilanz aufs Spiel zu setzen, lag ihm fern.

Die Crew legte sich oft wochenlang am Stück in Schichten zu jeweils zwölf Stunden ins Zeug. So weit draußen vom Festland entfernt galt nicht der gewöhnliche Dienstplan von abwechselnd zwei Wochen Arbeit und zwei Wochen Urlaub; es waren je drei, wobei sich einige seiner Männer nicht einmal dann dazu bemüßigt sahen, nach Hause zu fahren. Sie kehrten bloß an die Küste zurück, bezogen einen der betriebseigenen Bungalows und schwärmten von dort wohin auch immer aus. Diejenigen mit Familie brauchten fast sechsunddreißig Stunden, um zu ihren Lieben zurückzugelangen, und legten diese Strecke dann nach zweieinhalb Wochen abermals zurück, um ihre Arbeit wiederaufnehmen zu können. Dies war ein extrem raues Leben, aber sie wurden auch anständig dafür entlohnt.

Vraebel nahm seine Kaffeetasse und trat vor die hintere Wand. An die westliche hatte er die topografischen Karten gehängt, die anhand der AUV-Aufzeichnungen erstellt worden waren; mehrere Sicherheitsschilder und Tafeln mit Verfahrensvorschriften nahmen die Wand nach Süden und Westen hin ein. Und an der Nördlichen? Da stand die Kaffeemaschine!

Nachdem er ein Kaffeepad eingelegt hatte, drückte er auf den Startknopf und wartete, bis die schwarze Flüssigkeit in die Tasse gelaufen war. Bis zur Mittagszeit sollten die Männer den Bohrschacht wohl weitestgehend zusammengesetzt haben; danach würden sie den Nachmittag damit verbringen, die Anlage für die Entnahme einer Kernprobe herzurichten.

Vraebel war so umsichtig gewesen, Letzteres bis auf morgen zu verschieben. Er hatte die Mannschaft während der letzten vierundzwanzig Stunden arg strapaziert. Sie waren nach dem Ausladen des Versorgungsschiffs und vor dem Zusammenbau des Schachts nicht hinreichend zur Ruhe gekommen.

Die Maschine stieß eine Dampfwolke aus, als der Kaffee fertig war. Er nahm seine Tasse und schlürfte daraus. Perfekt; wie immer.

Als er sich zum Brückenfenster umdrehte, stockte er kurz beim Trinken. Unten an Deck stand Calhoun etwas abseits des Bohrteams. Er schaute zu, wie sie das Rohr zusammenfügten, und lächelte sonderbar. Vraebel stöhnte; die Gerüchte stimmten also.

Er hatte gehört, dass Calhoun kein herkömmlicher Ingenieur war. Statt sich in den Quartieren zu verkriechen, fernzusehen und darauf zu warten, dass ihn jemand über eventuelle Schwierigkeiten unterrichtete, ging der Mann angeblich über das Deck, bevor die Bohrung begann, und blieb auch währenddessen. Er zog es vor, bei der Crew zu sein für den Fall, dass sich ein Problem auftat.

»Und noch etwas, das mir verdammt nochmal Kopfschmerzen bereiten wird«, sagte Vraebel laut. Sollte sich *PPEs* Star unter den Ingenieuren im Zuge dieses Projekts auch nur geringfügig verletzen, verlor der Aufseher zweifellos seinen Posten.

Thomas war jedoch weit genug von der Crew entfernt. Er stand in der Nähe der Schutzkabine aus Stahl, die man für Notfälle vorgesehen hatte. Kam es zu einem derart schweren Unfall, dass es ihn dort zerriss, war sowieso die ganze Mannschaft tot. Vraebel schüttelte sich, verdrängte ein Frösteln und trank noch einen Schluck Kaffee.

Genau so sollte es sein: Sobald der Schacht stand, ordnete er eine Pause für seine Männer an, und zwar eine lange. Er würde sich beim Abendessen mit Gomez unterhalten, damit er sich eine Rumpfbesatzung herauspickte, die aufpassen sollte, falls es zu

Komplikationen kam. Calhoun konnte warten; *PPE* konnte warten. Vraebel beschlich die ganze Zeit schon ein ungutes Gefühl, und solange es nicht verflog, wollte er jede nur mögliche Vorsichtsmaßnahme ergreifen.

***

Catfish saß an seinem Bedientisch. Auf dem Schreibtisch neben dem Monitor lagen die Verpackungen zweier Energieriegel neben drei leere Dosen *Monster*. Strahlend weiß-bläuliches Licht erhellte die Rechnerplätze ringsherum. Als Catfish entdeckt hatte, das sein Arbeitsbereich beleuchtet war wie ein Großraumbüro mit Waben, hatte er sich eine Trittleiter besorgt und alle Glühbirnen unmittelbar über ihm herausgedreht. Dies dämpfte die Helligkeit allerdings nicht vollständig, doch jetzt stand sein Tisch wenigstens nur noch in einem Kegel Zwielicht.

Jeder Trottel wusste, dass sich Leuchtstoffe nicht für dauerhafte Sitzungen am Computer eigneten. Sie strahlten von den Bildschirmen ab, selbst wenn diese mattiert waren, und strengten die Augen an und ermüdeten sie. Catfish zog es vor, im Dunkeln zu arbeiten. Die Hintergründe all seiner Konsolen waren schwarz, die Buchstaben grün. Seine eigens für die Steuerung und Überwachung der AUVs und des ROV entworfene Software ließ sich farblich in allen Bereichen anpassen. Dieses Schema allerdings hatte er allein für sich zusammengestellt.

Die vier 27-Zoll-Monitore ergaben ein Panorama aus Warnmeldungen und Spurerfassungsdaten. Auf den ersten beiden liefen die Messwerte der Sonden durch, wohingegen das andere Paar Einsatzbefehlen beziehungsweise der Steuerprogrammierung vorbehalten war.

Die fünf Roboter tauchten immer noch. Bis er den Funkkontakt zu ihnen verlor, konnte es nicht mehr lange dauern. Nachdem er sich mit JP hier eingefunden hatte, war der ehemalige SEAL unter die Plattform geschwommen, um die Sendeverstärker und

WiFi-Sensoren zu installieren. Zusätzliche Bandbreite und verbesserter Empfang würden Catfish vorübergehend dabei helfen, die Einstellungen für diesen Tauchgang anzupassen, doch sobald das AUV tiefer als fünfzehntausend Fuß hinabstieg, durfte er sich im besten Fall auf Aussetzer in der Übertragung gefasst machen; nach zwanzigtausend konnte er von Glück reden, wenn er überhaupt noch ein Statussignal erhielt.

Mit ferngesteuerten Sonden verhielt es sich dagegen ganz anders. Sie waren durch besondere Kabel mit der Anlage verbunden, die Steuerung und Datenaustausch fast in Echtzeit ermöglichten. Die höhere Bandbreite bedeutete, dass ROVs sogar Videoaufnahmen aus aberwitziger Tiefe übermitteln konnten, wenn auch nur mit zehn Bildern pro Sekunde. Der einzige Pferdefuß dabei war, dass die Kabel ständig im Auge behalten und geführt werden mussten. Die Sonden zu manövrieren und darauf zu achten, dass sie sich nicht um den Bohrschacht wickelten oder mit der Verkabelung in der Tiefseefauna und -flora verfingen, war sehr zeitaufwendig.

Catfish steuerte ROVs allerdings unheimlich gern. Es erinnerte ihn an Videospiele, bei denen man Sensordaten berücksichtigen musste, um zu eruieren, wie man sich weiterbewegen konnte. Die Bedienelemente zur Drehung, für Höhenruder und Schub waren auf einer Metallplatte neben seinem Arbeitsplatz angebracht. Diese zählte ebenfalls zu Calhouns Erfindungen und ließ Catfish die Fahrzeuge genauso manövrieren wie in üblichen Videospielen. Das ging so geschmeidig vonstatten, dass bestimmt jeder andere Kollege im Geschäft, der ferngesteuerte Drohnen handhaben musste, vor Neid erblassen würde – vorausgesetzt, er bekam sie jemals zu Gesicht.

Es waren Prototypen. Alle Entwicklungen, die sie auf dieser Mission benutzten, waren komplett neu. Sie hatten sie im Labor getestet, aktiv im Golf von Mexiko eingesetzt und schließlich mit hierher gebracht. Worin bestand der Unterschied zu den anderen? Er war mit den AUVs und dem ROV noch nie tiefer als zehntausend Fuß hinabgestiegen; daher auch die wochenlange Einarbeitungsphase.

Catfish hatte jeden Roboter überprüft, indem er mit ihm bis zum Bett des Grabens vorgestoßen war. Die AUVs mussten grob dreißigtausend Fuß zurücklegen, bevor sie auf den höchstgelegenen Grund stießen. Mit der Steuerung des ROVs hatte er gespielt, um ein Gefühl dafür zu bekommen, wie träge sie bei einer maximalen Tiefe von zwanzigtausend wurden. Aufgrund der Verzögerung zwischen den elektronischen Impulsen, die durch die Kabel nach unten wanderten, und dem Antwortsignal der Sonden musste man bei dem, was man tat, ein bis zwei Sekunden vorausdenken. Andernfalls war man genötigt, zu übersteuern, und dies konnte die Teile schnell beschädigen oder Schlimmeres anrichten.

R3, seine erste Wahl unter den ferngesteuerten Fahrzeugen, tauchte gleichmäßig und ohne Vorkommnisse. Die Übertragung zeigte einen Tiefseevampir, der durch das Bild huschte. Gewiss hatte der Vorderscheinwerfer der Sonde den seltsam aussehenden Tintenfisch angelockt. Er schwirrte immerzu im Kreis herum, vermutlich unsicher darüber, ob irgendeine Komponente des Roboters essbar sei. Catfish schmunzelte. Das ROV befand sich schon achtzehntausend Fuß weit unter der Meeresoberfläche. In dieser Tiefe herrschte vollkommene Dunkelheit und die Temperatur lag knapp über dem Gefrierpunkt. Die einzigen Geschöpfe, die dort leben konnten, waren uralte Wunderwesen der Evolution.

Einen Tiefseevampir hatte er so weit unten noch nie gesehen. Normalerweise hielten sie sich aus der tiefen Mitternachtszone des Ozeans fern, doch hier schwamm nun einer. Catfish speicherte ihn im Hinterkopf ab; die *NOAA* würde bestimmt von jeglichen biologischen Fundstücken erfahren wollen, auf die er beim Tauchen und Erkunden stieß. Der Höflichkeit halber achtete er stets darauf, der Behörde Bericht zu erstatten. Immerhin machten ihre Forschungsgelder solche Entdeckungen überhaupt erst möglich.

Ein Warnfenster öffnete sich nun auf dem linken Bildschirm. Catfish warf einen Blick darauf, ohne den Kopf zu drehen. AUV 1 war außer Reichweite geraten, und eine Sekunde später geschah dasselbe mit den anderen. Sie hatten die tiefe Mitternachtszone nun erreicht und würden erst wieder von sich hören lassen, wenn sie zur Oberfläche zurückkehrten. Als er den Kontakt zu Zicke verlor, stieß Catfish einen schweren Seufzer aus und widmete sich wieder der Übertragung des ROVs.

Er näherte sich allmählich dem Druckgrenzwert, auf den sie ausgerichtet war. Wagte er sich noch dreitausend Fuß weiter hinab, setzte er den Roboter damit aufs Spiel. Seit Mass Jahre zuvor eine unbemannte Sonde im Zuge einer unvorhergesehenen Dekompression verloren hatte, befürchtete Catfish ständig, irgendwann den gleichen Fehler zu begehen. Es bedurfte nur einer winzigen Luftblase an der falschen Stelle, dann konnte einen keine noch so ausgefuchste Bauform mehr retten: Das zwei Millionen Dollar teure Spielzeug würde sich dann einfach in einen Wirbelsturm aus Tiefseetrümmern verwandeln.

Catfish unterbrach den Abstieg des ROVs und ließ es schweben. Den Koordinaten zufolge würde es, wenn es niederging, weit von dem Bohrschacht entfernt sein, doch Vraebel, der Blödmann, hatte dessen Zusammenbau bis zur Frühschicht am nächsten Morgen vertagt. Anscheinend machte er sich Sorgen darüber, dass die Männer sich erschöpfen könnten. Catfish knurrte missbilligend. »Wenn ihr tot seid, könnt ihr immer noch pennen«, sagte er laut.

Als er noch einen Schluck aus seinem dritten Fitmacher nahm, bemerkte er, dass er unkontrolliert mit einem Fuß wippte.

Zu viel Koffein, dachte er. *Vielleicht sollte ich mich auch mal ein wenig aufs Ohr hauen.*

Er hatte die AUVs so programmiert, dass sie in der Nähe des Bohrlochkopfs anfingen, Videos und Messdaten aufzuzeichnen. Diesen Auftrag würden sie ausführen, obwohl der Schacht noch nicht vollständig niedergelassen worden war. Ihm blieb also sowieso nichts Anderes übrig, als zu warten, bis sie wieder auftauchten oder in Funkreichweite kamen, um sie auf den gleichen vorprogrammierten Strecken wieder zurückzuschicken.

Was Zicke tun würde, konnte er sich beim besten Willen nicht vorstellen. Nummer 5 hatte ihm beim Navigieren solche Querelen bereitet, dass es an ein Wunder grenzen würde, wenn er nun keine weiteren Bugs mehr ausbügeln musste.

Catfish schaute auf seine Uhr; es war kurz nach fünf am Nachmittag. Vraebel hatte über die Lautsprecheranlage angekündigt, man dürfe sich niederlegen und solle um 0600 zur Fertigstellung am Schacht antreten. Das bedeutete, dass die Nachtschicht nur leichten Arbeiten auf der Plattform nachzugehen brauchte und am Morgen von der anderen Mannschaft abgelöst wurde.

Standlees Magen knurrte. Er hatte schon zu lange nichts mehr gegessen, Punkt. Als er und JP mit den AUVs auf das Meer hinausgefahren waren, hatte er kurz vorher sein Frühstück zu sich genommen. Nachdem sie drei Stunden damit verbracht hatten, die Roboter dorthin zu ziehen und in Bewegung zu setzen, hatte sich Catfish geplättet und wie ausgehungert gefühlt. Statt sich allerdings eine Pause zu gönnen, war er gleich wieder zur Beobachtung übergegangen, sobald sie das Zodiac ins Trockene gebracht hatten.

Nummer 5 war ihnen nicht zuwidergelaufen, als sie die Sonde zu Wasser gelassen hatten. Sie war wie programmiert getaucht, doch was das anging, hatte ihnen diese eine sowieso noch nie Schwierigkeiten bereitet.

Catfish rieb sich die Augen und sein Magen grummelte erneut. Das ROV schwebte nun auf der Stelle. Er spielte kurz mit dem Gedanken, es auf Autopilot zu stellen, damit es diese Position hielt, entschied sich aber dann doch dazu, es aufsteigen zu lassen. Denn dabei konnte er die Segmente des Führungsrohrs überprüfen, die schon ausgefahren worden waren. Wenn sich sonst nichts unternehmen ließ, würde er wenigstens imstande sein, Calhoun und Vraebel über etwaige Probleme informieren zu können.

Er nahm seine Hände von der Steuerung, langte in eine Schublade und zog einen weiteren Proteinriegel aus der Schachtel. Auf der Verpackung stand »Schokolade mit Erdnussbutter«, aber er schmeckte trotzdem beschissen. Nun ja, es musste genügen, bis er das ROV für die Nacht hochgezogen hatte.

***

Die tiefsten Bereiche des Meeres werden aphotische Bereiche oder Mitternachtszone genannt. Bis dorthin dringt kein Sonnenlicht von der Oberfläche. Das Leben in der Finsternis knapp über dem Gefrierpunkt grenzt an ein evolutionäres Wunder, das durchaus auf eine Zeit noch vor den Dinosauriern zurückgehen könnte.

Einige Fische halten dem unvorstellbaren Druck der Tiefe überrachenderweise stand und schaffen es sogar, aufzutauchen. Niemand weiß, was diese befremdlichen Kreaturen dazu treibt, ihre Geburtsstätte zu verlassen und sich dem Druck zu widersetzen, um die Helligkeit der Sonne zu erfahren.

Sie haben ihre Körper nicht nur dahingehend entwickelt, dem unfassbaren Druck standzuhalten, sondern auch ihre inneren Schwimmblasen irgendwie so umgebildet, dass sie zur warmen Meeresoberfläche auftreiben. Ob Wunder der Schöpfung oder prähistorische Verstoßene: Diese Kreaturen sind hinsichtlich ihrer Fähigkeiten und körperlichen Beschaffenheiten bemerkenswert.

AUV 5 war ähnlich gebaut wie die Geschöpfe, denen es in den extremen Tiefen des Ozeans begegnete. Während es von oben herab in die untere Mitternachtszone sank, stieß es jegliche Restluft aus. Falls auch nur eine einzige Blase in ihrem Maschinenkörper zurückblieb, würde der unglaubliche Atmosphärendruck dieser Zone zu einer verheerenden Dekompression führen.

Seine beiden Gewichte, die aussahen wie Schiffshalter-Fische aus Stahl und an der Unterseite befestigt waren, füllten sich mit Meerwasser, um den Tauchgang bis zum Ozeangrund zu beschleunigen. Kam dann die Zeit zum Wiederaufstieg, würde das AUV ein Regelventil öffnen und den Inhalt wieder hinauslassen. Der plötzliche Auftrieb der Tanks würde sie so beim Hochkommen unterstützen.

Nummer 5 war so programmiert, dass sie langsam und träge um den Bereich kreiste, an dem sich der Bohrschacht befinden sollte. Die anderen AUVs waren weiter entfernt, und ihre Kameras zeigten auf ein Ziel, das nicht vorhanden war. Die Wärmeimpuls- und Blaulichtkameras nahmen die vorgesehenen zehn Bilder pro Sekunde auf und sammelten sie auf mehreren internen SSD-Festplatten. Dies würden sie fortsetzen, bis ihr Speicherplatz entweder zuneige ging, oder der Moment zum Aufstieg kam.

Der gelb lackierte Roboter, der in der pechschwarzen Dunkelheit unsichtbar war, setzte seinen Abstieg fort, bis er den Bohrlochkopf erreichte. Er untersuchte dann die voraussichtliche Eintrittsstelle; Nummer 5 scannte das Gebiet ab, wertete die Daten aus und trug nach ihrem besten Können Sorge dafür, dass die Messdaten wie erwartet ausfielen. Da der Bohrschacht noch nicht hinuntergelassen worden war, nahm sie nichts von einem Metallrohr oder einem Blowout-Preventer wahr, einer Absperrvorrichtung für den Fall eines unkontrollierten Ölaustritts.

Stieß sie auf ein unerwartetes Problem, wurde normalerweise ein Unterprogramm aktiviert, das sie aufsteigen ließ, bis sie wieder Funkkontakt herstellen konnte, doch Standlee hatte die Roboter so konfiguriert, dass sie das Fehlen des Rohrs nicht berücksichtigten. Nummer 5 war demnach so zufrieden, wie sich so etwas von einer Maschine sagen ließ. Keines ihrer Alarm- oder Notfallprogramme hatte sich gemeldet. Solange dies so blieb, würde sie einfach warten und aufzeichnen. Während es die Bilder auf die Festplatten bannte, gab das AUV eine weitere Schallwelle auf Fels und Sand in der Umgebung der Bohrstelle ab. Was zurückgeworfen wurde, war … sonderbar. Nummer 5 speicherte die Messung zwar, doch die Daten zu analysieren überstieg ihr Rechenvermögen bei Weitem.

Der Roboter lotete das Areal weiter aus, während er auf erneute Anomalien achtete. Vielleicht handelte es sich bei dem seltsamen Echo ja um einen leichten Defekt in seinem System – oder etwas unter dem Felsen bewegte sich. So oder so setzte es seine Suche fort und sammelte so viele Daten wie nur möglich. Solange nichts Erhebliches dazwischenfunkte, würde sie ihren Aufstieg nicht vor 0400 beginnen. Sie achtete weiterhin auf ihre innere Uhr und zählte die Sekunden, bis ihre Rückkehrfunktion wieder aktiv wurde.

3

Catfish saugte an seiner elektrischen Zigarette und hauchte eine Wolke Aerosol über dem Bürotisch aus. Shawna sah ihn entnervt an. Der Techniker mit der langen Mähne nuckelte ständig an dem Ding, seit der Führungsschacht wie geplant aufgestellt worden war.

Als die AUVs eine Tiefe von achtzehntausend Fuß erreicht hatten, waren sie dazu übergegangen, Funksignale zu senden. Catfish war gegen 0500 zum Frühstücken wachgeworden. Er hatte ein Weltklasse-Omelett hinuntergeschlungen, dazu drei Tassen Kaffee getrunken (den er eigentlich hasste) und sich dann auf den Weg zu den Gerätschaften gemacht, um nach seinen Babys zu sehen.

Sie waren auf ihrem Platz und warteten darauf, dass er ihnen weitere Anweisungen gab. Statt sie wieder hochzuholen, ließ er sie auf der Stelle verharren, während er das ROV hinunterschickte. Weil das ferngesteuerte Fahrzeug verkabelt war, konnte es große Datenmengen erfassen und mithilfe der Verbindung zurückschicken. Sobald es die Tiefen dicht über den fünf AUVs erreicht hatte, klinkte er sich nacheinander in alle Roboterdrohnen ein und ließ sie ihre Information auf das ROV übertragen.

Nun begann das Laden roher Fernmessdaten, Sensorberichte und zahlloser kurzer Videos in den Speicher des ferngesteuerten Vehikels, die so Tausende Fuß hinauf in Catfishs Konsolen gelangten. Wenn die AUVs ihren Transfer beendet hatten, zog er sich das ungeordnete Material per RAID auf den Computer. Seine Programme filterten und sortierten es anschließend nach Tiefe und Zeitpunkt.

Rein analytisch betrachtet gaben die Videos und Standbilder am wenigsten her; deshalb widmete er sich ihnen stets zuletzt. Sein PC verarbeitete die Messwerte und fing an, sie statistisch auszuwerten.

Während die Ergebnisse auf seinen Schirmen aufleuchteten, überflog er sie schnell, bevor er sie auf einen gemeinschaftlichen Server kopierte. Er war sich sicher, dass Shawna ebenfalls einen Blick darauf werfen wollte, ehe man sich anschickte, einen Bohrkern zu entnehmen.

Er hatte recht gehabt – natürlich.

Es waren jedoch die Daten von Nummer 5, die ihn dazu bewogen, die Geologin zu sich zu rufen. Die Sonde hatte eine Reihe von Werten ihres Sonars und Wärmemessers als Anomalien markiert. Catfish war absolut schleierhaft, was er da sah, doch seine Kollegin konnte bestimmt etwas damit anfangen.

»Siehst du das?«, fragte er sie, indem er auf den Monitor ganz rechts zeigte.

Shawna betrachtete die Ausschläge und Scheitelpunkte des Graphen. Beim Entpacken der Binärdaten stießen Catfishs Programme auf Byte-Indizes für Anmerkungen, die von den Sensoren gemacht worden waren. Diese lasen sich glimpflich ausgedrückt unglaublich verwirrend.

Die Geologin räusperte sich. »Wenn ich es nicht besser wüsste, würde ich sagen, Nummer 5 kam mit einem extrem großen Fisch in Berührung – etwas, das sich dort unten bewegt hat.«

Er schüttelte den Kopf. »Wir können die Videos und Standbilder gern alle einzeln durchgehen, aber ich halte das für ausgeschlossen. Da muss etwas Anderes passiert sein.«

Was Anderes, Bullshit. Catfish sah mal wieder Gespenster. Der Mann gab regelmäßig Fehlerteufeln die Schuld dafür, dass seine Programmcodes verbuggt waren, oder er führte es auf irgendeinen Unbekannten zurück, der angeblich an seinem Arbeitsplatz und seinen Plänen herumgepfuscht hatte. Shawna war es gewohnt, dass er sich lang und breit in paranoiden Verschwörungstheorien erging. Er mochte zwar ein Genie sein, war aber seelisch nur leidlich ausgeglichen.

Sie seufzte. »Hast du die Aufnahmen von Nummer 5 denn schon komplett zusammengetragen?«

»Ja und nein. Sie liegen wie alles andere in verschiedenen Ordnern, aber ich habe das Programm zum Kompilieren noch nicht laufenlassen. Das heißt, sie befinden sich noch auf dem Fileserver.«

»Okay«, erwiderte Shawna.

Sie ging zu dem gut beleuchteten Gerät neben ihm und nahm in dem teuren Bürosessel davor Platz. Nachdem sie sich eingeloggt hatte, tippte sie schnell über die Kommandozeilenschnittstelle, bis sie den Ordner für Nummer 5 geöffnet hatte.

Die Bilder und Videos waren nach Tiefe und Zeitstempel benannt. Die Aufnahmen mit zehn Frames pro Sekunde waren in Segmenten zu je fünf Sekunden abgespeichert worden. Sie zu sichten würde eine Heidenarbeit sein, doch sie wusste, dass nur die Analyse der Videos Catfish wieder auf die richtige Spur bringen würde. Denn hatte der Kerl erst einmal eine Systemstörung gefunden, ließ er alle anderen nötigen Tätigkeiten außer Acht, bis er das Problem gelöst hatte. Dies war eine von vielen charakterlichen Schrullen, die Shawna an ihm in den Wahnsinn trieben.

Sie suchte nach dem höchsten Wert für die Tiefe des Grabenbettes, um sich die entsprechenden Videos herauszupicken. Nummer 5 hatte fast vierzig Minuten lang bei 30.162 Fuß aufgenommen. Sie öffnete ein weiteres Fenster, rief so die sonderbaren Messwerte auf und schaute sich das zugeteilte Zeitintervall an. Schließlich nickte sie vor sich und startete den maßgeblichen Mitschnitt.

Statt gleißend heller Lichter von der Oberfläche des Bohrlochkopfs sah sie alles in seltsam gespenstisches Blau getüncht. Die neue Kameratechnologie für extreme Meerestiefen beruhte weder auf Wärmebild-Aufklärung noch auf traditionellen Methoden der Erfassung, sondern besaß eine spezielle Lichtfrequenz, die sie sogar im Stockfinsteren »sehen« ließen.

Im Gegensatz zur Schwarz-Weiß-Fotografie gewährte das Blaulicht viel mehr Kontrastnuancen, sodass Details in den fließenden Farbübergängen nicht so leicht verlorengingen. Sand und Gestein rings um den Bohrlochkopf waren klar erkennbar. Der Bereich sah während der Wiedergabe unberührt aus, doch dann gab es plötzlich einen Sprung.

Shawna stutzte. Das Video begann wieder von vorn, ohne dass sie eine Taste gedrückt hatte, nun jedoch mit einem Bild pro Sekunde. Nummer 5 schwebte mehr oder weniger ruhig auf der Stelle, doch dies bedeutete nicht, dass die Szene nicht ein wenig verwackelte. Selbst in jener Tiefe führte das stete Hin und Her des Wassers dazu, dass die Sonde ihre Position immer wieder unmerklich veränderte. Die Kameras waren zwar auf Lafetten montiert, die Bewegungen kompensierten, aber perfekt funktionierte das Ganze trotzdem nicht.

Als das Video Frame 23 erreichte, konnte Shawna den Sprung mitverfolgen. Sie drückte schnell die Leertaste, um das Bild einzufrieren. Nummer 5 war an Ort und Stelle geblieben, doch die Kamera zeigte nun ruckartig nach oben, als sei sie von einer plötzlichen Welle herumgeschwenkt worden. Aber schon im nächsten Frame zeigte sie wieder in die gleiche Richtung wie zuvor.

Die Geologin zog die Augenbrauen zusammen. »Catfish?«

»Was ist?«, fragte dieser, ohne mit dem Tippen aufzuhören.

»Können wir die Kamera von Nummer 5 überprüfen? Da ist etwas komisch.«

Er drehte sich kurz zu ihr um. »Was meinst du mit *komisch*?«

»Na ja«, hob sie an. »Ich habe mir die Aufnahmen aus diesem Zeitrahmen genau angeschaut. Anscheinend veränderte sich die Kameraeinstellung, obwohl sich das AUV nicht bewegt hat.«

Catfish blinzelte. »*Was?*«

»Ernsthaft«, bekräftigte Shawna. »Komm her.«

Im Raum wurde es abgesehen vom Brummen der Computerlüftungen still. Catfish rollte seinen Sessel langsam neben den seiner Kollegin. »Okay, dann zeig mir was, das ich noch nicht gesehen habe.«

Sie bewegte den Cursor zurück an den Anfang und startete das Video erneut bei normaler Geschwindigkeit. Catfish schaute gebannt zu. Als das Bild von einer Einstellung zur nächsten sprang, machte er große Augen. »Zeig's mir noch einmal, aber dieses Mal in Zeitlupe.«

Shawna kehrte abermals zum Beginn zurück und ließ es einmal mehr mit einem Frame pro Sekunde laufen. An der betreffenden Stelle saugte er geräuschvoll an seiner Unterlippe. Sie drückte wieder auf Pause und wandte sich ihm zu. »Na, was hältst du davon?«

Er zuckte mit den Schultern. »Das ist wirklich komisch.« Er wisperte die Worte beinahe verstohlen, doch ein Lächeln umspielte seinen Mund. »Ich habe noch keine Kamera erlebt, die so etwas tut.«

»Interferenzen der Sensoren?«

Das schloss er kopfschüttelnd aus. »Falls dem so wäre, hätten wir es schon einmal gesehen. Außerdem würden dann auch die restlichen Videos und Standbilder die gleiche Störung aufweisen.«

»Wer sagt denn, dass sie das nicht tun?«, gab Shawna zu bedenken. »Ich glaube, wir müssen uns erst noch alle anderen ansehen, vielleicht tritt der Fehler dann ja wieder auf. Wie viele Anomalien hat Nummer 5 denn insgesamt verzeichnet?«

»Sieben«, antwortete Catfish.

Sie seufzte erneut. »Wie gut, dass der Führungsschacht erst in ein paar Stunden ganz hinuntergelassen wird. Sobald der Schlick hochkommt, werde ich an meinen Platz gefesselt sein.«

»Blablabla«, meinte Catfish.

Sie boxte gegen seinen Arm, woraufhin er fluchte. »Ganz richtig, Mr. Computer, denn du musst ja schließlich keinen hundert Meter langen Bohrkern untersuchen, wenn sie das verdammte Ding herausgezogen haben.«

»Nun ja, das ist doch auch dein Job, oder?«, hielt er dagegen.

»Man beendet Fragen nicht mit *oder*, oder?«, meckerte sie, was er lediglich mit einem geringschätzigen Seitenblick abtat. »Jawohl, Catfish, das ist mein bescheidener Job.«

Nun lachte er. »Warum kannst du nicht einfach *beschissen* sagen, und fertig?«

Sie drehte sich im Sessel zu ihm um. »Weil ich eine Lady bin!«

Er hob beide Hände und setzte ein Grinsen auf. »Würde nie etwas Anderes behaupten.«

»Und daran tust du auch gut«, erwiderte sie. Ihr empörter Blick wich schnell einem sanften Lächeln. »Andernfalls würde ich dir nämlich in deinen *beschissenen* Arsch treten.«

***

Die Crew war nun mit dem Zusammenbau des Bohrschachts für die Entnahme der Kernprobe fertig. Sie hatte über sechshundert Rohrelemente miteinander verbunden, um den Meeresgrund erreichen zu können. Jetzt waren sie endlich dort angelangt. Das Bohrteam musste jetzt nichts weiter tun, als Stützmittelflüssigkeit in die Tiefe zu pumpen, die Schraube zu starten und zu warten.

Die Spitze des Bohrers befand sich vergleichbar mit der Spindel eines Schallplattenspielers in der Mitte eines kreisrunden Mechanismus aus Stahl mit einem breiten Durchmesser. Das sichtbare Hauptrohr war mit Tanks voller Flüssigkeit verbunden. Diese strömte dann bei Beginn der Bohrung durch den Schacht nach unten, um die Schraube zu schmieren und zugleich Sedimentgestein sowie andere Partikel – prosaisch Schlick genannt – nach oben zu drücken. Anschließend fing der riesige Plattenteller an, zu rotieren, und der Bohrer drang infolge der Zentrifugalkraft in den Meeresboden ein. Das diamantbesetzte Kernstück schnitt einen hundert Meter langen Zylinder aus dem Felsen des Schelfs. Während des Vorgangs stieg der Schlamm durch das Rohr hinauf in ein Rücklaufbecken. Die Crew musste ihn danach sieben und filtern, damit Shawna und Harobin, der die Auslesebögen bewertete, die Ergebnisse analysieren konnten.

Sobald die Schraube ihre Zieltiefe erreicht hatte und der Bohrkern gewonnen war, sollte die Mannschaft den hundert Meter-Kolben aus Stein und Erde durch den Schacht hinaufholen. Dann würde man den Kern entnehmen und Shawna zur Untersuchung überlassen, damit sie zu einem Urteil gelangte:

Hatte man Aussichten auf schwarzes Gold oder nur eine Niete gezogen?

Calhoun blickte hinaus auf das offene Meer. Die ungleichmäßigen Wellen schäumten unter bauschigen, weißen Wolken. Das heftige Unwetter, von dem sie auf dem Ozean verfolgt worden waren, hing immer noch dort draußen, bewegte sich aber nicht mehr auf *Leaguer* zu, und das war eine gute Sache.

Er langte wieder in seine Brusttasche und nahm eine minderwertige Zigarre heraus. Deren Ende war dunkel und feucht, nachdem sie am Morgen schon zu lange zwischen seinen Lippen geklemmt hatte. Eine der edlen hatte er bei Tagesanbruch geraucht, während die Sonne langsam am Horizont aufgestiegen war. So eine Einfache, wie er sie nun in der Hand hielt, würde er nie konsumieren; diese war zum Kauen vorgesehen.

Sobald er sie in den Mund steckte, spielten seine Zähne damit. Er rollte sie in gespannter Erwartung von einem Mundwinkel in den anderen. Jedes Mal, wenn eine Crew mit dem Bohren anfing, konnte so unendlich viel schiefgehen. Die Anschlüsse der Rohrelemente könnten nicht halten, die Flüssigkeit würde vielleicht nicht bis zur Spitze gepumpt werden, oder die Schraube könnte plötzlich brechen. Und im schlimmsten Fall öffnete man aus Versehen einen Gaseinschluss.

Calhoun hatte Fotos von Förderplattformen gesehen, deren Betreiber unerwartet auf riesige Erdgas- oder CO2-Reservoirs gestoßen waren. In solchen Fällen entwich deren Inhalt schlagartig durch den Schacht oder verursachte eine Explosion, die eine gewaltige Druckwelle nach sich zog. Und wie konnte es dann noch schlimmer kommen? Indem sich eine Blase bildete!

Eine Plattform war von einer solchen einmal vollständig zerstört worden. Als deren Personal bemerkt hatte, dass es auf eine Gasansammlung gestoßen war, hatte sie den gesamten vor Ort verfügbaren Gussbeton ins Rohr geschüttet. Dadurch war das Gas zwar wieder eingeschlossen und die Sprengung des Bohrlochkopfs vereitelt worden, doch dafür hatte es einen Teil des Meeresbodens aufgerissen. Eine dicke Gasblase war aus dem gespaltenen Tiefseegraben gequollen und anschließend zur Oberfläche aufgestiegen. Sie hatte die Bohrinsel, einen sogenannten Halbtaucher, mit solcher Wucht im schrägen Winkel erfasst, dass die Konstruktion ins Wanken geraten war und sich komplett zur Seite geneigt hatte. Von diesem Moment an war ihr Schicksal besiegelt gewesen.

Der Ballast, der sie über Wasser gehalten hatte, war auf einer Seite stärker geflutet worden als auf der anderen. Außerstande, sich von selbst wieder aufzurichten, war sie immer weiter gekippt. Zu diesem Zeitpunkt, als es den Versorgungsschiffen gelungen war, die Plattform zu evakuieren, hatte sie 25° Schlagseite … und eine Stunde später? War sie vom Meer verschluckt worden – einfach weg, während einzig Holztrümmer und Abfall die Stelle markiert hatten, an der sie verschwunden war.

Und wie lange hatte das alles gedauert? Nur fünf Stunden! Innerhalb dieser kurzen Zeitspanne war eine Investition von achthundert Millionen Dollar auf den Ozeanboden gesunken, und dieses Unglück hatte sich nicht weit entfernt vom Festland in nur zweitausend Fuß tiefem Wasser zugetragen.

Sollte etwas Ähnliches hier draußen mitten im Nirgendwo passieren, musste die Crew einen Wettlauf gegen die Zeit antreten, um die Insel in Rettungsbooten zu verlassen. Automatische Notsignale würden aktiviert werden, woraufhin Hubschrauber und Hilfsschiffe zur Rettung eilen würden, doch diese erfolgte nur, wenn man die Gelegenheit dazu bekam, von der Anlage zu flüchten.

Calhoun machte sich keine Sorgen um eine etwaige Explosion; immerhin waren sie keine Stümper wie *BP* und wussten, wie man einen Bohrlochkopf mit funktionsfähiger Absperrvorrichtung ausstattete. Solchen Deppen dürfte man normalerweise nicht einmal erlauben, mit Öl zu braten, geschweige denn, es zu fördern und zu raffinieren.

Bei *PPE* trachtete man nach schwarzem Gold, war aber auch klug genug, um den Unterschied zwischen der Vorsicht geschuldeten Verzögerungen und dem Risiko zu kennen, unbekümmert drauflos zu bohren. Vor Vertragsabschluss mit dem Konzern hatte sich Calhoun die Erfahrungsbilanz der Beteiligten angeschaut; hierbei handelte es sich um *PPEs* ersten Vorstoß in die Tiefsee. Das hieß, sie wollten unter gar keinen Umständen Gefahr laufen, ihr neues Spielzeug zu verlieren. Ansonsten hätte er sich nie auf das Projekt eingelassen, egal wie viel dabei herausgesprungen wäre, denn Geld konnte man schließlich nicht mehr ausgeben, wenn man tot war.

Auf einmal knackte der Lautsprecher. »Steve Gomez, bitte auf der Brücke melden.«

Der kleine Latino mit dem hellroten Sicherheitshelm ging von der Drehscheibe zu einem Telefon, das an der Wand angebracht war. Er nahm den Hörer ab, sprach ein paar Worte hinein und drehte sich dann zu den Männern auf der Ebene um. Während er die Sprechmuschel zuhielt, gab er ihnen mit einem Daumen grünes Licht.

Calhoun setzte seinen Gehörschutz auf und zog ihn sich über die Ohren, als die Pumpen lautstark ihren Betrieb aufnahmen. Die Flüssigkeit begann nun ihren langen Abstieg zur Schraubspitze. Der Ingenieur sehnte sich nach dem Dröhnen der Drehscheibe, wenn sie beim Bohren rotierte, doch bis das so weit war, sollte noch etwas Zeit vergehen; zuerst musste alles gewissenhaft vorbereitet und geschmiert werden.

Die Crew stand zwischen den Pumpen und der Scheibe verteilt. Man betrachtete Messanzeigen und achtete auf Warnlampen. Vraebel und Terrel, sein leitender Offizier, würden oben auf der Brücke das Gleiche tun. Catfishs AUVs schwirrten wahrscheinlich schon dort unten um die Bohrstelle herum, nahmen Bilder auf und überwachten die Systeme. Falls etwas falsch lief, erhielten sie wenigstens gute Filmaufnahmen.

Nichts wird falsch laufen, redete sich Calhoun ein. *Da unten wartet nur schwarzes Gold darauf, dass wir es hochholen.*

***

In der aphotischen Zone herrscht fast vollkommene Geräuschlosigkeit. Der Wellengang dreißigtausend Fuß oberhalb des Meeresbodens schlägt sich so tief unten kaum bis gar nicht nieder. Die Fauna lebt praktisch im Stillen, die einzig gestört wird, wenn ihre Flossen beim Schwimmen das Wasser verdrängen oder ihre Zähne Beute schnappen.

AUV 5 konnte nichts hören, denn dafür waren keine Sensoren eingebaut worden. Allerdings vermochte es, den Strom der Flüssigkeit durch den Bohrschacht wahrzunehmen. Seine Wärmefühler erkannten den Temperaturwechsel des Rohrs und begannen, ihn aufzuzeichnen. Ohne sich in der vollkommenen Dunkelheit zu bewegen, sendete es erste Schallsignale aus, um die Bohrstelle auszuloten. Seine Kameras sprangen an und starteten die Aufnahme von Videos, wobei sie auch Schnappschüsse nahmen.

Sein Thermosensor stieß auf ungewöhnliche Wärmeaktivität in der Nähe des geplanten Auftrittspunkts. Das Fahrzeug stellte die Kamera in diesen Bereich scharf, verzeichnete die Werte als anomal und setzte anschließend seine Erkundung fort. Die Flüssigkeit wirbelte durch den Führungsschacht, als sie zum Bohrer hinunterströmte, und wurde durch einen anderen Teil des Rohrs wieder nach oben gepresst.

Während der Roboter nur wenige Fuß über dem Ozeangrund schwebte, aktivierte er seine Magnetsensoren im Rahmen eines Unterprogramms. Damit sollte er nach Rissen oder Unregelmäßigkeiten suchen, sobald die Schraube anfing, sich ins Gestein und die Erde zu bohren. Falls etwas aus den Fugen geriet, konnte die Besatzung der Plattform die Daten auswerten und erfuhr so, ob der Grund ein mechanischer Fehler oder Schäden an der Bohrstelle waren.

Hätte man AUV 5 mit Hörsensoren ausgestattet, wäre es in Aufruhr versetzt worden, als die dreißigtausend Fuß lange Rohrkonstruktion in Bewegung geriet. Der tiefe Schacht drehte sich kaum wahrnehmbar im Uhrzeigersinn; das sagenhafte Gewicht des Bohrgestänges hielt die Spitze auf Fels und Sand gedrückt. In gleicher Weise, wie sich die Drehscheibe bewegte, taten es auch der Schacht und die Schraube. Nummer 5 hätte gehört, wie der Diamant den Stein zerstäubte.

Wenige Meter weiter in der ruhigen Tiefe des Meeres geriet ein Riff von Kalkröhrenwürmern in Wallung. Die Fangarmen ähnelnden Organismen neigten sich nun dem Ursprung der Vibration zu. Ob dies reflexartig oder aufgrund eines intuitiven Bewusstseins von Gefahr geschah, würden wir wohl nie erfahren.

AUV 2 war genau über diesem Riff positioniert. Es drehte sich langsam nach unten, um Fotos von der Fauna zu schießen und Videoeindrücke festzuhalten. Seine Hauptaufgabe bestand darin, die Bohrstelle zu beobachten, doch in dem Moment, als die Würmer auf die Bohrung reagiert hatten, war eine untergeordnete Programmroutine in Gang gesetzt worden. Selbst in der Finsternis der Mitternachtszone fiel ihr Schwanken seinen Bewegungssensoren auf.

Es beschoss die Gewebetiere mit seinem Sonar, worauf sie ansprachen, indem sie sich nach der Sonde ausstreckten, wenngleich diese weiterhin einen sicheren Abstand wahrte. Falls sich später jemand die Zeit nahm, das Video zu betrachten, würde sich das Verhalten der Würmer darin zeigen. AUV 2 markierte in seinem Log, wann und wo die Lebewesen auf den Bohrvorgang reagiert hatten.

Weit über dem Meeresgrund rotierte die Drehscheibe weiter. Flüssigkeit wurde aus dem Rücklaufbecken nach oben gespült und direkt wieder am Gestänge nach unten gepresst, um die Schraube zu schmieren und das Loch zu verschließen, während ein dünner Zylinder aus dem Bett geschnitten wurde. Bis zum Ende der Kernbohrung sollten noch Stunden vergehen. Die AUVs verrichteten weiterhin ihre Aufgabe, das Gebiet sensorisch abzutasten und zu filmen. Sie hörten das unterirdische Ächzen zwar nicht, doch ihre Messfühler zeichneten es auf.

Die langen Würmer schüttelten sich, als würden sie frösteln.

***

Die Plattform dröhnte lauter als die Lüftungen der Computer, die Klimaanlage oder das Gespräch unter den Männern. Ihre Pumpen waren aktiv, die Scheibe drehte sich weiter, die Crewmitglieder an den Monitoren widmeten sich ihren jeweiligen Aufgabenbereichen. Vraebel, der gerade seine siebte Tasse Kaffee locker in der linken Hand hielt, ließ sich zu einem leichten Lächeln hinreißen.

Gomez hatte schon zwei Mal Bericht erstattet, um ihnen mitzuteilen, dass es wie am Schnürchen liefe, und um sich zu vergewissern, dass niemand eine Warnung herausgegeben hatte. Der Aufseher freute sich, dem Schichtführer sagen zu können, dass alles in Ordnung sei, und ihm aufzutragen, dass sie weiter bohren sollten. Seine Männer waren gut, und das galt auch für Calhouns Bohrer. Man hatte bereits zwei zusätzliche Rohrsegmente ans Gestänge fügen müssen. Der Kern wurde in Rekordzeit ausgefräst, was aber nicht etwaiger Hast zu verdanken war, sondern einzig der hervorragenden Schraube.

Bei Gelegenheit würde er den Ingenieur mal fragen müssen, was daran so besonders war, doch bis auf Weiteres nahmen ihn seine Bildschirme so sehr in Beschlag, dass er nicht mehr getan hatte, als kurz daran zu denken. Die Displays des Steuerelements für den Bohrer leuchteten über den Fenstern der Brücke. Sie zeigten eine grafische Darstellung des Gestänges, während es in den Meeresboden getrieben wurde. Ein anderer Monitor ließ Gesteinsdaten durchlaufen. Das Gestänge war bereits zwanzig Fuß unter den Grund gelangt und stieß rasch weiter vor. Noch rund dreihundert Fuß, dann hatte die Crew die Kernprobe gelöst und würde sich dem langwierigen Vorgang widmen können den Zylinder zu bergen.

Calhoun saß währenddessen mit seinem gesamten Team in der Bohrzentrale. Vraebel war sich ohne jeden Zweifel sicher, dass der Ingenieur und sein Personal ebenfalls auf die Monitore starrten und die Rohdaten sichteten, die am Schacht zurückgegeben wurden. Digitalmesser zeigten unaufhörlich Pumpdruck, Flüssigkeitsverbrauch und Näherungswerte für den Fortschritt der

Schraube an. Diesen Teil seines Jobs mochte Vraebel am liebsten – dabei zuzuschauen, wie sich das Gestänge langsam zu einer Ölquelle vorarbeitete.

Auch trotz der Geschwindigkeit, mit der dieses Gerät es schaffte, war das Ende erst in mehreren Stunden absehbar. Als er die Ergebnisse der seismischen und magnetischen Auswertung zum ersten Mal gesehen hatte, war ihm aufgefallen, dass Sigler mehrere Bereiche im Graben mit »optimale Bedingungen für eine Kernbohrung« gekennzeichnet hatte. Die Geologin verstand offensichtlich etwas von ihrer Arbeit, denn er hatte noch nie erlebt, dass Bohren so einfach sein konnte.

Er schaute hinunter auf den Computerbildschirm und die Nachrichtenfenster. Aus der Bohrzentrale gaben Harobin und Sigler gerade denjenigen Anweisungen, die den Bohrer steuerten. Vor einigen Jahren wäre das unmöglich gewesen, doch mithilfe der neuen Sensoren konnten die Geologin und ihr Gesteinsexperte die Beschaffenheit der Bohröffnung fast in Echtzeit auswerten. Harobin analysierte den Schlamm, während sich Sigler einen schnellen Überblick der Geodaten verschaffte, um sicherzugehen, dass man gerade auf nichts stieß, was die Schraube zerstören könnte.

Vraebel schlürfte weiter seinen Kaffee. Er saß mit durchgedrücktem Kreuz im schwarzen Chefsessel und würde sich nicht eher zurücklehnen, um sich zu entspannen, bis sie den Kern ausgehoben hatten. Am Ende der Wache würde ihm allerdings der Rücken wehtun, und seine Gelenke könnten ihm das Gefühl vermitteln, in einem Stahlsarg eingeschlossen gewesen zu sein.

***

In der Bohrzentrale unterhielt man sich nur gedämpft. Shawna saß an ihren Monitor gefesselt da, während sie das Gemisch aus Partikeln untersuchte, das im Kreislauf heraufkam, während der Analyst Harobin weiter Markierungen vornahm. Auslesedaten ratterten auf einem ihrer vier Bildschirme hinunter, die anderen drei zeigten topografische Karten, die auf den magnetischen und seismischen Untersuchungen von einigen Monaten beruhten.

Plötzlich ging ein Fenster mit einem Bohrmesswert auf. Shawna schüttelte den Kopf. Die Bodenbeschaffenheit hatte sich verändert. Die ursprünglichen Daten, die aus ihren Untersuchungen hervorgegangen waren, stimmten plötzlich nicht mit dem überein, was die Geologin nun las. Sie rügte sich dafür, die Videos der AUVs nicht gründlicher durchgesehen zu haben. Falls dort unten ein Magmaherd lag, waren sie geliefert, und magmatische Verschiebung war eigentlich die einzige Erklärung dafür, dass der Ozeangrund jetzt anders aussah, als bei der Untersuchung vor mehreren Monaten.

»Außer, jemand hat die Auswertung verpfuscht«, sagte Shawna zu sich selbst.

»Was?«, fragte Harobin. Er schob sich die Brille hoch. Der struppige, blonde Bart am Kinn seines rundlichen Gesichts erzitterte, als er mit den Zähnen knirschte.

»Nichts«, antwortete sie. »Habe nur mit mir selbst gesprochen.«

Harobin nickte. »Ich sehe nichts Auffälliges an der Flüssigkeit, und wir haben eine gute Strömung.« Er bohrte mit seinem Zeigefinger in seinem linken Nasenloch herum.

Shawna schüttelte angewidert den Kopf.

Der Analyst war gut in dem, was er tat, aber augenscheinlich schon viel zu lange auf hoher See und stets umgeben von anderen Männern. Dies galt allerdings nicht nur für ihn; die meisten Arbeiter auf der Insel reichten kaum über das Niveau von Wilden hinaus, was ihren Umgang mit Frauen oder Manieren generell anbetraf.

Als ihr Vater sieben Jahre zuvor erfahren hatte, dass sie bei Calhoun eingestiegen war und was sie in Zukunft tun würde, hatte er sich auf die Unterlippe gebissen, seine Bartstoppeln mit einer schwieligen Hand gekratzt und gesagt: »Shawna, mit solchen Typen willst du bestimmt nicht verkehren.«

Sie war das erste Familienmitglied mit einem College-Abschluss, und außer ihr hatten bis dahin alle Angehörigen beim Militär gedient. So viele Generationen ihrer Vorfahren hatten in West Virginia Kohle abgebaut, dass sie nicht sicher war, ob ihre Verwandtschaft überhaupt irgendetwas anderes tun konnte. Männer mit dreckigen Gesichtern betraten den Stollen, während welche mit Rändern unter den Fingernägeln herauskamen – über hundert Jahre lang die gleiche Prozession im Bergwerk.

»Paps, ich krieg das schon hin«, hatte sie damals beteuert.

Er hatte sich eine Zigarette in den Mund gesteckt und dann eine blaue Dunstwolke in das schwächer werdende Nachmittagslicht geblasen. »Mit diesen Kerlen raus auf das Meer fahren oder zu irgendeinem Land in Afrika? Klingt nicht gerade angemessen für eine Dame, wenn du mich fragst.«

»Dafür ist es aber sichere Arbeit, Paps; ich schaff das schon.«

»Arbeit«, hatte er leise wiederholt. »In Labors gibt es auch eine Menge Arbeit, oder?«

Sie hatte genickt. »Ich will aber keine Laborratte werden, Paps. Das Leben hat mehr zu bieten, als dass man in einem solchen Bunker hockt und langweilige Proben untersucht.«

»Ein langweiliger Job ist trotzdem immer noch ein Job – besser als im Freien auf einer Förderinsel zu sein oder wie auch immer man das nennt.«

Shawna hatte schwer geseufzt. »Paps, mir wird schon nichts passieren. Mr. Calhoun passt gut auf seine Angestellten auf.«

Rauch war aus der Nase ihres Vaters gequollen. »Und wie viele davon sind Frauen?«

»Was spielt das für eine Rolle?«, hatte sie empört erwidert.

Er hatte noch einmal an seiner Kippe gezogen. »Ich sorge mich nur um dich, Shawna. Du bist eine gutaussehende junge Frau, und alte Männer kommen schnell auf alle möglichen dummen Gedanken.«

Nun hatte sie lachen müssen. »Du kennst Mr. Calhoun doch gar nicht. Er ist kein geiler Bock oder so etwas.«

Bei diesen Worten hatte Tim Sigler verächtlich geschnaubt. »Wir haben alle schlechte Manieren, Fräulein. Ich kann nicht glauben, dass du das noch nicht begriffen hast.«

Ihr Gespräch war noch weitergegangen, doch letztendlich hatte Shawna ihren Vater davon überzeugt, sich einfach für sie zu freuen. Nur ein Jahr später war er bei einem Grubenunglück ums Leben gekommen. Sie wusste, er wäre stolz auf sie gewesen, auch wenn er nie so recht verstanden hatte, womit sie eigentlich ihr Geld verdiente. Ihre Schwestern – sie hatte drei – wohnten immer noch in ihrer Heimatstadt und würden sehr wahrscheinlich auch niemals von dort wegziehen.

Shawna betrachtete den Bildschirm argwöhnisch. »Andy? Erkennst du irgendetwas Merkwürdiges im Schlamm?«

Harobin schaute sie kurz an. »Nein, Ma'am, ich denke nicht. Was ich erkenne, ist …« Seine Stimme wurde leiser und brach dann ganz ab. Schließlich klopfte er mit den Knöcheln einer Hand auf den Bürotisch. »Okay, ich verstehe, was du meinst.« Seine knorrigen Finger tippten hektisch ein paar Tasten. »Einige Partikel sehen in meinen Augen nicht nach Sand aus – oder nach Steinen.«

»Würde ich auch sagen«, erwiderte Shawna.

Sie stand von ihrem Platz auf und baute sich hinter Harobin auf. Auch seine Monitore zeigten eine Menge Daten, doch die Programme, die er geöffnet hatte, rollten Tiefen- und Zeitwerte sowie grobe chemische Näherungen ab.

»Ja, Mann«, fuhr er fort, »da kommt gerade etwas völlig Seltsames hoch. Ich frage mich, ob wir auf eine Kolonie Algen gestoßen sind oder so etwas in der Art.«

Sie schüttelte abermals den Kopf. »Es gibt keine unterirdischen Algen, Andy. Es könnte aber die Unterseite eines Riffs von Röhrenwürmern sein, obwohl ich nicht glaube, dass die sich so tief unten ansiedeln.«

»Ist es etwas, über das wir uns Sorgen machen müssen?«, wollte Harobin nervös wissen.

Shawna kaute abwägend auf ihrem Backenfleisch herum. *Etwas, über das wir uns Sorgen machen müssen?*, dachte sie. »Nein, aber wir müssen es definitiv in unseren Berichten hervorheben.«

»Ich meine: Könnte es unsere Proben verderben?«

Sie zeigte auf die Daten, die auf dem Schirm gelistet wurden. »Sieh zu, dass du das markierst.«

»Das werde ich«, versprach ihr Harobin. Er öffnete eine Berichtsdatei und fing an, rückwärts durch die Auslesung zu blättern, um die befremdlichen Partikel wiederzufinden. Während er mit einer Hand tippte, bohrte der Zeigefinger der anderen weiter nach Nasengold.

Shawna verzog angeekelt ihr Gesicht und kehrte an ihren Computer zurück. Als sie sich niederließ, schaute sie an den Tischen entlang zu Calhoun. Dieser kauerte gerade in einem Schattenkreis über Standlees Sessel und betrachtete gemeinsam mit ihm die Messwerte. Er sagte etwas, woraufhin Catfish anfing, Dinge über die Tastatur einzugeben.

Wieder ein kaputtes AUV?, fragte sie sich.

Nun drehte sich Calhoun zu ihr um und zuckte mit seinen Augenbrauen. Sie lachte und widmete sich wieder ihrem Monitor. Die Oberfläche des Bettes stimmte immer noch hinten bis vorn nicht. Dass sich der Meeresgrund so drastisch verändert hatte, ergab einfach keinen Sinn. Sie würde sich mit Calhoun darüber austauschen müssen, sobald die Kernbohrung abgeschlossen war. Umwälzungen im Gebiet rings um die Förderstelle hin oder her: Die Schraube hatte keinerlei Probleme beim Durchdringen des Bodens zur Entnahme der Probe.

Jemand legte ihr plötzlich eine Hand auf die Schulter, sodass sie vor Schreck zusammenfuhr.

»Und? Wie läuft es?«, fragte Calhoun mit seiner typisch rauen Stimme.

Shawna wollte Gelassenheit hervorkehren. »Erzähl Catfish nicht, dass ich das gesagt habe, doch ich glaube, die seismische Analyse war fehlerhaft.«

Er runzelte die Stirn. »Was meinst du mit fehlerhaft?«

Sie zeigte auf die Informationen, die das AUV früher am Morgen zurückgegeben hatte. »Siehst du das? Dort sollte das Gelände an der Bohrstelle zur Kante des Grabens hin leicht ansteigen.«

»Schon klar«, entgegnete er. »Welcher Bereich des Bettes ist das gerade?«

Sie stöhnte genervt, als sie die Karte der ersten Untersuchung öffnete und auf den linken Monitor zog. Nach ein paar weiteren Mausklicks zeigte der Schirm rechts daneben eine andere Karte. »Die linke ergab sich aus den ursprünglichen Erkundungsdaten.«

Nun war es Calhoun, der auf seinem Backenfleisch herumkaute, während sein Blick hin und her sprang. »Kannst du die Neuere einmal auf die Ältere legen?«

Sie nickte und zog die rechte Karte auf die linke. Indem sie mehrere Icons anklickte, hob sie die Linien der neueren blau und dick hervor. Dann verringerte sie die Transparenz, bis die blauen Umrisse auf den schwarzen des Originals lagen.

»Teufel auch«, raunte Calhoun.

Das Gebiet rings um die Bohrstelle besaß kein leichtes Gefälle mehr; stattdessen lag das Loch jetzt in einer Mulde. Der Ozeanboden in der Umgebung war zerklüftet und uneben wie gefräster Asphalt. »Was zur Hölle ist das?«

Shawna schnalzte mit der Zunge. »Wie gesagt, ich glaube, dass die ursprüngliche Auswertung fehlerhaft war.«

»Ausgeschlossen«, behauptete Calhoun. »Jedenfalls nicht *so* fehlerhaft. Die Sensoren der Drohnen sind das Beste vom Besten, Shawna.«

Sie nickte wieder. »Ich weiß, aber wie bitteschön erklärst du dir das denn sonst?«

»Ich …« Er warf einen Blick zurück zu Standlee. Dieser legte gerade seine Stirn in Falten, während er die früheren Datensätze der AUVs durchging. »Ich denke, wir müssen Catfish um Rat fragen.«

»Er wird das aber bestimmt nicht gern hören«, vermutete sie.

Calhoun grinste. »Das geht schon klar, Shawna; das geht schon klar.«

Sie stieß einen Seufzer aus. »Boss? Wenn wir den Kern hochholen, wird es vielleicht ein bisschen komplizierter als erwartet.«

Er lachte. »Weil das bisher so schnell geht, hätten wir noch genügend Zeit, um zwei weitere Proben zu entnehmen, ohne in Verzug zu geraten.«

»Wow!«, rief Harobin von seinem Computer aus und klatschte aufgeregt in die Hände. »Wir haben Öl.«

Shawna schaute auf ihren Schirm. Warnfenster öffneten sich. Sie hatten eine Druckkammer getroffen, und jetzt stieg etwas durch den Bohrschacht auf.

»Du weißt doch gar nicht, ob das wirklich Öl ist«, sagte Shawna mit leicht zögerndem Tonfall.

Harobin starrte sie an. »Du bist manchmal eine richtige Spielverderberin.«

Calhoun zeigte auf die Messwerte auf ihrem Monitor. »Wie hoch ist der Druck?«

Sie klickte auf eine Schaltfläche, um ein weiteres Fenster zu öffnen. »Sehr hoch.«

Das veranlasste ihren Arbeitgeber zu einem kehligen Brummen. »Und was heißt das genau?«

Shawna kräuselte ihre Nase. »3atm im Verhältnis zum Druck am Meeresgrund.«

»Mein Gott«, staunte Calhoun. »Das ist ja riesig.« Er drehte sich zu Andy um.

»Besteht Explosionsgefahr?«

Der Gesteinsspezialist schüttelte den Kopf. »Nein, Thomas, kein bisschen; noch alles im grünen Bereich.«

»Die Frage ist nur, wie lange noch«, relativierte Shawna. »Andy? Sag Bescheid, wenn der Schlick hochkommt.«

»Dürfte nicht mehr lange dauern«, entgegnete Harobin. »Er bewegt sich ziemlich schnell. Falls wir noch auf eingeschlossene Flüssigkeit stoßen, sollte er ein stattliches Tempo erreichen.«

Calhoun nickte.

Dies war die eine Sache, mit der sie nicht gerechnet hatten: Druckkammern! Die ersten Auswertungen hatten unterhalb von dreißig Metern moderate bis leichte Felsformationen gezeigt, doch dies war nun eigenartig – äußerst eigenartig. Denn wenn der Schlick tatsächlich nur aus Flüssigkeit bestand, musste die ursprüngliche Analyse vollkommen falsch sein. Er fragte sich, was vielleicht außerdem nicht stimmte.

Schließlich drehte er sich zu Standlee um. »Catfish?«

Dieser fuhr sich mit einer Hand durch das lange Haar und blickte langsam von seiner Tastatur auf. »Können wir uns darauf festlegen, morgen früh ein AUV zu einer weiteren Magnetabtastung loszuschicken?«

Der Techniknarr schaute ihn mit zusammengekniffenen Augen an. »Warum zum Geier sollten wir das tun?«

Daraufhin holte Calhoun tief Luft. »Weil da etwas nicht koscher ist – und ich will wissen, ob es an unserer ersten Sondierung liegt. Wir müssen den Boden an der Bohrstelle in einem Umkreis von zweihundert Metern erneut überprüfen.«

Catfish stöhnte. »Na gut. Aber nachdem JP sie zurückgeholt hat, muss ich sie erst gründlich warten, damit das klargeht. Brauchst du sie wirklich schon morgen früh?«

»Falls möglich, ja«, antwortete Calhoun, »aber schlag dir bloß nicht die ganze Nacht damit um die Ohren. Für die nächste Bohrung solltest du mir zuliebe fit sein.«

Shawna räusperte sich deutlich, weshalb er nun sie anschaute. »Ich würde nicht planen, noch einmal zu bohren, bevor wir festgestellt haben, was da unten los ist.«

Der Techniker pflichtete ihr bei: »Stimmt, also warten wir, bis der Schlamm hochkommt, und finden dann erst einmal heraus, wo der verdammte Fehler liegt.«

***

Als die Schraube aufhörte, sich zu drehen, lösten die Wärmesensoren von AUV 5 einen Vorgang aus. Ein Empfänger speicherte den Zeitpunkt und die veränderte Temperatur. Ein zweiter Vorgang startete das Hauptprogramm. Die Sonde reagierte, indem sie ihre Nase nach vorn in Richtung Meeresgrund neigte. Die Unterfunktion zur Gewichtung schickte einen elektrischen Impuls in den Schaltkasten, woraufhin Wasser aus den Tanks strömte und der Aufstieg begann.

In der schwarzen Umgebung der aphotischen Zone sauste dem Fahrzeug ein dicker Laternenfisch hinterher. Der biolumineszente Fortsatz an seinem Kopf leuchtete blau und wackelte; im Umkreis von über einer Meile sah man kein anderes Licht. Der Fisch glaubte anscheinend, etwas zum Futtern entdeckt zu haben. Während er dem aufsteigenden Roboter hinterherjagte, warf der gelbe Lack von Nummer 5 den schwachen Schein seines Leuchtfühlers zurück. Der Fisch schoss in heller Aufregung und haltlos vor Eifer durch das Wasser auf sein Ziel zu. AUV 5 startete daraufhin seine Propeller und nahm Fahrt auf. Als der Meeresbewohner die Vibration des Getriebes spürte, erkannte er, dass etwas nicht stimmte. Er bremste, indem er seine Flossen anwinkelte, und änderte schlagartig seinen Kurs, sodass er, statt gegen den Metallrumpf der Drohne zu stoßen, knapp unter ihr hindurchschwamm. Strudel, die das Triebwerk aufwühlten, drückten ihn zur Seite, während der Roboter weiterhin zur Oberfläche strebte.

Der Laternenfisch kehrte verärgert, seine Chance vertan zu haben, auf den Ozeanboden zurück. Das Wasser wurde aufgrund der Schwingungen der anderen Sonden unruhig, die ihren Ballast nun ebenfalls ausstießen und nach oben trieben. Der Fisch schwebte schließlich wenige Fuß über dem Bett. Als er herumfuhr, schaute er auf den Bohrlochkopf und das Gestänge – beides uninteressant für ihn, abgesehen von der Art, wie das Metall sein Licht reflektierte.

Dann pflanzte sich plötzlich eine weitere Erschütterung in der Mitternachtszone fort. Der Fisch floh so weit von der Bohrstelle weg, wie er nur konnte. Das Führungsrohr hob sich nun langsam und in gleichmäßiger Bewegung aus dem Loch. Als ein ganzes Element frei herausgezogen worden war, stockte es; ein paar Augenblicke später ging es weiter, gefolgt von der nächsten Pause. Dieser Prozess setzte sich noch stundenlang fort.

Der Laternenfisch fürchtete sich nicht mehr, als er erkannte, dass die Vibrationen harmlos waren, und dieses Ding ihn nicht als Beute betrachtete. Also wartete er und schaute zu; dies zu tun sagten ihm seine Instinkte – lauern und beobachten. Vielleicht stellte dieses wunderliche Metallgeschöpf ja Nahrung bereit oder zeigte letztendlich irgendwann sein wahres Gesicht.

Nach einer weiteren müßigen Stunde trieb der Hunger den Fisch dazu, sich etwas zu fressen zu suchen. Er schwamm auf das Riff der langen Kalkröhrenwürmer zu; diese wabernden Tentakel zogen stets Happen an. Um vor den gefräßigen Wesen sicher zu sein, wahrte er ein paar Fuß Abstand.

Während er nach Beute suchte und mit seinen Flossen schlug, um nicht hinuntergezogen zu werden, streckte sich nicht einer der Würmer nach ihm aus. Ihm entging vollkommen, dass sich gerade ein Riss in der Mitte des Riffs auftat, doch in seinem winzigen Gehirn keimte ein Warninstinkt auf, der sich über Hunderte Millionen von Jahren hinweg herausgebildet hatte. Er neigte sich seitwärts, um hinunterzuschauen, darauf gefasst, einen Strahl Wasser aus seiner Schwimmblase zu stoßen, um schnell hochsteigen und der Gefahr entgehen zu können.

Das biolumineszente Licht des Laternenfischs brach sich in einem großen Auge. Noch ehe ihn ein Kampf- oder Fluchtimpuls zum panischen Aufstieg bewegen konnte, schoss rasend schnell ein Greifarm hoch. Aus dessen Spitze wuchsen lange Fortsätze und schnappten nach dem Tier.

Dabei entleerte der Laternenfisch seine Schwimmblase. Er spritzte Kot und Urin ins Wasser, während er in der Umklammerung des fremdartigen Wesens zappelte. Er versuchte, sich rückwärts zu bewegen und sich irgendwie vom Arm dieses Dings zu lösen. Fleisch ging entzwei, und ein Loch tat sich darin auf. Der Fisch hatte keine andere Wahl mehr, als hineinzuschwimmen. Als er den Grund erreichte, stieß er auf Zähne; sie waren das Letzte, was er jemals entdecken sollte.

***

Die Crew hatte das Gestänge mittlerweile eingeholt und den Kernzylinder in Teilen in das kleine Labor neben den Personalquartieren getragen. Calhoun war aus Neugierde ebenfalls zugegen gewesen, während sie die Rohrelemente vom Meeresgrund hochgezogen hatten.

Im selben Maße, wie er es hasste, auf dieser Insel gefangen zu sein, begeisterte er sich dafür, diesen Aspekt der Exploration zu beobachten. Dass eine überschaubare Zahl von Menschen innerhalb so kurzer Zeit so viel bewerkstelligen konnten, verblüffte ihn immer wieder. Die außerordentliche Sorgfalt, mit der die Mannschaft den Bohrer behandelte, war beeindruckend.

Calhoun hatte diese Abläufe schon so häufig gesehen, dass er nicht mehr mitzählte, doch die Besatzung von *Leaguer* war besser als der Durchschnitt, sehr wahrscheinlich sogar die beste, die er kannte. Vraebel mochte vielleicht ein Arsch ohne Humor sein, hatte aber zweifelsohne ein Händchen dafür, ein gutes Team zusammenzustellen.

Wer nicht schlief, entspannte sich vermutlich gerade in seiner Koje oder genehmigte sich etwas zu essen.

Calhoun stand mit einer *Rocky Patel* im Mund auf der oberen Ebene. Er blies eine dicke Wolke in die Nachtluft, während die Wellen gegen den unter Wasser stehenden Teil der Anlage schlugen.

Selbst von dieser hohen Warte aus hörte er es brausen, wenn die Kämme der Wogen gegen das Metall klatschten. Mit diesem Geräusch verband er eine Art Hassliebe. Es machte ihn schläfrig; heute Nacht kam ihm das allerdings äußerst gelegen.

Den Kern zu entnehmen war leicht vonstattengegangen. Aber wie Shawna gesagt hatte, stimmte die Topografie des Grabenbettes nicht mehr. Calhoun nahm noch einen Zug und kaute am Ende der Zigarre; eine leichte Brise wehte ihm den Qualm aus den Augen.

»Was zum Henker könnte das verursachen?«, fragte er ins Dunkel hinein. Es ergab einfach keinerlei Sinn. Am Morgen würde er anfangen im Internet nachforschen. Wenngleich er sicher war, dass Shawna dies bereits tat, musste sie sich in der Früh ganz auf die Probe konzentrieren. Nach einer vierzehnstündigen Schlammanalyse und der Sichtung von Bohrdaten hatte sie sich vollkommen ausgezehrt; sie war praktisch beim Abendessen eingeschlafen.

Calhoun schmunzelte. Vor einer Stunde war Catfish in seiner Entschlossenheit endlich eingeknickt, woraufhin er sich mit dem Bauch voller grüner Chilischoten und Sodbrennen aufs Ohr gehauen hatte. Der Techniker legte eine rigorose Arbeitsmoral an den Tag, doch auch jemand wie er musste irgendwann schlafen – früher oder später.

Während die Crew das Rohr eingeholt hatte, war JP gemeinsam mit einem anderen Taucher im Zodiac hinausgefahren, um die AUVs zurückzubringen. Alle fünf waren aufgetaucht, lange bevor man das Gestänge wieder hochgezogen hatte. Dieses Mal gab Zicke keinen Grund zur Klage; mittlerweile hingen die schweren Stahlroboter an ihren Stationen und wurden für ihren nächsten Einsatz aufgeladen.

Da die Arbeit an ihrer ersten Bohrstelle nun beendet war, würden die Fahrzeuge in den kommenden Tagen nur wenig zu tun haben. Calhoun jedoch sah voraus, dass Catfish Zicke abermals auf Herz und Nieren prüfen würde, indem er eine weitere topografische Untersuchung durchführen würde. Morgen musste er dann mit ihm alle Videos, Sensorberichte und Fehlersuchläufe der AUVs durchgehen, während Shawna die Kernprobe analysierte. Das würde ein verdammt langer Tag werden!

Er stieß noch eine Wolke Qualm aus; der Wind drehte, sodass der Qualm in seinen Augen brannte. Er nahm die Zigarre mit seinen dicken, kräftigen Fingern aus dem Mund, während er sich eine Träne abwischte. *Elender Ozean, aber auf ihn war stets Verlass.*

Als Calhoun ein Stück Tabakblatt ausspuckte, flatterte es im Wind, ehe es über die Brüstung ins Meer geweht wurde. Im Salzwasser würde es sich in Sekundenbruchteilen auflösen; auch darauf konnte man sich verlassen.

Vraebel hatte sich beim Abendessen nicht blicken lassen. Calhoun nahm an, der Aufseher der Anlage habe sich entweder hingelegt, sobald das Gestänge wieder oben war, oder sitze noch immer auf der Brücke. Sollte Letzteres der Fall sein, würde dieser unangenehme Mensch morgen früh bestimmt einen ordentlichen Hänger haben.

Thomas wusste nicht so genau, ob er selber überhaupt Ruhe finden würde. Anhand des Kerns sollte sich herausstellen, ob die Testbohrung ein Volltreffer oder eine Niete gewesen war. Wenn sie Pech hatten, mussten sie es weiter überall versuchen, wo ein Fund in Aussicht stand, bis sie auf Öl stießen oder durch höhere Gewalt zurückgepfiffen wurden. *PPE* hatte Unsummen für die beste Fördermannschaft überhaupt ausgegeben, und die Führungsetage könnte ungehalten werden, wenn man keinen fetten Coup landete – besonders nachdem Calhoun und Shawna ihnen versichert hatten, dass es hier Öl gebe.

Entdeckungen wie diese waren selten, und die Suchergebnisse deuteten darauf hin, dass etwas unter dem Meeresboden lag. Da Reservoirs fast genauso aussahen wie Grundwasserschichten, zeigten sich beim Durchdringen des Gesteins mit seismischen und magnetischen Sensoren ausgehöhlte Bereiche, doch auch solche Vorstöße in die Tiefe der Erde hatten ihre Grenzen.

Die Bohrung war mühelos erfolgt, wenn man es genau nahm, vielleicht sogar ein bisschen zu einfach. Und die Druckkammer, die sie geöffnet hatten? Die Leitung wäre dabei fast geflutet worden. Laut der Analyse des Schlicks handelte es sich bei der Flüssigkeit in der Tat um Öl, doch Harobin wurde nicht müde, etwas von seltsamen Partikeln zu faseln. Sie hatten mehr als genug zusammengetragen, um Sigler eine gründliche Auswertung zu ermöglichen. Das Fass mit ihrer Probe, die ans Labor in Houston gehen sollte, stand bereit zum Verladen – vorausgesetzt natürlich, dass dies überhaupt noch einen Zweck hatte.

Shawna hatte Calhoun die Gesteinsdaten gezeigt, doch dem Ingenieur war nicht ganz klar gewesen, was er davon halten sollte. Er räumte aber zumindest ein, dass es höchstwahrscheinlich Anomalien seien, doch diese häuften sich, und irgendetwas an dieser ganzen Sache ließ ihm die Knie weich werden.

Aber morgen würden sie Genaueres erfahren – was tatsächlich los war. Sie konnten sich ziemlich gut vorstellen, was die ersten dreißig Meter des Kerns enthielten, doch bis Sigler es überprüft hatte, blieb alles reine Spekulation. Nun blies er einen Rauchring in den Wind; dieser wurde rasch von einer Bö zerfetzt.

Die langsam blinkenden Lampen des Förderturms und der helle Mond waren die einzigen Lichtpunkte in der vollkommenen Finsternis; ein leuchtender Dunstkranz umgab den blassgelben, weit entfernten Erdtrabanten. Die Zigarre war fast heruntergebrannt. Calhoun nahm sie wieder aus dem Mund, ließ den Qualm lange durch seine Nase hinausströmen und schnippte den Stummel dann hoch.

Die Reste trudelten im Wind, ehe er sie aus den Augen verlor. Er hätte gern gewusst, ob die Glut zischte, wenn sie auf das Wasser traf und unterging. Vielleicht würde ein Fisch sie ja irrtümlicherweise für Nahrung halten und verschlingen, oder sie löste sich in einzelne Tabakflocken auf, die schließlich zum Meeresgrund sanken. Es spielte aber eigentlich auch gar keine Rolle.

Calhoun seufzte und ging zu der Treppe, die nach unten in die Kabinen führte. Die Wettervorhersage war gut, doch der verfluchte Sturm vor der Küste zog immer noch nicht weiter. In ein paar Tagen war er womöglich endgültig verflogen, oder aber er stattete der Plattform doch noch einen Besuch ab. So oder so würde es bis übermorgen eine Menge zu tun geben, und dann war es schon an der Zeit, ein zweites Loch zu bohren.

4

Auf den breiten Labortisch ließ sich beim besten Willen keine weitere Kernprobe mehr legen. Es waren bereits neun Zylinder zu je fünfunddreißig Fuß. Jeder war behutsam mit einem Stahlseil aus dem Bohrgestänge gezogen und zur Analyse hergebracht worden. Die Ergebnisse lasen sich allerdings mehr als erschreckend.

Das Gestein war auf den ersten fünfundzwanzig Metern beschaffen wie erwartet: Eisenhaltiger Granit und Sedimentschichten lagen in feiner Farbabstufung übereinander, doch die letzten fünf? Etwas so Merkwürdiges war Shawna in ihrer ganzen Berufslaufbahn noch nie untergekommen.

Es sah fast aus wie Fels, war aber ... nun ja, irgendwie schwammartig. Sie hatte noch nicht identifizieren können, um was es sich genau handelte, und dies ohne bessere Forschungsausstattung zu tun war nahezu ausgeschlossen. Wären sie nicht auf die Flüssigkeit in der Druckkammer gestoßen, würde die Geologin während der nächsten zwei Tage wahrscheinlich nichts anderes tun, als den gesamten Kern abzuklopfen. So aber musste sie sich vor allem der besagten Flüssigkeit widmen, denn darüber wollten Calhoun und *PPE* natürlich mehr erfahren.

Ihr Chef war zweimal vorbeigekommen, und sie hatte ihm stets gesagt, er solle sich schleunigst wieder verziehen. Denn sie mochte es überhaupt nicht, wenn ihr jemand bei der Arbeit auf die Finger schaute, und das galt sogar noch doppelt für Thomas. Sie brachte Verständnis dafür auf, dass er unbedingt erfahren wollte, was man aus dem Loch hochgeholt hatte, aber er würde warten müssen, bis Shawna ihm ein paar stichhaltige Antworten geben konnte.

Unter diesem Vorsatz saß sie nun vor einem Stahltisch, auf dem ein Messbecher mit schwarzer Flüssigkeit stand. Sie hatte schon mehrere Tropfen entnommen und von einem Gaschromatografen trennen lassen. Beim Sichten des Befunds hatte sie die Luft angehalten und breit grinsen müssen.

Sie widerstand dem Drang, Calhoun hereinzurufen, denn er würde bestimmt im Dreieck springen, wenn er sah, was sie entdeckt hatte. Doch bis sie mit der Untersuchung des Öls unter dem Mikroskop fertig war, wollte sie ihm keine Hoffnungen machen.

Die Chromatografie war einfach der erste Schritt des Prozesses. Die Analyse des Schlicks hatte die Flüssigkeit als Öl ausgewiesen, doch man konnte sich den Brei nicht wirklich anschauen und überzeugt davon sein, dass es mehr sei als genau das. Shawna musste jetzt erst einmal die genaue Güte des Rohstoffs bestimmen.

Öltürme verfügten normalerweise nicht über große Labore, weil sie einfach keine benötigten. Auf Forschungsplattformen unterhielt man in der Regel bessere, doch auch diese waren immer noch nicht gut genug, um präzise Auswertungen vornehmen zu können. Das Präfix Forschung kam nicht von ungefähr. Falls die Proben eines Kerns vielversprechend aussahen, führte man die Schraube einfach wieder durch den Schacht nach unten und förderte so viel Öl, dass man ein kleines Fass füllen konnte; vier Gallonen reichten dazu normalerweise aus. Weil die Bohrstelle geologisch betrachtet nicht der Norm entsprach, hatte *Leaguer* schon mehr als genug aufgeschwemmt, um es für eine erschöpfende Untersuchung nach Houston zu verschiffen.

Richtige petrochemische Labors benötigen allerdings ein, zwei Wochen für jegliche Art von umfassender Analyse, doch *PPE* hatte bereits für beschleunigte Dienstleistungen bezahlt. Wenn das Fass in Texas eintraf, würden die Wissenschaftler dort alles stehen und liegen lassen, um die molekulare Struktur des Öls aufzuschlüsseln und ein chemisches Gutachten zu erstellen. Danach erhielten *PPE* und Calhouns Team ihren umfassenden Bericht.

Vor dem Internetzeitalter hatte es bis zu einem Monat lang dauern können, bis ein fertiges Zeugnis schließlich an der Förderstelle vorlag. Bis dahin hatte eine exploratorische Anlage für gewöhnlich drei weitere Testbohrungen vorgenommen und die jeweiligen Kerne ans gleiche Labor gesandt.

Da *Leaguer* aber in der Lage war, über Satellit kommunizieren zu können, war es möglich, die Ergebnisse zu erhalten, kaum dass die Chemiker in Houston ihre Arbeit erledigt hatten. Aber dies würde nicht früher als in ein paar Tagen geschehen; ein Helikopter oder Schiff würde die Probe schließlich von der Insel aus nach Texas bringen müssen. Moderne Technik mochte zwar eine nahezu unmittelbare Beschaffung von Informationen gewährleisten, doch Teleportierung musste leider erst noch erfunden werden.

Dies bedeutete, dass sie bislang nur von Shawnas Analyse ausgehen konnten. Gerade schaute sie auf die Digitalanzeige am Tisch und dann auf das Öl. Partikel setzten sich an der Oberfläche der zähen, dunklen Flüssigkeit ab. Die schwarze Brühe anzustarren genügte allerdings nicht; sie musste herausfinden, worum es sich bei diesen Kleinstteilen handelte.

Shawna stand vom Stuhl auf und streckte sich. Während der Zeit, als sie den Kern zerlegt und ihre Geräte aufgebaut hatte, war sie nicht aus dem Labor gekommen, also seit fast sieben Stunden. Ihr Magen knurrte wie ein ausgehungertes Raubtier. Im Gegensatz zu Standlee hatte sie sich keinen Vorrat an Snacks zugelegt. Wenn man mit Chemikalien arbeitete, war es keine gute Idee, Esswaren und Getränke in der Nähe zu haben.

Sie griff zum Messkolben des Thermometers und steckte ihn in den Becher; das digitale Display sprang sofort auf knapp 24°.

Nun lächelte sie und zog den Kolben wieder heraus.

Zeit für den spannenden Teil, dachte sie.

Auf einem der breiten Tische war ein glänzendes Stativ zur Dichtebestimmung mit einer Reihe von Trichtern und Filtern aufgebaut. Shawna packte den Messbecher behutsam mit einer großen Zange. Dann ging sie so vorsichtig hinüber, wie sie nur konnte, und goss die Flüssigkeit in den ersten Trichter.

Shawna besaß zwar keinen akademischen Grad in Chemie, hatte sich aber unter anderem mit Gesteinswissenschaften beschäftigt, und dieses Fachgebiet machte Kenntnisse in Chemie erforderlich, und zwar nicht gerade wenige. Sie war vor all den

Jahren zweifellos nicht nur als Geologin angeheuert worden. Dies war nun schon wieder ein Beleg dafür; sie konnte das Öl trennen, seine Dichte bestimmen und es hinreichend aufschlüsseln, um herauszufinden, ob es in seinem Rohzustand zu jener Art von Raffinierung taugte, die ihren Auftraggebern vorschwebte. Jegliche Form des Brennstoffs war sozusagen »kommerziell« verwertbar, doch Schweröl oder Bestände, die Wasser in hoher Konzentration enthielten, ließen sich nicht so leicht veredeln. In Anbetracht des immerzu steigenden Ölpreises interessierten sich die Konzerne aber auch in zunehmendem Maße für das unreinere, gemeinere Zeug. Schweröl zu raffinieren kostete mehr, doch das zahlte sich bei den hohen Kursen trotzdem aus.

Shawna trat von dem Stativ zurück und zog ihre Handschuhe aus. Sie waren hitzebeständig und schützten sie vor etwaigen Resten von Chemikalien aus dem Schlamm. Wenn diese Stoffe mit der Haut in Kontakt gerieten, dann gute Nacht. Im günstigsten Fall bekam man einen Ausschlag, doch chemische Verbrennungen dritten Grades waren bei falschem Umgang mit ihnen ebenso üblich.

Die Flüssigkeit quoll blubbernd durch eine Anordnung von Filtern in die nächste. Shawna behielt die dunkle Brühe im Auge, während sie durch die Röhrchen aus transparentem Glas strömte. Dabei wechselte sie die Farbe; schon unter dem zweiten Filter war sie nicht mehr pechschwarz, sondern seidig braun wie Mokka. Shawna grinste. Noch ein paar Minuten, und das Zeug floss in einen zweiten Becher. Sie strahlte umso mehr, als das Öl alle Filter durchlaufen hatte, um die Partikel zu entfernen, und nicht mehr intensiv schwarz war, sondern angemessen bernsteingelb funkelte.

Sie unterdrückte ein Gähnen, während sie darauf wartete, dass es zu tropfen aufhörte. Seufzend zog sie die dicken Handschuhe wieder an und nahm den Becher, in den sie das Öl zunächst gefüllt hatte, um ihn unter den Ausguss des Stativs zu stellen. Dass jegliche Ölreste in den bereits verunreinigten Behälter tropfen würden, war unbedenklich. Nun brachte sie den anderen mit dem gefilterten Öl an einen freien Tisch vor einer Wand.

Erst mal fotografieren, dachte Shawna.

Sie stellte einen kleinen Kasten vor das Glas. Während sie durch den Bildsucher schaute, stellte sie den Apparat an den Drehknöpfen scharf. Als sie den Becher vollständig sah, drückte sie einen Knopf. Es klickte; sie schaute das Gerät vergnügt an, zog eine SD-Karte an der Seite heraus und steckte sie in ihre Hosentasche. Nun da dies erledigt war, stellte sie die Kamera wieder zurück an ihren Platz auf dem Tisch.

Auf einer Ablage waren ein Hydrometer und mehrere andere Messapparate mit Beschriftung angeordnet. Die Augen zu verdrehen ersparte sie sich; wie es aussah, wollte man bei *PPE* sichergehen, das die Angestellten auch wussten, wie alle Instrumente hießen. Was irgendein Arbeiter auf einer Bohrinsel jedoch mit einem Gerät zur Dichtemessung von Stoffen anfangen sollte, konnte sie sich beim besten Willen nicht vorstellen.

Shawna nahm den schweren Glaskörper nun wieder und fuhr mit ihren behandschuhten Fingern darüber. Das untere Ende war kugelförmig, die Oberkante hingegen relativ schmal; an der Seite, die sie in ihren Händen hielt, schaute sie auf eine LCD-Anzeige. Sie steckte den dicken Teil langsam in die Flüssigkeit und wartete. Das Digitaldisplay des Hydrometers blinkte, während es den Wassergehalt der Probe maß. Den nächsten Anflug eines Gähnens konnte Shawna nicht mehr zurückhalten, sodass der Laut, den sie von sich gab, in dem recht kleinen Laborraum widerhallte. Nach einem Moment schaltete sich die Anzeige ab. Sie betrachtete sie mit hochgezogenen Augenbrauen, bis eine Reihe von Zahlen auftauchte.

»Das kann doch nicht wahr sein!«, sagte sie laut.

Dass Proben Wasser enthielten, war normal; es kam so gut wie immer vor. Deshalb ließ sich kein Testergebnis ohne ein bisschen Spekulation deuten, aber dies hier ergab überhaupt keinen Sinn. »10ppm«, las sie ab. Das war einfach unmöglich.

Öl enthielt immer Wasser, Punkt. So lautete die Regel. Es war viskös und leichter als Wasser, weshalb es sich an der Oberfläche jeder Feuchtigkeit absetzte, die Gestein oder Sand ausströmte, doch das … ließ sich einfach nicht erklären. Sie zog das Gerät heraus und säuberte es schnell in einem Säurebad, das in dem Waschbecken in der Nähe stand. Nachdem sie es zum Trocknen beiseitegelegt hatte, starrte sie den Becher an. Sie war sich nicht sicher, ob sie Calhoun das unterbreiten sollte, denn er würde es mit Sicherheit auch nicht glauben.

Die schwarze Flüssigkeit trotzte allen Gesetzen der Geologie und auch des Öls an sich. *Wo war nur das Wasser abgeblieben?* Dahinter musste mehr stecken.

Während sie den Behälter betrachtete, bemerkte Shawna eine winzige Luftblase, die aufstieg und an der Oberfläche zerplatzte. Sie öffnete den Mund und schloss ihn gleich wieder. *Luftblasen? In Öl?* Ihr Herz begann, heftig zu klopfen. Sie wusste nicht, weshalb sie auf einmal solche Angst vor dem Inhalt des Bechers hatte, doch es war so. Ein urzeitlicher Instinkt drängte sie dazu, den Raum zu verlassen, und zwar SOFORT. Früher hatte Shawna diesem Überbleibsel einer längst überkommenen Evolutionsstufe gehorcht, doch dieses Mal nicht. Stattdessen trat sie wieder vor den Ständer neben dem Tisch mit den Proben und schnappte sich eine Atemschutzmaske von einem der Haken.

Da sie ihre Haare zusammengebunden hatte, konnte sie das Teil anziehen und den Riemen festzurren, ohne dass es allzu sehr zwickte. Sie ließ den Becher nicht aus den Augen, während ihre Finger nach den Schlaufen tasteten. Sobald sie die Maske trug, fühlte sie sich besser – und umso mehr, als sie auch noch die Sicherheitsbrille aufgesetzt hatte.

Das hätte sie eigentlich schon von vornherein tun sollen; schließlich entsprach es den Vorschriften. Andererseits ließ sie ohnehin immer Vorsicht walten, aber nun fürchtete sie sich und wollte am liebsten einen Anzug zum Schutz vor biologischen Gefahrenstoffen.

Mit zitternden Händen näherte sie sich dem Becher, wobei sie sich zur Gelassenheit ermahnte. *Ist doch bloß Öl*, redete sie sich ein. *Vielleicht alles ein bisschen seltsam, aber nichts weiter als eine dämliche Kohlenwasserstoffverbindung. Reiß dich also zusammen!* Aber jener Urinstinkt wollte einfach keine Ruhe geben.

Als ihre Hände wieder stillhielten, ergriff sie den Becher mit der Zange und trug ihn zu der kleinen Zentrifuge in einer Ecke. Darin steckten schon mehrere Reagenzröhrchen. Sie nahm einen kleinen Trichter aus Glas und steckte ihn in das nächstbeste. Dann kippte sie den Becher Zoll um Zoll hinein, bis die bernsteinfarbene Flüssigkeit hinauslief. Als das Röhrchen etwas weiter als bis zur Hälfte gefüllt war, hielt sie den Becher wieder senkrecht und stellte ihn auf den Tisch.

Zuletzt ordnete sie die übrigen Reagenzgläser mit Fingerspitzengefühl so an, dass sie die Probe ausbalancierten. Tat man dies nicht, geriet die Zentrifuge ins Schlingern, wobei die Behälter zerbrechen konnten. Nachdem Shawna das Röhrchen mit einem Pfropfen versehen hatte, schloss sie die Klappe des Apparats.

Sie wählte zweitausend Umdrehungen pro Minute, stellte den Timer auf zwei Minuten und startete das Gerät. Er sirrte und begann mit der Rotation. Der Lärm war unangenehm, aber auch laut genug, um ihre stilleren Befürchtungen zu verdrängen. Das Gurgeln und Plätschern im Filterstativ entging ihr dabei genauso wie die anderen Blasen, die jetzt in dem Messbecher darunter aufwallten.

Shawna wartete, während die Zentrifuge schleuderte. Ihr Magen knurrte beharrlich weiter, aber sie ignorierte ihn nach wie vor. Wenn der Apparat fertig war, konnte sie etwas essen. *Nur noch ein paar zusätzliche Tests*, wollte sie dem Organ sagen, das sie allerdings nicht erhörte.

Die Sekunden zogen sich dahin, während sie auf den LCD-Schirm schaute, der an der Wand in Richtung Osten hing. Er war in vier gleichgroße Teile gesplittet. Oben rechts sah man die Einstellung einer Kamera auf das Deck der Plattform, wo die Männer gerade dabei waren die Auflagen der Rohrsegmente zu inspizieren. Daneben hatte man Aussicht auf die Ozeanwellen; die See war heute leicht aufgewühlt. Ein Satellitenbild des Wetterberichts nahm die beiden unteren Viertel der Anzeige ein.

Wie das Gewittertief nach Süden hin aussah, gefiel Shawna überhaupt nicht. Als sie sich mit dem Versorgungsschiff durchgeschlagen hatten, war es ein erhebliches Ärgernis, aber wenigstens nicht gefährlich gewesen. Achtundvierzig Stunden später schien es sich nun ausgeweitet zu haben. Von tropischen Sturmwinden war aber keine Rede … bislang wenigstens.

Der Motor der Zentrifuge wurde leiser, und das Sirren hörte langsam auf, während er drosselte. Zuletzt piepte die digitale Zeituhr zweimal. Shawna drehte sich um, schaute auf den Apparat und seufzte.

Als sie sich ihm näherte, brach das laute Brummen der Klimaanlage plötzlich ab. Sie ging davon aus, das Thermostat habe die eingestellte Temperatur gemessen. Als sie ihre Finger in den Handschuhen auf die Kante des Deckels der Zentrifuge legte, stockte sie. Man hörte es kaum, doch irgendetwas knisterte.

Sie schaute sich im Raum nach der Ursache um, sah aber nur die Forschungsinstrumente. Es klang wie Säure, die sich irgendwo durchfraß. Ihr Blick fiel auf die Dekanter an der hinteren Wand; immer noch stand die Flüssigkeit in den beiden Bechern – totenstill und bewegungslos. Das Geräusch hörte auf. Shawna schaute ein letztes Mal hin, bevor sie ihre Aufmerksamkeit wieder der Zentrifuge widmete.

Während sie ein weiteres Gähnen unterdrückte, zog sie den Deckel hoch und schaute das Reagenzröhrchen an. Behutsam löste sie es aus seinem Einschub und spannte das Entnahmewerkzeug. Dessen Metallgabeln verschoben sich, sodass eine Öffnung entstand, die breiter war als der Durchmesser des zylindrischen Tubus aus Pyrex-Glas. Als sie den Druck auf den Kneifer verringerte, schlossen sich die Gabeln um den Behälter, und sie konnte ihn hoch ans Licht halten.

Das Öl schimmerte in noch dunklerem Gelb als zuvor. Shawna betrachtete den Boden; dort waren keine Partikel zu sehen.

Nichts hatte sich abgelagert, die Flüssigkeit war absolut frei von Sedimenten.

Das konnte nicht stimmen – nein, auf keinen Fall. Öl enthielt immer Ablagerungen; es gab nicht den einen, immer gleichen Rohzustand. Als plötzlich wieder eine Blase im Reagenzglas barst, zuckte die Geologin zusammen, hielt es aber weiter mit dem Werkzeug fest. Die Flüssigkeit erweckte den Anschein, aus dem Behälter zu quellen, doch dazu kam es nicht. Shawna hatte so heftiges Herzklopfen, dass ihr das Blut in den Ohren rauschte.

Sie hielt das Röhrchen von sich weg, als enthalte es Sprengstoff, während sie zur Westwand ging, und steckte es dann auf ein Untersuchungsstativ. Als sie den Kneifer erneut zusammendrückte, rutschte es in die freie Aufhängung. Dann trat sie zurück. Nun fiel das gleißend helle Halogenlicht der Lampen über dem Stativ auf den Behälter. Darin stieg eine weitere Blase hoch, dann noch eine … und schließlich eine dritte.

Das Öl zischte nun, als sei es mit Kohlensäure angereichert worden. Shawna ging weiter rückwärts und starrte dabei gebannt auf den Vorgang. *Was ist das bloß für ein Zeug?*

Sie fürchtete sich davor, ihm zu nahezukommen. Noch einmal schaute sie sich im Labor um. An einer Wand hing ein Metalltablett; es war zu groß, würde dem Zweck jedoch dienen müssen, den sie dafür vorsah. Sie nahm es herunter und legte es auf das Stativ.

Das Metall bedeckte das Röhrchen zwar nun, doch es schien jeden Augenblick hinunterrutschen zu können. Shawna ging zur Eingangsluke des Labors, nachdem sie ihre Schutzmontur abgestreift hatte, warf sie diese auf den Boden. Sie würde den Raum nicht wieder betreten, nie mehr. Ohne hinzuschauen, streckte sie sich nach dem Griff aus und öffnete ihn. Als sie hinaus auf den Flur trat, starrte sie immer noch fassungslos auf das Tablett. Endlich schlug sie die Luke hinter sich zu.

***

Die Crew hatte das Gestänge eingeholt; die Crew säuberte die Schlammgruben; die Crew – *seine* Crew – stand in vollem Saft. Vraebel war in Hochstimmung.

Sobald der Führungsschacht eingefahren worden war, hatte er das Kommando auf der Brücke abgegeben. Er war zwanzig Stunden lang auf den Beinen gewesen und hatte Zeit zum Schlafen gebraucht. Auch als Aufseher der Insel sollte er die gleichen Schichten zu je zwölf Stunden fahren wie sein Personal; so sahen es zumindest die Reglements des Konzerns vor.

Während der ersten Tage im Rahmen eines Bohrprojekts war Vraebel allerdings nicht imstande, zur Ruhe zu kommen. Auf der Brücke – dort wollte er sein, um sich etwaiger Notsituationen sofort annehmen zu können. Sein ehemaliger Vorgesetzter hatte ihm nahegelegt, dass er lernen müsse, loszulassen und seinen Angestellten zu vertrauen. Darin lag auch der Grund dafür, dass er so viel Zeit dafür veranschlagte, das bestmögliche Personal zu finden. Was aber das Loslassen betraf? Daran musste er weiterhin arbeiten.

Unten im Labor war Sigler gewiss noch damit beschäftigt, den Bohrkern zu untersuchen und die Flüssigkeiten zu analysieren, die sie gefördert hatten.

Gomez ging Bestandslisten durch und inspizierte den Maschinenpark.

Seine Männer – diejenigen, die noch Dienst hatten – taten es ihm wohl gleich. Jegliche Unzulänglichkeit, egal wie nebensächlich sie war, musste sofort gemeldet werden. Das hatte Vraebel den Arbeitern immer wieder vorgebetet.

Ein rissiges Element des Bohrgestänges oder Metallverschleiß genügten bereits, um eine Förderoperation gänzlich hinfällig zu machen. Druck, Schlick, die Rotation des Bohrers für sich allein genommen – all diese Variablen beanspruchten die Segmente des Stahlschachts stark. Alle sechshundert Rohre mussten nach jedem Bohrvorgang einzeln kontrolliert und wieder kontrolliert werden.

Produktionsplattformen waren mit einer Vielzahl von Ersatzteilen ausgestattet. Über kurz oder lang ermüdeten Teile des

Gestänges und mussten ausgewechselt werden. Eine kleine Anlage zu Forschungszwecken hingegen verfügte über weniger Elemente zum Austauschen, als Vraebel lieb war. Es ließ sich zwar Nachschub per Versorgungsschiff anfordern, nur würden sie schwer zu schlucken haben, wenn sie ein oder zwei Wochen darauf warten mussten. Aber *PPE* würde dazu gezwungen sein; das Projekt ließ sich unterbrechen.

Konzerne wie *BP* legten keine gebührende Sorgfalt an den Tag, und aufgrund dessen gab es immer wieder Todesfälle. Vraebel würde so etwas niemals zulassen, egal ob der Kongress ständig Gesetzeslockerungen durchdrückte. Die Lobbyisten sollten sich ins Knie ficken; hier ging es schließlich nicht nur ums Geschäft, sondern auch um Menschenleben.

Er blies über seinen dampfenden Kaffee. Die Sonne stand hoch am Himmel, doch Quellwolken verdeckten sie. Er hatte sich gleich über die Wetterlage erkundigt, nachdem er aufgewacht war. Das Sturmtief, das vor der Küste hergezogen war, befand sich zum Glück immer noch dort. Es entlud sich über den äußeren Inseln, stellte aber keine Bedrohung für die Plattform dar … zumindest bis auf Weiteres.

Stunde um Stunde, solange sich das Unwetter nicht auflöste, bestand die Möglichkeit, dass der Wind plötzlich drehte und es auf sie zutrieb. Falls die Wellen hoch genug schwappten, würde die relativ kleine Anlage in Bewegung geraten. Fördertürme waren zwar auf solche Witterung hin ausgerichtet worden, kamen aber im Rahmen vulkanischer Aktivitäten unter Wasser oder während eines Orkans meistens doch zu schaden. *Leaguer* beruhte auf modernster Sicherheits- und Halbtauchertechnologie, weshalb die Plattform fünfzig Fuß hohen Wellen standhalten konnte. Wie es bei höheren aussah, ließ sich allerdings nur schwer vorhersehen.

Vraebel rief über verschiedene Tastaturbefehle Berichte an seiner Konsole auf. Gemeinsam mit seinen Männern las Gomez die Daten der Funkerkennungs-Transponder an den Segmenten aus und übertrug sie. Der Aufseher erinnerte sich noch daran, wie man das alles mit Stift und Papier getan hatte, und das war verflucht chaotisch gewesen. Zum Glück hatte der Fortschritt es erheblich vereinfacht, doch jeder Bericht musste trotzdem überprüft werden, denn irren würde immer menschlich sein.

Gomez hatte ein Rohrstück als zweifelhaft markiert und es herausgenommen. Laut Inventar war schon Ersatz beschafft und eine weitere Kontrolle durchgeführt worden. Jetzt besaßen sie noch neunundneunzig Reserveteile. Vraebel fragte sich, wie viele sie letzten Endes benötigen würden.

Gerade als er noch einen Schluck Kaffee trank, erschien ein E-Mail-Hinweis auf dem Bildschirm. Er las die Betreffzeile und seufzte tief. Die Nachricht stammte von Vize Simpson! Mit einem Mausklick maximierte er das Fenster. Während er las, nippte er weiter an seinem Getränk. Der vertretende Operationschef hatte seine Schilderungen betreffs der ersten Testbohrung erhalten und verlangte nun eine Rückmeldung von Sigler, sobald diese fertig war.

»Der Kerl hat doch akuten Kontrollzwang«, meinte Vraebel in die Leere hinein, denn er war allein auf der Brücke.

Selbstverständlich würde er einen vermaledeiten Bericht einreichen, wenn die Untersuchung abgeschlossen war. *Was erwartete dieses Arschloch denn von Vraebel: dass er sich auf die Ergebnisse setzte?* Der Chef wollte außerdem wissen, wann man die Proben nach Houston zu schicken gedachte.

»Sobald wie möglich, Mann«, sagte der Aufseher laut und trank seine Tasse leer. Nachdem er den Wunsch hinuntergeschluckt hatte, eine flammende Tirade zurückzuschreiben, klickte er auf *Antworten* und begann etwas Diplomatischeres zu formulieren. *Alles zu seiner Zeit, verflucht nochmal*, war letztendlich keine schickliche Reaktion, sosehr es ihn auch in den Fingern jucken mochte.

Als er die E-Mail aufgesetzt und den *Senden*-Button gedrückt hatte, lehnte er sich im Sessel zurück und versuchte, wieder herunterzukommen. Da ihm sowohl Calhouns Team als auch Simpson im Nacken saßen, konnte es nicht mehr lange dauern, bis er ein Geschwür bekam.

»Gomez an Chief«, knarrte plötzlich das Funkgerät.

Dankbar für die Ablenkung – *jegliche Ablenkung* – zog er das Mikrofon vom Stativ. »Chief hier, over.«

Eine kurze Pause folgte, dann sagte er: »Das Team hat das Schlammbecken und den Rücklauf abgehakt. Wir müssen noch zweihundert Rohre inspizieren, over.«

Vraebel nickte. »Ich werde die Berichte über den Schlamm gegenlesen. Nehmen Sie sich Zeit für die Rohre und kontrollieren Sie sie gewissenhaft, over.«

»Verstanden, Ende.«

Er hängte das Mikro wieder ein. Gomez war ein guter Mann; Vraebel konnte wirklich von Glück reden, ihn gefunden zu haben. *PPE* hatte ein stattliches Angebot machen müssen, um ihn aus seinem alten Vertrag loszueisen, doch der Kerl war sogar bereit gewesen, nur als Angestellter in ihren Dienst zu treten.

Der Ölhandel war ein chaotisches Geschäft. Selbst bei weniger üppig vergüteten Arbeitern musste man andauernd befürchten, dass sie die Seiten wechselten – und wie sah es unter den Besten der Branche aus? Noch schlimmer. Das wusste man bei *PPE*; darum trug das Unternehmen Sorge dafür, dass sein Personal eine Menge verdiente und stets gut versorgt wurde. Dies schloss Zusatzleistungen und Aktienbezugsrechte ein, außerdem Boni, bezahlten Urlaub – eben alles Erdenkliche. Natürlich gab es auch Stundenarbeiter, aber die konnten genauso gut feste Gehälter bekommen.

Vraebel stand von seinem Sessel auf und ging nun zurück zur Kaffeemaschine. Nachdem er ein Filterpad eingelegt hatte, stellte er die Tasse unter die Düse und drückte die Starttaste. Das Gerät brummte, als es das Wasser zum Kochen brachte und durch das Pulver presste. Es duftete herrlich. Seinem Arzt zufolge setzte derart ausgiebiger Kaffeegenuss seinen Nieren heftig zu, doch Vraebel hatte noch nie Probleme damit bekommen. Und ohne Kaffee?

Mensch, bei Verzicht darauf würde er schlichtweg aufhören, zu funktionieren, da war er sich sicher.

Es klopfte an der geschlossenen Luke. Vraebel schaute verwirrt hinüber. »Herein«, rief er in gedehntem Tonfall.

Die Luke ging auf und Calhoun betrat die Brücke. Der ältere Mann trug eine dicke Khakihose und ein dunkelblaues Arbeitshemd mit dem Logo von *PPE*. Unter seinen Armen breiteten sich schon Schweißflecke aus. Die Plattform besaß zwar eine Klimaanlage, doch die schien der Hitze nichts entgegensetzen zu können, zumindest nicht für Calhoun.

»Guten Morgen, Martin«, grüßte er.

Vraebel lächelte und schaute auf die Taucheruhr an seinem Handgelenk. »Morgen? Ich würde sagen, wir haben Nachmittag.«

Der Ingenieur grinste. »Nun ja, irgendwo ist immer Morgen.«

Eine idiotische Aussage, wie Vraebel fand. »Richtig.« Er wies mit einer Kopfbewegung auf die Kaffeemaschine. »Möchten Sie einen Espresso oder etwas anderes?«

Calhoun verneinte. »Ich habe meine Dosis Koffein für den Morgen schon intus. Da gehe ich lieber zur Kantine und hole mir einen Eistee; bekommt mir nachmittags viel besser.«

»Gut«, erwiderte der Aufseher. »Was kann ich für Sie tun?«

Der Ingenieur zog die Mundwinkel hinunter, bis seine Lippen eine schmale Linie bildeten. Vraebel ahnte, dass der Mann etwas Unschönes zur Sprache bringen wollte, beziehungsweise ein Anliegen hatte, von dem er glaubte, der Chief würde Einwände dagegen hegen.

»Wenn Sie erlauben«, fuhr Calhoun fort, »würde Standlee gern noch einmal ein AUV hinausschicken. Wir müssen herausfinden, ob sich einige topografische Anomalien aufklären lassen.«

Daraufhin spürte Martin, wie die Säure in seinem Magen zusammenfloss. Er hatte gewusst, dass diese Bitte irgendwann einmal aufkommen würde, oder zumindest darauf gehofft. Jetzt war es an der Zeit, den Ingenieur in seine Schranken zu weisen. »In Anbetracht der Tatsache, dass heute Morgen ein AUV zu

Wasser gelassen wurde – über mich hinweg –, gehe ich davon aus, dass sie ein Zweites meinen, oder?«

Calhoun blinzelte. Ein betretenes Grinsen brach sich bei ihm Bahn. »Sie haben noch geschlafen. Catfish und JP meinten, nicht warten zu können.«

Die Kaffeemaschine stieß rasselnd einen letzten Dampfstrahl aus, und Vraebel griff zu seiner Tasse. Er starrte Calhoun in die Augen. »Ich dachte, wir hätten das Thema durchgekaut, und Sie seien mit mir übereingekommen, dass sich hier niemand mehr wie ein bescheuerter Cowboy aufführt.«

»Das haben wir, das bin ich, und das tut auch niemand«, bestätigte Calhoun, »aber hier geht es um etwas Wichtiges.«

Vraebel probierte das schwarze Getränk; es verbrannte seine Zunge, aber das nahm er gar nicht zur Kenntnis. »Das glaube ich gern, doch es gibt einen Grund dafür, dass wir hier Regeln haben, Thomas, und ihre Jungs müssen sie ebenfalls einhalten.«

»Da stimme ich ihnen zu«, entgegnete Calhoun nach kurzem Stocken. Er fuhr sich mit einer Hand durch sein schütter werdendes Haar. »Und ich werde mich darum kümmern, dass …«

»Ich habe die Nase allmählich voll davon, dass Sie mir immer beteuern, sich darum zu kümmern, und es dann doch nicht tun, Calhoun.« Vraebels zwangloses Grinsen verschwand. »Tun Sie mir deshalb einen Gefallen: Hören Sie auf zu reden und machen Sie Nägel mit Köpfen. Ich möchte nicht, dass sich irgendjemand auf dieser Plattform verletzt, weder meine Leute …« Er zeigte auf sich. »… noch Ihre.« Dabei stocherte er mit dem Zeigefinger in Calhouns Richtung. »Außerdem werde ich mich an Simpson wenden müssen, falls dieser Scheißdreck so weitergeht.«

Thomas schabte mit den Zähnen über seine Unterlippe und seufzte. »Verstanden.«

»Worthülsen«, schimpfte Vraebel. »Lassen Sie diese Verarsche bleiben und sehen Sie zu, dass Sie Ihr Versprechen umsetzen.«

Der Ingenieur bekam ein rotes Gesicht. Vraebel wusste, dass er ihn gerade zusammengestaucht hatte, und das war keine kluge

Idee, aber drauf geschissen; der Blödmann sollte endlich begreifen, wo er stand.

»Achten Sie einfach nur darauf, dass Sie mein Team nicht behindern, Martin. Ich versuche dafür mein Bestes, um das Versprechen zu halten.«

Nun lächelte Vraebel. »Sonst noch etwas?«

»Nein«, antwortete Calhoun kurz angebunden. »Ich denke, wir verstehen uns.«

Vraebel nickte ihm zu. »Wenn Sie mich dann bitte entschuldigen würden; ich habe Berichte zu lesen.«

Calhoun drehte sich auf dem Absatz um und trat schwerfällig durch die Luke. Der Aufseher stieß einen langen Atemhauch aus. Sein Körper zitterte vor Anspannung. Da Simpson Calhoun vergötterte, war es heikel, so mit dem Mann umzuspringen. Er hätte ihm bezüglich des AUV-Quatschs ein wenig entgegenkommen können, doch es schien einfach kein Ende zu finden. Standlee schoss mit seinem persönlichen Lieblingsprojekt ins Kraut, und Vraebel war offensichtlich der Einzige, dem das auffiel. *Topografische Anomalien?*, dachte er. *Erzähl mir doch sonst was.* Der Techniker wollte sich bloß die Zeit mit seinen neuen Spielzeugen vertreiben.

Vraebel kehrte zum Kapitänssessel zurück und stellte die Kaffeetasse auf die Konsole. Berichte lesen, Berichte zu überprüfen … und nochmals überprüfen. Ihm blühte ein elendig langer Nachmittag. Nachdem er Calhoun und Standlee aus seinem Gedächtnis verbannt hatte, begann er mit dem Lesen.

***

Sechs Stunden … von dem Zeitpunkt an, als er den Kopf auf das Kissen gelegt hatte, bis zu seinem Augenaufschlag waren nur sechs Stunden vergangen. Für Catfish stellte dies einen Rekord dar, wenn er arbeitete, und man würde meinen, das tue er ständig.

Er rieb sich die Augen, während er auf die Monitore schaute. Ganz links war ein Fenster voller Programmcodes geöffnet, während der Letzte rechts Diagnosezusammenfassungen zeigte. Vor den beiden mittleren Schirmen hatte er während der letzten halben Stunde gebrütet. Nun öffnete er die Aluminiumdose und trank einen großen Schluck. Bei dem vertrauten Prickeln des Aufputschgetränks stieß es ihm prompt sauer auf. Er hasste das Dreckszeug, doch es war das Einzige, was ihn die langen Stunden durchstehen ließ.

Nach einem hastigen Frühstück – Haferflocken und Eier mit fettigem Schinkenspeck (das Verdaute musste schließlich regelmäßig raus!) – hatte er sich in der Bohrzentrale eingefunden und war in einen Sessel geplumpst. Sein Haar war zerzaust und verknotet, doch das interessierte ihn nicht. Er hatte sich nicht einmal die Mühe gemacht, es zusammenzubinden. Vraebel würde Gift spucken, wenn er das offene Haar sah, das nicht unter einer Mütze steckte, zu einem Zopf geflochten oder mit einem Gummi gebändigt war, aber der Typ konnte sich selbst und seine dämlichen, gottverdammten Regeln auf den Mond schießen.

JP hatte Nummer 5 wieder tauchen lassen, sobald Catfish mit dem Aktualisieren ihrer Aufgabenparameter fertig geworden war. An der Stelle seines Kollegen hatte er einen anderen Taucher mitgenommen – wegen des Gemeinschaftsgeistes auf der Bohrinsel. Er war sich ziemlich sicher, dass die Idee von Calhoun stammte. JP und Catfish ähnelten einander sehr stark, wenn es darum ging, neue Bekanntschaften zu schließen und diesen zu trauen. Denn sie taten es einfach nicht. Dass sich JP freiwillig mit einem von Vraebels Crewmitgliedern auf den Weg gemacht hatte, musste auf Calhoun zurückgehen. Nun ja, wie dem auch sei; ihr Vorgesetzter war als Ingenieur und Friedensstifter hier. Der alte Mann zog sein Ding durch, doch nun war es an der Zeit, dass Catfish dasselbe tat.

AUV 5 hatte Berichte in die Bohrzentrale geschickt, bis es tiefer als achtzehntausend Fuß getaucht war. Seit es die Mitternachtszone erreicht hatte, konnte Catfish wenig mehr unternehmen als an dem Code feilen, die Diagnoseergebnisse auswerten und warten … ach ja, und nicht zu vergessen, E-Mails beantworten. Deshalb starrte er jetzt gerade auf die Bildschirme.

Am Vortag hatte er Fotos von den Riffs der Röhrenwürmer, die sich verstreut in dem Graben erstreckten, an Dr. Macully geschickt. Sie war eine Freundin – gelegentlich auch seine Bettgespielin – und Meeresbiologin. Da er den Großteil seiner Zeit mit Unterwasserbohrungen auf dem Meer verbrachte, bat sie ihn ständig um Bilder, die seine Drohnen aufgenommen hatten. Diese hatten in den letzten drei Jahren Schnappschüsse fünf neuer Spezies von Tiefseefischen gemacht. Macully beschrieb sie, ordnete sie ein und veröffentlichte anschließend wissenschaftliche Essays. Wenn Catfish in San Diego aufschlug, verköstigte sie ihn dafür in der Küche und im Schlafzimmer. Sie war eine wirklich liebreizende Frau.

Nachdem AUV 5 in die aphotische Zone gesunken war und er seine E-Mail-Software geöffnet hatte, hatte es bereits vier Mal geklingelt. In der sicheren Annahme, es handle sich um noch mehr Gemeckere von Vraebel oder Bitten von Calhoun um Berichte, hatte er geseufzt und begonnen, die Betreffzeilen zu überfliegen. Diese beanspruchten jedoch nicht nur seine Aufmerksamkeit, sondern machten ihn regelrecht fahrig.

Macully hatte die Röhrenwürmer untersucht. Alle vier neuen Mails stammten vor ihr, und jede las sich aufgeregter als die vorige. Die Biologin ereiferte sich wegen der Größe und Anlage der Riffs. Immer wieder schrieb sie von neuen Arten und der Möglichkeit, dass diese in ihrer Entwicklung stehengeblieben seien. Im Anhang der letzten Nachricht befanden sich Fotos der ältesten bekannten Gattung von Röhrenwürmern im Vergleich zu denjenigen, die AUV 5 geschossen hatte, und schließlich eine Überblendung der beiden.

Standlee wünschte sich, er wäre diese E-Mails durchgegangen, bevor er die Sonde wieder in die Mitternachtszone geschickt hatte. Denn dann hätte er ihr mehr aufgetragen, als nur Messungen vorzunehmen.

Macullys Montage der übereinandergelegten Fotos machte ziemlich deutlich, weshalb sie so aufgedreht war. Gewöhnliche Röhrenwürmer scharten sich flächendeckend zusammen; zwischen den Ansätzen ihrer Stämme blieb wenig bis gar kein Platz, was ihrem Schutz diente. Denn fand ein Meeresräuber einen einzelnen Röhrenwurm, verzehrte er ihn sofort. Wie bei den meisten Herdentieren galt hier das Prinzip von Geborgenheit in der Masse.

Mit den Würmern, die das AUV 5 entdeckt hatte, verhielt es sich jedoch anders. Sie waren nicht in Klumpen gewachsen, sondern genau in einem Kreis angeordnet, und dessen Mitte lag vollkommen frei.

Macully hatte etwas Derartiges noch nie gesehen und war ihrer Mail zufolge die ganze Nacht aufgeblieben, um ein anderes Beispiel zu finden, doch keine bekannte Gattung von Röhrenwürmern verhielt sich so. Hinzu kam, dass diese länger als üblich zu sein schienen. Da sie nur über Blaulichtaufnahmen verfügte, konnte sie natürlich nur schwer bestimmen, welche Farbe sie hatten, aber statt des für solche Lebewesen üblichen Beige sahen diese – irgendwie seltsam aus. Sie waren bunt und in keiner Weise einheitlich.

Hier hörten die Wunderlichkeiten allerdings noch nicht auf. Denn es handelte sich auch nicht um nahezu vollkommene Zylinder, da ihre Köpfe platt waren wie jene von Aalen. Catfish trommelte mit einem Finger auf die Kante der Tastatur. Macully wollte mehr Fotos – Nahaufnahmen und falls möglich ein Anschauungsexemplar.

Standlee sackte gegen die Rückenlehne, trank noch einen Schluck des Reflux-Generators mit Kirschgeschmack und starrte den Bildschirm an. *Anschauungsexemplar? Wie soll ich das denn bitte schön besorgen, verdammt nochmal?*

Das Brummen der Computer in der Bohrzentrale wirkte beruhigend. Vor dieser Geräuschkulisse konnte er seine Gedanken schweifen lassen. Er schloss die Augen und ließ sich von den

Tönen einlullen. Bis Harobin und Shawna antanzten, gehörte der Raum ganz allein ihm. Er hatte sogar die Lichter ausgeschaltet. Hier konnte er schlafen, ohne vom Lärm der Besatzungsmitglieder, die keinen Dienst schoben, oder dem Gepolter auf der unteren Ebene der Anlage gestört zu werden.

Er versuchte, sich vorzustellen, wie ein solches Geschöpf dreißigtausend Fuß unter dem Meeresspiegel leben konnte. Kalkröhrenwürmer waren Fressmaschinen, nichts weiter als das. Sie lebten im Dunkeln, starben im Dunkeln und hatten keinerlei Art von Licht gekannt, bis vor rund fünfzig Jahren die ersten Menschen dazu übergegangen waren, die Tiefsee mithilfe von Robotern zu erforschen.

Konnten sie denken, etwas *sehen*? Er wusste ja nicht einmal, ob sie Nerven zum Fühlen besaßen. Kannte sich überhaupt jemand aus, was dies betraf?

Fragen, die Macully ihm beantworten sollte. Seine Augen blieben geschlossen, während sich langsam ein Grinsen auf seinem Gesicht abzeichnete. »Du willst ein Anschauungsexemplar?«, sprach er laut. »Dann hole ich dir eben eins.«

Daraufhin schlug er die Lider auf und öffnete die Baupläne der AUVs; die Zeichnungen erschienen auf den beiden mittleren Monitoren. Sein Grinsen wurde breiter und eindeutig diebischer.

Beim Konzipieren der AUVs mit Calhoun hatten sie diese nicht spezifisch auf die Suche nach Öl ausgelegt. Das war natürlich ihr Primärziel gewesen, na klar, doch Calhoun hatte darauf bestanden, dass sie auch in einem größeren Rahmen dachten: weshalb ein unterschiedliches Fahrzeug für jeden Sensortyp entwerfen? Es war doch klüger, solche zu bauen, die Steckverbindungen besaßen und sich erweitern ließen, nicht wahr? Genauso wie Programmiercodes.

In seiner Spielzeugkiste für das AUV lagen diverse Aufsätze, die er daran befestigen konnte, damit sie bestimmte Aufgaben verrichten konnten, unter anderem auch das Schürfen von Erdmasse. Dazu gab es eine kleine Schaufel mit Zargen, die sich unter dem Ballasttank der Drohne anschrauben ließ. Damit konnte sie niedrig über einem Sandfeld treiben, das Werkzeug ausfahren, die Größe der Probe kalkulieren und es wieder einziehen, bevor sie zur Oberfläche zurückkehrte.

Dazu brauchte er nur ein neues Programm zu schreiben. Statt dass das AUV Sand vom Meeresboden aufnahm, konnte es bestimmt auch mit höherer Geschwindigkeit über einer Kolonie Kalkröhrenwürmer schwimmen und die Schaufel als Klinge einsetzen. Catfish hatte keine Garantie dafür, dass es ihm gelingen würde, ein Anschauungsexemplar einzusammeln, doch die Chancen, etwas zu erwischen, standen gar nicht schlecht. Außerdem konnte er den Gewichtsalgorithmus ändern; er musste ja nicht sichergehen, dass es soundso viele Unzen Feinmasse aufnahm, sondern würde es so programmieren, dass das AUV erst wusste, seine Mission sei beendet, wenn es ein Minimalgewicht mit entsprechender Dichte gesammelt hatte.

Angesichts all der ärgerlichen Krankheiten, die Nummer 5 an den Tag gelegt hatte, taugte sie allerdings am wenigsten als Kandidatin. Catfish würde sich an die Arbeit machen müssen, um einen der anderen Metallfische auf diese Aufgabe anzusetzen. Er durfte unter vier Sonden wählen; das sollte kein allzu großes Problem darstellen.

Natürlich brauchte er Calhouns Erlaubnis und wahrscheinlich auch eine von Vraebel, diesem Lutscher, doch ein zusätzliches Risiko würde man ja schließlich nicht damit eingehen. Was könnte denn im schlimmsten Fall passieren? Das AUV kehrte mit nichts zurück, oder der Rückzugsmotor in der Schaufel brannte durch. Außerdem könnte es sich in dem Wurmriff verfangen, doch Catfish erachtete dies nicht wirklich als ernsthafte Gefahr.

Statt mit Calhoun darüber zu sprechen, fing er an, die technischen Bedingungen für den Schaufelfortsatz durchzugehen. Er musste die physikalischen Daten neu berechnen und sich dann einen Reim darauf machen, wie man sie in Programmiersprache übersetzte. Möglicherweise konnte Macully einen Tipp bezüglich der Form des Widerstands abgeben, dem die Schaufel standhalten musste.

In der Antwort auf ihre letzte E-Mail legte er sein Vorhaben dar. Wenn er ein wenig Glück hatte, las sie diese in den nächsten paar Stunden und schickte ihm Informationen über die Stärke des Gewebes von Kalkröhrenwürmern zurück. Egal welche Werte sie ihm nennen würde: Er würde sie noch einmal überprüfen, einfach sicherheitshalber.

***

Belmont, der andere Taucher, war ein weiteres humorloses Arschloch. JP fragte sich allmählich, ob jeder, den Vraebel anheuerte, genauso zugeknöpft war. Vielleicht war dem Aufseher der Plattform nur daran gelegen, die unerträglichsten Wichser der Branche einzustellen.

Belmont war Ukrainer und somit nie beim US-Militär gewesen. Er sprach ausgezeichnet Englisch, doch sein Akzent machte JP aggressiv. Das Haar des Mannes war zwar kaum länger als sein eigenes, aber tatsächlich zu einer *Frisur* hergerichtet. Schmieriger Gangstertyp – das war der Ausdruck, der sich Harvey im ersten Moment aufdrängte, als er den Arbeiter kennengelernt hatte.

Statt freundlich zu plaudern und Geschichten aus dem Gefecht auszutauschen, hatte Belmont bisher kaum geredet oder überhaupt Interesse an einer Unterhaltung gezeigt. Er antwortete nur, wenn er dazu genötigt wurde, und auch dann mit möglichst wenigen Worten. JP glaubte nicht, dass Belmont wusste, wie man lächelte, geschweige denn, was ein Witz war.

Allerdings musste JP zugeben, dass sich der Kerl äußerst professionell verhielt. So hatte er sich wenigstens nicht darum sorgen müssen, dass sich irgendein Grünschnabel in den Trossen verhedderte, während sie das AUV hinunterließen, oder mit dem Kopf gegen die Ballasttanks knallte, denn Belmont hatte den Metallroboter äußerst gefühlvoll und vorsichtig angepackt.

Als sich die Drohne auf den Weg gemacht und den Ozeanboden angesteuert hatte, war Belmont zurück ins Zodiac geklettert, hatte seinen Begleiter erwartungsvoll angeschaut und gefragt: »Ist noch etwas vonnöten?«

JP hatte sich gezwungen, ihn anzugrinsen. »Das haben Sie prima gemacht. Die meisten Leute …«

»Ich bin nicht die meisten Leute«, war es im fast maschinellen Tonfall zurückgekommen. »Gibt es sonst noch etwas?«

JP hatte den Kopf geschüttelt. »Nein, nun ist es an der Zeit, zur Insel zurückzukehren.«

Belmont hatte nur genickt und war an den Bug des Bootes getreten. Als seine Schwimmausrüstung abgestreift und verstaut war, hatte er sich im Taucheranzug auf der eingesenkten Sitzbank niedergelassen. JP hatte seufzend den Motor gestartet und das Zodiac zurück zur Förderanlage manövriert.

Nach einer Dusche und Kontrolle der Gerätschaften war er zum Essen gegangen. Catfish war leider nicht früh genug aufgestanden, um etwas zu sich zu nehmen, bevor er das AUV zu Wasser gelassen hatte. Nach dem Arbeitsmarathon in der vorangegangenen Nacht, um alle Fahrzeuge zu bergen und zum Wiederaufladen einzuhängen, war JP völlig geplättet gewesen. Kaum dass er den Kopf auf das Kissen gelegt hatte, waren auch schon seine Lichter ausgegangen.

Mit knurrendem Magen betrachtet wirkte die Kantine fast wie ein Fünf-Sterne-Restaurant. Es war immer noch früh genug am Morgen, also stand der Tisch mit den Omeletts noch da, nicht zu vergessen das Waffeleisen und die Pfannkuchen. JP hatte schon auf Plattformen mit insgesamt acht Köchen gearbeitet, von denen zu jeder Zeit vier im Dienst waren. Während zwei nach Bedarf servierten oder zubereiteten, richteten die anderen beiden die richtig guten Sachen her.

Morgens aber? Tja, morgens beließ man es meist bei typisch amerikanischer Kost für übergewichtige Säcke. Man hätte JP mit einer ganzen Straße voller Denny's-Fressbuden locken können

– er hätte an jedem beliebigen Morgen die Kantine einer Bohrinsel vorgezogen.

Eine kleine wie *Leaguer* verfügte über ein vierköpfiges Küchenpersonal, was bedeutete, dass immer nur zwei Köche Dienst hatten. JP war davon ausgegangen, dadurch sei es mitunter schwierig, etwas zum Spachteln zu bekommen, doch diese Männer waren wie alle anderen, die Vraebel ausgesucht hatte, hervorragend in dem, was sie taten.

Deshalb musste JP gerade einmal zwanzig Sekunden am Tisch mit den Eiern warten, bevor der Diensthabende kam. Vor dem Koch standen Schüsselchen mit gebratenen Speckwürfeln, gehobeltem Käse, frisch geschnittenem Gemüse – darunter auch Jalapeños – und Schinken. Harvey orderte ein Omelett aus vier Eiern mit allen Beilagen. Im Gegensatz zum Rest der Besatzung verfügte der Koch nicht nur über eine eigene Persönlichkeit, sondern konnte anscheinend sogar lächeln. Das war eine wirklich erfreuliche Erfahrung.

Nachdem er sein Frühstück verputzt und zwei Tassen Kaffee getrunken hatte, lehnte er sich auf seinem Stuhl zurück und ruhte sich ein wenig aus. Vermutlich hatte er zu viel gegessen, aber egal; er würde sich Vraebels Tauchteam andienen und Zeit totschlagen, indem er das Untergerüst der Plattform inspizierte. Solange Catfish nichts Anderes für ihn zu tun hatte, würde es bloß darauf hinauslaufen, dass er dem Aufseher Kummer bereitete.

JP war ein wenig überrascht gewesen, als Calhoun am Morgen an seine Luke geklopft hatte. Der ältere Mann hatte eine Khakihose und ein langärmeliges Hemd getragen, seine Markenzeichen. Harvey war gerade aus einem Traum von einem schrecklichen Monster erwacht, das im Meer lauerte; nach all den Jahren als Taucher waren solche Träume ziemlich normal für ihn geworden.

Er hatte sich durch seine Boxershorts im Schritt gekratzt und dem Mund beim Gähnen weit aufgesperrt. Calhoun hatte nur den Kopf geschüttelt.

»Zeit zum Aufstehen«, waren seine einzigen Grußworte gewesen.

»Oh-oh«, hatte JP mit vom Schlafen heiserer Stimme gestöhnt. »Steht die verfluchte Insel etwa in Flammen?«

Calhoun hatte gegrinst. »Es ist 0900, JP. Catfish will AUV 5 hinausschicken.«

Nun stöhnte der Taucher, und der Nebel des Schlafs war sofort verflogen. »Scheiße, ist es wirklich schon so spät?«

»Verschlafen sieht dir gar nicht ähnlich«, hatte Calhoun gemeint.

»Nein. Nein, tut es auch nicht. Ich, äh …« Er blickte an sich hinunter auf seine Unterhose, die mit Rumpel dem Griesgram aus der »Sesamstraße« bedruckt war. »Ich ziehe mich nur schnell an. Wenn ich gefrühstückt habe …«

Ein erneutes Kopfschütteln folgte. »Keine Zeit. Wir müssen den Karpfen ins Wasser schaffen – und zwar so schnell wie möglich.«

JP schaute ihn verärgert an. »Wieso? Was zum …« Er hatte innegehalten, als ihm die strenge Miene seines Vorgesetzten aufgefallen war. »Kacke, läuft das etwa wieder unter der Hand?«

»Richtig«, hatte Calhoun bestätigt. »Ich bezweifle, dass Vraebel ein Problem damit haben wird, würde es aber lieber auf Fehlkommunikation und überhastetes Denken zurückführen.«

JP hatte geseufzt. »Aha, also wartet Catfish bereits auf mich?«

Daraufhin war Calhouns angesäuerter Blick einem ungezwungenen Lächeln gewichen. »Ja, aber nicht auf der Plattform; er sitzt an seinem Computer.«

»Was heißt das – soll ich etwa allein fahren?«

»Nein, ich will, dass du einen von Vraebels Männern mitnimmst«, hatte Calhoun geantwortet.

»Shit.« JP war sich mit einer Hand durch das kurzgeschnittene Haar gefahren. »Warum?«

»Weil es eine gute Idee ist, darum! Außerdem möchte ich, dass du dich freiwillig dafür meldest, beim Kontrollieren der Unterbauten der Insel zu helfen.«

Plötzlich hatte JP das Ganze verstanden; Calhoun war ein wirklich gerissener Bastard. »Ach so, du trittst seine Befehlshoheit mit Füßen und benutzt mich praktisch als Friedensangebot.«

Calhoun hatte gekichert. »Falls es jemals herauskommt, bin ich überzeugt davon, dass er ein Riesentheater veranstalten wird, aber noch ist er nicht wach. Folglich muss er sich also vor vollendete Tatsachen stellen lassen.«

Nun war JP mit dem Kopfschütteln an der Reihe. »Du spielst wirklich gern mit dem Feuer.«

»Raff dich auf.« Thomas hatte auf die Boxershorts geschaut und sagte: »*Rumpeldipumpel Morgenmuffel*, klingt ganz nach dir.« Nachdem er sich an einen imaginären Hut gefasst hatte, war er so schnell aus dem Türrahmen verschwunden, als sei er nie da gewesen.

JP wollte gar nicht wissen, wie Calhouns Gespräch mit Vraebel verlaufen war. Er glaubte bestimmt, Belmont habe den unbefugten Abstecher auf das Meer hinaus gemeldet; in seinen Augen hatte der Taucher genug von einem »Musterangestellten«, um sich beim Chief darüber auszuheulen – weshalb sich ihm unweigerlich eine Frage aufdrängte: Warum war er bereit zum Mitkommen gewesen?

JP brauchte Schlaf, und zwar bald. Er rechnete nicht damit, Vraebel werde sich die Chance entgehen lassen, jemanden aus Calhouns Team zur Rede zu stellen und zu schikanieren, und weil Harvey wie der Rest der Crew letztendlich *PPE* unterstand, würde der Aufseher dabei unbestreitbar im Rahmen seiner Rechte handeln. Calhoun hatte deutlich gemacht, dass sie zwar tatsächlich auf der Gehaltsliste von *PPE* standen, doch Simpson habe ihnen ein wenig Freiheit abseits des Büroapparats eingeräumt. Diese Ansage war nicht bis zu Vraebel vorgedrungen, oder vielleicht hatte der Vize nicht den Schneid besessen, ihn einzuweihen. Auf jeden Fall führte kein Weg daran vorbei, dass sich JP in einen Taucheranzug zwängte und seinen Arsch nassmachte. Er hätte gern gewusst, ob es dort unten Haie gab. Falls ja, würde er auf mehr zu achten haben, als auf das Gerüst der Anlage.

***

In der Bohrzentrale war es noch still. Catfish überprüfte gerade das, was er programmiert hatte, schaute sich Simulationen an und ignorierte mehr oder weniger alles in seiner Umgebung. Calhoun war froh darum.

Der Ingenieur saß in einem Sessel neben Shawna. Ihre Monitore zeigten chemische Auswertungen und Messwerte im Zusammenhang mit Dichte, Feuchtigkeit und Viskosität. Als er sie im Labor hatte sprechen wollen, war er dort auf ein heilloses Durcheinander gestoßen. Das Trennstativ hatte noch vor Öl getrieft, kein Becher war gereinigt, und der Deckel der Zentrifuge geöffnet gewesen. Ein Metalltablett hatte auf dem Stativ mit den Reagenzgläsern gelegen. Leicht pikiert, vor allem aber umso verwirrter, hatte er den Raum verlassen und sich wieder hinauf in die Quartiere der Besatzung begeben. Als er zu ihrer Koje gelangt war, hatte er mit seinen breiten Händen an die Luke geklopft. Sie war nur langsam aufgegangen. Shawna hatte durch einen Spalt zu ihm geschaut.

Calhoun hatte tief Luft geholt und sich dazu gezwungen, kaum lauter als im Flüsterton zu sprechen: »Kannst du mir bitte mal erklären, warum du nicht im Labor bist? Und wieso sieht es dort aus wie der Unterrichtssaal von Zweitklässlern, die mit ihren Chemiekästen gespielt haben?«

Sie hatte den Mund geöffnet, um zu antworten, und dabei die Luke weit aufgerissen. Dann war sie zur Seite getreten und hatte ihn mit einer Handbewegung gebeten, zu ihr in die Kabine zu kommen. Calhoun war mit verwundertem Gesichtsausdruck über die Schwelle getreten. Shawna hatte die Tür geschlossen, ohne auch nur ein Wort zu sagen.

***

Der Raum war makellos sauber; sie hatte sogar ganz spießig ihre Schuhe unter das Bett geschoben. Genau so kannte er Shawna: neurotisch reinlich, ständig frisch aussehend und jederzeit bereit, eine Dinnerparty oder einen Tanzball besuchen zu können. Dass diese Frau einmal ungepflegt daherkam, wäre untypisch gewesen.

Nun wirkte die Koje zwar immer noch aufgeräumt, doch von Shawna ließ sich das nicht behaupten. Ihr Haar war zerrauft, ihre Augen machten einen verquollenen Eindruck, und sie trug nichts als ein langes T-Shirt über einer kurzen Turnhose. Ihre Haut war rot und wirkte wie entzündet, so als habe sie eine Stunde lang unter einer heißen Dusche gestanden. So hatte er sie noch nie zuvor im Leben erlebt.

»Shawna? Ist alles Okay mit dir?«, fragte er besorgt.

Als er ihre Miene sah, bebte sein Magen in einer Mischung aus Beklommenheit und schwelender Wut. Er ballte die Fäuste. »Hat dir jemand aus der Crew etwas angetan?«

Sie schüttelte den Kopf. »Nein, Thomas, nichts dergleichen, alles in Ordnung.« Als sie ihn an der Schulter berührte, entspannte er seine Hände sofort.

»Was zur Hölle ist dann los?« Er zeigte auf das Bett, und sie setzte sich. Nachdem er einen Stuhl vom Schreibtisch in einer Ecke weggezogen hatte, drehte er ihn um und setzte sich, indem er die Arme über die Rückenlehne hängenließ. »Lass uns darüber reden.«

Shawna schaute ihn an, als sei er zu melodramatisch, und lachte laut. Ihre Stimme klang seltsam kindlich. »Ich kann es mir nicht erklären«, begann sie. »Ich …« Sie stockte und schüttelte erneut den Kopf. »Es ist albern …« Wieder erklang ein Kichern. »… und du wirst mich bestimmt feuern.«

Calhoun knurrte: »Ich wüsste nicht, warum das geschehen sollte, also sag mir bitte einfach, was los ist.«

Sie schaute plötzlich hinauf an die Decke und fuhr sich durch das Gesicht. Calhoun war sich nicht sicher, glaubte aber, sie habe es einer Träne wegen getan. Als sie ihre Augen langsam zurück auf ihn richtete, waren sie in der Tat nicht nur rot, sondern auch feucht. »Ich habe noch nie …« Eine weitere Pause folgte. Als sie fortfahren wollte, hatte es den Anschein, ihre Kehle sei zugeschnürt.

»Tief durchatmen.« Calhoun lächelte. »Fangen wir erst einmal damit an: Wie hoch ist der Wassergehalt des Öls?«

»10ppm«, antwortete sie umgehend.

»Und seine Dichte?«

»45 API.«

Calhoun blinzelte. Er hatte vorgehabt, die ermittelten Daten abzufragen, um ihrem Gehirn wieder auf die Sprünge zu helfen, doch jetzt machte anscheinend sein eigenes schlapp. »Warte, hast du gerade gesagt, es enthalte 10ppm Wasser?«

Sie nickte. »Ich habe den Test dreimal durchgeführt. Klar, das ist immer noch eine Vermutung, aber …«

»Unsinn«, fuhr er dazwischen.

Nun lachte sie. »Mit genau dieser Reaktion habe ich gerechnet, Thomas.«

»Und die Dichte? Das kann doch unmöglich der richtige Wert sein.«

»Ich weiß.« Shawna warf ihre Hände in die Luft. »Ich habe die Analysen auf meinem Computer, falls du sie sehen willst.«

»Könntest du irgendwie einen Fehler gemacht haben?«, fragte er.

»Na klar doch.« Sie verschränkte die Finger beider Hände zu einer dicken Doppelfaust. »Deshalb habe ich das Ganze immer wieder nachgeprüft und dabei jedes Mal die gleiche Vorgehensweise eingehalten. Die Werte sind beständig geblieben.«

»Was ist mit dem Schwefelgehalt?«

Shawna zuckte mit den Achseln. »Zu diesem Test bin ich gar nicht gekommen, doch eines kann ich dir sagen: Es ist vollkommen geruchlos.«

Calhouns Gedanken überschlugen sich. Die Eigenschaften, die sie angegeben hatte, waren nicht einfach nur unwahrscheinlich, sondern so gut wie ausgeschlossen. Öl ohne streng riechende

Duftstoffe? Er hatte noch nie gehört, dass Rohöl so »süß« oder rein sein konnte, besonders nicht aus dem Meer. Sollte es stimmen, was Shawna behauptete, hatten sie mehr als nur eine Goldgrube entdeckt; man könnte vielmehr von einem mit Diamanten gespickten Ozeangrund sprechen. »Das ist, äh … unglaublich.«

Sie nickte wieder. »Und das ist noch nicht alles.« Sie stand vom Bett auf, ging zum Bullauge und schaute hinaus auf das Meer. »Da ist etwas in dem Öl, Thomas.«

»Sicher, das habe ich erwartet.« Als er den Kopf zur Seite drehte, kam er sich vor wie ein Lustmolch; durch die kurze Hose konnte er ihren formvollendeten Hintern hervorragend sehen. »Auf was beläuft sich das Verhältnis?«

Shawna zog erneut die Schultern hoch. »Ich habe die Analyse nicht fertiggestellt.«

Thomas zog eine Augenbraue hoch. »Hast du nicht?«

Sie wandte sich ihm wieder zu und lehnte den Rücken an das Rundfenster. »Nein.« Als sie dann lachte, zitterte ihre Stimme. »Ich habe ein bisschen gesponnen.«

»Gesponnen?«

»Es ist albern«, wiederholte sie. »Es handelt sich um eine verfickte Kohlenwasserstoffverbindung, aber ich bin trotzdem ausgetickt!«

Calhoun zuckte auf seinem Platz zusammen. Dass sie sich so aufführen konnte, hatte er nicht geahnt. *Fluchen? Aufbrausen? Was in aller Welt ging hier vor sich?*

»Shawna, beruhige dich erst einmal wieder.«

»Ich bin ruhig«, bekräftigte sie. »Erklären kann ich es nicht, denn es ist absolut unlogisch.«

»Also gut.« Calhoun stand auf. »Zieh dich an. Du brauchst etwas Anständiges zum Lunch und danach einen alten Zuhörer wie mich.« Er ging zur Luke und öffnete sie. »Ich warte dann draußen auf dich.«

»Thomas, ich werde nicht …«, begann sie wieder.

»Doch«, unterbrach er sie, während er sich umdrehte.

»Du wirst! Du kommst mit mir essen, und dann schauen wir uns das gemeinsam an, verstanden?«

Shawna machte den Mund auf, verkniff sich dann aber alles Weitere; ein Nicken schaffte sie so gerade noch.

»Prima«, sagte Thomas, ehe er hinausging und die Luke hinter sich schloss.

Er musste nur ein paar Minuten warten, bis Shawna herauskam. Ihre Haare waren noch strubbelig, die Augen jedoch klar, und sie schien wieder gefasster zu sein. Dann nahm er sie mit in die Kantine. Dort erzählte sie ihm von den Blasen im Öl. Er versuchte, ihren Ausführungen so gut wie möglich zu folgen und zu begreifen, was sie so heftig aus der Fassung gebracht hatte, fand aber keinen rechten Zugang zu ihr. Die Messwerte waren wirklich seltsam, das stimmte, und keine Sorte Öl, von der er jemals erfahren hatte, geriet ohne Hitzeeinwirkung in Wallung, doch dafür, dass ihr dermaßen davor graute, gab es keinerlei Grund.

Sigler war die beste Geologin und Chemikerin, mit der er je zusammengearbeitet hatte. Sie riss nur selten Witze im Labor und zeigte sich stets rundherum als Profi. Darüber hinaus legte sie die gleiche Leidenschaft für ihr Schaffen an den Tag wie er für seine Arbeit. Deshalb bot sie sich als perfekte Partnerin an, wenn es um Ölbohrungen und Prognosen über den Aufwand beim Raffinieren ging. Es gab niemanden in der Branche, der besser war. Deshalb war es gelinde gesagt äußerst unheimlich, sie so außer Fassung geraten zu erleben.

Er betrachtete den Monitor vor ihnen. Sie hatten während der letzten zwanzig Minuten über die Zahlen gesprochen, und weder er noch Shawna sahen zufrieden aus.

»Wir müssen herausfinden, woher diese Blasen kommen«, sagte Thomas. Sie führte den Mauszeiger zur Menüleiste und klickte darauf. Ein eigentümlich gefärbtes Bild öffnete sich. »Das ist ein UV-Foto.«

»Schön«, erwiderte Calhoun ungeduldig. »Die machst du ständig – sicher ist sicher.«

»Richtig«, bestätigte sie. Der Becher mit dem Öl war tiefschwarz, ausgenommen zahlloser winziger, roter Punkte. »Und was bitteschön ist das dann?«

Calhoun runzelte die Stirn. »Ich habe keine Ahnung. Glaubst du, das verursacht diese … Blasen?«

Sie nickte. »Es gibt keine andere Erklärung, aber ich habe ein Wärmebild erstellt, und das sah normal aus. Von dem Öl geht keinerlei Strahlung aus, und weitere chemische Rückstände gibt es auch nicht.«

Er schnalzte mit der Zunge. »Dann muss es an einem defekten Sensor irgendwo liegen.«

Shawna entgegnete nichts, sondern trommelte mit den Fingern auf dem Tisch herum. Was das bedeutete, wusste Thomas nur zu gut. »Okay, spuck's gleich aus.«

Sie hob langsam eine Hand, um sich eine Strähne aus dem Gesicht zu streichen. »Wir können die Sensoren überprüfen, wie wir wollen, aber so viele Fehllesungen? Ich kann mir nicht vorstellen, wie das möglich sein sollte.«

»Es ist auf jeden Fall wahrscheinlicher als das«, gab er zurück, indem er auf das UV-Foto zeigte. »Denn das ergibt gar keinen Sinn.«

»Die AUVs hätten doch jegliche Strahlung sofort erfasst«, beharrte sie.

Auf einmal drehte Catfish den Kopf zu ihnen um. Calhoun musste ein Grinsen unterdrücken. Der Techniker tat ständig so, als höre er nicht zu, wenn sich jemand in seiner Nähe unterhielt, und heuchelte regelmäßig, nicht im Bilde zu sein über das, was gerade passierte, aber irgendwie gelang es dem Mann dennoch, jedes einzelne Wort aufzuschnappen.

»Ich habe die Auslesedaten der Sensoren wieder und wieder durchgesehen; darauf funktionieren alle fünf AUVs bestens.«

»Selbst Nummer 5?«, hakte Shawna nach.

Catfish nickte.

»Jawohl, selbst mein Sorgenkind.«

Nun musste Thomas lachen. »Also gut, womit wir wieder dort stehen, wo wir begonnen haben. Die Unterwasserwerkzeuge hätten das sowieso erfasst.«

»Ganz genau«, pflichtete ihm Shawna bei. Sie atmete mit zusammengebissenen Zähnen aus. »Ich kapier's einfach nicht. Es gibt doch überhaupt keine vernünftige Erklärung dafür.«

Calhoun drehte sich zu den topografischen Karten des Grabens um, die an der einen Wand festgeheftet waren. »Wann bekommst du die neuen Untersuchungsdaten von AUV 5?«

»Sobald es aus der aphotischen Zone zurückkehrt«, erwiderte Catfish. »Ich habe es so programmiert, dass es sie ausspuckt, sobald es in Reichweite gelangt. Bis es die Oberfläche erreicht und abgeholt werden kann, sollte ich mir einen Gesamteindruck verschafft haben.«

Calhoun wandte sich wieder Shawna zu. »Also dann: Hören wir auf, uns etwas vorzumachen, indem wir die Ursache in der Messung suchen, und fangen wieder von vorn an.«

»Du meinst, wir sollen es einfach so akzeptieren?«, fragte sie.

Calhoun kratzte sich am Kinn. »Ja. Wenn uns die Sensoren nun nicht anlügen und deine Tests so wasserdicht sind, wie ich mit ziemlicher Sicherheit vermute – was sehen wir dann auf diesem Foto?«

Shawna gab ihm zu verstehen, dass sie es nicht wusste. »Irgendein Zeug, das kein Öl ist, und das noch dazu etwas ist, das noch nie jemand gefunden hat. Das zu glauben fällt mir allerdings sehr schwer.«

»Denk daran«, erinnerte sie Calhoun. »All die Messfühler und anderen technischen Errungenschaften gibt es erst seit vierzig Jahren; man fördert aber schon sehr viel länger Öl.«

»Stimmt«, räumte sie ein, »doch ich kann einfach nicht glauben, dass dieser Stoff derart isoliert auftritt. Ich meine, vermutlich erstreckt er sich durch den ganzen Graben.«

Diese Bemerkung überraschte Calhoun. »Und was verleitet dich zu der Annahme?«

Sie fuhr mit der Maus herum und klickte mehrmals, um die Bilder der zuerst durchgeführten seismischen Abtastungen aufzurufen. Beim Durchdringen des Bodens hatten die Schallwellen unter Fels und Sand Umrisse offenbart, die auffällig wirkten. »Dass wir hier gebohrt haben …« Shawna zeigte auf das hintere Ende der Form. »… und nach dreißig Metern auf Öl gestoßen sind.« Ihr Zeigefinger fuhr die Umrisse nach. »Hier ist es seichter, dort tiefer, aber es handelt sich um ein und dasselbe: Sieht so aus, als gebe es da ein riesiges unterirdisches Gewölbe.«

Das zwang Catfish zum Lachen. »Die verflucht größten Ölbestände der Welt«, sagte er. Calhoun und Shawna drehten sich zu ihm um. Die beiden lächelten nicht. »Oder, äh, ist das etwas Schlimmes?«

»Ich weiß es nicht«, sagte Shawna nach kurzer Pause, »und aus diesem Grund habe ich auch Bedenken.«

***

In der Mitternachtszone war es absolut still. Dort gab es keine Strömung, kein Zeichen von etwas, das sich bewegte. AUV 5 feuerte Radarwellen in den Boden. Diese reichten nicht weit, sollten sie aber auch nicht, denn das Fahrzeug war darauf eingestellt worden, das Bett des Grabens zu kartografieren, und nicht das, was darunterlag.

Catfish hatte keine Zeit gefunden, entgegen der ursprünglichen Messung einen Differentialalgorithmus hinzuzufügen, weshalb die Sonde nur durch den Graben schwebte, während sie seine Steigungen und Gefälle verzeichnete. Sie hatte die Mulde rings um die Bohrstelle untersucht und als Anomalie gespeichert. Es war der einzige Bereich, den sie noch vom ersten Tauchgang her kannte, und sie nahm Hunderte von Fotos der zehn Meter breiten Falte auf. Erde und Gestein hatten sich am Bohrlochkopf abgelagert, bis er kaum mehr zu sehen war. AUV 5 sammelte weitere Eindrücke, während es wenige Meter über dem Meeresgrund trieb. Es schwamm in parallel verlaufenden Linien vor und zurück. Als es in die Nähe der Röhrenwürmer kam, stieß es ein wenig Ballast ab, um ein Stück weit aufzusteigen. Es nahm weder wahr, dass sich die platten Endfortsätze nach ihm ausstreckten, noch wie sich die Mitte des Riffs öffnete und wieder schloss, nachdem es vorbeigezogen war.

Die Fotos fingen Ausschnitte ein, das Video genauso, doch das Fahrzeug ignorierte die Bewegungen. Es kümmerte sich zu beflissen um die Sand- und Felsformationen, denn immerhin bestand darin ja seine Aufgabe.

Als es seine Untersuchung abgeschlossen hatte, leerte es den rechten Ballasttank, aber nicht den linken. Es schoss mehrere Bilder des gesamten Grabens, während es wieder aufstieg. Deren Qualität würde zwar nicht ausreichen, um leichte Anhöhen oder Täler zu erkennen, aber dem Zweck dienen, einen groben Überblick von der generellen Anlage des Grabens zu vermitteln. Sobald es die Film- und Fotoaufnahmen beendet hatte, stieß es den übrigen Ballast ab und begann eine rasche Fahrt hinauf in Richtung Sonnenlicht.

Als es die Mitternachtszone verließ, hörten die Würmer auf, sich zu bewegen, und erschlafften. Ihre Beute war wieder aus der Gegend verschwunden. Nun mussten sie auf andere warten, so, wie sie es schon seit Jahrtausenden taten.

***

Die Zeit zum Abendessen war gerade richtig. Es herrschte nun eine dunkle Dämmerung, wo der Himmel zuvor hell gewesen war. Die Wolkenbank, die der Sturm nach Süden gewälzt hatte, war schließlich hinaus auf das Meer gezogen. Noch ein oder zwei Tage, und ein Unwetter mit allen Schikanen – Sturmflut und was nicht noch alles – könnte diese Plattform heimsuchen.

Während seiner Zeit bei der Armee hatte er viele Schiffe durch Stürme bugsiert. Diese Förderanlage war zwar klein im Vergleich zu den schwimmenden Städten, mit denen man sonst Produktionsstätten auf hoher See bezeichnete, doch es würde nicht schlimmer sein als ein Aufenthalt auf einem Flugzeugträger während eines Hurrikans der Kategorie 3.

Er saß am Tisch neben Catfish. Dessen Haare waren zu einem Zopf geflochten und zurückgebunden. Der Techniker hatte gerade ein halbes Hühnchen verschlungen und trank Wasser. JP wusste es nicht genau, aber es kam ihm so vor, als spiele der Kerl tatsächlich mit dem Gedanken, sich noch einen Nachschlag zu besorgen, als ein frisches Tablett mit köstlich gewürztem Brathähnchen aufgetragen wurde.

Thomas und Shawna saßen ihnen gegenüber. Sie hatte langsam und still gegessen. Ihr lockeres Lachen und ihr trautes Lächeln waren nur selten zum Zug gekommen, selbst während JPs Schilderungen zu Belmont. Er verstand nicht so recht, worüber sich der Rest des Teams solche Sorgen machte, doch irgendetwas belastete die anderen offensichtlich.

Bevor er hinausgefahren war, um AUV 5 abzuholen, hatte JP auf der Brücke mit Vraebel gesprochen. Der Aufseher der Insel hatte sich seine Bitte angehört, ihm gesagt, er wisse den Bescheid vorab zu schätzen, und die Erlaubnis erteilt, Belmont mitzunehmen, wenn er den Roboter auflas. Während des Ausflugs auf das Meer war der Ukrainer genauso verschlossen und unsympathisch gewesen wie zuvor. JP konnte den Mann nicht ausstehen – was bedauerlich war, weil ihm Vraebel ebenfalls erlaubt hatte, beim Inspizieren des Untergerüsts zu helfen. Im Vorfeld war es ihm nicht klar gewesen, doch Belmont fungierte zugleich auch als Leiter des Tauchteams. Die nächsten paar Tage würden sich bestimmt wie Gummi ziehen. Falls der Sturm über ihnen aufzog, würde das Tauchen ebenfalls warten müssen. Schließlich wollte bestimmt niemand inmitten von zwanzig Fuß hohen Wogen schwimmen.

»Also«, hob er an. Alle drei aus seiner Truppe blickten von ihren Tellern zu JP auf. »Wollt ihr mir vielleicht mal erklären, was hier los ist?«

Shawna blieb ungerührt. »Haben wir doch. Es ist seltsam. Sehr, sehr seltsam.«

Catfish trank noch einen Schluck Wasser, verzog sein Gesicht und stellte das Glas wieder auf den Tisch. »Mehr als verflucht seltsam.«

»Soviel ich bisher verstanden habe, ist das Öl, na ja … ungewöhnlich«, meinte JP.

»Versuch es mal mit *beispiellos*«, schlug Calhoun vor. »Und das ist noch der harmloseste Teil des Problems.«

»Welches Problem meinst du?«, fragte JP. »Wir haben dort unten ein gewaltiges Ölreservoir entdeckt. Die Testbohrung verlief ohne Vorfälle, und der Hubschrauber befindet sich gerade auf dem Weg hierher, um die Probe abzuholen. Ehrlich, Leute, ist es nicht genau das, was wir gewollt haben?«

»Und der Meeresboden verändert sich«, fügte Catfish nebenbei hinzu.

JP schaute ungläubig auf. »*Was?*« Er wandte sich seinem Freund zu. »Was willst du damit sagen, *er verändert sich*?«

»Dass«, begann Catfish, während er seinen Teller wegschob, »unsere topografische Messung für die Katz war. Das Ergebnis ist völlig falsch. Nummer 5 hat bereits eine neue durchgeführt. Der Unterschied ist subtil, aber vorhanden, insbesondere in der Umgebung rund um den Bohrlochkopf.«

Der Taucher betrachtete Catfishs Gesicht genau, um zu sehen, ob er sich vielleicht irgendwie verriet. Denn all das musste ein Witz sein; sie hielten ihn offensichtlich zum Besten. JP fing zu wiehern an.

»Was ist daran so lustig?«, wollte Catfish verwirrt wissen. Seine Miene blieb weiterhin wie versteinert.

JP verging das Grinsen. »Du meinst das ernst!«

Nun warf Catfish beide Arme in die Luft. »Genau das versuchen wir, dir doch die ganze Zeit schon begreiflich zu machen, du Penner. Das ist kein schlechter Scherz; dort unten gibt es irgendetwas – etwas …«

Er zeigte auf Shawna und Calhoun. »… das sie nicht erklären können, und ich erst recht nicht.«

JP schaute seinem Vorgesetzten in die Augen. »Thomas? Können wir die Karten nicht einfach zu *PPE* schicken? Fragen wir doch die Fachleute dort, was sie davon halten.«

Daraufhin lachte Thomas und stieß Shawna an. »Sie *ist* eine Fachfrau von *PPE*«, stellte er klar. »Du meinst wohl eher, wir sollten diese Fotos zu einem Vulkanforscher auf das Festland senden, damit er einen Blick darauf wirft.«

JP machte große Augen. »Vulkan … du meinst, wir haben es dort unten mit einem fetten Krater zu tun?«

Calhoun zuckte mit den Schultern. »Ich weiß es nicht, aber Magma ist für mich die einzige sinnvolle Erklärung.«

Shawna verneinte. »Würde es sich wirklich um Magma handeln, wäre unsere Bohrschraube geschmolzen oder zu Asche verbrannt – vollständig. Es kann unmöglich etwas in dieser Richtung sein.«

»Tja«, seufzte JP, »was denn bitte sonst, Mann? Wollt ihr etwa andeuten, wir verpissen uns besser ganz schnell von hier?«

Calhouns Züge verwandelten sich langsam zu einem Grinsen. »Nein, das soll heißen, wir müssen vorsichtig sein. Ich glaube allerdings nicht, dass wir weiterhin nach Öl suchen können; erst müssen wir dieses Etwas untersuchen, schätze ich.«

Catfish und Shawna schauten ihn an. Sie schüttelte zögerlich den Kopf. »Ich will gar nicht wissen, was es ist.« Ihre Stimme war kaum hörbar inmitten des Lärms, den die anderen Roughnecks verursachten.

»Macully hat mir genaue Angaben zu den Röhrenwürmern geschickt«, warf Catfish nun ein. »Ich werde morgen AUV 2 hinunterschicken, falls Vraebel es zulässt.«

»Das wird er«, meinte Calhoun, »aber ich muss mich morgen auch mit ihm unterhalten. Wir sollten die nächste Bohrung lieber mit Bedacht angehen.«

»Moment mal«, lenkte JP ein. »Wir bohren noch einmal?«

Calhoun blieb gelassen. »Die bei *PPE* geben schließlich den Ton an, und ich denke nicht, dass Vraebel auf uns hören wird. Er hält uns doch lediglich für begabte Windbeutel, die seine Crew in keiner Weise bereichern, also tun wir einfach unsere Arbeit. Lasst uns die neue Topografie abtasten und herausfinden, wo sich die sicherste Stelle zum Bohren befindet.«

»Ich würde sagen: nirgendwo«, entgegnete Shawna. »Und auf die nächste Probe dürft ihr gern Harobin ansetzen, denn ich werde mich bestimmt nicht mehr in die Nähe dieses Zeugs wagen.«

Der Ingenieur schaute sie zunächst böse und dann nachsichtig an. »Na gut, das ist verständlich. Du kannst die Daten analysieren, die er zusammenträgt.« Calhoun nickte Catfish zu. »Mach dein AUV für morgen fertig – sieh nur zu, dass Nummer 5 mit seinen übrigen Blechkollegen bereit für eine weitere Bohrung ist. Simpson wird sich über unseren Daten bestimmt einen von der Palme wedeln, Anomalien hin oder her.«

»Es ist so vorhersehbar«, murmelte Catfish.

»Was?«, erkundigte sich JP.

Standlee sah Calhoun mit einem ernsten Lächeln an, ehe er sich dem Taucher zuwandte. »Alles dreht sich um Sicherheit, Eile mit Weile und Präzision – alle beschissenen Schönwetterwörter und Phrasen, die man sich nur vorstellen kann, solange bis sie das Gold direkt vor der Nase haben. Dann kennen sie plötzlich kein Halten mehr, und der erbärmliche Geiz regiert über alles.«

JP wollte dem etwas entgegensetzen, besann sich dann aber eines Besseren. Seine drei Mitarbeiter hatten scheinbar komplett den Verstand verloren. Apropos Schönwetter: Genau so würde er es weiterhin halten. Sie sollten sich ruhig die Köpfe wegen kaputter Sensoren und Catfishs verspulten AUV-Modellen heißreden, während für ihn alles weiterhin eitel Sonnenschein blieb, indem er einfach nur tauchte und seinen Job erledigte.

***

Shawna konnte einfach nicht einschlafen. Das Mondlicht schaffte es kaum, die Wolken zu durchdringen. Sie starrte mit weit aufgerissenen Augen an die Decke. Ohne Frage, sie war müde, doch das bedeutete nicht, dass sie ihr Gehirn abschalten konnte.

Das Problem war der Helikopter. Er würde morgen früh auf der Plattform landen. Ungefähr achtundvierzig Stunden nach seinem Abflug sollten die Proben dann in Houston eintreffen. *PPE* hatte große Summen abgedrückt, um die Analyse zu forcieren, doch das zog immer noch mindestens vierundzwanzig Stunden ununterbrochener Arbeit nach sich, bis die Forscher ein Gutachten vorlegen konnten. Möglicherweise dauerte es sogar zwei Tage, und bis dahin würde man bereits mit einer zweiten Bohrung zugange sein.

Calhoun und sie hatten sich nach dem Abendessen mit Vraebel getroffen. Er war auf der Brücke gewesen, hatte hinaus in die Dunkelheit geschaut und dabei eine Tasse Kaffee getrunken. *Ob der Kerl eigentlich jemals andere Flüssigkeiten zu sich nahm?*

»Martin«, begann Calhoun. »Haben Sie kurz Zeit?«

Vraebel blies eine Dampfwolke von seiner Kaffeetasse und drehte sich im Sessel zu den beiden um. Er hatte ein Lächeln aufgesetzt, das aber seine Augen nicht erreichte. »Thomas, Ms. Sigler, was kann ich für Sie tun?«

Calhoun suchte kurz Shawnas Blick, bevor er sich dem Aufseher widmete. »Ich nehme an, Sie haben die Berichte gelesen.«

Vraebel nickte. »Oh ja, das habe ich. Als ich sie an Simpson weitergereicht habe, war er völlig hin und weg. Sie alle haben sehr gute Arbeit geleistet – mitten ins Schwarze getroffen, jedenfalls sobald das Labor die Probe zur Ansicht erhält.«

Shawna schluckte schwer. »Sie wird also nach Houston gebracht?«

»Simpson hat einen Hubschrauber freigestellt, sobald er erfahren hat, dass wir eine Probe fördern konnten.« Vraebel zeigte auf die Geologin. »Sie sollten stolz sein; Harobin meinte zu mir, er habe noch nie mit jemandem zusammengearbeitet, der so gut ist wie sie. Und mit der Auswertung der Bodenstruktur lagen sie augenscheinlich auch goldrichtig.«

Thomas klemmte die Oberlippe zwischen die Zähne. »Genau.« Er räusperte sich. »Haben Sie eigentlich den gesamten Bericht gelesen oder nur die statistischen Zahlen und den Teil mit der chemischen Zusammensetzung?«

Vraebels Lächeln verschwand, sein strenger Blick wurde noch eindringlicher. »Ich habe natürlich den gesamten Bericht gelesen«, stellte er im gleichbleibenden Tonfall klar. »Davon abgesehen weiß ich nicht, ob Ihr Team nur hier draußen ist, um mich zu sabotieren oder eher sich selbst.« Er lehnte sich im Sessel zurück. »*PPE* ist überzeugt davon, dass Ihre Sensoren sich irren. Vielleicht wurden sie ja auf dem Transportweg beschädigt, oder dort unten ist etwas, das ihre Funktion beeinträchtigt. Aber wissen Sie, was der springende Punkt ist?«, fragte er. »Uns ist es scheißegal.« Dann lächelte er Shawna zu. »Verzeihen Sie bitte meine Ausdrucksweise.«

Thomas entgegnete mit zusammengepressten Lippen und abgehackten Silben: »Die Sensoren irren nicht; die Analyse entspricht den Tatsachen. Wir müssen genau aufpassen, wenn wir ein weiteres Loch bohren – extrem gut aufpassen.«

»Anders würde ich es auch gar nicht angehen«, versicherte ihm Vraebel. Sein Lächeln dauerte wieder an, und sein Blick wirkte milder. »Morgen richten wir alles für die nächste Bohrung her. Haben Sie schon eine Stelle ins Auge gefasst?«

Calhoun und Shawna sahen einander unsicher an. »Ja, das haben wir. Sie befindet sich auf einer Schicht, die mit Hinblick auf das Gestein am dicksten wirkt.«

Vraebel schaute sie nun skeptisch an. »Gibt es einen Grund dafür, dass wir nicht die dünnste Felsschicht suchen?«

»Ich mache mir Sorgen wegen Gaseinschlüssen.« Shawna hoffte, die Lüge klänge in seinen Ohren überzeugender als in ihren eigenen. »Beim ersten Mal hatten wir zwar Glück, aber der Druck war ziemlich kritisch.«

Während der Chief an seinem Kaffee nippte, schaute er an den beiden vorbei auf die topografische Karte an der Wand hinter ihnen. »Zeigen Sie mir die Stelle.«

Shawna starrte das Papier an. Sie hatte das Gebiet monatelang studiert, noch bevor die Plattform überhaupt errichtet worden war. Darum kannte sie über die gesamte Länge des Grabens hinweg jede Linie, jeden Hügel und jede Talsohle – oder besser gesagt: hatte sie gekannt. Sie erinnerte sich an die Koordinaten, die Calhoun mit ihr abgesprochen hatte. Dann drückte sie einen Zeigefinger auf die Karte. »Genau hier.«

»Und dort verläuft die tiefste Oberflächenschicht?«, hakte Vraebel nach.

Der Ingenieur schaltete sich ein: »Den Messungen zufolge; selbst die, äh, überarbeiteten Ergebnisse suggerieren, es sei die tiefste.«

»In Ordnung«, erwiderte Vraebel. »Teilen Sie Gomez mit, wo es ist, dann kann er umgehend mit den Vorbereitungen beginnen.« Er erhob sich aus seinem Sessel und stellte die Tasse auf der Konsole ab. »Wenn Sie uns nun bitte entschuldigen würden, Ms. Sigler; Mr. Calhoun und ich müssen eine Privatangelegenheit besprechen.«

Sie verließ die Brücke und schloss die Luke hinter sich. Wenige Augenblicke später ging sie wieder auf, und Thomas betrat den Gang. Er hatte einen roten Kopf, und eine Ader an seiner Schläfe pulsierte. »Dieses dreckige Arschloch«, fluchte er auf dem Weg zu den Gästekajüten.

»Was hat er denn gewollt?«, fragte Shawna, die Mühe hatte, mit ihm Schrittzuhalten.

Thomas ging langsamer und blieb schließlich stehen. Als er sich zu ihr umdrehte, war sein Gesicht vor Wut verzerrt. »Ich glaube, du musst mir Gesellschaft leisten, während ich eine Zigarre rauche.«

Shawna wälzte sich im Bett herum und versuchte, eine bequeme Lage zu finden. Dadurch, dass sie an die Decke starrte, schaffte sie es nicht, ihre Gedanken zu beruhigen. Sie strengte sich an, das

Rauschen des Ozeans unter dem Brummen der Generatoren der Plattform zu hören, vermochte es aber nicht.

Sobald sie die Augen schloss, sah sie wieder die Blase im Öl. Was war mit den Filtern des Stativs zur Dichtemessung? Deren feinporiges Papier diente doch dazu, Flüssigkeiten jegliche Feststoffe zu entziehen, doch abgesehen von einem schwarzen Film waren sie komplett leer gewesen. Am schlimmsten fand sie dabei die Tatsache, dass das durchlässige Material ausgesehen hatte, als sei es mit Schrot beschossen worden.

Calhoun hatte ihr beim Saubermachen im Labor geholfen, und sie war sich bis zu diesem Moment nicht sicher gewesen, ob er alles glaubte, was sie behauptete. Hinzu kam, dass er … verängstigt ausgesehen hatte. Sie war ehrlich gesagt, froh, dass es ihr nicht allein so erging.

Während sie alles gründlich gereinigt hatten, waren sie mit allen Mitteln geschützt gewesen, die sie hatten auftreiben können. Bei der Vorstellung, die schwarze Flüssigkeit würde ihre Haut berühren, war Shawna zum Schaudern zumute gewesen, als sie die Geräte in Säurebäder legten und ihr Bestes versuchten, alle schwarzen Flecken zu beseitigen.

Blieben noch der Becher und das Reagenzröhrchen. Calhoun hatte beide mit Pfropfen versehen und dann in den Probenschrank gestellt. Shawna war froh, nicht gebeten worden zu sein, ihm dabei zu helfen.

Als sie mit Calhoun wieder auf das Deck der Anlage zurückkam, wo er rauchen konnte, hatte sie sich endlich beruhigt … wenigstens ein bisschen zumindest. Die frische Meeresluft und ein leichter Südwind trugen dazu bei, ihre Nerven zu entspannen. Im roten Blinklicht des Hubschrauberlandekreuzes zündete Calhoun sich eine neue Zigarre an.

»Was hat er gewollt?«, fragte Shawna abermals.

Thomas blies eine dicke Rauchschwade in die Luft; der Wind verwehte sie rasch zu einer bloßen Erinnerung. »Er hat einen

Antrag bei Simpson gestellt, mich von der Bohrinsel abzuziehen – und dich auch.«

Sie konnte es nicht fassen. »*Was?* Wieso?«

Er lächelte zynisch. »Weil«, hob er an, bevor er noch einmal an der Zigarre zog und den Qualm durch die Nase ausstieß wie ein zorniger Drache, »er der Ansicht ist, dass wir zwei für den Erfolg der Mission nicht mehr unerlässlich seien. Nach unserem Bericht findet er, wir würden jegliche weitere Ölsuche bloß behindern.«

»Behindern? Wie um alles in der Welt sollten wir das denn tun?«

Er lachte, und ein weiterer Schwall Rauch stieg in die Luft, um von einer Bö zerrissen zu werden. »Indem wir Gerüchte verbreiten, dass dort unten etwas Eigenartiges im Gange sei. Er versicherte mir, mit aller Vorsicht weiterzumachen; dabei kann er nur von Glück reden, dass ich ihm das wirklich glaube. Er wird seine Männer nicht in Gefahr bringen, wenn er erfährt, dass es Schwierigkeiten gibt.«

»Und die gibt es tatsächlich«, betonte Shawna. »Erdverwerfungen … Öl, das sich nicht, wie Öl verhält … eine neue Gattung von Röhrenwürmern! Ich meine, was will der Arsch denn bitte noch?«

Calhoun legte ihr eine Hand auf die Schulter und grinste. »Ich habe dich noch nie so deftig fluchen gehört, seit ich dich kenne. Komm wieder runter, es genügt.« Nachdem er von ihr abgelassen hatte, nahm er die Zigarre wieder zwischen seine Finger.

Sie fühlte sich nicht beleidigt, denn ihr war klar, dass er sie nicht bevormundete, zumal er ja recht hatte. Shawna holte langsam Luft. »Okay, ich bin wieder abgekühlt.« Sie fuhr sich mit der Zunge über die Lippen. »Aber was unternehmen wir jetzt in dieser Sache?«

»Nichts«, antwortete Calhoun. »Rein gar nichts. Wir erledigen unsere Pflicht, forschen weiter nach und tragen nach Kräften Sorge dafür, dass alle hier sicher sind. Unter diesen Bedingungen …«, er schaute zum Mond hinauf, dessen Licht die Wolken schwach durchließen, »… möchte ich den Bericht mit einem zusätzlichen Hinweis versehen, bevor das Labor in Houston ihn bekommt.«

»Und wie lautet der?«

Er drehte sich langsam zu ihr. »Potenziell biologische Gefährdung oder ätzende Stoffe vorhanden.«

»Biologische Gefährdung?«, wiederholte sie. »Das werden sie dir nie abkaufen.«

»Du kannst es Absicherung nennen, vorbereitet sein oder wie auch immer sonst; achte nur darauf, dass es im Bericht enthalten ist.« Er machte eine Geste mit der Zigarre. »Ich will schließlich nicht, dass sie eine böse Überraschung erleben.«

Das brachte sie zum Lachen. »Tun wir das nicht schon selbst?«

»Darauf kannst du Gift nehmen«, entgegnete er. Als sie ihn verließ, um in ihre Kabine zurückzukehren, starrte er weiter in die Wolken und schmauchte seine Zigarre.

Der Bericht – Anhang inklusive – würde am Morgen fertig sein. Um die Zusammensetzung der Bohrflüssigkeit, sowie die Fördermethoden geheim zu halten, die *PPE* selbst entwickelt hatten, waren gewisse Teile des Reports bereits redigiert worden. Dies entsprach dem üblichen Prozedere in der Branche; man gab immer nur so viel preis, wie man musste, besonders im Forschungssektor. Alle Labore mussten Verschwiegenheitserklärungen bezüglich ihrer Versuchsgegenstände und deren Herkunft unterzeichnen, was allerdings wiederum nicht bedeutete, dass andere Konzerne außerstande waren, die Wissenschaftler nach allen Regeln der Kunst zu bestechen, um sich einen Vorteil zu verschaffen.

Eine Warnung einzuschieben sollte deshalb kein Problem darstellen. Shawna würde es erledigen, gleich, nachdem sie am Morgen wachgeworden war – vorausgesetzt, sie würde überhaupt schlafen können.

Jetzt schloss sie wieder die Augen und stellte sich vor, auf dem Meer zu treiben. Nur eine Luftmatratze trennte sie von dem kalten Nass, während die Sonne ihren Bauch und ihre Beine wärmte. Durch ihre erdachte Sonnenbrille schaute sie dem Spiel bauschiger Wolken zu. Einen Moment später war sie endlich weggetreten.

5

Der Morgen war für Vraebel immer die beste Zeit des Tages. Er liebte es, vor der Dämmerung wachzuwerden und zu beobachten, wie die Sonne am Horizont aufstieg, während er eine Tasse schwarzen Kaffee nach der anderen genoss. Als er jedoch heute zu sich kam, war er ungehalten. Wenn er überhaupt geschlafen hatte, dann höchstens unruhig.

Die wirren Ausführungen in dem Bericht von Calhoun und Sigler waren ihm die ganze Nacht lang nicht aus dem Kopf gegangen. Er hatte richtig entschieden, Simpson in einer E-Mail darauf hinzuweisen, dass es auf *Leaguer* eventuell ein Problem gäbe. Klarzustellen, dass es sich dabei, um die Angestellten des Vizeoperationschefs handelte, war ihm ein Vergnügen gewesen. Simpson hatte allerdings nicht zurückgeschrieben – noch nicht.

Und dies war das zweite Problem: Er hatte Calhoun gestern Abend heftig in die Mangel genommen und ihm unterstellt, dass der Ingenieur verrückt geworden sei, senil oder sogar beides. Nachdem der alte Mann von der Brücke verschwunden war, sodass Vraebel Zeit gefunden hatte, seine Worte zu rekapitulieren, war ihm zunehmend flauer im Magen geworden.

Er hatte Meister der Disziplin »Sturz von der Karriereleiter« kennengelernt. Dies waren alles aufstrebende Personen gewesen, die sich das Maul einmal zu oft zerrissen hatten. *Pinkele dem Falschen in der Führungsetage ans Bein, und du wirst niemals befördert; tritt zu vielen von ihnen auf die Zehen, und sie teilen dir einen Fensterplatz zu oder suchen sich schlichtweg einen Grund, um dich feuern zu können.* Vraebel kannte Simpson nicht gut genug, um abwägen zu können, wie dieser auf seine E-Mail reagieren würde. Calhoun? Den kannte er überhaupt nicht.

Zumindest Harvey schien das nicht zu bekümmern. Der Mann hatte sich gerade freiwillig zur Inspektion gemeldet. Belmont und seine Tauchcrew sollten eine Routinekontrolle des Unterbaus durchführen, sobald man an den Koordinaten für die zweite Bohrung eintraf. Das würde höchstens ein paar Stunden dauern. Solange sich Harvey nicht auf der Plattform herumtrieb, konnte Vraebel eine ruhige Kugel schieben, jedenfalls bis zu einem gewissen Grad.

Sein ungutes Gefühl verflog deshalb allerdings trotzdem nicht. Denn der Meeresboden verschob sich nicht einfach, außer wenn Magma im Spiel war, entweder durch eine Eruption oder ein Erdbeben. Sich vor Augen zu halten, der Grund sei in Bewegung, war aberwitzig. Er versuchte wiederholt, es sich auszumalen, doch sein Gehirn machte dabei nicht mit. Es klang einfach … zu verrückt.

Und das Öl? *Verdammt, es ist Öl!* Dieser Jubelschrei war im Laufe der Nacht immer wieder in seinem Kopf erklungen. Sigler hatte allerdings entsetzt ausgesehen. Bei seiner Erwähnung, dass man ein zweites Loch bohren wolle, war die Farbe ganz aus ihrem Gesicht gewichen, und als sie die Stelle auf der Karte gezeigt hatte, hatte ihre Hand eindeutig gezittert.

Dann dieser Unsinn mit den etwaigen Gaseinschlüssen … Nein, daran glaubte er auch nicht. Es gab einen anderen Grund dafür, dass die Geologin und Calhoun den dicksten Bereich der Gesteinskruste ausgewählt hatten. Ihn beschlich das Gefühl, sie seien nicht willens, ihn einzuweihen.

Vraebel stand auf der Brücke, als die Männer zur Morgenschicht an Deck vorstellig wurden. Gomez war auch da; anhand seines leuchtend roten Schutzhelms konnte man ihn unmöglich übersehen. Die Wolken hatten sich über Nacht zu einer dicken Suppe zusammengezogen, sodass man die Sonne dahinter kaum ausmachen konnte, doch das würde sie nicht daran hindern, das Gestänge wieder hinunterzulassen.

Wirklich nicht?, fragte ihn eine innere Stimme. *Solltest du nicht einfach kurz innehalten und dir wenigstens einen Überblick verschaffen?* Vraebel schüttelte den Kopf, um sie auszublenden. Er hatte nicht genug Schlaf bekommen, war fahrig und erschöpft.

Die Daten aus der Analyse des Öls ratterten wiederholt vor seinem geistigen Auge hinunter: eine unmögliche Dichte, ein unmöglicher Wassergehalt, eine unmögliche Reinheit im Rohzustand. Bei *PPE* musste man nur noch die restlichen Partikel herausfiltern, bevor man es nach Herzenslust raffinieren konnte. Teufel auch, der Konzern saß auf einer Goldader, was Öl anbelangte, und ihm, Vraebel, würde die Ehre dafür zuteilwerden, den größten Fund seit Nigeria gemacht zu haben.

Er rülpste, nachdem es ihm sauer aufgestoßen war, denn er hatte schon eine ganze Zeit lang Sodbrennen. Diese Sache stank, war ein gottverdammter Albtraum, den Calhoun und Sigler heraufbeschworen hatten, um … ja, warum eigentlich? Genau hier lag doch der Hase im Pfeffer.

Sie konnten keinerlei Nutzen daraus ziehen, Beweise oder Untersuchungsergebnisse zu fälschen. Er könnte es nachvollziehen, wenn Harvey oder Standlee, dieses Arschloch, das Ganze eingefädelt hätten, um ihn unterzubuttern, doch Calhoun und Sigler?

Als Vraebel wieder aus seiner Tasse trinken wollte, bemerkte er, dass sie leer war. Er drehte sich mit dem Sessel um und schaute zur Kaffeemaschine hinüber. Ein weiterer Rülpser mit Nachbrand kam ihm über die Lippen, und er seufzte. Statt aufzustehen und sich noch einen Kaffee zu kochen, drehte er die Tasse zwischen seinen Händen hin und her.

Simpson verlangte eine zweite Bohrung. Calhoun und Sigler hatten ihm eine entsprechende Stelle genannt. Gomez und die Crew machten sich gerade daran, den Bohrschacht wieder zusammenzufügen – und was tat Martin Vraebel? Martin Vraebel grübelte darüber nach, was für ein beschissener Tag es war, um das Kommando über eine Bohrinsel zu haben.

Plötzlich knisterte das Funkgerät. »*Leaguer*, hier Helo 115 Heavy, over«, meldete sich eine Frauenstimme.

Seine Magensäure kam sofort zur Ruhe, und er strahlte bis über beide Ohren. *Wenigstens etwas funktioniert heute.* Er zog das Mikro aus der Halterung.

Eine kurze Pause folgte, ehe die Stimme fortfuhr, während im Hintergrund kaum hörbar Triebwerke sirrten. »*Leaguer*, noch dreißig Minuten bis Ankunft, bitte Fracht zur Mitnahme fertigmachen. Haben nur wenig Treibstoffreserven, over.«

»Verstanden, 115 Heavy. Sollten wir noch etwas für Sie bereithalten? Over.«

Die Pilotin lachte kurz. »Falls Sie nicht zufällig etwas Whiskey haben, nehmen wir nur die Fracht, over.«

Vraebel grinste ebenfalls. »Tut mir leid, 115, wir haben Kaffee in rauen Mengen und auch sonst alles, was Sie sich wünschen könnten, aber eben nicht mehr. Over.«

»Zu dumm«, klagte die Stimme. »Ach, sei's drum, einen Versuch war es wert. 115 Ende.«

Zum ersten Mal an diesem Morgen hatte Vraebel das Gefühl, aus diesem misslichen Tag könne vielleicht doch noch etwas werden. Der Hubschrauber von *PPE* war früh an. Dies bedeutete, dass auch die Ölprobe früher als erwartet von der Insel geschafft und nach Houston gelangen würde. Bis morgen oder übermorgen sollten sie bereits mit der zweiten Bohrung beschäftigt sein.

Die Müdigkeit, die seinen Geist benebelt hatte, verflüchtigte sich. Vraebel nahm einen gelben Telefonhörer von der Konsole. Er lauschte dem Tuten des Apparats am anderen Ende, bis abgehoben wurde.

»Gomez.«

»Steve? Der Hubschrauber ist in ungefähr einer halben Stunde hier«, erklärte ihm Vraebel. »Bitte schauen Sie nach, ob er auf dem Kreuz landen kann, und stellen Sie die Probe für ihn dort ab. So wie es sich anhörte, dampft er gleich wieder ab.«

»Geht klar, Chief. Wir werden zur Stelle sein.«

»Vraebel Ende.« Er legte den Hörer wieder auf die Gabel.

Dann schaute er hinunter auf das Deck. Der Schichtführer zeigte auf mehrere seiner Männer und dann hinüber zum Landeplatz. Vraebel lächelte. *Wie ein Uhrwerk – genau so sollte das alles laufen.*

Als er vom Sessel aufstand und sich zur Kaffeemaschine umdrehte, erstarrte er plötzlich. Denn auf der Schwelle der Luke stand Standlee. Er hatte sich die Haare gewaschen und am Hinterkopf zusammengeflochten. Ausnahmsweise trug er ein Poloshirt von *PPE* über einer ausgeblichenen Jeans und darunter feste Schuhe anstatt Sandalen.

»Haben Sie vielleicht einen Moment Zeit für mich, Mr. Vraebel?«, fragte der Techniker.

Der Aufseher zwang sich zu einem Lächeln. »Selbstverständlich.«

Standlee räusperte sich. »Ich bitte um die Erlaubnis, ein AUV tauchen zu lassen.«

Vraebel achtete auf die Körpersprache des Mannes. Er war offensichtlich nervös; weshalb, ließ sich nicht genau bestimmen. »Darf ich auch fragen warum?«

Standlee ließ sich zum Anflug eines Grinsens hinreißen. »Ein letzter Testlauf mit ein paar neuen Programmfunktionen; ich muss sichergehen, dass für die nächste Bohrung alles startklar ist.«

Einen Augenblick lang waren gelegentliches Poltern oder Knirschen von der Ebene unterhalb und das Rauschen der Klimaanlage die einzigen Geräusche auf der Brücke. Vraebel wartete ab, ob Standlee ins Stammeln geriet oder etwas hinzufügte, doch das tat er nicht.

»Natürlich«, versicherte er ihm dann. »Ich schätze, Sie möchten gern mit Harvey fahren, richtig?«

Standlee schüttelte den Kopf. »Nein, ich werde am Computer gebraucht, Sir.«

»In Ordnung, dann sagen Sie Harvey, er soll sich mit jemandem aus Belmonts Team zusammentun. Geben Sie mir noch einmal Bescheid, wenn das Ding im Wasser ist.«

»Das werde ich. Vielen Dank«, erwiderte Standlee. Daraufhin verließ er die Brücke und ging zügig durch den Korridor.

Vraebel schaute ihm hinterher. Der unwirsche Techniker schien seine Einstellung maßgeblich revidiert zu haben. Calhoun hatte seinen Angestellten wohl mitgeteilt, dass sie kurz davor stünden, den Laufpass zu erhalten. Das war natürlich Unfug; er mochte zwar damit gedroht haben, den Ingenieur und Sigler suspendieren zu lassen, doch ohne jemanden, der die ROVs und AUVs bediente, konnte die Plattform unmöglich ihren Dienst verrichten, zumindest nicht in solchen Meerestiefen.

Nun da sein Magen nicht mehr murrte, stellte Vraebel seine Tasse wieder unter den Ausguss der Maschine und brühte sich einen frischen Kaffee auf. Er spielte mit dem Gedanken, Calhoun zu suchen und sich bei ihm zu entschuldigen oder wenigstens noch eine E-Mail an Simpson zu schicken und ihm zu erklären, dass er überstürzt gehandelt hatte, doch weder das eine noch das andere kam ihm besonders klug vor. Er würde mit allem zurechtkommen, egal was ihm der Vize vor die Füße warf. Und Calhoun? Falls er es endlich schaffte, sein Team unter den Scheffel zu stellen und keine Panik unter der Besatzung verbreitete, war es eigentlich sehr vorteilhaft, auf die Erfahrung des Mannes zurückgreifen zu können, jedenfalls, bis sie zwei weitere Testbohrungen ausgeführt hatten.

Vraebel trat vor die Übersichtstafel an der Wand und betrachtete den Zeitplan. Gomez' Männer kalibrierten die Sensoren gerade auf die nächsten Koordinaten. Bis heute Nachmittag sollten sie das Laser-Führungssystem auf die exakte Position der neuen Bohrstelle eingepegelt haben. Dann würde man die Schubdüsen der Plattform dazu verwenden, sie über dem Ziel zu positionieren. Sobald daraufhin damit begonnen wurde, das Gestänge hinunterzulassen, konnte Standlees ferngesteuerte Drohne die Lage in achtzehntausend Fuß Tiefe sondieren und jegliche Anpassungen vornehmen, die notwendig waren, damit die Schraube auf den Bohrpunkt traf.

Lange dauern würde es nicht. In vierundzwanzig, vielleicht achtundvierzig Stunden bohrten sie wahrscheinlich wieder und holten eine weitere Probe hoch. In drei, vier Tagen rauschte voraussichtlich auch das Gutachten aus Houston ein. Falls dessen

Inhalt erfreulich war, konnten sie zwei weitere Testkerne entnehmen, um schließlich alle drei ebenfalls nach Houston zu schicken und Bestätigung zu bekommen. Wenn das alles erst einmal erledigt war, sollte feststehen, ob man von einem Goldrausch sprechen konnte oder nicht. Falls es ein Erfolg war, durfte sich Vraebel darauf freuen, die Produktionsstätte zu leiten, die *Leaguer* letzten Endes ablösen würde.

Gesetzt den Fall, wir schaffen es so weit, schränkte die aufgeregte Stimme in seinem Schädel ein.

Er ignorierte sie. Er würde nicht zulassen – *niemals* –, dass solche Gedanken überhandnahmen. Er hatte einen Job zu erledigen, genauso wie alle anderen auf dieser Insel. In diesem Sinne schaute er auf die Uhr an der Konsole. In etwa zwanzig Minuten würde der Helikopter landen. Vraebel trank seinen Kaffee, während er dabei zuschaute, wie die Deckbesatzung das Landekreuz räumte.

Wie ein Uhrwerk, dachte er wieder.

***

Die Zeit zum Frühstücken war gekommen und wieder verstrichen. Catfish saß allein in der Bohrzentrale. Er ging die Diagnoseergebnisse jedes der verbliebenen AUVs zügig durch, im Besonderen natürlich auch das von Nummer 5.

Morgen würde man damit anfangen können, den Schacht hinunterzulassen. Wenn er auf den Meeresboden stieß, konnte die Crew einen Betonverschluss und einen Blowout-Preventer versenken. Sobald dies geschehen war, konnte der Bohrer in Aktion treten. Der Zeitaufwand für all dies belief sich auf weniger als vierundzwanzig Stunden. Catfishs Roboter würden bereits am Ozeangrund herumschwirren, speziell in der Umgebung der anvisierten Bohrstelle.

Calhoun hoffte, Shawna liege wirklich richtig in der Annahme, man solle den dicksten Bereich anbohren, den die Untersuchung herausgestellt hatte. Der Blödsinn mit den Gaseinschlüssen, den sie Vraebel aufgetischt hatte, war perfekt; der Aufseher schien zwar nicht ganz überzeugt von ihrer Erklärung gewesen zu sein, hatte aber auch keinerlei Einspruch dagegen erhoben. Er saß anscheinend dem Glauben auf, man könne egal wo im Graben einfach ansetzen, um eine Menge Öl zu fördern. Das zumindest bedeutete, dass er ihnen wenigstens Gott sei Dank nicht in die Quere kommen würde.

Als sich Calhoun am Morgen an seinem Laptop eingeloggt hatte, war eine E-Mail von Simpson in seinem Postfach gewesen. Er hatte beim Lesen an seinen Zähnen gesaugt, war aber nicht wirklich wütend geworden. Denn der stellvertretende Operationsleiter hatte wissen wollen, »was zum Donnerwetter«, um ihn zu zitieren, dort draußen denn bloß los sei. Und das fragte sich Calhoun ja ehrlich gesagt auch.

In seiner Antwort hatte er seine Bedenken aus dem Bericht und den Umstand erklärt, dass Vraebel ihre Schlüsse nicht guthieß. Außerdem war er auf die Möglichkeit eingegangen, dass das Öl verunreinigt sein könnte, man müsse aber erst weitere Tests in Houston durchlaufen lassen, bis man dies auch belegen konnte. »Ich arbeite mit Vraebel«, hatte er getippt, »bis zu dem Zeitpunkt, da die Expertise meines Teams nicht mehr gefragt sein wird. Die Entscheidung, wann dies so weit ist, überlasse ich ganz Ihnen.«

Calhoun verstand es von alters her, mit Führungskräften umzugehen, die von Angst ergriffen waren. Ob es sich dabei um Angestellte oder Auftragnehmer handelte, spielte dabei keine große Rolle. Letztendlich behandelten die Betreffenden ihn ungeachtet seiner Referenzen und Reputation wie einen Schuldknecht. Sie wollten eben, was sie wollten. Aus einem unerfindlichen Grund hatten viele in der Branche immer noch nichts daraus gelernt, dass dabei Förderanlagen, Bohrlöcher und auch Menschen zu Schaden kommen konnten.

Als er zu Ende geschrieben hatte, hielt er kurz inne. Die Webseiten in seinen Lesezeichen aufzurufen und die Nachrichten des Tages zu überfliegen gab ihm die Zeit, die Worte zu vergessen, die er formuliert hatte. In alten Tagen hatte er in puncto Berichterstellung und Schriftverkehr gelernt, dass man sich, nachdem man etwas aufgesetzt hatte, erst ein paar Minuten nehmen sollte, um es sich aus dem Kopf zu schlagen und erst später zu versenden. Denn so bekam man die Gelegenheit, die Worte erst einmal in Ruhe abzuwägen und sowohl ihre Wirkung als auch mögliche Konsequenzen zu erkennen. Überhastete Bemerkungen schlugen sich in diesem Metier nämlich stets in irgendeiner Weise nieder.

Auch wenn Simpson nicht in der Lage war, seinen Ruf zu zerstören, war er definitiv dazu imstande, *PPE* dazu zu veranlassen, sein Team nie wieder anzuheuern. Von einem einzelnen Unternehmen abgelehnt zu werden, zog wohl kaum das Ende einer Karriere nach sich, auch und gerade deshalb, weil jede Ölgesellschaft auf dem Markt unter Personalmangel litt. Calhoun wollte es aber gar nicht so weit kommenlassen. Denn falls *PPE* hier tatsächlich Erfolg hatte, kam eine ganze Menge mehr Arbeit auf ihn zu, mit der er sich für die Rente sanieren konnte. Dies war Grund genug für ihn, gute Miene zum bösen Spiel zu machen … oder es wenigstens zu versuchen.

Letzten Endes schickte er die Mail ab, ohne auch nur ein einziges Wort zu ändern. Manchmal musste man sich einfach selbst treu bleiben. Simpson würde sich echauffieren, wenn er die unterschwellige Provokation darin erkannte, die ungefähr darauf hinauslief: »Falls Sie meinen, Vraebel könne alles allein handhaben, sehen Sie gefälligst zu, dass Sie uns schnell hier rausholen.« Wie sehr sich der Aufseher auch mit Calhouns Mitarbeitern und ihren Befunden grämen mochte, würde Simpson doch klug genug sein, um einzusehen, dass es eine schlechte Idee wäre, das Team aus dem Verkehr zu ziehen, während die Plattform noch weitere Löcher ins Meer bohrte.

Gut möglich, dass sich Harobin als Fachmann für Schlammanalysen als annehmbar oder sogar überragend herausstellte, doch er war weder Geologe noch Petrochemiker; in diesen Gebieten hatte er keinerlei Kompetenzen vorzuweisen. Shawna ließ sich so kurzfristig zweifellos nicht ersetzen, und in Hinblick auf Catfish?

Seine genialen Roboter brachten überhaupt nichts, wenn es niemanden gab, der sie steuern konnte, und obwohl *PPE* für die Biester gezahlt hatte, waren Programmcodes und Fertigungsweise gemeinsames Eigentum von ihm und Calhoun.

JP blieb als Einziger zeitnah ersetzbar, doch bis dahin würde der Plattform ein Taucher fehlen. Sicher, ein neues Gesicht mit einem Paar Flossen an den Füßen heranzuziehen dauerte wohl nur ein paar Tage, doch dies logistisch abzuwickeln, erwies sich in Calhouns Augen als Albtraum. Vraebel sah sich außerdem bestimmt ungern gezwungen, auf Personen zurückzugreifen, die er nicht ausgesucht hatte, weshalb es ja überhaupt erst zu solchen Spannungen gekommen war.

Als Calhoun seine Koje schließlich verließ, um zu frühstücken, ließ er von diesen Gedanken ab. Stattdessen konzentrierte er sich lieber auf die Tagesnachrichten – und das Wetter.

Der Sturm im Süden bewegte sich, und zwar in eine ungünstige Richtung, sodass er jederzeit zur Bohrinsel hin abdrehen konnte. Sollte dies wirklich passieren, stand ihnen eine interessante Zeit bevor. Vraebel schien in Sicherheitsfragen zwar pedantisch zu sein, doch wenn sich ein solches Unwetter über einer Ölplattform mitten auf dem Meer entlud, wurden selbst die routiniertesten Handgriffe heikler als üblich.

Mit diesen Gedanken und in der Annahme, Shawna anzutreffen, betrat er die Bohrzentrale. Als er nur Catfish sah, wollte er gleich wieder zurück in die Quartiere gehen.

»Thomas?«, fragte Catfish von seinem Arbeitsplatz aus.

»Ja?«, erwiderte Calhoun.

»Kannst du mal einen Blick auf AUV 3 werfen? Ich muss noch ein paar Fehlerdiagnosen erstellen und könnte ein zweites Paar Augen gebrauchen.«

Calhoun stieß einen Seufzer aus und ließ sich an einem Computer neben Catfish nieder. Nachdem er sich eingeloggt und die

Diagnoseergebnisse von einer gemeinsamen Festplatte gezogen hatte, vertiefte er sich darin. Er arbeitete über eine Stunde Seite an Seite mit Catfish. Sie wechselten kaum ein Wort, während sie über den Informationen brüteten.

In dem Moment, als Calhoun einen Helikopter auf der Plattform landen hörte, hatte er Shawna und ihren Bericht schon völlig vergessen. Die beiden Männer standen gleichzeitig auf, um aus dem Fenster zu schauen, während der Riesenvogel herunterkam.

Früher waren die Landekreuze auf den meisten Bohrinseln gerade mal groß genug für kleine Maschinen gewesen. Seit die neue Arbeitsschutzverordnung bezüglich Rettungshubschraubern und dergleichen galt, mussten Plattformen unter Berücksichtigung größerer Modelle dimensioniert werden. Wer Langstreckenflüge bewältigte, tankte zwangsläufig viel Treibstoff, was größere Rümpfe und somit auch breitere Landeflächen nach sich zog. Calhoun fand, die armen Teufel, denen so weitere vierzig Quadratfuß genommen wurden, um Platz für Helikopter zu schaffen, waren nicht zu beneiden, denn dies entsprach auf Bohrinseln, die generell so eng wie nur möglich angelegt waren, einem kostbaren Stück Lebensraum.

Die Maschine war so groß wie eine der Küstenwache, blau-weiß lackiert mit einem breiten *PPE*-Schriftzug am Heckausleger. Als Calhoun und Catfish hinunterschauten, zog ein Mann in Arbeitsuniform mit einem blauen Helm auf dem Kopf gerade die Schiebetür backbord auf.

Drei Roughnecks wuchteten ein orangefarbenes Fass durch die Öffnung. Calhoun stutzte. »Hast du Shawna heute schon gesehen?«

Catfish wandte sich vom Fenster ab. »Äh, nein. Seltsam eigentlich.«

»Hoffentlich hat sie meine Änderungen am Bericht vorgenommen.«

»Welche Änderungen?«, wunderte sich Catfish.

Nun grunzte Calhoun. »Wir wollen Houston davor warnen, dass das Fass womöglich mit irgendetwas kontaminiert ist.«

Catfish blinzelte. »Das glaubst du wirklich?«

Der Ingenieur trat von dem Fenster zurück und ging wieder zum Computer. Er rieb sich die Augen, bevor er sich in den Sessel fallenließ. »Ganz richtig, Craig, das glaube ich. Dieses Zeug reagiert nicht wie Öl; es ist nicht zusammengesetzt wie Öl und trotzdem extrem stark mit Kohlenwasserstoff angereichert.«

»Wenn ich die Daten von AUV 2 zurückbekomme«, erwiderte Catfish, »sollte Macully in der Lage sein, uns über das aufzuklären, was dort unten ist – oder zumindest das, von dem sie glaubt, es sei dort.«

Calhoun schüttelte den Kopf. »Die dämlichen Röhrenwürmer, der verdammte Meeresgrund, das Öl.« Er klopfte mit den Fingergelenken einer Hand auf den Tisch. »Was geht bloß vor sich in der aphotischen Zone?«

Eine Wolke Aerosol waberte über Catfishs Kopf; er saugte wieder an seiner elektrischen Zigarette. »Vielleicht haben wir einfach nur drei Karten gezogen und dreimal den Gruseljoker erwischt.«

»Ich glaube nicht, dass es sich hierbei um Zufälle handelt«, hielt Calhoun dagegen. »Hast du dir die Aufzeichnungen von Nummer 5 schon angesehen?«

Catfish verneinte. »Hatte so viel mit den Fehlerchecks und der Umstrukturierung des Programms für die nächste Bohrung zu tun, dass es mir komplett entfallen ist.«

»Mist«, schimpfte Calhoun. »Ich muss Shawna finden. Wir brauchen Hilfe, wenn wir es darauf anlegen wollen, dass sich jemand diese Sache genauer vornimmt.«

»Calhoun zur Brücke«, platzte eine Stimme per Sprechanlage dazwischen. »Thomas Calhoun, bitte zur Brücke.«

»Leck mich doch«, raunte er. »Entschuldigung, Craig, aber ich muss gehen und mich mit Vraebel herumschlagen.«

»Das dürfte bestimmt lustig werden«, gackerte der Techniker. »Soll ich in der Zwischenzeit Shawna für dich suchen?«

Calhoun nickte. »Bitte. Sieh zu, dass sie hier antanzt. Wir müssen endlich damit anfangen, das Bildmaterial zu sichten.«

***

Als AUV 2 das Bett des Grabens erreichte, drehte es sich langsam zu dem größten Riff von Kalkröhrenwürmern um. Während der Erkundung von Nummer 5 hatte Catfish entdeckt, dass die Tiere nicht nur überall im Graben angesiedelt waren, sondern zu seiner Mitte hin obendrein immer größere Ansammlungen bildeten. Laut Programm sollte AUV 2 genau diesen Bereich untersuchen.

Der wie ein Hai gestaltete Roboter blieb zehn Meter über dem Grund, während er durch die Dunkelheit zu seinem Ziel schwamm. Er reagierte nicht auf den Laternenfisch, den er aufgeschreckt hatte, und nahm auch nicht zur Kenntnis, dass sich die Würmer nach ihm ausstreckten. AUV 2 folgte nur einer einzigen Aufgabe: eine Probe zu beschaffen.

Als die Sonde die Koordinaten erreichte, begannen ihre Kameras, Blaulichtfotos zu schießen und Videos aufzunehmen. Sie näherte sich dem Riff bis auf zwei Meter. Die Röhrenwürmer drängten langsam in ihre Richtung, doch sie blieb außer Reichweite.

Das AUV hielt an, nachdem es sich langsam auf eine Höhe knapp unterhalb der ungefähren Länge der Organismen hinabgelassen hatte, und sandte dann einen Befehl an den modifizierten Sandgreifer, woraufhin sich die Kiefer aus geschliffenem Metall öffneten, die sein Maul darstellten. Während es ausgeglichen und still auf der Stelle schwebte, leitete sein Roboterhirn ein Signal an die Propeller, die daraufhin auf Höchstgeschwindigkeit beschleunigten.

Die Würmer erzitterten unter der Schwingung; es wirkte fast so, als wüssten sie genau, was folgen würde. Sie versuchten, sich zu entziehen, waren aber nicht schnell genug. Der Roboter raste in ihr Riff hinein. Der scharfe Unterkiefer schnitt durch das

Fleisch eines der übergroßen Stängel, wobei der platte Kopf eines der Würmer von seinem langen Körper abgetrennt wurde und in die vorgesehene Auffangschale fiel. Die Instrumente des Roboters bemerkten die Gewichtsveränderung sofort, weshalb er sein Maul schlagartig schloss.

Der Kopf des Wurms zappelte in der Probeschale, biss und schnappte ins Leere. Der Roboter bebte und leerte seine Ballasttanks. Dann schwenkte er einen Sekundenbruchteil lang in Richtung Meeresoberfläche, bevor er stockte.

Die anderen Köpfe – vier an der Zahl – hatten ihn nun erfasst. Ihre Münder bissen in die Verkleidung der Propeller und hielten sich mit unglaublicher Beharrlichkeit an ihm fest. Das AUV erhöhte seinen Antriebsschub; Wasserströme schlugen in die Mitte des Riffs, woraufhin sich das große Auge öffnete und nach oben starrte.

Es schloss sich gleich wieder vor Schmerz, als die »Röhrenwürmer« ihre Beute losließen. Die Sonde kam von ihrem Kurs ab und stieg nun mit Linksdrall auf; ihr rechter Propeller war infolge des Angriffs beschädigt worden und gab nur noch weniger als halbe Kraft.

AUV 2 wirkte ausgleichend entgegen, indem es den linken Propeller drosselte, womit es ihm gelang, wieder auf Kurs zu kommen. Der Ozeanboden unter ihm bebte erzürnt. Der Tremor begann in dem Riff, breitete sich aber dann langsam über den ganzen Graben hinweg aus. Wolken aus Sand und Gestein stoben vom Bett hoch.

Hätte es in der Mitternachtszone irgendeine Lichtquelle gegeben, wäre der Grund dennoch nicht sichtbar gewesen, denn bis auf zehn Meter oberhalb des gewaltigen Grabens schwebten Sedimente im aufgewühlten Wasser. Jedes »Wurmriff« hatte nun seine Augen geöffnet. Ihre langen Tentakel peitschten durch die Tiefsee, doch Zorn und nicht Hunger motivierten ihre Bewegungen.

Während AUV 2 schnell aus der aphotischen Zone verschwand, zeichnete sein seismischer Sensor das Beben auf. Eine dicke Wasserblase folgte ihm. Als der Roboter bis auf achtzehntausend Fuß unter dem Meeresspiegel aufgestiegen war, schickte es einen Datenstrom an die nächsten WiFi-Empfänger. Er war so programmiert worden, dass er die Zentrale verständigte, falls sich etwas am Boden des Ozeans veränderte, deshalb schlug die Drohne jetzt Alarm.

***

Die Flure waren so gut wie leer. Mithilfe ihrer Düsen schwamm die Insel gemächlich über die Mitte des Grabens. Bis zur Abenddämmerung konnte die Crew zweifelsohne damit beginnen, den Führungsschacht auszufahren. Morgen früh würde das Bohren dann von Neuem beginnen. Dieses Mal aber sollte es schneller gehen, denn *PPE* wollten keinen weiteren Kern mehr, sondern lieber noch eine Probe schwarzes Gold.

Catfish lief zu Shawnas Koje. Er hasste es, wenn eine Förderplattform umzog; die größeren Halbtaucher waren nicht annähernd so schlimm wie die kleinen. Von dem Moment an, wenn man anfing, die Ballastkammern zu leeren, stiegen die Anlagen bisweilen mehrere Hundert Fuß auf. Geschah dies, befürchtete er stets, dass die blöden Dinger einfach umkippen würden. Um sie ein paar Grad weit zu kippen, bedurfte es nur einer hohen Welle, und dann war eine Wiederherstellung des Gleichgewichts ausgeschlossen.

Er spürte, wie die gesamte Konstruktion unter seinen Füßen schwankte, als man sie nach Norden drehte, wo sich ihr Zielpunkt befand. Als er Shawnas Koje erreichte, war er fahrig und leicht seekrank. Er klopfte zweimal an und wartete, aber es erfolgte keine Reaktion. Catfish seufzte und klatschte noch zwei weitere Male mit der flachen Hand gegen die Luke.

»Komm schon, Shawna, wir brauchen dich in der Bohrzentrale.« Er wartete noch einen Augenblick und kam sich plötzlich idiotisch vor. Was, wenn sie gar nicht da war – gerade auf dem Klo saß oder duschte? Er könnte hier draußen zu sich selbst sprechen, während …

Nun ging plötzlich die Luke einen Spaltbreit auf. Shawna schaute ihn mit roten, übernächtigten Augen und wild verstrubbeltem Haar an. »Was ist?«, krächzte sie.

Catfish war überrascht. »Äh, alles senkrecht bei dir?«

»Du hast mich geweckt«, antwortete sie mit einem Gähnen.

Er schnaubte zurück: »Du weißt, dass es fast Mittag ist, oder?«

Daraufhin riss sie erschrocken die Augen auf. »*Was?* Das kann nicht sein.«

Das brachte ihn zum Grinsen. »Hast du was zum Saufen gebunkert und dir letzte Nacht einen hinter die Binde gekippt? Du weißt doch, dass du teilen musst.«

Sie schüttelte den Kopf. »Warte kurz. Ich wette, Thomas ist schon auf dem Kriegspfad.«

Catfish kicherte. »So ungefähr. Wir sehen uns im …«

Plötzlich wurde die Insel erschüttert und geriet ins Wanken. Eine Alarmsirene ging los und heulte unermüdlich. Catfish richtete sich in der Eingangsnische auf. »Was war das denn, Mann?«

»Alle Mann, alle Mann!«, plärrte Vraebel über Lautsprecher. »Alle Mann auf Gefechtsstation, dies ist keine Übung!«

»Wie bitte?«, fragte Catfish verwirrt. War das jetzt tatsächlich jene Situation, die er sich gerade eben ausgemalt hatte?

Genau das war es, die Insel kippte! Er war wirklich drauf und dran, sich einzunässen.

»Zieh dich sofort an, Calhoun wird wissen wollen, wo sein Team steckt.«

Shawna nickte und schloss die Luke wieder.

Catfish drückte sich mit dem Rücken gegen die Wand, als drei Besatzungsmitglieder durch den Gang in Richtung Deck gelaufen kamen. *Leaguer* erschauderte erneut; daraufhin beeilte auch er sich, zur Treppe nach unten zu gelangen. Mehrere Arbeiter waren ihm schon voraus, wie er am Poltern ihrer klobigen Stiefel auf dem Metallboden erkennen konnte.

Als er auf der Hauptebene ankam, klingelten seine Ohren bereits vom Ächzen der schweren Maschinerie, von den Schreien der Männer am Rande einer Panik und wegen der ohrenbetäubenden Sirene. Als er und JP auf dieser Insel eingetroffen waren, hatte Gomez ihnen die Notausgänge aller Bereiche der Anlage und auch die Stellen gezeigt, an denen die Rettungsboote lagen.

Catfish hatte jenen Teil der Führung für relativ unnötig gehalten, da überall im Abstand von je dreißig Fuß Schilder und Karten hingen, war aber jetzt doch froh darum. Indem er sich an der Beschilderung orientierte, lief er zügig auf die Seite, die sich nicht neigte, und hielt sich an der Brüstung fest. Ein rot-orangefarbenes Rettungsboot lag nur einen Meter neben ihm. Er schloss die Augen und hoffte, nicht in die elende Nussschale steigen zu müssen.

»Ballast! Verflucht nochmal, Ballast!« Es war Gomez, der da auf dem Deck herumbrüllte. Catfish versuchte, zu erkennen, was hinter ihm vor sich ging, obwohl er es bereits wusste: Der Bohrmeister wollte, dass seine Männer die Kammern auffüllten. »Backbord, gottverdammt!«

Die Plattform kippte weiter. Catfish wusste, dass es eigentlich nur ein paar Grad waren, doch das machte es nicht weniger schrecklich. Er machte die Augen wieder zu und wünschte sich eine Zigarette – keine bescheuerte elektrische, sondern eine Fluppe, die wirklich vollgestopft war mit Teer und Nikotin.

Ein schleifendes Geräusch ließ seine Zähne vibrieren, während seine Füße auf dem Deckboden verrutschten und seine Innenohren schmerzten. Die Backbordseite der Anlage sank noch tiefer ins Meer, doch *Leaguer* begann, sich wiederaufzurichten.

»Steuerbord! SCHNELL!«, brüllte Gomez.

Das Schleifen wurde lauter, während die Pumpen Wasser in die Tanks saugten. Catfish hatte einen kurzen Moment Zeit, um sich zu fragen, ob JP und die anderen Taucher morgen wirklich die Unterbauten der Insel inspizieren würden – angenommen, es gab ein Morgen –, und dann stellte sich allmählich wieder ein Gleichgewicht her. Während die Anlage wieder tiefer ins Wasser tauchte, wurde sie zusehends stabiler. Gomez johlte, und Catfish hörte auch andere Arbeiter, die ihrem Erfolg lautstark Ausdruck verliehen.

Dann ertönte Vraebels Stimme erneut durch die Lautsprecher: »Alle Mann aufgepasst, *Leaguer* ist fürs Erste sicher; bleiben Sie aber auf Gefechtsstation, bis wir Entwarnung geben.«

Catfish schlug die Augen wieder auf und schaute auf seine linke Hand; seine Knöchel waren weiß. Langsam ließ er wieder locker – seine Finger taten weh – und er stieß einen Seufzer aus. Sie mochten zwar vorerst aus dem Schneider sein, doch er würde sich keinen Zoll weit vom Fleck rühren, bevor Vraebel den Alarm endgültig aufhob. So blieb er am Geländer stehen und starrte noch eine ganze Stunde lang auf das Rettungsboot.

***

Mittlerweile war es Nacht. Die Insel befand sich wieder auf Kurs in Richtung Grabenmitte. Statt die Ballastkammern erneut zu leeren und dadurch weiter aufzusteigen, hatte Vraebel angeordnet, sie halbvoll zu lassen. Sie würden die Stelle, an der sie ein zweites Loch bohren wollten, frühstens um drei Uhr am nächsten Morgen erreichen.

Die Blase war praktisch nicht vorhersehbar gewesen. *Leaguer* hatte Glück gehabt, gehöriges Glück. Wäre der Ballast auf der Backbordseite richtig getroffen und nicht nur eine riesige Welle aufgeworfen worden, hätte es die Plattform nicht überstanden.

Dankenswerterweise war Gomez ein Spitzenmann, was seinen Job betraf. Als die schwimmende Kleinstadt Schlagseite auf Steuerbord bekommen hatte, war sie stabilisiert worden, indem er die Kammern auf Backbord gefüllt hatte. Andernfalls wäre *Leaguer* immer weiter gekippt und schließlich untergegangen.

Vraebel hatte alle noch eine Stunde, nachdem die Gefahr schon gebannt war, in Alarmbereitschaft gehalten, und Terrel dabei befohlen, die Sensorfelder für den Fall einer weiteren seismischen

Erschütterung beobachten zu lassen. Im Zuge von Erdstößen waren Nachbeben durchaus wahrscheinlich. Wären die Ballastkammern bei der Kollision mit der Blase voll gewesen, hätten sie es kaum bemerkt.

Er hatte in der Bohrzentrale gesessen, während sich die Schlauköpfe an den ausgelesenen Daten abgearbeitet hatten. Sobald er sicher gewesen war, dass der Insel nichts mehr geschehen würde, hatte er das Kommando an seinen Vertreter übergeben und sich auf den Weg nach unten gemacht, um mit Belmont zu sprechen. Der Taucher war dazu aufgefordert worden, sein Team für eine Inspektion fertigzumachen, die beginnen sollte, wenn *Leaguer* seine geplante Position erreicht hatte. Er musste herausfinden, ob der Vorfall Teile des Gerüsts beschädigt hatte.

Wenngleich die Unterwasserkameras keinen verbogenen oder verzogenen Stahl zeigten, wollte Vraebel kein Risiko eingehen. Bevor sie zu einer zweiten Bohrung ansetzten, musste man *Leaguer* ein klagloses Gesundheitszeugnis ausstellen können. Eine Inspektion würde sie nur ein oder zwei Stunden zurückwerfen, doch diesen Verlust konnte man angesichts dessen, was sich zugetragen hatte, durchaus verschmerzen. Und die Gewissheit, dass die Anlage nicht zu Schaden gekommen war, musste schließlich unbezahlbar für *PPE* sein.

Er fertigte ein Störfallprotokoll an – so lautete die Bestimmung –, um es an den Konzern zu schicken. Wahrscheinlich hatte Simpson in Houston einen extremen Schock erlitten. Ein derart teures Spielzeug zu verlieren war der Albtraum jedes Unternehmens. Während er das Formular ausfüllte und die Uhrzeiten von Beginn und Ende des Vorfalls eintrug, achtete er auch darauf, Gomez als Retter der Insel hervorzuheben. Vraebel sah voraus, dass dem nächsten Gehaltsscheck des Schichtführers bestimmt ein Bonus beigefügt sein würde.

Als das Berichtschreiben erledigt und die Vollzähligkeit der Besatzung bestätigt war, zog sich der Aufseher in seine Kabine zurück. Der Adrenalinschub im Zuge des Zwischenfalls hatte dazu geführt, dass er zitterte und sich unglaublich abgeschlagen fühlte. Er hatte sein Möglichstes versucht, um dies vor der Crew zu verbergen, glaubte aber doch, dass Gomez es bemerkt hatte.

Nachdem Vraebel Khakihose und Arbeitshemd ausgezogen hatte, legte er sich auf das Bett. Er schloss die Augen und döste vor sich hin. Indem er sich ausschließlich auf Atem- und Herzfrequenz konzentrierte, gelang es ihm, zur Ruhe zu kommen. Nach zehn Minuten ging er ins Bad und wusch sich sein Gesicht mit kaltem Wasser ab; dies wirkte sich erfrischender aus, als er gedacht hatte. Hinterher zog er sich wieder an und kehrte auf die Brücke zurück.

Dort wartete Gomez bereits auf ihn. »Alles in Ordnung, Chef?«, fragte er besorgt lächelnd.

Vraebel rang sich ein falsches Grinsen ab. »Ja, Steve, aber sobald ich weiß, was zum Geier schuld daran war, werde ich mich bestimmt viel wohler fühlen.«

»Sie sagen es«, pflichtete ihm Gomez bei. »Warum sind wir nicht gewarnt worden?«

Da war sie, die große Frage. Eine Erschütterung, die so stark war, dass sie einen solchen Tumult auslösen konnte, hätte die seismischen Sensoren aktivieren müssen. Stattdessen aber war rein gar nichts passiert.

Direkt, nachdem er auf der Brücke für Klarheit gesorgt hatte, machte er sich auf den Weg zur Bohrzentrale. Unterwegs ballte und entspannte er seine Fäuste abwechselnd. Beim Grüßen seiner Männer auf den Korridoren zwang er sich dazu, zu lächeln. Das half ihm dabei, auf dem Boden zu bleiben, zumal ihm klar war, dass die Crew ihn als zuversichtlichen Herrn der Lage wahrnehmen musste. Falls sie den Verdacht hegte, er sei nicht ganz auf der Höhe, könnte ihnen ein weiterer Vorfall dieser Art ernste Schwierigkeiten bereiten.

Die Klimaanlage in der Zentrale rauschte nur leise im Hintergrund der brummenden Computer. Er hörte Calhoun, Standlee und Sigler dabei zu, wie sie sich über eine Seite mit Daten hinweg unterhielten, die sie gerade gemeinsam durchsahen.

»Hier«, sagte Standlee und zeigte auf den Monitor. »An diesem Punkt sandte AUV 2 das Warnsignal aus.«

Vraebel beugte sich auf seinem Platz nach vorn. »Welches Warnsignal?«

Der Techniker schaute erst ihn an und dann wieder zurück auf den Bildschirm. »Als der Roboter die achtzehntausend Fuß Marke erreicht hatte, begann er, Daten zu senden. Eines der Pakete, die er hinaufgesendet hat, war die Warnung.«

»Welche Art von Warnung?«, fragte Vraebel. »Davor, dass der Meeresgrund wackelte?« Sandlee nickte. Der Aufseher widerstand dem Drang, sich auf ihn zu stürzen. »Und warum haben *wir* diese Warnung nicht erhalten, verdammt noch mal?«

Calhoun räusperte sich. »Das Signal wurde ausgelöst, kurz, nachdem ich ihn weggeschickt hatte, um Shawna zu holen.«

Faust geballt. Faust geöffnet. Vraebel fürchtete sich davor, auf seine Hände zu schauen. Denn er wollte jetzt jemanden verprügeln, Calhoun oder Standlee, ganz egal wen. Nachdem er seinen Zorn hinuntergeschluckt hatte, fragte er weiter: »Also hielt hier niemand die Stellung?«

»So ist es«, bestätigte Calhoun, »aber schauen Sie hier.« Er zeigte auf den Monitor. »Das Signal traf ein, und weniger als zwei Minuten später wurden wir getroffen. Im Grunde hätten wir sowieso nicht gerade viel Zeit gehabt, um irgendetwas zu unternehmen.«

»Bullshit«, wetterte Vraebel. »Absoluter Bullshit! Ich hätte Gomez befehlen können, unsere Gewichte neu auszutarieren; wir hätten sichergehen können, dass niemand über die Reling stürzt! Binden Sie mir also keinen Bären auf!«

Nun wurde Standlees Gesicht rot. »Mr. Vraebel, können wir uns bitte auf die Ursache des Problems konzentrieren? Wir haben eine Warnung verpasst, ja, doch wenn das AUV nicht dort unten gewesen wäre, hätten wir sowieso nie etwas darüber erfahren.«

Das machte den Chief sprachlos, und er schnappte stumm nach Luft. Herrgott, der Mistkerl hatte ja recht. Hätte er Standlee nicht die Erlaubnis erteilt, die Kiste noch einmal hinunterzuschicken, wären sie sogar noch schlimmer dran gewesen. So hatten sie nun zumindest die Möglichkeit, die Ereignisse nachzurecherchieren.

»Na gut«, räumte Vraebel ein. »Tut mir leid. Es war ein harter Tag, und ich schätze, ich suche gerade nur einen Sündenbock.«

Calhoun nickte. »Verstehe. Craig, hast du schon nach der Probenschale geschaut?«

Standlee schüttelte den Kopf. »Nein, JP sagte, sie würden AUV 2 abholen. Es wartet unten auf mich, aber ich wollte die Auswertung der Berichte zuerst erledigen.«

»Allmählich wirst du intelligent«, entgegnete Sigler grinsend.

Catfish zeigte ihr einen Mittelfinger und wackelte damit vor ihrem Gesicht herum, bevor er mit gleicher Miene erwiderte: »Wo wir gerade dabei sind, hat AUV 2 nichts Auffälliges vermerkt, als es sich den Riffs näherte. Wir müssen die Kameramitschnitte durchgehen, aber seismische Aktivitäten welcher Form auch immer haben nicht stattgefunden.«

»Bis zu welchem Zeitpunkt?«, fragte Vraebel.

»Diesem«, antwortete Standlee und drückte eine Taste. Der Bildschirm zeigte nun ein Diagramm mit Achsen Zeit und Tiefe. »Der Ausschlag dauerte ungefähr zehn Sekunden, dann fiel die Kurve ab, doch das Fahrzeug kehrte bereits an die Oberfläche zurück, also sind Dauer und Zeitpunkt vielleicht ein wenig verschoben.«

Calhoun saugte seine Lippen gegen die Zähne. »Kannst du die Videos aufrufen?«

Standlee schüttelte den Kopf. »Muss ich noch übertragen. AUV 2 hat die Daten geschickt, aber nicht die bewegten Bilder. Das liegt an seiner Fehlfunktion.«

Vraebel zog die Brauen hoch. »Welcher Fehlfunktion?«

Der Techniker lehnte sich in seinem Sessel zurück. »Einer seiner Propeller wurde bei der Mission schwer beschädigt«, antwortete er. »Ich habe ihn mir noch nicht angesehen, aber JP meinte, es sähe so aus, als sei er mit einem Vorschlaghammer geschlagen worden. Außerdem wurde einer der Ballasttanks eingedellt.«

»Was könnte denn so etwas getan haben?«, wollte der Chief wissen. Die drei Klugscheißer wechselten Blicke untereinander, woraufhin er die Augen verdrehte. »Würden Sie mir bitte erklären, was um Himmels willen hier gespielt wird?«

Calhoun seufzte. »Würden wir, wenn wir könnten. Bis wir eine Übersicht der Aufnahmen und der restlichen Daten haben, bleibt diese Frage verdammt schwierig zu beantworten.«

»Wir werden in fünf Stunden an der Stelle für unsere zweite Bohrung eintreffen«, sagte Vraebel. »Gibt es irgendeinen Grund dafür, dass wir die Schraube angenommen, die Inspektion der Anlage fällt unauffällig aus, nicht hinunterlassen sollten?«

»Nein«, erwiderte Sigler. »Außer meinem Empfinden, dass wir besser auf das Gutachten aus Houston warten sollten.«

»Aus welchem Grund sollten wir das denn tun?«, hakte Vraebel nach.

Sie blinzelte, ehe sie den Blick senkte. »Mir wäre einfach wohler, wenn ... ich würde mich einfach besser fühlen, wenn wir die Gelegenheit bekämen, alle Untersuchungsdaten zu sichten. Meine Betriebsmittel zum Testen sind hier nicht gerade üppig, wie Sie wissen.«

Nun stand der Chief auf und stemmte die Hände in die Hüften. »Also, handelt es sich nun um Öl oder nicht?«

Calhoun kniff die Augen zusammen und schaute ihn ernst an. »Es ist Öl, Martin. Alle Analysen beweisen, dass es unerhört sauberes Rohöl ist, doch Shawnas Versuche zeigen auch: Dieses Zeug ist, nun ja ... einzigartig.«

»In Ordnung«, erwiderte Vraebel. »Einzigartig. Normal. Mir doch egal. Wenn keine Gefahr für *Leaguer* besteht, werden wir bohren. Lassen Sie mich wissen, wenn sie die Daten von AUV 2 haben, Standlee – idealerweise vor dem Zusammenbau des Bohrgestänges.«

Mit diesen Worten fuhr Martin herum und verließ die Zentrale wieder. Seine Schicht war vorbei; er brauchte sich erst wieder, um fünf am nächsten Morgen auf der Brücke einzufinden. Schlaf war jetzt dringend vonnöten. Mit etwas Glück würde er sofort wegtreten, wenn er sich wieder auf sein Bett legte; falls nicht, würde er Sorge dafür tragen, dass er immer noch wach war, wenn Belmont und sein Team mit der Inspektion anfingen.

***

Bei ausgeschaltetem Licht und da die Blende vor dem Bullauge hinuntergezogen war, glich der Raum einem Grab. JP zitterte und wickelte die Decke enger um seine Beine. Normalerweise schlief er unter einem einzelnen Laken, nachdem er den Überwurf und die dickeren Auflagen von der Matratze getreten hatte, doch heute Nacht war dem nicht so.

Er hätte unter einem Laken, zwei Decken und dem Überwurf schwitzen müssen; für gewöhnlich wäre ihm schlecht und so heiß gewesen, dass er die Koje sprichwörtlich zum Kochen gebracht hätte, doch stattdessen fror er.

Bei seinem letzten Blick auf den Wecker war es ein Uhr morgens gewesen. Er hatte schon mehrere Paracetamol genommen, wodurch sein Fieber, wie es aussah, wenigstens ein wenig abgeklungen war. Aber davon abgesehen wirkte das Zeug überhaupt nicht.

Gottverdammtes Öl; gottverdammtes, elendes Öl. Drei siedend heiße Duschen, und trotzdem hatte er es kaum geschafft, den Dreck von seiner Haut zu schrubben.

Als AUV 2 die Oberfläche erreicht hatte, nachdem die Insel fast umgekippt wäre, hatte er sich mit Belmont im Zodiac auf den Weg gemacht, um die Sonde zu holen. Vraebel hatte den Ausflug erst erlaubt, nachdem die Alarmbereitschaft aufgehoben worden war – was natürlich bedeutete, dass sie das blöde Ding bei Dämmerlicht hatten suchen müssen. Es mochte zwar gelb-rot lackiert sein, doch die Farbe leuchtete nicht sonderlich stark. Deshalb hatten sie sich komplett auf sein GPS-Signal verlassen müssen.

Catfish rief ihn per Funk: »JP?«

»Ja?«, entgegnete er, während sie die Taue ins Boot luden.

Während der kurzen Pause, die darauf folgte, erkannte JP, dass Catfish wieder an seiner elektrischen Zigarette hing. In Anbetracht der Tatsache, dass der Techniker nach der Erschütterung durch die Blase sehr von der Rolle gewesen war, überraschte ihn das nicht.

»Ich gehe gerade die Messwerte durch, und AUV 2 scheint Schub auf der Steuerbordschraube verloren zu haben. Kannst du das bitte überprüfen, bevor du es aufhängst? Ich will nichts mit einem noch schwereren Schaden haben.«

JP schaute Belmont an. »Schaden?«, fragte er. »Du glaubst, es ist dort unten irgendwo angestoßen?«

»Möglicherweise«, antwortete Catfish. »Ich könnte wetten, Macully hat sich in ihren Berechnungen geirrt, und es ist an etwas geraten, das doch ein wenig wuchtiger war, als ich es vorhergesehen hatte. Vielleicht war es auch zu schnell.«

»Alles klar«, entgegnete JP.

»Jetzt müssen wir Mechaniker spielen«, warf Belmont in seinem abgehackten Akzent ein. »Wie lange kennen Sie diesen Mann schon?«

JP lachte auf. »Länger, als ich gern zugeben würde.«

»Er ist wie ein Vater, der Angst um seine Kinder hat«, verglich der Taucher.

»Was das hier betrifft, haben Sie recht.«

Sie beluden das Zodiac zu Ende, ohne weitere Worte zu wechseln. JP vergaß nicht, sicherheitshalber noch einen zusätzlichen Anschlagpuffer mitzunehmen, falls sie die beiden Taue nicht an den Ballasttanks, sondern anderswo festmachen mussten. Er wollte es Belmont zwar nicht sagen, doch ihn beschlich das beklemmende Gefühl, sie würden sich auf der Rückfahrt besonders lange Zeit lassen müssen.

Zum Glück war AUV 2 nicht weit entfernt von der vorgesehenen Stelle aufgetaucht. Im Gegensatz zu Nummer 5, die ihre Rückkehr immer vermasselte, befand sich der beschädigte Roboter nur zwanzig Meter neben dem geplanten Punkt. Dies rührte von der Plattform her, deren Schubdüsen über mehrere Stunden hinweg in Betrieb gewesen waren. Catfish hatte es versäumt, die Sonde dahingehend umzuprogrammieren und so die größere Distanz auszugleichen.

Sobald sie mit dem Boot in See stachen, jagte Belmont den Motor so weit hoch, dass nur zwanzig Prozent bis zum roten Bereich fehlten. Das Zodiac hüpfte und stieß gegen die Wellen, während sie hinaus ins schwindende Tageslicht fuhren.

JP wusste, dass Fische unter ihnen schwammen; es wäre ein schöner Abend zum Speerfischen gewesen. Tja, vielleicht würden Catfish und er im Laufe der Woche noch einmal die Chance dazu bekommen – vorausgesetzt, Vraebel befürchtete keine weitere seismische Verwerfung mehr.

Sie benötigten fast vierzig Minuten, bis sie das AUV erreichten. Als das Signal des Navigationsgeräts angab, dass sie gleich darüber hinwegfahren würden, stellte Belmont den Motor ab, und sie glitten vorsichtig an der Position vorbei. Der letzte Streifen Sonne verschwand gerade unter dem Horizont. Dunkelblaue Wolken zogen nun im Osten auf. Während sie langsam in Richtung Norden trieben, machte JP an eigenen Stellen die Sterne aus.

Schließlich versenkte Belmont den Anker, um anhalten zu können, dann schaute er seinen Kollegen an. »Tauchen Sie dieses Mal?«

JP lächelte. »Ja, ich springe in die Tränke.«

Der Spruch verwirrte Belmont. »Tränke? Welche Tränke?«

»Das Meer«, erklärte JP. »Ist eine alte Redewendung.«

»Redewendung?«

»Vergessen Sie's einfach«, gab JP erheitert zurück. Nachdem er seinen Sauerstofftank angezogen hatte, testete er die Atemmaske; die ganze Ausrüstung funktionierte wie erwartet. Danach setzte er sich eine starke Halogenlampe auf. »Los«, rief er und ließ sich rückwärts vom Ponton des Bootes fallen.

Als er in den Wellen trieb, fasste sich JP an die Maske, tastete nach dem Schalter der Kopflampe und knipste sie an, woraufhin ein schmaler Kegel aus weichem Licht die Dunkelheit durchschnitt. Es klatschte zweimal, und noch mehr Licht flutete die Umgebung; Belmont hatte offensichtlich die beiden Tragscheinwerfer zu Wasser gelassen.

Diese blendeten JP zunächst. Als seine Augen angepasst waren, wurde ihm bewusst, dass Belmont das Richtige getan hatte. Das AUV war jetzt mehr als nur ein Schattenriss im Wasser; der gelbe Lack warf das Licht auf den Schwimmer zurück. Er lächelte hinter seinem Atemgerät und tauchte unter die Sonde.

Als er den Kopf hob, um sich die Unterseite des Rumpfes anzusehen, staunte er nicht schlecht: Catfish hatte nicht übertrieben, denn der Steuerbordtank sah aus, als habe ihn ein Fisch mit einem Vorschlaghammer bearbeitet. Das Metall rings um den Propeller herum war verbogen, und das Getriebe selbst hatte ebenfalls einigen Schaden genommen. Kopfschüttelnd fuhr er mit seinen Handschuhen über die Fläche.

Dabei spürte er zahlreiche Dellen im Metall, die auf wiederholte Stöße zurückzuführen waren. *Etwas Schuppiges?*, fragte er sich. Das wäre andererseits sehr weit hergeholt gewesen, denn kein ihm bekannter Fisch besaß Schuppen, die hart genug waren, um Metall einzudrücken oder zu zerkratzen, jedenfalls nicht so wie hier.

Er kam neben dem AUV hoch und winkte Belmont zu. Der Ukrainer warf die Taue ins Wasser. JP nickte ihm zu, gab per Handzeichen sein Okay und tauchte wieder unter.

Es gelang ihm die Taue zu befestigen, ohne die Ballasttanks oder das Gehäuse des Antriebs weiter zu verbiegen. In der Steuerbordschraube hatte sich etwas verheddert, doch er war sich nicht ganz sicher, worum es sich handelte, andererseits spielte das ohnehin keine Rolle, glaubte er.

Sobald er überzeugt davon war, dass sich das Riesenzäpfchen nun abschleppen ließ, schwamm er zur Vorderseite. Die Kiefer an der Befestigung für die Schaufel waren geschlossen, allerdings nicht zur Gänze. Ein schmales Rinnsal schwarzer Flüssigkeit klebte daran. Da JP einen Taucheranzug trug, machte er sich kaum Gedanken über Hautkontakt.

Ein Fetzen Fleisch klemmte noch in dem mechanischen Maul und trieb im Wasser. Selbst als er die kräftige Halogenlampe darauf richtete, konnte er nicht genau bestimmen, was es war. Es zuckte noch und streckte sich nach oben. *Also,* dachte er, *das ist mal ganz was Neues.*

Catfish hatte offensichtlich ein Stück Röhrenwurm eingefangen, und der Kopf lebte anscheinend noch. JP wusste nicht, wie dies ohne den Rest des Körpers möglich war, hielt es aber durchaus für stimmig. Schließlich konnte man bestimmte Arten von Würmern in zwei Hälften schneiden, woraufhin sie sich einfach regenerierten; vielleicht waren die Röhrenwürmer biologisch genauso veranlagt. JP zog noch einmal probehalber an den Tauen, ehe er wieder auftauchte.

Belmont schaute erwartungsvoll zu ihm hinüber. »Alles in Ordnung?«

JP schwamm zur Bordwand des Zodiac und zog sich hinauf. Nachdem er die Kopflampe ausgeschaltet hatte, streifte er seine Maske ab. »Ja, das AUV ist extrem mit irgendetwas zusammengeprallt, wenn ich bloß wüsste, was es war …«

Belmonts stoisches Gesicht zuckte. »Vielleicht waren die Würmer hungrig.«

»Äh, sollte das etwa ein Witz sein?«, fragte JP überrascht.

Nun lächelte der Ukrainer verhalten. »Hoffen wir, dass es einer war.«

Sie zogen die Sonde nun zurück zu *Leaguer.* Statt den Motor bis knapp unter den roten Bereich zu beschleunigen, hielt Belmont die Geschwindigkeit konstant bei weniger als ein Viertel der Maximalleistung. Deshalb wurde der Rückweg sehr, sehr lang. Die

Schubdüsen der Insel befanden sich immer noch im Einsatz, und auch wenn sie sich nicht schnell fortbewegte, hatte sie die Distanz zu den beiden Männern mittlerweile trotzdem vergrößert.

JP schlug die Zeit damit tot, dass er dabei zusah, wie der Mond hinter dem Horizont im Osten aufging und langsam am Himmel hochstieg. Die zunehmende Dreiviertelscheibe färbte die Wolken in Gelbtöne, welche die Schatten der vor Feuchtigkeit dunklen Masse hervorhoben.

Als sie *Leaguer* endlich erreichten, zogen sie das Zodiac ins Trockene und holten das AUV per Kran ein. Sobald der Roboter über dem Wasser hing und von hellen Arbeitslampen angestrahlt wurde, machte JP Fotos von der Unterseite des Schwimmkörpers.

Am Ende hatte er Dutzende Nahaufnahmen der Scharten, Kratzer und Dellen am Ballasttank und Antriebsgehäuse der Maschine. Wäre es nicht vollkommen ausgeschlossen gewesen, hätte er schwören können, jemand habe sich mit einer Metallsäge daran vergangen. Nur etwas sehr Spitzes, Festes konnte solche Schäden anrichten.

In einer E-Mail an Catfish beschrieb er diesen Schaden und hängte die Fotos an. Dann beging er den dümmsten Fehler seines Lebens: JP begann, die Schaufel zur Probeentnahme zu entfernen. Da das AUV in der Luft hing und der Fortsatz mitten am Bauch befestigt war, musste er unter den dämlichen Fisch kriechen. Er achtete eher darauf, sich nicht den Kopf zu stoßen, als auf seine Hände, weshalb er den Auslöseknopf der Schaufel verfehlte und stattdessen mit den Fingern über die Vorderseite der Maschine fuhr.

Die Vorrichtung rappelte, als sich ihr wie auch immer gearteter Inhalt bewegte. JP erschrak und wollte eine Hand wegziehen, doch schon hatte ihn das unbekannte Etwas durch den offenen Spalt gebissen. Er fuhr hoch und stieß sich daraufhin den Kopf am Unterboden der Ballasttanks. Sein Sichtfeld färbte sich grau, und er sah plötzlich Sternchen.

Sein Finger klopfte vor Schmerz, und er versuchte, zu erkennen, wie schlimm die Verletzung war. Mit benebeltem Blick erkannte er zwei kleine Stichwunden; leuchtend rotes Blut quoll daraus hervor. Er steckte sich die Fingerspitze in den Mund und saugte daran, wobei er Kupfer und ranziges Hydrauliköl schmeckte. Er spuckte schnell, damit ihn die Übelkeit, die ihn sofort überkam, nicht dazu nötigte, sein Abendessen durch den Metallgitterboden des Decks zu erbrechen.

»Geht es Ihnen gut?«, hörte er wie aus weiter Ferne.

Leicht schwankend schaute er hinüber zu Belmont. Dieser bemühte sich gerade, ein Lächeln zu unterdrücken, was ihm aber nicht gelang.

»Scheiße, nein.«

Der Ukrainer grinste unverblümt. »Im Ernst, bluten Sie?«

»Nur meine Hand, verdammt«, antwortete JP, während er seinen bereits geschwollenen Zeigefinger hochhielt. Er schaffte es gerade noch so eben, sich unter dem AUV hervorzuziehen. Belmont trat zu ihm und schaute auf JPs Schädeldecke.

Dann zuckte er mit den Schultern. »Ich sehe zwar kein Blut in Ihrem Haar, finde aber trotzdem, Sie sollten zum Arzt gehen. Ihr Finger sieht nicht gut aus.«

JP nickte und bedauerte es sogleich. Denn sein Gehirn fuhr im Moment nicht gerade langsam Karussell, und er hatte das Gefühl, in seinem Schädel würden gerade Glassplitter gewälzt. »Kacke, ich kümmere mich später um Catfishs beschissenes Monster.«

Das machte Belmont hellhörig. »Welches Monster?«

»Gewebeprobe eines Röhrenwurms«, erklärte ihm JP und zeigte auf die Schaufel. »Verflucht lebendige Gewebeprobe.«

»Lebendig?«, fragte Belmont, während er den Kopf zu der Sonde umdrehte. Er wurde blass. »Das sollte sie nicht sein. Vielleicht ist ja auch noch ein Fisch hineingeraten.«

»Sieht das wie ein Fischbiss aus, Mann?«, zeterte JP, indem er Blut von seinem Finger schüttelte.

Belmont grunzte zurück: »Nein, es sieht eher so aus, als seien Sie gestochen worden.«

»Ganz genau«, erwiderte JP. »Gestochen, ordentlich gefickt.«

Zu diesem Zeitpunkt hatte er noch nicht gewusst, wie richtig er damit lag, doch als er nun zitternd unter einem Berg Decken lag, war ihm klar, dass er sich mit irgendetwas vergiftet hatte.

Der blöde Arzt an Bord der Insel war zu rein gar nichts zu gebrauchen. Dr. Sobkowiak, so sein Name, hatte ihm lediglich eine Tetanusspritze gegeben. Beim Desinfizieren der Wunde hatte der kleine, kahl werdende Mann seinen Finger dann genauer betrachtet.

»Sind Sie sicher, dass Sie sich nicht an einem Stück Metall verletzt haben?«, fragte er.

JP verneinte. »Keine Ahnung, Mann, aber ich denke nicht. Die Schaufel an dem Gerät hat eigentlich keine Zähne, sondern ähnelt vielmehr einer Zange.«

Sobkowiak betupfte die Stiche weiter mit Alkohol. JP war dazu übergegangen, den Schmerz zu verdrängen. Als der Arzt die Bissstellen mit seinen fetten, ungeschlachten Daumen zusammendrückte, floss Blut heraus, das jedoch sehr dunkel war. Er schürzte die Lippen. »Du liebe Zeit!«

»Was denn?«, wollte JP wissen und schaute auf seinen Finger. Oben auf dem schmalen, roten Streifen schwamm ein schwarzer Punkt. »Was ist das?«, fragte er nervös.

Sobkowiak schüttelte den Kopf. »Das kann ich ehrlich nicht sagen, Mr. Harvey.« Der Mann mit dem weißen Kragen drehte sich auf seinem Rollhocker um und griff zu einem braunen Fläschchen. Nachdem er den Deckel abgeschraubt hatte, zeigte er auf ein Edelstahlbecken an der Wand. »Seien Sie so gut, Mr. Harvey.«

JP stand auf und hielt die Hand mit der Innenfläche nach oben über das sterilisierte Metall. Der Arzt hielt den Ausguss dicht über den entzündeten Finger und drückte dann zu, woraufhin eine dicke, dunkle Flüssigkeit über die Stiche schwappte. Der Schmerz nahm zu, doch es hörte zu bluten auf.

Mit einem aseptischen Tupfer wischte Sobkowiak behutsam die Reste des Mittels ab. Dann nahm er eine Lupe mit leistungsstarker

LED-Birne zur Hand. Ein Klick und gleißend helles Licht strahlte auf JPs Finger. Dieser juckte, und ein brennendes Gefühl stellte sich ein. Er versuchte, es zu ignorieren und im Geiste zu lindern. Das hatte damals auch zu seiner Ausbildung gehört, doch hier lag der Fall anders; es kam ihm so vor, als habe ihm jemand ein glühend heißes Stück Kohle unter die Haut geschoben.

Er zog hastig den Finger unter dem Licht hervor. Der Arzt schaute zu ihm auf. »Hey, ich muss …«

»Ist schon gut«, behauptete JP. »Geben Sie mir einfach ein paar Antibiotika, und ich gehe mich hinlegen.«

Sobkowiak reagierte verständnislos. »Mr. Harvey, Sie haben sich eventuell vergiftet. Wir sollten …«

»Tun. Sie. Es. Einfach.«

Nun konnte der Dicke mit dem Laborkittel nur die Schultern hochziehen. Er holte eine Schachtel Zithromax und reichte sie ihm. »Haben Sie ein entzündungshemmendes Mittel in Ihrer Kabine, Tylenol oder etwas Ähnliches?«

JP nickte. »Ja, ich komme zurecht, Doc.« Er nahm die kleine Packung aus Pappe entgegen und kehrte schnell in seine Koje zurück. Nachdem er die erste Dosis Antibiotika geschluckt hatte, warf er noch mehrere Tabletten gegen die Entzündung ein und duschte … gleich darauf wieder … und ein weiteres Mal. Hauptsache, er konnte sich irgendwie aufwärmen.

Und egal, wie oft er sich bis jetzt schon die Zähne geputzt hatte; der ekelhafte Geschmack von Hydrauliköl war einfach nicht verschwunden. Er hatte sogar schon in Erwägung gezogen, einfach seinen Mann zu stehen, sich anzuziehen und zur Sanitätsstation zurückzukehren, aber nichts da: Er war in seinem Leben noch nicht einen Tag lang krank gewesen und nicht bereit, sich davon verrückt machen zu lassen.

JP fror weiterhin unter seiner Decke, bis er schließlich irgendwann einschlief. Im Traum öffnete sich die Schaufel, und etwas kroch daraus hervor. Es war so schwarz, dass es das Licht einfach zu verschlucken schien; von einer konkreten Körperform konnte kaum die Rede sein. Das Ding bewegte sich auf ihn zu. Er war vor Angst wie erstarrt. Schwarze Tentakel schnellten hervor und umschlangen ihn, ein klirrend kaltes Gefühl erfüllte ihn plötzlich. Die Haut schmolz von seinem Körper, und seine Knochen lösten sich auf. Im Schlaf urinierte er ins Bett.

Während des Traumes bewegte sich plötzlich sein Zeigefinger. Er spürte nicht, dass die Knochen entzweigingen oder wie das Gelenk zerbrach; Harvey hatte sich zu tief in sein Unterbewusstsein zurückgezogen, um noch irgendetwas wahrzunehmen.

TEIL ZWEI

DAS SCHWARZE DING

6

Das Inspektionsteam war länger als eine Stunde unter Wasser gewesen. Harvey hatte sich um 0300 weder zur Vorbesprechung noch kurz darauf zum Tauchen blicken lassen. Belmont wunderte sich nicht darüber; der unsägliche Amerikaner hatte sich vermutlich in seiner Kajüte eingeigelt, um die ach so fürchterliche Bisswunde zu kurieren, die ihm das Ding in der Schaufelablage zugefügt hatte.

Als er und sein Team schließlich auf die untere Ebene kamen, um sich an die Arbeit zu machen, bat Belmont die anderen, sich vorsichtshalber von AUV 2 fernzuhalten. Er wusste nicht, was in der Probekammer lag, und wollte es auch gar nicht erfahren. Während sie alle gemeinsam ihre Ausrüstung überprüften, wollte er nach Möglichkeit vermeiden, auf den Roboter zu schauen, doch sein Blick schweifte unwillkürlich immer wieder hinüber.

Wenn man keine starken Lampen auf das AUV richtete, sah das unbekannte Ding, das immer noch aus den Kiefersegmenten der Vorrichtung hing, wie verdorbenes Fleisch aus. Außerdem rieselte etwas von der schwarzen Flüssigkeit durch den Gitterboden in das Wasser unter der Insel, was Belmont einen Schauer über den Rücken jagte. Er war froh, jetzt im Wasser zu tun zu haben; ein lauschiger Tauchgang zur Untersuchung des Gerüsts, und er würde bestimmt wieder wie ausgewechselt sein.

Kraftvolle Halogenscheinwerfer fluteten den Unterbau der Insel. Alle Flächen an den Verbindungsträgern der Ballasttanks und Stützstreben des Hauptdecks waren tipptopp in Ordnung. Belmont und seine Begleiter arbeiteten mit wasserdichten Tablet-PCs. Diese Spielzeuge hatten sie von *FPE* erhalten, um die Genauigkeit der Schadensberichte zu erhöhen. Der Teamleiter hasste diese beknackten Geräte, auch wenn er zugeben musste, dass sie in der Tat sehr praktisch waren.

Er hob seines hoch und schaute auf den Bildschirm. Als er mit der Einstellung zufrieden war, tippte er kurz darauf, und das Tablet schoss ein Foto. Dann ließ er es ins Wasser fallen; die Leine an seinem Handgelenk fing es ohne weiteres ab. Belmont schwamm zu dem Loch, durch das der Bohrschacht geschoben wurde, und schaute hinauf. Seine helle Kopflampe strahlte auf den Motorblock, die Ballasttanks befanden sich fast hundert Fuß unter Wasser, und er wusste, dass das Deck hoch über ihm lag. Beim Aufschauen wurde ihm immer einen Moment lang schwindlig, bevor sich sein Gleichgewichtssinn auf die Perspektive einstellte.

Zwischen den Tanks schwammen ein paar Fische herum. Die Insel befand sich noch keine drei Monate im Meer, doch Seepocken und Algen hatten sich bereits auf allen Oberflächen angesiedelt. Die Fische fraßen von dem Pflanzengewebe oder jagten hintereinander her. Belmont fragte sich, wie lange es dauern würde, bis ein Hai auf die Idee kam, sich ihnen anzuschließen.

Nachdem er ein paar Fotos von der Motoranlage gemacht hatte, blickte er zu seinen beiden Begleitern hinunter. Grisam schwebte mittlerweile am tiefsten Punkt des Steuerbordtanks; sein Tablet blitzte hell, während er knipste. Belmont schaute nun auf seine Taucheruhr, denn ihnen blieben nur noch dreißig Minuten, bis sie aufsteigen mussten.

Indem er seinen Unterarm ruckartig drehte, bekam er sein Tablet wieder zu fassen. Er tippte kurz auf den Nachrichtenbutton und gab vier Wörter ein, bevor er auf »Senden« drückte. Daraufhin blinkte Grisams Bildschirm auf. Er neigte seinen Kopf nach vorn, las den Satz und sah dann zum Teamleiter hinauf. Er gab ihm zu erkennen, dass er verstanden hatte, und schwamm dann am Gerüst zurück nach oben.

Belmont tippte auf ein anderes Icon, um das Protokoll aufzurufen. Sie hatten die Inspektion zu neunzig Prozent erledigt. Dass es so schnell gegangen war, fand er erstaunlich, aber in seinen Augen machte sich Vraebel ohnehin nur unnötig Sorgen. Der Ukrainer kannte jeden Winkel an den Unterbauten von *Leaguer*, denn das gehörte schließlich zu seinem Job. Die Insel würde sich nicht von einer einzigen hohen Welle versenken lassen.

Schließlich wendete er und schwamm zu den Verbindungsträgern des Backbordtanks. Das Deck, auf dem die Roboter hingen und Tauchgänge lanciert wurden, lag über hundert Fuß über ihm. Leicht wehmütig dachte er daran, dass sie bald zurück ins Zodiac klettern und sich hochziehen lassen müssten. Hoffentlich wollte Vraebel weitere Männer unter Wasser postieren, wenn sie mit der zweiten Bohrung begonnen hatten. Denn ansonsten könnte es noch Tage dauern, bis sich Belmont wieder ins Wasser stürzen durfte.

Er suchte die Metallträger mit seiner Kopflampe ab. Wenngleich ihn dies langweilte, war ihm doch bewusst, dass Selbstgefälligkeit nichts nutzte, denn sollte sich ein Sprung oder Riss im Untergerüst auftun, müssten sie später vielleicht einen bitteren Preis dafür zahlen. Auf einmal schwamm ein roter Fisch dicht an seinem Gesicht vorbei; Belmont lächelte mit dem Atemgerät im Mund. Die Viecher fühlten sich hier unten anscheinend allmählich zu wohl.

Er machte noch mehr Schnappschüsse, und der Blitz des Tablets zog weitere Fische an. Er wedelte mit den Armen, um sie zu vertreiben, und beendete danach seine Aufnahmen. Dann schaute er wieder ins Protokoll, um zu erfahren, wie weit sie gekommen waren. Grisam und Shelby hatten ihren Teil erledigt; die Fortschrittsleiste blinkte bei fünfundneunzig Prozent. Zuletzt rief er den Abschnitt für den Backbordballast auf und begann, die entsprechenden Symbole zu tippen.

Danach blendete die Anzeige des Geräts auf Grün um. Für heute waren sie fertig. Er ließ das Tablet los und machte sich auf den Weg nach oben. Gleich darauf hielt er inne, denn ihm war etwas ins Auge gefallen. Er drehte sich zu einem der Träger um, der ein wenig mehr als zehn Meter entfernt war. Auf dem Metall sah er einen schwarzen Fleck.

Neugierig schwamm er darauf zu. Die Stelle lag in einer Lücke zwischen den Arbeitsscheinwerfern und deshalb weitestgehend im Schatten. Als er näherkam, wurde ihm bewusst, dass ein formloser Klumpen am Träger hing. Fiel überhaupt Helligkeit aus der Umgebung darauf, schien sie, na ja … sozusagen zu verschwinden. Das Metall zu beiden Seiten daneben glänzte im schwachen Licht. Belmont schaltete seine Lampe wieder ein und lenkte ihren Strahl auf den Umriss.

Der schwarze Klumpen pulsierte und zitterte. Als der Taucher sein Tablet hochhob, um das Ding zu fotografieren, bewegte es sich. Es schien so, als würde es geradezu auf die andere Seite des Trägers fließen. Belmont schüttelte den Kopf. Die Stelle, an der es geklebt hatte, sah sauber aus – und nicht nur das: Sie sah aus, wie neu. Das Metall hatte den Anschein, als wenn es bis zur Vollendung poliert worden wäre.

Als er eine Aufnahme des funkelnden Stahls machte, wusste er ganz genau, dass sich das, was er gesehen hatte, jeglicher Erklärung entzog. Er wäre sehr gern auf die andere Seite geschwommen, um diesem Etwas nachzustellen, doch Zeit war ein Luxus, den er gerade nicht genoss. Denn Vraebel wollte Ergebnisse; er wollte Gewissheit darüber, ob er seine Bohrung sicher durchführen konnte … und Belmont würde ihm diese geben.

***

Das Bohrgestänge wurde nun hinuntergelassen. Die Crew auf dem Deck legte abermals eine Bestzeit hin. Calhoun hatte niemanden davon reden hören, gewann aber doch langsam den Eindruck, dass die Männer das Gestein schnellstmöglich anbohren und ihre Probe entnehmen wollten. Nach dem »Zwischenfall« am Vortag erstaunte ihn das allerdings nicht wirklich.

Er war überzeugt davon, dass Vraebel seinem Personal die Umwälzungen am Meeresgrund und auch Shawnas Ausführungen im Zusammenhang mit dem Öl verschwiegen hatte, doch das war auch nicht angebracht. Diese Männer setzten tagtäglich ihr Leben aufs Spiel, damit jemand anderes viel Geld verdienen konnte, doch das hieß nicht, dass sie nicht erkannten, wenn etwas faul war – und diese Sache hier stank zum Himmel.

Nach ein paar Stunden Schlaf waren Catfish und Calhoun in die Bohrzentrale zurückgekehrt. Sie hatten Teller voller frischgebackener Krapfen und Obst zu ihren Arbeitsplätzen mitgenommen, nicht zu vergessen zwei Thermoskannen mit Kaffee. Calhoun wusste, Catfish würde nichts davon anrühren wollen, doch irgendwann musste auch er vor den ganzen Aufputschdrinks kapitulieren.

Er ließ Shawna schlafen. Sie war aufgewühlt gewesen und erschöpft. JP hingegen … Calhoun hatte gehört, er sei nicht zur Inspektion des Gerüsts erschienen. Woher wusste Calhoun das? Von Vraebel, logisch.

Während die Gestelle zusammengefügt wurden und man anfing, den Bohrschacht hinabzusenken, gesellte sich der Aufseher zu ihnen in den Raum. Er teilte ihnen mit, dass bei der Inspektion nichts gefunden worden sei, und Belmont sich mit seinem Team bereitgemacht habe, um die AUVs und das ROV zu Wasser zu lassen.

»Ich nehme an, JP wird sie begleiten, oder?«, fragte Calhoun, ehe er sich ein zuckeriges Stück Krapfen in den Mund steckte.

Vraebel grinste breiter als ohnehin schon. *Gott, wie der Ingenieur diesen Typen hasste.* »Mr. Harvey hatte gestern Abend einen Unfall. Deshalb nahm er auch nicht an der Kontrolle der Unterbauten teil.«

»Unfall?« Das war Catfish neu. Die sowieso schon vorhandenen Falten an seiner Stirn vertieften sich noch mehr.

Der Aufseher nickte. »Offensichtlich hat er sich einen Finger verletzt. Der Arzt sprach von zwei Stichwunden – nichts Ernstes wohlgemerkt, außer es würde sich entzünden.«

»Und?«, hakte Calhoun nach. »Dann hat er eben einen dicken Finger, aber das erklärt doch immer noch nicht, warum er sich vor der Inspektion gedrückt hat.«

Vraebel zuckte mit den Achseln. »Vielleicht fühlt er sich nicht gut. Einige andere Männer liegen ebenfalls flach. Es ist auch gut möglich, dass er die Nerven verloren und sich in seiner Koje eingeschlossen hat.«

Nun stand Catfish so unvermittelt auf, dass er sich die Knie an der Tischkante stieß. »Sie sind ein dummer Wichser, Vraebel«, schimpfte er mit geballten Fäusten. »Sagen Sie das noch einmal, und ich prügele dieses arrogante Grinsen aus Ihrer hässlichen Visage!«

»Was kann ich denn dafür, dass der Mann ein Jammerlappen ist?«, konterte Vraebel und ging zwei Schritte auf Catfish zu.

Der jüngere Mann stieß einen kehligen Knurrlaut aus. Calhoun trat dazwischen und streckte beide Arme aus. Dabei starrte er sie so finster an, sodass Catfish instinktiv zurückwich … wenn auch nur ein kleines Stück.

Wenn er Vraebel auch nur anschaute, wollte er ihm am liebsten sofort seine Strahlemann-Miene nachdrücklich austreiben. »Ich schätze, Sie gehen jetzt besser, Martin, oder haben Sie noch etwas Wichtiges auf dem Herzen?«

Vraebel entgegnete abfällig: »In drei Stunden werden wir eine Tiefe von achtzehntausend Fuß erreicht haben. Dann erwarte ich, dass Ihr ROV zur Stelle ist, um dort unten aufzupassen – und egal was die anderen Blecheimer tun sollen: Sehen Sie zu, dass Sie damit anfangen.« Er lächelte schon wieder breit. »Bis später.« Mit diesen Worten drehte er sich um und verließ die Zentrale.

»Hätte JP diesen Scheiß mitbekommen, hätte er das Arschloch umgebracht«, meinte Catfish.

Calhoun wandte sich seinem Partner zu und schaute ihn eindringlich an. »Mach deine verdammte Arbeit, Craig. Was mit JP und Shawna ist, lässt du meine Sorge sein. Wir müssen endlich herausfinden, was dort unten geschieht, und sichergehen, dass wir nicht noch ein Erdbeben verursachen.«

Catfish rang seine Hände weiter, nahm aber endlich wieder Platz. Calhoun frühstückte zu Ende, startete seinen Computer und begann dann damit, E-Mails zu beantworten.

»Mein lieber Schwan«, raunte er. »Die Probe ist bereits in Houston.«

Catfish schnaubte nur. »*PPE* scheinen ihr Öl ja wirklich dringend zu brauchen. Dafür haben Sie wohl eine Menge Kerosin verfeuern lassen.«

Calhoun nickte. »Bestimmt hat Simpson das eingefädelt.« Der Großteil seiner Nachrichten belief sich auf den üblichen kommerziellen Dreck, der bei ihm sofort in den Papierkorb wanderte. Er schenkte sich eine Tasse Kaffee aus der Thermoskanne ein und trank dann daraus, während er die Videos von AUV 2 aufrief.

Catfish hatte es noch einmal tauchen lassen, um ein Exemplar der Röhrenwürmer einzusammeln, doch das schloss nicht aus, dass auch Eindrücke aus der Nähe des Bohrpunktes festgehalten worden waren. Angesichts der Verwerfungen auf dem Meeresboden im Vergleich zur ersten Messung wollte Thomas die Mitte des Grabens noch einmal genau sehen.

Er startete nun ein Video, in dem sich das AUV dem Riff näherte. Catfish hatte es darauf programmiert, aus zehn Metern Entfernung mit der Aufnahme zu beginnen. Die Vorschau des Videos zeigte die erste Bildeinstellung. Die unheimliche blau getünchte Szene war gestochen scharf, auch wenn die Farbgebung nicht so recht stimmte.

Wenige Meter unter dem Roboter streckten sich die Röhrenwürmer im Einklang nach dem Störenfried aus. Calhoun neigte seinen Kopf zur Seite.

»Das kann nicht sein«, sagte er. Catfish fragte, was er damit meinte, doch er schien die Frage gar nicht zu hören.

Das AUV sank noch ein Stück weiter, ehe es plötzlich mit hoher Geschwindigkeit losraste. Kurz bevor es auf das Riff stieß, glaubte Calhoun, Zähne zu sehen.

Das Blaulichtbild wurde schlagartig von einer pechschwarzen Wolke unkenntlich gemacht. Die Drohne stieg in hohem Tempo auf, bevor die Aufnahme mit Unterbrechungen wieder ansprang.

Einen Moment später kam das AUV frei und setzte seinen Weg durch das dunkel aufgewirbelte Wasser fort.

»Um Himmels willen«, stöhnte Calhoun.

»Wovon redest du, Thomas?«, versuchte es Catfish erneut.

»Das ist nicht möglich«, murmelte der Ingenieur.

Er wählte den Mitschnitt der Heckkamera und nahm noch einen Schluck Kaffee. Dann drückte er abermals auf den Startbutton. Die Frontkamera hatte gezeigt, wie der Roboter zu seinem Ziel geschwommen war, zu der Wurmkolonie; die hintere zeigte allerdings die anderen Riffs in der Ferne sowie den Ozeangrund.

Calhoun sah mit an, wie sich die Werte für Zeit und Tiefe unten links im Bild veränderten. Das Bild verzerrte sich und fing an zu flackern, bis er plötzlich auf das Riff unter dem Roboter schaute.

Die Würmer schnellten hervor, um an den Rumpf von AUV 2 gelangen zu können. Ein schwarzer platter Kopf schnappte nach der Kamera; sein Maul war, wie es aussah, mit Zähnen gespickt.

»Halleluja«, meinte Calhoun.

Catfish stöhnte und erhob sich schwerfällig von seinem Sessel. Er schaute über Thomas' Schulter, während das Video gerade mehrere Sprünge vorwärts machte. Die Würmer streckten sich, als wenn sie folgen wollten, doch das ging natürlich nicht. Beim Aufsteigen zeigte die Heckkamera deutlich, wie der Meeresboden bebte und schließlich Falten warf. Er entfernte sich immer weiter, als das AUV seinen Ballast ausschied und in Richtung Tageslicht strebte.

Bevor das Blaulichtvideo nur noch Wasser zeigte, konnten Calhoun und Catfish die anderen Wurmfelder im weiteren Verlauf des Grabens erkennen. Alle zeigten nach oben und zuckten wie im Gleichklang.

»Krasse Scheiße«, meinte Catfish fassungslos.

Das Wasser tief unter dem AUV war trübe vor Sand und dickeren Kleinteilen. Man erkannte ansatzweise die Druckblase, die eine Stunde später an der Meeresoberfläche platzen würde.

»Was um alles in der Welt war das?« Calhoun drehte sich ruckartig mit seinem Sessel herum, als Catfish dahinter zurücktrat. »Sag du's mir, Craig.«

Der Techniker schüttelte nur den Kopf. »Mensch, so etwas habe ich noch nie im Leben gesehen. So verhalten sich Röhrenwürmer nicht.«

»Ich habe keine Ahnung, was das für Dinger sind, aber Röhrenwürmer auf keinen Fall«, erwiderte Calhoun. Sein tiefer Bariton klang nun, als wenn er um eine Oktave nach oben transponiert worden wäre; er hatte außerdem heftiges Herzklopfen bekommen. »Ich glaube, wir sollten uns jetzt ansehen, ob die Sonde uns etwas mitgebracht hat.«

»Das stimmt«, pflichtete ihm Catfish bei. »Spätestens jetzt, Mann.«

***

Leicht, nicht wahr? Kinderleicht. Geh einfach die blöde Treppe runter auf das blöde Deck und öffne dann die Schaufelklappe.

Catfish verharrte bekleidet mit Hose und blauem Hemd, aus stabilem Jeansstoff, auf der Taucherebene. Er trug dicke Handschuhe, und auf dem geriffelten Eisenboden stand ein großer Probenbehälter aus durchsichtigem Plastik. Er könnte das Scheißding auch ebenso gut in den Ozean treten.

AUV 2 hing noch an exakt der gleichen Stelle, wo JP es zurückgelassen hatte. Batterie- und Datenkabel waren angeschlossen, um es aufzuladen und Catfish Zugang zum Speicher beziehungsweise zum Programminterface zu gewähren. JP hatte das für ihn erledigt.

Die Klappe war jedoch nicht geschlossen, sondern stand auf, und zwar weit. Catfish betrachtete sie ungläubig. Der Unterkiefer war niedergedrückt worden. Das Metall glänzte wie sorgfältig poliert. Sein Blick fiel auf den Bodenrost unter dem Schaufelmaul. Das Eisen – normalerweise schwarz und fleckig vor Rost

– funkelte ebenfalls. Was auch immer für ein Mist darauf gelegen hatte, war nun verschwunden.

»Äh, okay«, sagte Catfish laut. Er ging hinüber zu den Werkzeugschränken und nahm einen Schraubenzieher heraus. Mit vor Adrenalin rasendem Puls kehrte er langsam zur Schaufel zurück und leuchtete mit einer Taschenlampe hinein.

Die Ablage sah genauso aus wie der untere Schenkel der Klappe – makellos strahlend. Egal was das AUV aufgeschnappt hatte: Es fehlte jede Spur davon, so als sei es nie da gewesen.

Er klopfte mit dem Schraubenzieher gegen den Unterkiefer, aber nichts passierte. Dann schaute er sich die Spitze des Werkzeugs an; sie war genauso matt wie zuvor, als er es genommen hatte.

Catfish trat hinter die Drohne und betrachtete den Steuerbordpropeller. Es stimmte, er war tatsächlich schwer beschädigt. Die Verkleidung des Antriebs war mit tiefen Kratzern übersät, und eines der Blätter war vollkommen verbogen.

»Jesus«, seufzte Catfish. Die Kerben im Lack gingen bis auf das Metall, das genauso glänzte wie die Schaufel.

Dafür gab es doch ums Verrecken keine Erklärung. Der unbekannte Angreifer des Roboters hatte es also obendrein noch fertiggebracht, jegliche Korrosion zu entfernen, von dem Industrielack ganz zu schweigen. *Ein Lösungsmittel, ernsthaft?*, fragte sich Catfish. *Welches Fabelwesen spuckt denn bitte so etwas aus?*

Er konnte Macully nichts weiter schicken als noch mehr Fragen. Die Idee, einem weiteren Roboter aufzutragen, noch einen Wurm zur Anschauung heraufzuholen, stand außer Frage. Denn solange er nicht wusste, was mit AUV 2 genau geschehen war, sollte man nicht wieder auf Tuchfühlung mit dem Unding gehen, das dort unten lauerte.

Dummerweise waren die anderen Sonden bereits im Wasser und unterwegs zur Bohrstelle. Catfish hoffte inständig, dass Shawna und Calhoun ein Gebiet ausgesucht hatten, wo es keine solchen Würmer gab. Denn wenn nicht, würden sie vielleicht nicht das AUV bergen, wenn der Führungsschacht stand, sondern nur noch herumtreibende Wrackteile.

Aber völlig blind unter solche Wassermassen zu arbeiten stand auch nicht zur Debatte. Falls sich der Meeresgrund wieder regte, würden sie es nicht schaffen, den Bohrer noch rechtzeitig anzuhalten. Zuletzt war es eine Blase gewesen, doch beim nächsten Mal könnte es zu einem massiven Funktionsfehler am Blowout-Preventer oder etwas viel, viel Schlimmerem kommen.

Catfish nahm die Schaufel mit seinen Schutzhandschuhen komplett ab und legte sie auf das Deck. Sie war unbeweglich und harmlos, lediglich ein Haufen Formstahl.

Er ging in die Hocke und leuchtete den Schließmechanismus aus. Die Federn fehlten offensichtlich. Aus diesem Grund stand das dumme Ding auch offen; die Gelenke waren aufgestemmt worden. Als er die Spitze des Schraubenziehers gegen die Seite des Kiefers drückte, trat ein langer, gezackter Riss auf. Die unergründliche Substanz, wegen der das Metall so glänzte, hatte es anscheinend auch in seiner Struktur ermüdet.

»Also gut, das ist wirklich übel«, sprach er laut. Dann schlug er mit dem Werkzeug gegen die andere Seite der Schaufel, woraufhin das Metall ganz zerbrach. Nun lagen glänzende Stahlsplitter auf dem Deckboden.

Catfish streckte seine behandschuhten Finger danach aus und pickte einen davon auf. Das Stück Metall sah gewöhnlich aus, solange zumindest, bis er sich die Kante anschaute. Statt eine feste Schicht zu bilden, schien es in mehrere dünne ausgefranst zu sein. Als er es zusammendrückte, zerbröckelte es einfach unter seinen Händen.

Unter den Ärmeln des dicken Jeanshemds bekam er eine Gänsehaut. Wenn diese Substanz das mit Stahl anrichtete, was würde dann mit dem Deck passieren? Er schaute auf den geriffelten Eisenrost unter dem AUV 2. Nachdem er im Entengang zu der Stelle gewatschelt war, klopfte er mit dem Schraubenzieher einmal fest auf den Boden. Die Metallspitze des Werkzeugs klingelte, doch das Eisen hielt weiterhin zusammen. Er stieß einen Pfiff aus; vielleicht war das Eisen ja stabiler als gedacht.

Nachdem er sich wieder aufgerichtet hatte, wollte er im Kreis um das AUV herumgehen, blieb jedoch mit seinem linken Unfallschuh an der Kante eines Gitterelements hängen. Er hörte es knirschen und sprang augenblicklich zur Seite. Sein Herz flatterte. Ein Stück Eisen war auseinandergefallen und in die Tiefe gestürzt.

Fuck. Mit einem Mal hätte Catfish am liebsten im nächstbesten Hubschrauber gesessen und die Bohrinsel sofort verlassen. Er wollte jetzt überall sein, nur nicht hier, während was auch immer unter der Erdkruste der Tiefsee ausharrte.

***

Schwaches Licht fiel durch die Bullaugenfenster herein. Die Blenden waren natürlich geschlossen, doch die Sonne ließ sich in ihrer Art, Stoffe zu durchdringen, einfach nicht aufhalten. Dennoch war die Helligkeit im Raum so dürftig, dass sie nichts weiter vermochte, als Unbehagen hervorzurufen.

Wäre jemand mit einer Taschenlampe durch die Kajüte gegangen, hätte er nichts als Zerstörung gesehen. Die Mitte der Liege war zu wenig mehr als Partikeln von Stoff, Holz und Metall geworden. Ihr Rahmen stand zwar noch, hatte aber deutliche Risse bekommen, was wiederum unerheblich war, denn er lag sowieso auf dem Boden.

Den Teppich darunter gab es ebenfalls nicht mehr; er war bis auf den Stahl heruntergebrannt, den »sie« nicht absorbieren und nicht verarbeiten konnte. Die Flüssigkeit in menschlicher Gestalt besaß keine Augen, weshalb sie sich auf anderem Wege zum Sehen verhelfen musste. Das neurale Netz der Kreatur wurde nun wieder rege.

Sie sammelte sich und verwendete Masse ihres oberen Torsos, um drei Tentakel aus ihrer Hüfte wachsen zu lassen. Das Wesen gurgelte leiser als die lärmende Klimaanlage, als es Formen herausbildete und Organe entwickelte, die dunkel waren wie ein schwarzes Loch.

Die kurzen Tentakel zitterten in der Luft, während es mehr Flüssigkeit hineinpresste. Sein Oberkörper schrumpfte, wobei es sich in ein tropfenförmiges Dreibein verwandelte. Sein menschliches Gesicht fiel zusammen, während es mehr Masse umverlagerte. Sensorische Fortsätze platzten nun geräuschvoll aus den Tentakeln.

Es nahm seine Umgebung nur in Grau- und Rottönen wahr. Die Tentakel bewegten sich nach einer Seite hin, dann schwenkten sie noch fester zur anderen um. Der Feind wartete jedoch gleich in der Nähe. Das dämmerige Schwelen, das durch die Rundfenster drang, machte die Kreatur nervös. Sie reagierte darauf, indem sie sich auf dem Boden wälzte, wobei der Teppich qualmte und sich endgültig unter ihr auflöste.

Sie versuchte, sich auch den Beton einzuverleiben und ihrer Masse hinzuzufügen, scheiterte aber erneut. Dann schaute sie sich im Raum um. An der Schwelle unter der Luke zeichnete sich ein heller Streifen Licht ab; dort hinaus konnte sie also nicht. Das Ding überlegte einen Augenblick lang, bevor es die Arme in seinen Leib zurückzog, um sie in ein weiteres Paar Beine zu verwandeln. Seine Bestandteile fühlten sich im Einklang miteinander, sodass es sich langsam erheben konnte.

Es vollzog wallende Bewegungen, und die Flüssigkeit kräuselte sich mit jedem Schritt. Als es vor eine Wand zwischen den beiden Lichtquellen getreten war, fuhr es mit einem Tentakel darüber. Farbe zischte, Gipskarton schmolz, und dann stieß es auf Stahl.

Statt sich der gegenüberliegenden Wand zuzuwenden, ließ es die Tentakel einfach an der anderen Seite seines Körpers hervortreten. Dann ging es darauf zu und versuchte das Gleiche zu tun wie zuvor … mit dem entsprechenden Ergebnis.

Als es die Kajüte erneut durchsuchte, wurde es endlich fündig: Durch ein rechteckiges Loch hoch oben an einer Wand strömte

Luft – endlich eine Fluchtmöglichkeit, eine Art Ausweg. Irgendetwas.

Es zog zwei seiner Beine ein, genauso wie die Tentakel. Das Ding gestaltete sich zu einem Turm aus stehender Flüssigkeit um. Ohne Augen sah es nun überhaupt nichts, »spürte« aber, wie die Luft aus dem Loch wehte. Es ertastete das Metallgitter und floss dann langsam in den Schacht der Klimaanlage hinein.

***

Das Gestänge ragte nun deutlich über fünfundzwanzigtausend Fuß weit in die Tiefe. Die Crew arbeitete hart und fieberhaft. Vraebel war mit ihrem Fortschritt zufrieden. Er hatte sich verkniffen, Gomez nahezulegen, es ruhiger angehen zu lassen. Im Grunde genommen konnten sie sich ja Zeit lassen – es bestand kein Anlass zur Hast –, und dennoch wollte er dies hier schnellstmöglich hinter sich bringen. Den Männern ging es anscheinend nicht anders.

Er hatte sie in der Kantine belauscht. Das Personal einer Bohrinsel war ein abergläubischer Schlag; in einem Metier, das einem regelmäßig Finger, Zehen oder das schiere Leben kosten konnte, ging es einem in Fleisch und Blut über, den eigenen Instinkten zu vertrauen.

Und nach der Flutwelle läuteten die Alarmglocken eines jeden an Bord. Vraebel wusste nicht sicher, wie es in die Gerüchteküche gekommen war, doch Siglers Analyse der Ölproben zählte nun schon fast zum Allgemeinwissen. Er schwor Stein und Bein, dass dies Harobins Schuld sei, weil er ehrlich gesagt nicht glauben konnte, dass Calhouns Team diesen Unfug verbreitete. Spielte aber eigentlich auch gar keine Rolle.

Ihm war bekannt, dass Belmont seinen Tauchern von AUV 2 erzählt hatte, doch selbst wenn dem nicht so gewesen wäre, hätten sie die Sonde auf ihrem Weg zur Untersuchung des Gerüsts unweigerlich gesehen. Sie wurden schließlich dafür bezahlt, dass ihnen solche Dinge auffielen. Inspektoren inspizierten, selbst wenn sie keinen Dienst schoben und das verkomplizierte die Lage.

Er schlürfte seinen Kaffee, während er auf die Monitore starrte. Neben einem Diagramm des Bohrschachts wurden auch ein Tiefenmesser und die geschätzte Zeit bis zur Fertigstellung angezeigt. Knapp über eine Stunde noch, und dann würde man den Meeresgrund erreichen. Dann konnten sie die Schraube hinunterlassen, woraufhin die Morgenschicht essen durfte, während die Nachtwache die eigentliche Bohrung vornahm.

Vraebel rieb sich die Augen. Leiter eines Bohrprojekts fanden nie viel Schlaf, und dahingehend bildete er keine Ausnahme. *PPE* verlangte zwar Arbeitstage zu je zwölf Stunden, doch in dieser Zeit wurde er nicht einmal Herr über den ganzen Papierkram. Außerdem musste er sich auch noch um die Besatzung zu kümmern. Schlaf war ein kostbares Gut, das er sich während einer Exploration nur schwer leisten konnte. Sobald er jedoch zum Kommandanten einer Produktionsstätte aufsteigen würde, würde das Leben, viel, viel angenehmer werden.

Als der Bildschirm plötzlich flackerte, runzelte Vraebel die Stirn. Gleichzeitig klingelte das weiße Telefon. Er nahm den Hörer ab und sagte: »Chief hier.«

»Martin?«, begann Gomez mit blecherner Stimme. Das Getöse der Maschinerie im Hintergrund machte es schwierig, seine Worte zu verstehen. »Wir haben hier ein Problem – oder vielleicht doch nicht.«

Vraebel erschauderte. »Was für ein Problem?«

»Ich glaube, wir sind auf Grund gestoßen.«

Der Chief schaute zweifelnd auf den Monitor. Die Tiefenanzeige besagte siebenundzwanzigtausend Fuß. »Das ist nicht möglich, aus der Vermessung ging hervor, dass ihr den Grund erst nach über neunundzwanzigtausend Fuß erreicht.«

»Ich weiß«, erwiderte Gomez, »aber die Instrumente zeigen an, dass wir nun auf einem Felssockel stehen.«

Vraebel überlegte kurz. »Steve? Ich muss kurz die Bohrzentrale anrufen, bleiben Sie dran.«

»Verstanden, Sir.«

Daraufhin drückte er ein paar Zahlen auf dem Nummernblock und wartete. Während der Gerätepark auf dem Deck im Hintergrund lärmte, tutete es in der Leitung an seinem Ohr.

Endlich meldete sich eine Stimme: »Harobin.«

»Andy? Gomez sagt, wir seien auf Grund gestoßen.«

Eine Pause folgte. »Ja, deshalb wollte ich Sie auch schon anrufen. Ich schätze, er hat recht.«

Vraebel sprach mit zusammengebissenen Zähnen weiter: »Was sollen wir jetzt tun?«

Harobin stieß laut schnaubend Luft aus und lachte. »Ich denke, wir fangen an zu bohren, Martin.«

Das hörte der Aufseher gern. »Steve? Haben Sie das gehört?«

»Ja, Sir. Wir bohren den Stein an, und ich gebe dann Bescheid, wenn wir loslegen können.«

»Klingt gut, Steve. Legen Sie sich ins Zeug. Harobin? Bleiben Sie bitte in der Leitung.«

Es klickte, woraufhin der Lärm an Deck schlagartig aufhörte. »Andy? Sagen Sie mir sofort, was da los ist. War die Auswertung schon wieder falsch?«

Harobin lachte erneut. »Überrascht Sie das etwa so sehr?« Er fuhr fast flüsternd fort: »Da die AUVs die erste Messung durchgeführt haben und danebenlagen: War denn dann ernsthaft zu erwarten, dass es beim zweiten Mal in irgendeiner Weise anders laufen würde?«

Vraebel schüttelte den Kopf. »Das ergibt doch alles keinen Sinn, wirklich nicht. Wir verfügen über modernste Technologie …« Der Satz verklang, ehe er ihn zu Ende sprechen konnte. »Also gut: Ja, sie haben recht. Offensichtlich liegt mit dem Sensoraufbau mächtig etwas im Argen.«

»Nun ja, entweder das, oder der Meeresboden ist lebendig.«

»Lebendig?«, wiederholte Vraebel.

Harobin kicherte in sich hinein. »Ja, lächerlich, nicht wahr?«

»Zweifellos«, stimmte der Aufseher zu. »Also dann, wenn Steve mit dem Bohren anfängt, müssen Sie Calhoun für mich in die Zentrale holen und Sigler auch. Standlee ist bestimmt ebenfalls da unten, oder?«

»Nein, die sind irgendwie alle verschwunden.«

»Typisch«, klagte Vraebel. »Okay, dann mache ich sie jetzt ausfindig, und Sie sehen zu, dass Sie mit Gomez in Verbindung bleiben. Sobald Ihnen irgendwas auffällt, das nicht in Ordnung aussieht, melden Sie sich bei mir, verstanden?«

»Verstanden, Martin, aber ernsthaft, wir haben alles im Griff. Das wird ein Volltreffer.«

»In Ordnung. Wir hören voneinander.« Damit beendete Vraebel das Gespräch. Er wollte, dass sich Harobins letzter Satz bewahrheitete.

Lebendig, so hatte es der Geologe genannt – und dann gelacht, als habe er noch nie etwas derart Albernes gehört. Vraebel versuchte währenddessen, die Vorstellung eines Riesenungeheuers zu verdrängen, das den Meeresgrund wie eine Decke benutzte. Als er noch einen Schluck Kaffee trank, wünschte er sich auf einmal, dass dieser mit einem kräftigen Schuss Jameson-Whiskey versetzt sei.

***

Der Morgen war nur so an Shawna vorbeigerauscht. Sie hatte auf das Frühstück verzichtet und auch einen Bogen um die Bohrzentrale gemacht. Jetzt befand sie sich dort, wo sie auf dieser Welt am allerwenigsten sein wollte: im Labor!

Die ganze Nacht lang hatte sie von Öl geträumt, dass der Schwerkraft trotzte, Sauerstoff atmete und CO2-Blasen ausstieß. Als sie endlich wach geworden war, hatte eine dunkle Wolkendecke das Sonnenlicht fast komplett ausgeblendet. Ihre Bettwäsche war schweißnass gewesen und hatte ausgesehen, als ob sich ein Alligator darin gewälzt hätte.

Sie streifte ihr T-Shirt und die kurze Hose ab, warf beides auf den Boden und schaute dann durch das Bullauge hinaus. Die Schubdüsen der Plattform waren relativ leise, sodass sie ausnahmsweise das Wispern des Ozeans hören konnte. Während sie hinausstarrte, verwandelte sich das Wispern in die Stimme ihres Vaters.

Wovor fürchtest du dich, Mädchen?

»Ich weiß es nicht, Paps«, antwortete sie dem Meer.

Es gibt auch gar keinen Grund dafür, Kind, außer dem Stress. Du hast dich dermaßen in die Sache hineingesteigert, dass du vor lauter Bäumen den Wald nicht mehr siehst. Mach deinen Kopf frei, Shawna.

»Ich kann nicht, Paps. Da stimmt etwas nicht.«

Sie hörte ihren Vater mit von Staub und Kohle belegter Stimme gackern. *Es gibt immer irgendetwas, das nicht stimmt, Mädchen. Deine Aufgabe besteht darin, Probleme zu lösen, also gehe und tue es. Du bewegst nichts, wenn du hier sitzenbleibst und dich zusammenrollst.*

Sie öffnete den Mund, um der Geisterstimme erneut zu antworten, hielt ihn aber schließlich doch. Sie redete schließlich nicht mit einer Seele, sondern bloß mit ihrem Unterbewusstsein, das die Knoten entwirrte und sie dazu anspornte, Ihren Allerwertesten in Bewegung zu setzen.

Ohne zu zögern, sprang sie unter die Dusche und zog sich so schnell wie möglich an, als sie damit fertig war. Danach eilte sie zum Labor. Sie hatte ihr nasses Haar unter eine Baseballmütze mit *PPE*-Logo gesteckt, trug einen dicken, blauen Overall, darunter ihr steifes Arbeitshemd, Unfallstiefel … so angezogen hätte sie ebenso gut auf dem Weg zum Deck der Plattform sein können.

Stattdessen hatte sie das Labor betreten, die Luke geschlossen und nicht weit vor der Wand entfernt innegehalten. Im Dunkeln erkannte sie überhaupt nichts, und das Labor besaß weder Bullaugen noch andere Fenster zu irgendeinem der Nachbarräume. Man hatte es so gebaut, dass im Notfall nichts nach außen drang; die Schotten waren dick und zusätzlich feuerfest.

Während sie allein in der Finsternis stand, hämmerte ihr Herz in der Brust. Das Einzige, was sie hörte, war das Brummen der Schubdüsen der Anlage. Shawna schloss ihre Augen und tastete nach dem Lichtschalter; plötzlich gesellte sich Helligkeit zu ihr in den Raum.

Die hellen Leuchtstoffröhren fluteten das Labor und tauchten es in bläulich weißes Licht. Sie schlug die Lider langsam wieder auf und wartete, bis sich ihre Augen angepasst hatten. Es war immer noch ein Labor. Der Edelstahlrahmen des Stativs zur Massebestimmung funkelte; die Zentrifuge stand auf ihrem angestammten Tisch, ungefährlich und unauffällig. Regale voller Reagenzgläser und Becher sowie andere Betriebsmittel – alles stand an Ort und Stelle. Es war so sauber wie zu dem Zeitpunkt, als sie den Raum mit Calhoun verlassen hatte. Nichts daran sah verändert aus.

Sie ging zur Wand gegenüber und zog sich einen der schweren Laborkittel mit Schürze an. Diese reichte ihr von der Brust bis an die Knie. Ja, sie war schwer, aber das sollte sie auch sein. Schweißperlen traten auf Shawnas Stirn, und sie wischte sie ab, bevor sie die schwarzen Handschuhe anzog. Während ihre Finger hineinglitten, kam ihr das Gefühl des weichen Neoprens angenehm vertraut vor. Ihr Herz schlug nun wieder langsamer.

Die äußere Schicht der Handschuhe war säure- und hitzebeständig; Durchlass fand einzig Radioaktivität. Zuletzt zog Shawna ihr Baseballcap aus und stattdessen einen Helm mit Visier an. Wüsste Calhoun, was sie vorhatte, würde er sie zweifelsohne aufhalten oder zumindest frustriert anbrüllen, doch sie musste es tun; sie musste endlich wieder in der Lage sein, Schlaf zu finden und das würde ihr nur gelingen, wenn sie diese Sache hier durchzog.

Während sie sich dem Schrank näherte, in dem die Proben aufbewahrt wurden, nahm ihre Herzfrequenz wieder zu, also wartete sie, damit sie sich wieder beruhigte. Dann zog sie die Tür mit einem Ruck auf, holte tief Luft und schaute zaghaft hinein.

In dem fast dunklen Inneren erkannte sie das Röhrchen und den verunreinigten Messbecher. Nachdem sie sich zusammengerissen hatte, langte sie hinein und zog den größeren Behälter hinaus. Sie schloss die Tür wieder und ging damit zum Labortisch, der ebenfalls aus Edelstahl bestand. Der Glasbecher klirrte, als sie ihn auf die glatte Metallfläche stellte.

Daraufhin trat sie hastig zurück, aber die bernsteinfarbene Flüssigkeit war still. Shawna biss sich auf die Unterlippe und überlegte kurz. Nun stieg eine Blase vom Boden des Bechers hoch und platzte an der Oberfläche. Die Geologin schaute gespannt hin. Eine zweite Blase entwickelte sich und tat das Gleiche.

Denk nach, redete sie sich ein. *Was macht dieser Stoff da?*

»Warum wirfst du Blasen?«, fragte sie in den Raum hinein; der Becher mit dem Öl gab ihr keine Antwort.

Denk nach, Mädchen. Es war ihr Vater, der sich wieder in ihrem Kopf meldete. *Worauf hast du es bisher getestet?*

Sie schürzte die Lippen. *UV-Empfindlichkeit, Feuchtigkeitsgehalt, Ablagerungen, chemische Lös…* Sie brach ab und drehte sich um. Dort an der Wand standen mehrere Dekanter auf den Regalböden. Sie machte sich auf den Weg zu den Chemikalien, allerdings nicht ohne sich wiederholt nach dem Becher umzudrehen.

Sie brauchte fast eine ganze Stunde, um die Reagenzgläser mit Ölproben zu präparieren und alle Prüfmittel einzusetzen, damit sie eine Reaktion damit auslösen konnte. Jeder Versuch scheiterte … bis auf den letzten …

Da sie sich sicher war, dass auch dieser Test fehlschlagen würde, gab sie nur einen Tropfen Öl in den verbliebenen Pyrex-Zylinder. Als sie zum letzten Reagenz griff, um es in das Röhrchen zu geben, knackte plötzlich etwas. Ihr Blick schnellte zurück zu dem Glas.

Das Öl blubberte nicht, es strebte geradezu nach der Helligkeit. Shawna stieß sich mit dem Rollhocker, auf dem sie saß, vom Tisch ab. Bevor das letzte Röhrchen befüllt worden war, hatte sie die Halogenlampe darüber ausgerichtet. Deshalb strahlte nun gleißendes weißes Licht auf das Öl.

Es knackte wieder und stieg an der Innenwand des Behälters hoch. Shawna rieb sich die Hände, um sich zu vergegenwärtigen, dass sie wirklich Handschuhe trug; dann fasste sie sich an die Laborschürze und schließlich an das Sicherheitsglas ihres Helms.

Es wirkte so, als versuchten Ranken aus goldgelber Flüssigkeit, die Oberkante des Gefäßes zu erreichen, doch das gelang ihnen nicht. Shawna beobachtete, wie das Öl zu einem dunkelbraunen Fleck am Glas wurde. Es knisterte, ließ in einer dünnen Spirale Qualm hochsteigen und hörte schließlich wieder auf, sich zu bewegen.

Als die Wissenschaftlerin krampfhaft ausatmete, fiel ihr auf, dass sie die Luft ziemlich lange angehalten hatte. Sie starrte auf den Becher; er blubberte weiterhin. Alle anderen Reagenzgläser – diejenigen, auf welche sie mindestens eine Viertelunze der Flüssigkeit verteilt hatte – taten es ebenfalls.

Behutsam ging sie um den Arbeitstisch herum, schob den Oberkörper dabei jedoch weit genug zurück, um den Kopf nicht über die Röhrchen oder den Becher zu halten. Als sie die Halogenlampe zu fassen bekam, verstellte sie den schwenkbaren Hals, bis der Kegel schließlich auf das nächste Glas mit Flüssigkeit strahlte.

Das obere Viertel des bernsteingelben Inhalts schäumte und knisterte. Shawna hielt den Lampenkopf noch näher daran, um das Licht genau auf den Grund des Pyrex-Glases zu zentrieren. Das Öl schwappte über den Rand und lief dann an der Außenwand hinunter. Sie sprang vom Tisch zurück, als sich die goldgelben Rinnsale auf der Tischplatte ergossen und an einem der Beine hinab tröpfelten.

»Scheiße!«, brauste Shawna auf und ging immer weiter rückwärts, bis sie schließlich gegen die hintere Wand stieß. Sie konnte die dünnen Linien Öl im Schatten unter dem Tisch genau sehen. Sie zogen sich zusammen und bildeten eine kleine Pfütze. Diese warf allerdings keine Blasen oder bewegte sich auf irgendeine andere Weise.

Shawnas Atem kam in hektischen Stößen, während sie sich mit einer Hand an das Herz fasste. Es klopfte so laut, dass sie sonst gar nichts mehr hörte. Langsam und äußerst vorsichtig fasste sie sich an die Hose, um an ihr Telefon zu gelangen, wozu sie die dicke Schürze und den Kittel zur Seite klappen musste. Kurz darauf erfühlte sie das Metallgehäuse durch den Handschuh und fummelte es aus der Tasche heraus. Ohne den Blick auch nur eine Sekunde von der Flüssigkeit abzuwenden, entsperrte sie das Handy, routiniert und mit Fingerspitzengefühl. Sie suchte die runde Taste an der Unterseite des Geräts und hielt sie gedrückt.

Es piepte zweimal. »Nachricht senden«, sagte sie heiser.

»An wen sende ich die Nachricht?«, erwiderte das Handy.

»Thomas Calhoun.« Die Flüssigkeit reagierte zum Glück nicht auf Shawnas Stimme.

»Nachricht jetzt sprechen.«

»Thomas«, begann sie. »Das Öl lebt. Ich sitze mit ihm im Labor fest, bitte hilf mir.«

Als sie schwieg, piepte das Gerät abermals. »Nachricht senden?«, fragte es.

»Ja.«

Noch ein Piepton. »Nachricht wurde gesendet. Möchten Sie …« Shawna unterbrach die Stimme, indem sie das Telefon wieder verriegelte. Jetzt konnte sie nichts mehr tun als abwarten. Die Flüssigkeit war ihr im Weg, wenn sie zur Luke gelangen wollte. Sie wusste nicht, was das Zeug mit ihr anstellen würde, wenn sie damit in Berührung kam … und wollte es auch gar nicht wissen.

***

In der Bohrzentrale bestimmte wie gewohnt das Brummen der Computer die Geräuschkulisse. Harobin tippte auf seiner Tastatur herum, Catfish ebenfalls. Der Wissenschaftler suchte geologische

Anomalien, der Techniker hingegen Lösungsmittel, die in der Lage waren, Metall zuzusetzen. Und Calhoun wusste nicht, wo ihm der Kopf stand.

Catfish hatte ihn vom Deck der Anlage gerufen, um ihm das überstrapazierte, brüchige Metall zu zeigen. Beim Betrachten des Schadens an der Sonde und am Deckboden hatte er nur mit dem Kopf schütteln können.

»Das ist unmöglich«, sagte er seinem langhaarigen Partner. »Schlichtweg unmöglich.«

Catfish zupfte an der Seite seines Bartes. »Meinst du, das wüsste ich nicht selbst, Mann?«

Calhoun nahm ihm den Schraubenzieher ab und trat vor das ramponierte Antriebsgehäuse. Als er damit vorsichtig über das Metall strich, blätterte ein silberfarbener Span ab. »Wie fest hast du gedrückt, um die Schaufel zu öffnen?«

»Überhaupt nicht fest«, antwortete Catfish. »Wirklich kaum.«

Nun nickte Calhoun und tat das Gleiche am Propeller. Das Metall reagierte kein bisschen. Auch als er stärkeren Druck ausübte, hielt der Stahl stand, so wie es sein sollte. »Okay«, sagte er laut. »Der Propeller ist offensichtlich unberührt geblieben.«

Das wunderte Catfish. »Tatsächlich?«

»Ja wirklich.« Calhoun kratzte nun mit dem Schraubenzieher an der Unterseite der Verkleidung; sie zerfiel augenblicklich zu Metallflocken. »Heiliger Strohsack«, rief er und stöhnte. Dann drehte er das Werkzeug um, hielt den Hartplastikgriff fest und zog es über den oberen Teil des Gehäuses, wo er begonnen hatte. Das Metall widerstand dem Druck mühelos; er wandte erneut mehr Kraft auf, doch es blieb unversehrt. »Leck. Mich. Am. Arsch.«

»Was ist denn?«, fragte Catfish. Er hatte sich von den Instrumenten losgerissen und schaute nun über die Schulter seines Gefährten, der größer war als er.

Calhoun schüttelte wieder den Kopf. »Es scheint so, als habe sich die chemische Zusammensetzung des Metalls verändert. Es mit nichtmetallischen Gegenständen zu bearbeiten scheint überhaupt nichts zu bewirken, doch benutzt man ein anderes Metall, ist seine Härte einfach, tja … aufgehoben.«

»Also hast du so etwas schon einmal gesehen?«

Calhoun drehte sich um und schaute Catfish mit vor Aufregung funkelnden Augen an. »Nein, das habe ich nicht. Was auch immer es berührt hat …«, er zeigte zurück auf das AUV, »… veränderte die stoffliche Struktur des Metalls; es brachte die Moleküle durcheinander. Unabhängig davon, wie sie jetzt angeordnet sind, verlieren sie ihre Festigkeit, wenn sie mit anderen Metallmolekülen in Kontakt kommen.«

Catfish räusperte sich. »Das kann doch gar nicht sein, oder?«

»Völlig ausgeschlossen ist es nicht«, relativierte Calhoun, »aber äußerst unwahrscheinlich. Mir fällt nicht einmal etwas ein, das so etwas schaffen könnte, und ohne ein starkes Mikroskop kann ich unmöglich herausfinden, was hier genau passiert ist.«

Sie verließen nun die untere Ebene der Plattform und kehrten wieder zur Bohrzentrale zurück. Als sie eintraten, begrüßte Harobin sie mit einem Grinsen. »Wir sind auf Grund gestoßen. Sie setzen gerade schon zur Bohrung an.«

Der Ingenieur schaute ihn skeptisch an. »Sie hätten den Punkt doch erst in ein oder zwei Stunden erreichen sollen«, gab er zu bedenken. »Wie tief sind sie jetzt?«

»Siebenundzwanzigtausend Fuß«, antwortete Harobin. Er rieb sich an der Nase und schnippte einen grünen Popel an die Wand. »Ein bisschen verfrüht.«

»*Ein bisschen verfrüht?*« Catfish verschränkte seine Arme vor der Brust. »Wie wäre es mit *viel zu früh?* Die Messdaten …«

»Stimmen augenscheinlich nicht«, funkte ihm Harobin dazwischen. »Ich vermute, die Sensoren müssen neu kalibriert werden, denn da verursacht etwas erhebliche Abweichungen.«

»Ach und was bitteschön?«, höhnte Catfish. Er ließ sich in seinen Sessel fallen, loggte sich am Computer ein und starrte auf den Bildschirm. Seitdem hatte er kein weiteres Wort mehr gesprochen. Statt mit Harobin zu diskutieren, hatte sich Calhoun an

Shawnas Arbeitsplatz gesetzt und mit seiner Recherche begonnen. Trotz seiner Bemühungen, das Verhalten, das er soeben gesehen hatte, auf alle für ihn erdenklichen Arten zu umschreiben, war er auf keine passenden Artikel im Netz gestoßen. Gern hätte er einen Metallurgen zurate gezogen.

Hitze, Kälte, Elektromagnetismus – all diese Faktoren veränderten die Reaktionsweise von Metallen. Hitze brachte Moleküle zum Schwingen, Kälte zog sie zusammen, elektrische Felder konnten sie umstrukturieren und brüchig machen.

Was zum Henker aber trieb diesen Prozess so weit, dass Metall in der Lage war, Metall zu zerstören, wohingegen Plastik überhaupt nichts ausrichten konnte? Calhoun war die dämliche Verkleidung mit dem Griff des Schraubenziehers angegangen und hatte nichts bewirkt, es nicht einmal eindrücken können.

Das ergibt doch überhaupt keinen Sinn. Als er in sich hineinhörte, erschien ein betrübtes Lächeln auf seinen Zügen. Der Satz schien zum Mantra geworden sein, seit sie das erste Loch gebohrt hatten. Nichts ergab mehr sonderlich viel Sinn. Angefangen bei den ständigen Querelen mit Nummer 5, über Öl, das sich nicht wie Öl verhielt, bis zu einem aufwallenden Ozeanboden entbehrte dieses ganze Förderprojekt jeglicher Logik.

»Also, das ging ja schnell«, sprach Harobin schließlich. Calhoun schaute zu dem Geologen hinüber, der gebannt auf seinen Monitor starrte, während er mit den Fingern auf der Tischkante trommelte.

»Was?«, fragte Calhoun.

Harobin drehte sich mit seinem Sessel zu ihm um und lächelte. »Der Schacht hat angedockt.«

Calhoun bekam den Mund nicht mehr zu. »Quatsch, das kann nicht so schnell gegangen sein. Unvorstellbar.«

»Laut Gomez lassen sie den Bohrer gerade schon hinunter.«

Nun stand Thomas von seinem Stuhl auf. »Schwachsinn, die halten dich zum Besten. Es kann nicht …« Er stockte, als sein Handy piepte. Seufzend zog er es aus seiner Hosentasche.

»1 Nachricht von Shawna Sigler«, lief als Text über das Display. Während er zum Entsperren über den Touchscreen fuhr, schaute er argwöhnisch drein. Daraufhin erschien der Text. »Was soll das denn nun schon wieder?«

»Ein Problem?«, fragte Harobin.

Calhoun warf ihm einen verärgerten Blick zu. »Catfish?«

Der Techniker drehte sich auf seinem Platz um und beugte sich zu seinem Partner hinüber. »Ja?«

»Ich muss Shawna helfen. Tu mir einen Gefallen und bitte Vraebel, einen Sicherheitsoffizier zu uns ins Labor zu schicken.«

Harobin und Catfish wechselten Blicke. »Einen Sicherheitsoffizier?« *Meinte er das wirklich ernst?*

***

Vier Roboter umkreisten nun die Bohrstelle. AUV 1, 3 und 4 bewegten sich in unterschiedlichen Bahnen um den Führungsschacht herum. Diese verliefen jeweils ein Stück höher über dem Grund und in weiterem Abstand vom Gestänge. Nummer 5 wiederum schwebte nur zehn Meter über Stein und Sand.

Ihre Kameras und Sensoren nahmen alles auf. Sobald der Bohrer heruntergelassen worden war, hatte sie die Funkerkennungssignatur ausgelesen, woraufhin ein neues Unterprogramm gestartet war. Die Heckkamera zeigte nun auf die nächstgelegenen Riffs von Röhrenwürmern, während die vordere den Bohrpunkt fokussierte.

Die Schraube begann, zu rotieren; dies erkannte der Roboter anhand der Frequenz, die im Gestänge erzeugt wurde. Feine und gröbere Sedimente stoben nun zur Seite, als der Bohrer in den Boden eindrang. AUV 5 aktivierte daraufhin seine seismischen Fühler. Schallwellen, die von der Förderstelle ausgingen, wurden als normal eingestuft. Die Maschine war so zufrieden, wie sie als solche nur sein konnte. Sie vollzog mit, wie das Führungsrohr langsam länger wurde.

Plötzlich fiel den Sensoren des Roboters aber etwas Neues auf. Der Meeresboden unter ihm rumorte. Die Würmer in ihren Kolonien hatten die Köpfe geschlossen nach dem Gestänge ausgestreckt. Die Erdvibration wurde stärker. AUV 5 filmte das Areal weiterhin. Die nächste Unterfunktion trat in Kraft und wies das Fahrzeug an, in Richtung der Unruhe zu steuern. Als es eine weitere Bewegung vor sich entdeckte, brach er die Befehlsroutine sofort ab.

Ein langer, schwarzer Fangarm brach plötzlich durch den Ozeangrund. Das Wasser rings um den Bohrschacht verwandelte sich in einen undurchsichtigen Strudel aus Gestein und Sand, doch die Wärmesensoren des Roboters zeichneten weiter auf. Der Arm wickelte sich um das Gestänge und zog daran. Ein zweiter stieg empor und tat das Gleiche. Dann noch einer und schließlich sogar ein vierter.

Der Meeresboden bebte. Im Umkreis der Bohrung sackte er zu einer Kuhle ab, als die Tentakel nach unten zogen. Die Sonde sandte einen wahren Datenstrom an AUV 1; AUV 5 beobachtete das Geschehen weiter, während 1, das am höchsten kreiste, auf das Alarmsignal reagierte, indem es seine Ballasttanks leerte und so schnell aufstieg, wie es nur konnte. Die Warnung befand sich nun zwar auf dem Weg, doch es war, bereits zu spät.

***

Zwischen jedem Atemzug mussten ganze Universen entstanden sein, ihr Dasein verlebt und sich selbst zerstört haben. Voller Furcht, sich zu rühren, ja selbst nur mit einer Wimper zu zucken, hatte sie eine Ewigkeit lang auf das Ding unter dem Tisch gestarrt.

Die zähe, schwarze Masse blieb weiterhin reglos. Shawna wusste nicht, wie lange es her war, dass sie die Nachricht an Thomas geschickt hatte, aber sie hatte Angst davor, auf ihr Handy zu schauen. Die Monitore an der Wand gaben Daten wider, doch sie wandte ihren Blick nicht ab.

Währenddessen dachte sie über Waffen nach, chemische Strukturen oder über sonst irgendetwas, das ihr behilflich sein könnte in dieser Situation. Die Flüssigkeit reagierte lichtempfindlich, allerdings nur auf hochfrequente Strahlen. Jede Quelle, die sich natürlichem Sonnenlicht annäherte, wirkte sich wohl vernichtend auf sie aus. Bezog dies auch das UV-Spektrum mit ein? Es handelte sich um eine Kohlenwasserstoffverbindung; konnten gentechnisch veränderte Bakterien sie auffressen? Oder ihr überhaupt schaden? Was war mit …

Ein Klopfen an der Luke auf der anderen Seite des Raumes erklang. Shawna hätte beinahe geschrien. Sie hatte es gerade geschafft, ihr Herz zu beruhigen, doch jetzt überschlug es sich schon wieder. Plötzlich vibrierte das Telefon in ihrer Hand. Sie riskierte einen Blick darauf.

Kannst du sprechen?, fragte Calhoun per SMS.

Sie tippte mit einem Finger auf die Anruftaste und hob das Gerät langsam an ihr Ohr. Es läutete kaum eine Sekunde lang.

»Shawna«, begann Calhoun mit knarrender Stimme. »Falls du nicht sprechen kannst, lass es lieber.«

»Ich kann«, flüsterte sie. Weil ihr Herz so laut klopfte, hörte sie sich kaum selbst. »Ich glaube nicht, dass *es* etwas hört.«

»Wie sieht es da drin aus?«

Sie versuchte zu antworten, doch ihr Mund war vollkommen ausgetrocknet. Sie biss sich so fest auf ihre Wange, dass sie zusammenzuckte; daraufhin floss endlich etwas Speichel zusammen. »Es befindet sich im Moment zwischen mir und dem Eingang, im Schatten unter dem Labortisch. Thomas, es reagiert empfindlich auf Licht: auf Halogenlicht – alles, was Sonnenstrahlen ähnelt.«

»Okay, beruhige dich erst einmal«, beschwichtigte sie Calhoun. Er sprach im betont ruhigen Tonfall, doch Shawna merkte deutlich, dass er sich dazu zwingen musste. Gut möglich, dass er sich genauso fürchtete wie sie – oder er wollte sie lediglich bei Laune halten. »Spricht es auch auf Bewegungen an? Auf Schwingungen?«

»Keine Ahnung«, erwiderte Shawna. »Ich glaube nicht.«

»In Ordnung«, fuhr Thomas fort, »ich werde jetzt anklopfen, in Ordnung?«

»Ja, in Ordnung.«

Sie machte sich innerlich auf das Geräusch gefasst, erschrak aber trotzdem, als er kräftig gegen die Luke schlug. Sie war überzeugt davon, es sei laut genug, um durch alle Korridore gehört zu werden, doch durch den dicken Stahl klang es nur wie fernes Donnergrollen. Die Flüssigkeit aber blieb ungerührt.

»Nichts«, sagte Shawna erleichtert.

»Gut, dann komme ich jetzt rein.«

Ehe sie ihre Stimme wiederfand, um etwas zu entgegnen, klickte es laut und deutlich, und die Luke ging quietschend auf. Shawna starrte weiter gebannt auf die Pfütze unter dem Tisch.

Calhoun trat geduckt ein und ließ seinen Blick über den Boden schweifen. Er blieb gleich am Eingang stehen. »Ich kann es nicht …« Er stockte und machte ein ernstes Gesicht. »Doch, jetzt sehe ich es auch.« Dann schaute er zu Shawna. »Alles in Ordnung mit dir?«

»Ich muss pinkeln«, antwortete sie.

Thomas machte den Mund auf, schloss ihn wieder und fing an zu lachen. Sie stimmte mit ein, wobei eine Träne im Winkel eines ihrer Augen hervortrat. »Na, dann lass mich dich von hier wegbringen, damit du deine Intimsphäre dabei hast.«

»Ja«, stimmte sie zu. »Tu das.«

Er ging von der Luke aus an der Seite des Raumes entlang. An einem der Haken an der Wand hing noch eine Garnitur Laborkleidung. Calhoun nahm schnell einen der Handschuhe. »Wirf für mich ein Auge darauf«, bat er.

»Ich kann weder das eine noch das andere zumachen«, flüsterte sie. »Thomas?« Er wandte sich ihr zu. »Ich habe eine Scheißangst.«

Er nickte. »Das verstehe ich. Erzähl mir, was du herausgefunden hast; was hat es genau getan?« Als er sich wieder zur Wand umdrehte, schien er sich kurz einen Überblick der gesamten Ausstattung zu verschaffen.

Sie schluckte mühsam. »Ich habe das Zeug in Reagenzgläser gegeben, um es in Verbindung mit anderen Chemikalien zu testen. Nichts tat sich, egal was ich auch versuchte.«

»Und was hat es dann letztendlich geweckt?«, fragte Calhoun.

»Die Halogenlampe«, antwortete sie und zeigte auf den Tisch. »Die kleine Probe ist praktisch verdampft. Eine Viertelunze des Stoffs quoll aus dem Glas und lief anschließend am Tisch hinunter.«

Er drehte sich wieder um und blinzelte, ehe er die Lache unter dem Tisch erneut ins Auge fasste. »Das ist eine Viertelunze?«

Sie nickte. »Ja.«

»Dafür sieht es aber zu groß aus«, fand er.

»Wem sagst du das?«

Calhoun zog nun auch eine Sicherheitsschürze und einen Gesichtsschutz an, aber nicht die Handschuhe; stattdessen hielt er nur den einen fest. »Habe ich dir jemals erzählt, dass ich beim Baseball auf der Highschool ein fabelhafter Werfer gewesen bin?«

Shawna musste kichern, als Thomas unvermittelt lächelte. »Nein, hast du nicht.«

Er nickte. »Mir konnte niemand etwas vormachen. Hätte ich mir nicht blöderweise die Schulter beim Skateboarden gebrochen …« Calhoun imitierte Marlon Brando. »… ich hätte was werden können.«

Nun konnte sie mit dem Lachen nicht mehr an sich halten. Als sie jedoch sah, was er vorhatte, blieb es ihr im Halse stecken: Er warf den Handschuh unter den Tisch, wo dieser genau vor der goldgelben Flüssigkeit landete, dann hineinrutschte und liegenblieb.

Nichts passierte.

»Tja«, fuhr Calhoun fort. »Schlechte Dramatur…«

Nun fing der Handschuh plötzlich an zu qualmen, als er sich in dem Öl auflöste. Er bestand aus Polymeren und wurde zusätzlich noch durch ein Stahlnetz verstärkt. Der Kunststoff hatte sich vollständig aufgelöst, doch Shawna konnte noch die Reste der Metalldrähte auf der glitschigen Masse ausmachen.

Calhoun atmete lange aus. »Du meine Güte!«

»Oh ja«, stimmte sie zu. »Thomas!«, schob sie einen Augenblick später entsetzt nach.

Er nickte. »Ich sehe es.«

Die Pfütze hatte ihren kräftig bernsteinfarbenen Ton verloren; sie war jetzt deutlich dunkler geworden, dem ursprünglichen Schwarz viel nähergekommen. Die beiden konnten beobachten, wie sich die merkwürdige Substanz ein, zwei Zoll in alle Richtungen ausbreitete.

»Was zum …?«, begann Shawna. »Ist es gerade … ist es gerade etwa gewachsen?«

»Ja«, erwiderte Calhoun mit zittriger Stimme. Er wusste nicht, wohin mit seinen Händen, und stieß schließlich erneut einen langen Atemhauch aus. Shawna kam es so vor, als zwinge sich der Mann dazu, seine Fassung zu wahren. Als er sie wieder ansah, zeigte er ein sanftes Lächeln. »Ich schätze mal, es ist hungrig.«

Shawna schluckte noch einmal angestrengt. »Was jetzt? Hast du irgendeine Idee?«

Er überlegte kurz. »Du hast gesagt, es sei an dem Metalltisch hinuntergelaufen?«

»Richtig, am Bein.«

»Gut, dann habe ich eine Idee«, fuhr Calhoun fort. Er drückte die Zunge von innen gegen den Mundwinkel, während er sich behutsam an der Wand entlang zu den Werkmitteln schob. »Sag Bescheid, falls es sich in Bewegung setzt.«

»Oh, verlass dich drauf.«

Er überflog die Wand, ehe er grinste. »Es hat das Metall also nicht zerfressen – und auch kein Pyrex-Glas. Was haben diese beiden Materialien gemeinsam?«

Er zog ein großes Metalltablett von der Wand, dessen Kante einen Zoll hoch war. Die Oberfläche reflektierte das Licht. Er hielt es mit beiden Händen fest, während er sich umdrehte und seine Kollegin anschaute. »Denk nach, Shawna, was haben sie gemein?«

Sie plusterte die Backen auf, während sie nachdachte. »Eine dichte Molekülstruktur.«

»Richtig, also kann es Moleküle womöglich nicht verdrängen, wenn sie auf eine bestimmte Art und Weise gepackt sind«, meinte Calhoun und widmete sich wieder dem Tisch. Die Lache war Shawnas Seite näher als seiner. »Das würde auch erklären, weshalb es nur bestimmte Stoffe absorbieren kann.« Der große Mann ging in die Hocke. Seine Gelenke knackten, und er schnitt eine gequälte Grimasse, die jedoch schnell in ein Lächeln überging. »Elendes Alter. Macht vor keinem von uns halt.«

Er schaute wieder unter den Tisch. Während er langsam und tief Luft holte, sah Shawna, dass Schauer an seinen Armen hinunterliefen. »Pass auf, Thomas.«

Er nickte. Mit knackenden Knien bewegte er sich um den Tisch herum auf die gegenüberliegende Seite. Shawnas Blick war weiterhin auf die Flüssigkeit fixiert. Diese hatte sich weder bewegt noch Blasen geschlagen, ja nicht einmal gezuckt. Calhoun atmete abermals tief ein und schickte sich nun an, die Lache mit dem Tablett zu bedecken.

Plötzlich bebte die Bohrinsel. Als er Shawna anschaute, stand sein Mund vor Überraschung weit offen. Ein Rumpeln ging durch den Fußboden, und dann wackelte die gesamte Plattform. Calhoun bemühte sich krampfhaft, sein Gleichgewicht zu halten. Schließlich gingen die Lichter aus.

***

Anbohren war ein alter Hut, nichts Besonderes. Die zuständige Mannschaft ließ einen Betonverschluss hinunter. Nachdem sie einen dicken Schraubkopf versenkt hatten, begannen sie mit der eigentlichen Arbeit. Diese war wirklich sehr simpel; hatten sie erst ein Loch ins Gestein gebohrt, würden sie den Oberflächenbrecher gegen einen regulären Kopf austauschen. Und dann konnten sie endlich richtiges Öl fördern, echtes schwarzes Gold!

Warum aber schwankte die gesamte Anlage plötzlich, als sei sie mitten in einen verdammten Hurrikan geraten? Gomez hielt sich in letzter Sekunde an einem Geländer fest, wohingegen zwei seiner Männer hinüberstürzten.

Er warnte den Rest der Crew laut rufend, doch niemand hörte ihm zu. Die Generatoren heulten auf und verstummten wieder, doch die Insel kippte weiter hin und her. »Zwei Mann über Bord!«, schrie er. »Backbord! Bewegt eure Ärsche!«

Schutzhelme, die manche verloren hatten, rutschten nun über das Deck, während *Leaguer* erzitterte. »Stellt die Schraube ab, verflucht!«, drängte Gomez. Da sie nicht zu dröhnen aufhörte, drehte er sich um und schaute zum Steuerpult.

Der Betreiber des Bohrers stand nicht mehr an seinem Posten. Hinten an der Wand war ein breiter Streifen Blut, der verschmiert wirkte, und man sah ein regungsloses Bein hinter dem Stahlpodest hervorragen. Fluchend und unsicheren Schrittes stakste Gomez zu der Bedienkonsole. T. Reed, der Betreiber für die Frühschicht, war tot! Er hatte sich den Kopf anscheinend am Metallpaneel aufgeschlagen; Schädelsplitter lagen verstreut auf dem Deckboden wie blutbesudelte Bruchstücke einer Eierschale.

Die LEDs am Paneel blinkten gelb und rot. Der Rückflussdruck befand sich bereits im kritischen Bereich. Falls der Bohrer noch weiter absaugte, würde es zu einem haltlosen Ausbruch von Flüssigkeit kommen. Er schlug mit der Hand fest auf den großen Notfallknopf. Die Insel bebte noch einmal, als die Drehscheibe langsamer wurde und dann endlich stehenblieb.

Gomez' Herz fühlte sich an wie ein Presslufthammer in seiner Brust, als er lange zischend ausatmete und auf das Deck schaute. Fünf seiner Männer standen auf der Backbordseite und schauten hundert Fuß hinunter in die tiefe Leere, die das Deck der Anlage vom Meer trennte. Gomez' Gleichgewichtssinn hatte sich immer noch nicht darauf eingestellt, dass sie nicht mehr schwankte.

»Wo sind sie?«, rief er, während er sich den Arbeitern näherte.

Einer drehte sich zu ihm um und schaute ihn entgeistert an. Gomez packte ihn an der Hemdbrust. »Wo sind meine Männer, verflucht nochmal?«

»Sie … sie haben es nicht geschafft«, antwortete das Besatzungsmitglied stockend.

Gomez warf einen Blick über das Geländer. Als die Plattform gezittert und sie hinuntergeworfen hatte, musste das Deck in die andere Richtung gekippt sein; im Sturz waren sie dann davon getroffen worden – Tausende Tonnen Metall hatten ihre Körper erfasst. Der Teil der Oberbauten unterhalb war blutüberströmt.

»Jesu Christi«, stöhnte Gomez. »Anwesenheitsappell, sofort!«, schrie er. Die Männer an der Brüstung bewegten sich keinen Millimeter. »Kehren Sie gefälligst auf Ihre Posten zurück – jetzt sofort … und so wahr mir Gott helfe, alle Abteilungschefs sehen besser zu, dass sie in zwei Minuten Zahlen für mich haben. Bewegen Sie endlich Ihre trägen Kadaver!«

***

Seine Brust brannte. Die frische Tasse Kaffee, die er sich gerade aufgebrüht hatte, war über und in sein Hemd geschwappt. Vraebel zischte immer noch mit zusammengebissenen Zähnen, als der Strom ausfiel. Die LED-Monitore wurden schwarz, und das Rauschen der Klimaanlage brach abrupt ab. Er drehte sich zu Terrel um, dem stellvertretenden Kommandanten.

»Laufen Sie zu den Generatoren und schauen Sie nach, was da verflucht nochmal los ist.«

Terrel antwortete nicht, weil die Insel gerade wieder erschüttert wurde. Er stürzte hastig durch die Luke und dann den Korridor hinunter. Vraebel griff zum roten Telefonhörer. Er wusste nicht, ob Gomez es inmitten des Chaos, das unten bestimmt herrschen musste, überhaupt läuten hören würde.

Er konnte den Schichtführer mit einer Gruppe anderer Männer drüben an der Reling stehen sehen; sie schauten entsetzt daran hinunter. Vraebel spürte, wie sich seine Hoden vor Entsetzen zurückzogen. »Geh endlich ran, Mann!«, brüllte er. Gomez starrte weiter über das Geländer. Als er sich wieder umdrehte, deutete der Aufseher seinen Gesichtsausdruck sofort: Es gab Todesopfer!

Offen blieb nur die Frage, wie viele es waren.

»Geh verdammt noch mal ran, Mann!«, rief er abermals, doch es tutete einfach weiter. Schließlich knallte er den Hörer entnervt auf die Gabel. Nun flackerten die Lichter und gingen wieder an; die Klimaanlage begann erneut, zu sirren. *Wenigstens eine Krise überstanden*, dachte Vraebel; obwohl er wusste, dass das natürlich blödsinnig war.

Die Schraube drehte sich nicht mehr; Gomez hatte sie offenbar abgestellt. Der Chief dankte Gott dafür, dass er diesen Mann angeheuert hatte.

Als das rote Telefon schließlich klingelte, war es laut genug, um ihn zusammenzucken zu lassen. Er zog sein Headset an. »Brücke«, meldete er sich.

»Gomez hier, Martin.«

»Wie lautet Ihr Status?«

Der Frage folgte eine lange Pause. Vraebel schaute hinunter auf das Deck, wo gerade Hände und Finger hochgehoben wurden; Gomez ließ die Mannschaft auf Vollzähligkeit prüfen.

»Wir haben wieder Strom«, antwortete er schließlich, »sogar die Konsolen. Allerdings haben wir zwei Mann verloren.«

Zwei Mann. »Sie werden nicht nur vermisst; sie sind wirklich tot, oder?«, hakte er ausdruckslos und monoton nach.

»Ja, Martin. Ich glaube, sie sind beim Sturz gegen den Ballasttank …«

»Noch weitere Todesfälle?«, fuhr der Aufseher dazwischen.

Erneut folgte eine kurze Pause. »Reed ist auch tot. Alle anderen haben sich höchstens Kratzer und blaue Flecken zugezogen. Harrisons Hand ist gebrochen, doch ansonsten denke ich, sind wir unversehrt.«

Von wegen, dachte Vraebel. »Schaffen Sie Harrison unverzüglich zum Arzt.«

»Das tun schon zwei Männer; sie werden umgehend auf der Krankenstation sein.«

»Gut. Haben Sie irgendeine Idee, was zum Teufel passiert sein könnte?«

»Nein. Es gab keine Vorwarnung. Ich weiß nicht, ob wir einen Gaseinschluss oder sonst etwas getroffen haben.« Vraebel schüttelte resignierend den Kopf. »Aber hätten wir einen so großen Einschluss erwischt, stünden wir jetzt entweder in Flammen oder wären untergegangen.«

»Das stimmt«, räumte Gomez ein. Seine Stimme klang gedämpft, als er den Hörer mit einer Hand zuhielt. »Überprüfen Sie das verdammte Gerüst! Und achten Sie darauf, ob etwas verbogen ist!« Das Brummen der Maschinen an Deck und der Generatoren ging wieder los. »Wir müssen hier unten ein paar Tests durchführen. Ich lasse Ihnen so bald wie möglich einen Schadensbericht zukommen.«

»Ich verlasse mich darauf, Steve.«

»Das können Sie auch«, versicherte ihm Gomez. Er klang erschöpft und schockiert.

»Noch etwas, Steve.«

»Ja, Boss?«

Vraebel biss sich auf die Unterlippe. »Gute Arbeit, Mann. Sie trifft keine Schuld.«

Gomez stockte wieder kurz. »Danke, Martin. Wir sprechen uns bald wieder.«

Mit diesen Worten legte er auf. Vraebel hängte den Hörer wieder auf die Gabel, bevor er den weißen abnahm. Er tippte eine Nummer ein und wartete, bis sich jemand meldete.

Eine atemlose Stimme rief: »Bohrzentrale hier. Harobin.«

»Andy, sagen Sie mir, was ist da unten los, Mann?«

»Martin«, erwiderte Harobin. »Das könnten wir andauernd fragen, oder? Was zum Kuckuck war das?«

»Das möchte ich von Ihnen wissen, verflucht! Worauf sind wir da gestoßen?«

Harobin hustete. »Ich … ich weiß es ehrlich gesagt nicht. Die Messwerte waren in Ordnung; alles war in Ordnung, und dann fing die Insel plötzlich an, zu schwanken.«

»Ist Standlee da?«, fragte Vraebel.

»Ja, ist er.«

»Sagen Sie dem Nichtsnutz, er soll sein ROV auf achtzehntausend Fuß tauchen lassen und herausfinden, was da gerade eben passiert ist«, befahl der Chief.

»Ich … warten Sie kurz.« Ein Murmeln im Hintergrund erfolgte. »Standlee meint, er schickt Ihnen bald einen Bericht.«

»Das will ich auch schwer hoffen«, knurrte Vraebel in den Hörer und legte auf.

***

Als die Lichter ausgegangen waren, hatte sich Calhoun der Lache bis auf wenige Zoll genähert. Durch die Erschütterung war er fast auf den Boden gefallen. Das Klappern und Klirren der Gläser und Stahlteile, die an den Wänden hingen, war so laut gewesen, dass es in seinen Ohren geklingelt hatte. Da es so unvermittelt schwarz geworden war, war er nicht umhingekommen, vor Schreck einen Schrei auszustoßen. Shawna war es nicht viel besser ergangen. Der Stromausfall hatte nur ein paar Sekunden gedauert, bevor die Notbeleuchtung sich einschaltete, doch die Finsternis hatte sich wie eine Ewigkeit angefühlt.

Als die roten Lampen ansprangen, klebte Calhouns Blick auf der Stelle vor ihm. Die Flüssigkeit, die bisher ruhig geblieben war, hatte nun angefangen, auf ihn zuzufließen. Er schrie erneut auf und knallte das Tablett auf die Lache. Dann rutschte er geduckt unter dem Tisch hervor und lief zur hinteren Wand.

»Shawna?«

»Ja?«, entgegnete sie. »Mir ist nichts passiert. Was war das?«

»Ich habe keine …« Die roten Lampen gingen aus, als die Elektrizität zurückkehrte. Seine Augen schmerzten aufgrund der unerwarteten Helligkeit. »… keine Ahnung«, sprach er zu Ende. Als er wieder klar sah, schaute er auf das Tablett unter dem Tisch. Von der schwarzen Flüssigkeit war nichts mehr zu sehen. Thomas schnappte sich zwei große Becher und ging wieder hinüber. Er stellte sie jeweils auf die Kanten des Tabletts, damit es unter ihrem Gewicht möglichst bündig auf dem Boden lag. Das Teufelszeug durfte keine Chance erhalten, durch einen Spalt hervorquellen zu können.

»Thomas? Ich schätze, du hast mir das Leben gerettet«, sagte Shawna auf der anderen Seite des Raumes.

Er schaute hoch und zwinkerte ihr zu. »Na ja, dafür kannst du mir ja später noch danken. Zuerst …« Er musste nach Luft schnappen. »… müssen wir schleunigst von hier verschwinden.«

Sie schüttelte den Kopf. »Nein, wir müssen uns erst Gewissheit darüber verschaffen, was das für ein Zeug ist.«

»Das werden wir schon noch«, behauptete er. »Jetzt ist es aber erst einmal wichtiger, uns zu vergewissern, dass die Insel nicht sinkt.«

Plötzlich läutete Calhouns Handy, weshalb beide zusammenzuckten. Er zog es aus seiner Tasche. Laut Nummernerkennung war es Catfish.

»Sag mir, dass wir nicht gerade untergehen«, begann Calhoun.

»Thomas? Wo in aller Welt steckst du? Ich brauche dich hier unten, und zwar sofort«, drängte der Techniker. Calhoun war sich nicht sicher, glaubte aber, Angst in der Stimme des Mannes zu erkennen.

»Okay. Ich wurde mit Shawna im Labor aufgehalten.«

»Das ist mir scheißegal«, zeterte Catfish. »Hier gibt es größere Schwierigkeiten, viel größere.«

»Wir kommen«, versprach ihm Calhoun und beendete das Gespräch. Dann blickte er zu Shawna hoch.

»Und? Gehen wir unter?«, wollte sie wissen.

»Noch nicht«, antwortete er. »Noch nicht.«

7

Es gab wenige Dinge im Leben, die Nutty Nuchtchas, der Kantinenchef, inniger hasste als den Dienst auf einer Bohrplattform. Syphilis und Chlamydien standen definitiv weit oben auf der schwarzen Liste, doch die Insel folgte mit knappem Abstand. Hätte er kein stattliches Kindergeld bezahlen und den nimmersatten Anwalt seiner Exfrau beschwichtigen müssen, wäre er immer noch in New Orleans gewesen, um richtig gutes Essen aufzutischen. Stattdessen gab er sich, wie er es nannte, mit »Fraß« ab, den er für eine Horde Hinterwäldler zubereitete und kochte.

Die Bezahlung dafür war jedoch nicht zu verachten. Deshalb konnte er es sich nicht leisten, der Bohrinsel Adieu zu sagen. *PPE* gab ihm wirklich einen fetten Batzen Geld, damit er die Bäuche ihrer Arbeiter füllte. Sein Souschef Robbie Christie war während ihres letzten Einsatzes entlassen worden. Der verrückte Hund hatte tatsächlich einen Schinken über den Deckenplatten versteckt – und wieso? Um sich daran vergehen zu können. Er hatte das verdammte Ding ausgehöhlt und dann jede Nacht seinen Schwengel hineingesteckt. Hätte es nicht so sehr nach verdorbenem Fleisch gestunken, wäre es wahrscheinlich niemals aufgeflogen.

Als Nutty aus der Pause zurückgekehrt war, hatte ihn der Aufseher der Bohranlage beiseite genommen und ihm mitgeteilt, dass Christie gefeuert worden sei. Auf seine Begründung hin war der Küchenchef nicht mehr aus dem Lachen herausgekommen. Er hatte ja gewusst, dass Robbie verstört war, doch das hatte dem Fass definitiv den Boden ausgeschlagen.

So etwas passierte eben, wenn man monatelang von zu Hause fort war und dann herausfand, dass die eigene Ehefrau mit dem besten Freund fremdging. Wie dem auch sei, Christie war trotzdem gut gewesen, doch Otto hatte noch mehr auf dem Kasten.

Gerade beschäftigte er sich mit Gemüseschneiden, was er mit tadellosem Geschick tat. Der Mann beeindruckte Nutty, was man von seinen Englischkenntnissen jedoch nicht behaupten konnte. Otto redete nur, wenn er eine Frage hatte oder auf eine antworten musste. Während der ersten paar Tage hatte sich die Geräuschkulisse in der Küche auf das Zischen der Gasherde, das Klopfen von Messern auf Schneidbrettern und das siedende Wasser in Kupfertöpfen belaufen. Aus diesem Grund lief auch das Radio mit Zydeco-Musik.

Otto schätzte diese Ruhe, doch Nutty war sie verhasst. Sie machte ihm die Schicht um ein Vielfaches trübsinniger. Nur noch drei Tage allerdings, dann würde er endlich von der elenden Insel herunterkommen und in die Stadt fahren können. Vielleicht lernte er dann ja in einer Kneipe eine nette Frau kennen, gab ihr ein paar Drinks aus und machte *sie* zu *seinem* Schinken.

Nutty grinste und fuhr mit dem Anrühren der Soße fort. Er nahm einen Plastiklöffel zum Probieren heraus und kostete ein wenig davon; sie war noch nicht ganz so, wie sie sein sollte, und schmeckte ein wenig fad. Während er sich zum fieberhaften Akkordeon aus dem Radio bewegte, zog er den Deckel von seiner geheimen Würzmischung und begann, sie in den Topf zu schütten.

Während er sich darauf konzentrierte, bemerkte er Ottos Keuchen nicht; ihm entging auch, wie der stämmige Deutsche plötzlich nach Luft rang, als ihm etwas in den Rachen rann. Inmitten brutzelnder Würstchen und Fleischstücke vom Rind bekam er nicht mit, wie Fleisch und Knochen knisterten, während sie sich auflösten. Für ihn gab es nur Zydeco und den heißen Topf mit Soße … so lange, bis er selbst an der Reihe war.

***

Der Akku von Catfishs elektrischer Zigarette war leer. Seit sich die Plattform beinahe selbst in Stücke gerissen hatte, war er mit dem blöden Teil zugange gewesen. Der Verdampfer aus Aluminium fühlte sich heiß an und stieß kein Aerosol mehr aus. Das

Gerät war kaputt, und obwohl noch ein Zweiter in seiner Koje lag, hielt er es für eine schlechte Idee, die Bohrzentrale jetzt zu verlassen.

Das Foto auf seinem Monitor stammte von Nummer 5; sie hatte ihre Daten an AUV 1 übertragen, das wiederum, als es zur Achtzehntausend-Fuß-Marke gelangt war, angefangen hatte, seine Alarmsignale an die Oberfläche zu senden. Zu dumm nur, dass sie eine halbe Stunde zu spät eingetroffen waren.

Das Messprotokoll der Sensoren von AUV 5 zeigte mehr als ein bloßes Beben; das Video und die Fotos bestätigten dies nur. Der gesamte Meeresboden hatte gezuckt, doch das war nicht der Grund dafür, dass er eine Gänsehaut bekommen hatte; dieses eine verdammte Bild war schuld daran.

Selbst in der surrealen Farbgebung durch die Blaulichtkameras konnte ihm die Aufzeichnung mit acht Frames pro Sekunde, vor Entsetzen den Verstand rauben. Als er das Video aufgerufen und beobachtet hatte, wie die Szenen in hoher Auflösung auf dem Monitor abgelaufen waren, hatte er stark an sich halten müssen, um seine Blase zu kontrollieren.

AUV 5 hatte beobachtet, wie der Ozeangrund unter der Bohrstelle eingesackt war; es hatte sich ausstreckende Tentakel gefilmt, von welchen das Gestänge umschlungen worden war, und auch festgehalten, wie diese Fangarme das Metall nach unten gezogen hatten. Kein Wunder, dass die Insel ins Schwanken geraten war.

Es war aber sogar noch schlimmer geworden: Der Mitschnitt der Heckkamera hatte wiedergegeben, wie sich alle Wurmkolonien im Graben zur Bohrstelle hin ausgestreckt hatten. Ihre Tentakel erzitterten so sehr, dass man es auf Zorn zurückführen könnte. Wolken aus Sand und Stein wallten im Wasser auf. Die Sonde hatte ihre Kameras zu dem Zeitpunkt der Aufnahme von Wärmebildern umgeschaltet, um den trüben Schlamm durchdringen zu können. Es war auch der gleiche Moment, in dem das Bild plötzlich schwarz wurde.

Bis Calhoun und Shawna, die beide äußerst blass waren, die Zentrale betraten, hatte er sich das Video fünfmal auf unterschiedliche Weise angesehen. Dabei waren verschiedene Filter zum Verbessern der Bildqualität zum Einsatz gekommen, die offenbarten, wie sich die Tentakel aus dem Grabenbett abgestoßen hatten. Jeder Filter trug dazu bei, Kontrast und Schärfe zu erhöhen. Als die beiden die Luke öffneten, fiel er fast vom Stuhl.

Er drehte sich um und schaute sie an. Shawna holte tief Luft und atmete durch den Mund aus; Thomas vermittelte den Eindruck, plötzlich um zwanzig Jahre gealtert zu sein, seit Catfish ihn zuletzt gesehen hatte.

»Wovon seid ihr im Labor aufgehalten worden?«, fragte der Techniker neugierig.

Thomas winkte ab. »Darauf kommen wir später zurück. Zuerst will ich wissen, was hier los ist.«

Catfish konnte sehen, wie die Blicke der beiden auf seinen Bildschirm wanderten. Calhouns Gesicht, das gerade allmählich wieder Farbe angenommen hatte, wurde abermals bleich.

»Was um Gottes willen ist das?«, fragte Shawna entsetzt.

»Reizend, nicht wahr?« Catfish schwenkte den Sessel wieder zurück. Erneut lief ihm ein Schauer über den Rücken. Thomas beugte sich über seine Schulter. Er stank nach Urin, doch sein Partner sagte nichts dazu; er wusste nicht so recht, ob er tatsächlich erfahren wollte, was in dem unsäglichen Labor passiert war. »AUV 5 hat es aufgenommen, gleich, als sie mit dem Bohren anfingen.« Er schob die Laufleiste an den Anfang zurück, sodass die Einstellung verschwand. »Und das ist die ganze Show von vorn.« Mit diesen Worten betätigte er den Startbutton.

Das Video begann mit aktivierten Filtern. Sie schauten zu, wie sich das Gestänge in den Meeresgrund bohrte. Dieser schien daraufhin zu beben, woraufhin ein Ruck durch den gesamten Graben ging. Schwarze Tentakel stiegen aus Sand und Fels empor und legten sich dann um die Metallrohre.

»Jesus«, stöhnte Shawna. »Was sind das für Teile?«

Catfish betätigte die Leertaste, um das Bild einzufrieren. Die Tentakel drückten den Stahl zusammen, während die flachen Köpfe versuchten, ins Metall zu beißen.

»Mit ziemlicher Sicherheit sind das keine Röhrenwürmer«, antwortete er.

Calhoun schüttelte den Kopf. »Was ist da unten?«, fragte er. Als er zu Harobins Platz hinüberschaute, wurde ihm schlagartig bewusst, dass er schon länger Erbrochenes im Raum gerochen hatte. »Wo ist der Popelfresser?«

Catfish lachte in sich hinein. »Er, äh, ließ sich sozusagen sein Frühstück wieder durch den Kopf gehen, als die Insel unruhig wurde. Der gute Andy ist allerdings zu bewundern; er hielt seine Stellung bis vor wenigen Minuten. Ich glaube, er hat sich auf die Suche nach Vraebel gemacht.«

»Vraebel?«, fragte Shawna nach. »Ist jemandem etwas passiert?«

Catfish strich sich eine widerspenstige Haarsträhne zurück. »Ich weiß es nicht – genauso wenig, ob wir irgendwie beschädigt worden sind, aber angesichts der Tatsache, dass unser furchtloser Chief nicht irgendetwas über den Bordfunk gebrüllt hat, kann man wohl davon ausgehen, dass wir sicher sind – zumindest fürs Erste.«

»Sicher«, wiederholte Shawna mit ausdrucksloser Miene. »Wir sind nirgendwo sicher.«

Catfish blickte zu Thomas auf. »Möchte ich wissen, was im Labor geschehen ist?«

»Nein«, entgegnete sein Partner, »aber du wirst es trotzdem erfahren müssen.«

Daraufhin erzählten er und Shawna, wie sich das Öl verhalten hatte und wie es ihnen gelungen war, es zu bannen. Die Geologin erging sich sehr ausführlich darüber, wie es auf bestimmte Lichtfrequenzen reagiert hatte.

Er überlegte einen Augenblick lang. »Ergibt das irgendeinen Sinn für dich, Thomas?«

Der Ingenieur kaute auf seiner Unterlippe herum. »Ich kenne mich nicht gut genug mit Molekularchemie aus – was übrigens auch für Biologie gilt –, aber nein: Es ergibt praktisch überhaupt keinen Sinn.«

Shawna starrte weiterhin auf den Bildschirm. Ihr Blick schnellte zwischen den Würmern ähnelnden Fortsätzen hin und her. »Sie haben Zähne«, stellte sie fest.

»Richtig«, erwiderte Catfish, »oder so etwas in der Art.«

Thomas ging nun zu dem Computer, der am weitesten von Harobins Arbeitsplatz entfernt stand. Sobald er sich dort eingeloggt hatte, fing das Gerät an zu piepen. Er zog eine Augenbraue hoch. »Also, da will jemand …« Seine Stimme verlor sich.

Catfish drehte sich zu ihm um. Calhoun hatte die Augen weit aufgerissen.

»Was?«, fragte der Techniker.

Sein Freund blickte ihn und Shawna fassungslos an. »Es ist das Labor in Houston; es wurde gerade unter Quarantäne gestellt.«

»Was?«, rief Shawna erstaunt. »Was meinst du damit, Thomas? Quarantäne – warum?«

»Gottverdammt«, fluchte Calhoun. »Wir haben ihnen eine verheerende Seuche geschickt.«

Catfish rief seine E-Mails ab. Das hatte er während der Analyse der Daten und Fehlerberichte des ROVs seit ungefähr einer Stunde nicht getan, also als man sich gerade dazu anschickte, den Felsen anzubohren. Nach der Erschütterung der Plattform war sein Schriftverkehr so unbedeutend geworden wie nichts Anderes auf der Welt, doch jetzt …

Er startete sein Mailprogramm und übersprang die dringenden Nachrichten von Macully, um jene aufzurufen, die Calhoun gerade ebenfalls vor sich hatte.

»An alle Vertragsnehmer und Angestellten von *PPE* auf *Leaguer*«, las er laut vor. »Aufgrund von biologischen Schadstoffen in der Probe 1-J4X und eines darauf folgenden Krankheitsausbruchs im Forschungslabor Houston müssen alle Bohrungen umgehend abgebrochen werden. Weitere Informationen erhalten Sie so bald wie möglich. Bitte achten Sie auf Ihre Sicherheit und vermeiden

Sie unbedingt jegliche Interaktion mit dem Öl. Das Personal der Förderstätte soll sich auf eine mögliche Evakuierung vorbereiten.«

Calhoun nickte. »Wir haben es freigesetzt«, sagte er so leise, dass man es wegen des Rausches der Klimaanlage kaum hörte. »Verfluchter, elender Mist!«

»Eine Evakuierung?«, fragte Shawna. »Wem wollen die denn etwas vormachen?« Catfish und Calhoun wandten sich ihr zu. »Die werden doch einen Teufel tun und irgendwen evakuieren.«

»Stimmt«, pflichtete Thomas ihr bei. Er öffnete einen Internetbrowser und fluchte wieder. »Kacke, der Satellit hat sich gerade abgeschaltet.«

Auch Catfish versuchte, eine Verbindung herzustellen. Die Software teilte ihm mit, der Link sei nicht verfügbar. »Oh scheiße«, stöhnte er. »Haben die uns etwa gerade von der Außenwelt abgeschnitten?«

Calhoun stand aus seinem Sessel auf und streckte sich. Dass seine Gelenke so laut knackten, erschreckte die anderen beiden und ihn selbst auch. »Ich muss mit Vraebel sprechen, und zwar so schnell wie möglich.« Er wechselte Blicke mit Catfish und Shawna. »Ihr zwei müsst das in dieser Zeit alles in einen logischen Zusammenhang bringen – irgendwie, zu irgendetwas Verwertbarem. Ich brauche Ideen; *wir* brauchen sie, aber plötzlich.«

Danach drehte er sich um und verließ hastig die Zentrale. Catfish schüttelte den Kopf. »Schön, aber was heißt das denn jetzt bitte?«

»Das heißt«, erwiderte Shawna, »dass er einen Ausweg aus dieser Misere sucht, und der Einzige, der mir dabei einfällt, ist: Ab in die Rettungsboote und schleunigst von hier verschwinden!«

»Und Gefahr laufen, dass wir in den Sturm geraten? Oder während was auch immer im Wasser ist, losgelassen von diesem Ding?«, fragte er.

»Genau«, antwortete sie. Sie schaute auf seinen Monitor und bewegte stumm ihren Mund, während sie die E-Mail Zeile für Zeile noch einmal las. Als sie fertig war, spannte und entspannte sie ihre Finger abwechselnd; Catfish sah, wie sich die Knöchel weiß abzeichneten. »Und je früher, desto besser.«

***

Den Tag als seltsam zu beschreiben wäre maßlos untertrieben. Vraebel hatte die Zahl der Todesopfer nun protokolliert. Seinem Stellvertreter zufolge gab es keine Defekte an den Schubdüsen oder Generatoren; der Elektrizitätsausfall im Zuge der Erschütterung der Insel war bloß lockeren Verbindungskabeln geschuldet gewesen, und das Ingenieurteam hatte sich darum gekümmert. Jetzt konnten sie nichts weiter tun, als zu hoffen, dass das Unwetter nicht nach Norden ziehen und über ihnen niedergehen würde.

Dies war jedoch gerade ihre kleinste Sorge, und Vraebel wusste es. Er wartete auf den Schadensbericht von Standlees AUVs. Weil die Roboter erst später am Abend auftauchen sollten, würde es noch lange dauern, bis der Mann dazu kommen würde, sie umzuprogrammieren – außer natürlich, einer von ihnen hatte den Bohrschacht bereits gefilmt.

Gomez hatte versuchen wollen, das Gestänge wieder einzuholen, war aber von Vraebel zurückgepfiffen worden. Der Aufseher hatte erkannt, dass es nur schwer zu einem unkontrollierten Flüssigkeitsaustritt kommen konnte, da nur wenig bis gar kein Druck auf den Rohren lag. Bis sie aber genau erfuhren, was passiert war, wollte er ungern riskieren, den Schacht auseinanderzureißen.

Vraebel hatte Belmont mit seinen Tauchern losgeschickt, um die beiden Leichen zu bergen. Er hoffte weiterhin, dass die Froschmänner sie finden und zurückbringen konnten, glaubte aber insgeheim nicht daran, dass der Ukrainer auch nur einen Fetzen entdecken würde. Die Leiber trieben jetzt schon seit fast einer Stunde im Wasser; falls sie nicht von Fischen oder Haien zerfetzt worden waren, hatte sie das Gewicht ihrer Montur wahrscheinlich in die Tiefe hinabgezogen.

Er vergewisserte sich der Wetterlage, als sich ein E-Mail-Hinweis auf seinem Monitor öffnete. Der Aufseher seufzte, weil er bereits ahnte, dass es eine Antwort von Simpson auf den Lagebericht sei. Der Vizeoperationschef machte sich zweifellos wegen der Toten ins Hemd, vom potenziellen Schaden an der Insel ganz zu schweigen. Vraebel klickte auf das Brieficon und begann mit dem Lesen.

Nun schlug jemand mit der Faust gegen den Eingang, doch er war so vertieft in die Worte, dass er dies nur am Rande mit bekam. Er nahm überhaupt nicht wahr, dass die Luke aufging.

»Fuck«, fluchte er, während er angestrengt auf den Schirm starrte.

»Ich schätze …«, Vraebel fuhr zusammen, als er Calhouns Bariton hörte, »… Sie haben gerade die Mail gelesen.«

Der Chief drehte sich mit seinem Sessel um, während ihm das Blut in den Ohren rauschte. Calhoun sah gealtert aus, seit die beiden einander zuletzt begegnet waren; Vraebel fühlte sich selbst zehn Jahre älter. »Ja«, antwortete er. Nachdem er aufgestanden war, ging er zur Kaffeemaschine. »Ich werde sofort anfangen, die Insel auf eine Evakuation vorzubereiten.«

Calhoun schüttelte den Kopf. »Ich glaube, Sie sollten sich erst anschauen, was ich gesehen habe, bevor Sie Anstalten machen, alles zu evakuieren.«

Der Chief drehte sich vor der Maschine um und schaute den älteren Mann intensiv an. »Wovon reden Sie?«

»AUV 1 erreichte die achtzehntausend Fuß nach dem Beben. Es hat Daten und Bilder von AUV 5 übermittelt.«

Vraebel blinzelte. »Ist das Bohrgestänge beschädigt worden?«

»Martin«, fuhr Calhoun fort, »Sie müssen mit mir in die Zentrale kommen, jetzt gleich.«

»Aber ich habe …«

»Sie haben einen zweiten Mann hier«, unterbrach ihn Calhoun gereizt. »Lassen Sie ihn übernehmen.«

Er ging wieder hinaus und Vraebel, dem äußerst mulmig zumute war, folgte ihm.

***

Ausgerechnet ein Conga-Rhythmus – dieser trommelte immer wieder aufs Neue in seinem Kopf. Es hatte vor über einer Stunde begonnen und hörte einfach nicht auf. Am liebsten hätte er Gomez aufgespürt und ihm den Kopf abgerissen. Er wusste, es handelte sich um einen Akt der Rache dafür, dass er drei der Männer des Schichtführers aus dem Verkehr gezogen hatte, da diese krank geworden waren; er hatte alle, die während des Bebens an Deck gewesen waren, zur ärztlichen Untersuchung geschickt. Alle bedeutete natürlich die ganze Besatzung außer ihm selbst.

Trotz des steten Luftstroms aus den Schächten der Klimaanlage schwitzte Dr. Sobkowiak. Während der letzten Stunde hatte er Dutzende beleibter Männer mit freiem Oberkörper gesehen, den Gestank ihrer ungewaschenen Klamotten eingeatmet und jeden Zoll ihrer Körper betrachtet. Blutergüsse, Kratzer, Verstauchungen, aber zum Glück nichts Ernstes. Harrison war zuerst da gewesen, hatte sich aber nur ein Handgelenk gebrochen. Die Knochen waren hervorgetreten, und der Arzt hatte ihn nach dem Eingipsen mit Schmerztabletten in seine Kabine entlassen.

Sobkowiak schloss seine Arbeit mit der Untersuchung eines Roughnecks namens Menendez ab. Das Gesicht dieses Mannes war einseitig von einer Narbe gezeichnet, vermutlich infolge eines Schnitts mit einem Messer oder einem anderen scharfen Gegenstand. Der Doc schätzte, dass die Verletzung mindestens fünfzehn Jahre zurückreichte. Und darüber hinaus? Die üblichen Prellungen nach der Erschütterung einer Plattform.

»Sie können gehen, Ihnen fehlt nichts«, sagte er mit erzwungenem Lächeln. Menendez grunzte. »Nehmen Sie etwas Ibuprofen oder ein vergleichbares Mittel, wenn Sie Schmerzen haben.«

»In Ordnung«, erwiderte der Arbeiter und ging zur Tür.

Sobkowiak schaute in die Wartenische; die Reihen hatten sich endlich bis auf drei Mann gelichtet. Er stieß einen tiefen Seufzer aus und wischte sich die schweißnasse Stirn ab. Statt dieses Trio noch abzufertigen, hätte er sich besser um die anderen gekümmert, denen die Grippe oder was auch immer zusetzte. Heute würde er entscheiden müssen, ob es notwendig war oder nicht, einen Hubschrauber zum Evakuieren anzufordern. Falls die Antibiotika nicht damit begonnen hatten, das abzutöten, was diese Männer plagte, mussten sie ganz schnell von der Insel geschafft werden. Denn er wollte auf keinen Fall, dass jemand während seiner Dienstzeit den Löffel abgab. Außerdem verfügte er über keinerlei Mittel, um irgendeine Form von Viruserkrankung eindämmen zu können.

Für genau solche Situationen pendelten Versorgungsschiffe an den Küsten und zwischen Bohrinseln hin und her; falls ein wirklich schweres Unglück geschah, konnten sie einen Helikopter zu einer Anlage schicken und ernstlich verletzte Personen dorthin bringen, wo sie sich dann medizinisch besser versorgen ließen. Das Schiff von *PPE* verfügte sogar über eine veritable Krankenstation an Bord, und falls man die Lage dort auch nicht in den Griff bekommen sollte, konnte ein hinreichend großer Hubschrauber die angeschlagenen Arbeiter zum Festland fliegen.

Auf *Leaguer* fehlte ihnen einfach der Platz für eine solche Station. Er hatte ja noch nicht einmal eine Hilfskraft. Während er den nächsten Roughneck routiniert abklopfte, konnte er an nichts Anderes denken als seine Praxis für Allgemeinmedizin in Austin, in die er so gern zurückgekehrt wäre. Gäbe es weder den elenden Aktienmarkt noch die Kosten für die Versicherung gegen etwaige Kunstfehler, würde er immer noch Wundblasen aufstechen, Leibesvisitationen in Ferienlagern oder für die Sportmedizin durchführen und Körperteile einrenken. Stattdessen trieb er Tausende von Meilen entfernt im Nirgendwo.

Sobkowiaks Telefon klingelte. Er hob das schwarze, kabellose Handgerät aus der Halterung. »Krankenstation?«

»Gomez hier. Haben Sie schon nach meinen Männern geschaut?«

Der Arzt biss sich auf die Zunge und rang sich zu einem heiteren Tonfall durch. »So gut wie; ich muss nur noch zwei Personen untersuchen.«

»Nein, Doc, ich meine die Drei, die Sie krankgeschrieben haben. Falls es ihnen wieder bessergeht, bräuchte ich diese schnellstmöglich an Deck.«

Sobkowiak seufzte. »Ich wollte mich um sie kümmern, sobald ich mit den anderen durch bin.«

»Gut. Was das betrifft: Ist irgendjemand ernsthaft verletzt?«

»Außer Harrison? Nein. Quetschungen, Schrammen und ein paar geprellte Rippen, aber das war's auch schon.« Er blickte zu dem nackten Mann vor ihm und winkte diesen hinaus. Der Roughneck schnaubte und zog seine Kleider wieder an. »In ungefähr zwanzig Minuten sollte ich hier fertig sein und mich den anderen drei widmen können.«

»Geben Sie mir dann bitte Bescheid«, bat Gomez und legte auf.

Der Arzt seufzte abermals. Noch zwei; nur noch zwei Mann, dann würde er Zeit finden, um herauszufinden, ob seine Patienten weiterhin ebensolche bleiben würden.

Aber dem sollte nicht so sein!

***

Zwanzig Roughnecks. Zwanzig Mann, die Frühschicht geschoben hatten. Sie alle waren unterwegs zur Kantine gewesen, um etwas zu essen, sich über Belanglosigkeiten zu unterhalten und den üblichen Kameradschaftsgeist hervorzukehren. Red hatte die Treppe als Letzter genommen. Nach dem Check beim Doktor wäre er gern duschen gegangen, denn er fand den Typen echt unheimlich.

Beim Abstreifen seines vor Schmieröl fleckigen Hemds hatte er gequält das Gesicht verzogen. Ihm war klar gewesen, dass er seine Rotatorenmanschette in Mitleidenschaft gezogen hatte, aber er hatte gehofft, diese sei nur verstaucht. Während des Seebebens war er über Schweißnähte am Boden gestolpert und auf die Seite gefallen. Allein wegen dieses kleinen Malheurs war sein Körper jetzt mit blauen Flecken übersät, und sein rechter Arm tat entsetzlich weh, wenn er versuchte, ihn über seine Schulter zu heben. *Ganz toller Tag*, hatte er gedacht.

Nachdem ihm nur das Wiederanziehen seines Hemdes extreme Schwierigkeiten bereitet hatte, war sein Magen rege geworden. Er konnte sich gut vorstellen, dass Rodriguez schon Karten für eine Partie Poker austeilte. Nutty hatte bestimmt etwas Gutes zum Frühstück aufgetischt, vielleicht seine Fadennudeln mit süßen Würstchen. Bei diesem Gedanken grinste Red; dann öffnete er die Tür.

Zuallererst nahm er nur den Geruch wahr: verkohltes Fleisch, verdorbene Speisen und etwas, das sich nicht so recht zuordnen ließ. Seine Nasenhärchen kräuselten sich aufgrund des Gestanks. In dem kurzen Augenblick, den er Zeit hatte, sich von dem Geruchseindruck zu erholen, der seine Augen tränen ließ, leugnete sein Gehirn einfach, was er sah.

Der Boden rings um die Tische herum war mit schwarzer Flüssigkeit bedeckt. Metallene Reißverschlüsse, Knöpfe, hier und dort ein Taschenmesser, Gürtelschnallen sowie einige Ohrringe lagen in der breiten, dunklen Lache. In einer Ecke des Raums glänzte die Stahlkappe eines Unfallstiefels im Kantinenlicht.

»Was ist …?«, hob Red an.

Auf einmal erzitterte der Boden. Die Substanz schlug leichte Wellen, während sich die Ränder von den Wänden zurückzogen. Das schmierige Zeug verdichtete sich, ehe etwas daraus emporstieg.

Red sah, wie sich ein schwarzer Schlangenarm verfestigte und aus dem Dreck in die Höhe schoss. Es knisterte erneut, woraufhin ein Stielauge hervortrat; der fast schwarze Augapfel starrte ihn an.

»Oh Gott«, raunte Red. Er drehte sich hastig herum und wollte davonlaufen … wollte schreien … wollte die Treppe hinuntereilen, doch etwas hielt ihn am Fuß fest. Mitten im Sprung stürzte er in den Treppenschacht, und als er aufschlug, krachte es lautstark. Jetzt war seine rechte Schulter definitiv gebrochen, doch der stechende Schmerz, den sein Oberkörper ausstrahlte, wurde sofort getilgt, weil sein Fuß ebenfalls fürchterlich wehtat.

Er drehte sich zur Seite, um zu sehen, warum sein Bein so sehr brannte, und brüllte auf, als seine Knochen brachen. Red erhaschte einen Blick auf seinen Fuß. Qualm waberte über der schwarzen Brühe, während sie an seiner Hose hinaufkroch; der dicke Jeansstoff löste sich augenblicklich darunter auf.

Red heulte vor Qual und zog sich mit den Händen weiter zur ersten Stufe. Tränen flossen aus seinen Augen, weshalb er alles nur noch verschwommen sah. Gott, diese Schmerzen! Er klammerte sich mit seinen knorrigen, aber starken Fingern daran fest, um vorwärtszukommen. Dann knackte es abermals, und er wusste – ja, irgendwoher wusste er es ganz genau –, dass sein Bein nun unterhalb des Knies abgerissen war.

Gleich darauf hörte er jemanden mit schweren Schuhen den Treppengang hinaufstapfen. Durch den Tränenschleier erkannte er Harobins kahl werdenden Kopf, der auf den Stufen nach oben kam.

»Hilfe!«, schrie Red.

Der Geologe schaute zum oberen Absatz und erstarrte. Sein Gesicht verlor sämtliche Farbe, und er sperrte den Mund zu einem weiten O auf.

»Helfen Sie mir!«

Harobin zwinkerte hektisch, bevor er die Flucht ergriff, wobei er allerdings stolperte und sich am Geländer festhalten musste, während er zwei Stufen auf einmal nahm.

Red schrie erneut. Entgegen jeglichen Instinkts, den er noch hatte, schaute er wieder auf sein Bein hinab. Die zähe Flüssigkeit hatte sich mittlerweile wie in einer aufsteigenden Spirale um seinen Oberschenkel gewunden; zwischen den Rinnsalen erkannte er Knochen und freiliegendes Muskelgewebe. Red zog, so fest er konnte, doch seine Kraft schwand immer mehr. Sein Körper zitterte, als der Schockzustand einsetzte. Der Adrenalinschub genügte nicht mehr, um ihn weiter anzutreiben.

Er beobachtete, wie sich die Ranken vereinten. Ein Gurgeln drang an sein Ohr, als die Flüssigkeit auf dem Boden heranströmte und sich über sein anderes Bein hermachte. Er erbrach sich infolge des Gestanks von verbranntem Haar und Fleisch. Red bekam kaum noch Luft und einen Tunnelblick. Die schwarze Decke breitete sich langsam über ihm aus, während er sein Bewusstsein verlor.

***

Hast du deine Lehre daraus gezogen?, fragte er sich. *Richtig, versuch dein Glück nie wieder an der Börse.*

Sobkowiak ging zügig den Flur hinunter zu den Quartieren. Gomez hatte verlangt, dass er nach den drei kranken Schlammexperten schauen musste. Was der Bohrmeister jedoch nicht zu begreifen schien, war die Tatsache, dass er genau das schon die ganze Zeit über während der vergangenen paar Stunden versucht hatte. Er war auf dem Weg zu ihnen gewesen, gerade als die Insel gewackelt hatte.

Statt sie zu untersuchen, war er dann dazu genötigt worden, sich der Deckbesatzung anzunehmen. Weitere Verzögerungen und noch mehr verlorene Zeit. Sobkowiak seufzte, als er endlich Richardsons Koje erreichte.

Dieser Mann war ein zur Glatze neigender Brite mit Hakennase und vereinnahmendem Lächeln. Er hatte sich einen Tag nach der Bohrung des ersten Lochs beim Doc eingefunden und über Husten sowie ein Rasseln in der Brust beklagt. Sobkowiak war wegen seiner erhöhten Temperatur erschrocken gewesen, 39°. Er hatte ihm wie gewohnt Fiebermittel und eine Packung Zithromax gegeben. Er hielt zwar nichts davon, Antibiotika zu verteilen wie Süßigkeiten, doch Richardsons Symptome hatten allesamt auf eine Lungenentzündung hingedeutet.

Die beiden anderen Schlammanalysten Jameson und Parker waren später an diesem Tag ebenfalls mit den gleichen Anzeichen zu ihm gekommen. Er hatte sie mit Medikamenten bedacht, zurück in ihre Betten geschickt und sofort die Meldeformulare an *PPE* ausgefüllt. Laut Standardvorgehensweise musste er das Unternehmen stets umgehend informieren, wenn eine gefährliche Krankheit an Deck grassierte. Zur Kenntnis genommen hatte man dies jedoch nur per Rücksendung der geläufigen Reglements bezüglich Quarantäne und Evakuation.

Bevor Sobkowiak überhaupt an Bord von *Leaguer* gegangen war, hatte er Sorge getragen, sich mit *PPE* und ihren Vorgehensweisen vertraut zu machen. Er wusste, man ließ ihm diese Richtlinien nur zukommen, um sicherzugehen, dass er sie kannte, doch das war vollkommen unnötig gewesen. Sobkowiak wollte es nicht darauf ankommen lassen, vielleicht sterben zu müssen, weil sich die Roughnecks bei ihrem Landgang irgendeinen Virus, der durch die Luft übertragen wurde, eingefangen hatten.

Die schwarze Ledertasche in seiner Hand kam ihm plötzlich tonnenschwer vor. Er hatte ständig umgreifen müssen, weil ihm die Griffe sonst aus den schweißnassen Fingern gerutscht wären. Als er sie auf den Boden fallenließ, rappelte sie. Er zog sich einen Mundschutz an, nestelte an den Riemen, bis er bequem saß, und ließ dann seine Hände hinabhängen. Der Papierfilter würde ihn vor allem außer wirklich kleinsten Mikroben schützen. *Nur eine reine Vorsichtsmaßnahme*, redete er sich ein.

Dann klopfte er fest an die Luke. Keine Reaktion. »Mr. Richardson? Ich bin es, Dr. Sobkowiak. Darf ich reinkommen?« Der Mann antwortete nicht.

Nun fuhr sich der Arzt über den haarlosen Kopf. Er wollte es partout nicht tun, doch Vorschrift war Vorschrift, also steckte er eine Hand in die Tasche seiner Khakihose und nahm ein Schlüsselbund heraus. Nur zwei Personen auf der Plattform verfügten über einen Generalschlüssel, der Stabsarzt und der Aufseher. Dieser Schlüssel sollte lediglich in Notfällen verwendet werden, medizinischer Art oder im Zusammenhang mit der Anlage selbst.

Sobkowiak steckte ihn ins Schloss der Luke, holte tief Luft und drehte ihn dann behutsam. Der Riegel rutschte laut klickend zurück. Dann steckte der Arzt ihn wieder ein und öffnete die Tür.

Die gut geölten Angeln gaben keinen Ton von sich, als er die Luke aufdrückte. In der Koje brannte kein Licht. Die Bullaugen waren zugehangen, weshalb durchdringende Finsternis herrschte; die Helligkeit aus dem Korridor reichte kaum ein paar Fuß hinein. »Mr. Richardson, sind Sie da?«

In einer der dunklen Ecken bewegte sich etwas. Er achtete auf aufschlussreiche Atemgeräusche, ein Röcheln vielleicht, hörte aber nur das Dröhnen der Klimaanlage. »Andrew?«, fragte er in den Raum hinein. Eine Antwort blieb ihm vorenthalten. »Ich schalte jetzt das Licht ein, Andrew; ich muss mich über ihren Zustand vergewissern.«

Als er den Schalter drückte, erhellten starke Leuchtstoffröhren an der Decke die Koje. Nachdem sich Sobkowiaks Augen daran gewöhnt hatten, betrachtete er fassungslos das Ausmaß der Verwüstung:

Vom Bett war wenig mehr übriggeblieben als ein Metallrahmen. Die Kissen waren blutverkrustet und gegen die Wand geschoben worden. In der Mitte hatten sich die Tagesdecke, die Laken und Teile der Matratze zu einem Nichts aufgelöst. Die Kanten einiger Stoffreste sahen aus, als seien sie angezündet worden. Nach einem kurzen Moment erkannte der Doc, dass die Umrisse auf dem Gestell jene eines Menschen waren.

Am Rande seines Gesichtskreises rührte sich etwas. Sobkowiak drehte sich zur Seite und schaute in die hintere Ecke. Im Schatten unter dem Schreibtisch nahm er eine Bewegung wahr. »Richardson?«, fragte er kaum hörbar mit zitternder Stimme.

Schließlich betrat er den Raum, ohne seine Ledertasche mitzunehmen. Ein widerwärtiger Gestank, so als sei etwas Verdorbenes gebraten worden, stieg ihm in die Nase. Er roch noch etwas, das ihn irgendwie an Metall erinnerte, aber nicht genau zu bestimmen war. Ohne den Blick von dem dunklen Fleck unter dem Schreibtisch abzuwenden, ging er zum Bett hinüber.

Sein Atem stockte, als er auf das Loch in der Matratze schaute. Darin funkelte Metall: Chirurgenstahl, Schrauben und eine

Platte. »Was soll das?«, wollte er fassungslos wissen, aber der Raum schwieg weiter.

Richardson hatte sich bei einem Rugbyspiel an der Universität ein Bein gebrochen. Aus der Krankenakte des Mannes wusste Sobkowiak, wo die Platte verschraubt gewesen war. Jetzt lag alles hier – unter dem Bettgestell.

Er schaute wieder unter den Schreibtisch und auf den Schatten. Dieser erzitterte abermals. *Was bist du?*

Richardson ist tot, du alter Trottel, sagte ihm eine innere Stimme. *Sieh zu, dass du so schnell wie möglich von hier abhaust!*

Der Arzt schluckte bemüht. Er wollte nun nicht mehr nach den anderen beiden Kranken schauen; er wollte gar nicht mehr auf dieser Bohrinsel sein – nirgendwo außer daheim in Austin, um Blasen aufzustechen und Kindern Spritzen mit Impfstoffen zu setzen.

Er ging rückwärts vom Bett fort, wobei er den Schreibtisch und das Ding darunter fest im Auge behielt. Es hatte nun aufgehört, sich zu bewegen. Als er die Luke erreicht und hindurchgegangen war, schloss er sie, ohne sich die Mühe zu machen, das Licht auszuschalten. Was auch immer dort im Raum lauerte, sollte dort bleiben. Und zwar für immer.

Tief durchatmend, hob er seine Ledertasche auf und ging rasch den Flur hinauf. Er musste zurück in sein Büro und *PPE* verständigen; an der Evakuation führte nun kein Weg mehr vorbei. Niemand würde ihm glauben, wenn er erzählte, was er gesehen hatte, also wollte er vorschieben, die Männer stünden dem Tod nahe. Dies sollte genügen, um einen Hubschrauber herzuholen, vielleicht auch ein Boot – Hauptsache irgendetwas, um verflucht nochmal schnellstmöglich von dieser Plattform zu verschwinden.

***

In der Bohrzentrale war es kühl und dunkel. Standlee hatte die Lichter ausgeschaltet, quasi um für ein authentisches

Horrorfilm-Flair zu sorgen. Vraebel versuchte immer noch, zu verarbeiten, was er gesehen hatte.

Auf dem Weg hierher hatte Calhoun ihm erzählt, dass er und Shawna von der Ölprobe angegriffen worden seien. Vraebel wäre ihm gern harsch über den Mund gefahren; der Mann hatte doch eindeutig den Verstand verloren. Er war drauf und dran gewesen, umgehend zur Brücke zurückzukehren, doch dann hatte der Ingenieur gesagt, das AUV habe aufgezeichnet, was mit dem Bohrgestänge geschehen war. Dies hatte ausgereicht, um den Aufseher dazu zu bringen, sich nicht sofort wieder zu verziehen.

Simpsons E-Mail bezüglich der Quarantäne im Labor in Houston hatte ihn zusammen mit Calhouns Schilderungen nervös gemacht. Tja, und nach Standlees Film war die Realität zusehends aus den Fugen geraten.

»Das sind gar keine Röhrenwürmer«, erkannte Vraebel schließlich.

Calhoun, Sigler und Standlee starrten ihn schon seit mehreren Sekunden an.

Der Ingenieur räusperte sich; er rieb seine Handflächen gegeneinander. Vraebel war sich sicher, der Kerl würde gleich gestehen, dass alles nur ein Scherz sei, doch das Gesicht des großen Mannes war wie versteinert geblieben. »Nein, Martin, da haben Sie recht.«

Er seufzte und wies mit einem Daumen auf den Bildschirm. »Diese Dinger haben sich um den Bohrschacht gelegt; das können Sie klar und deutlich erkennen.«

»Nein«, widersprach Vraebel. »Das ist einfach unmöglich.«

Sigler und Standlee wechselten einen kurzen Blick. Die Geologin schaute merkwürdig drein, und als sie Vraebel in die Augen sah, funkelten ihre auf eine Art, die ihn sofort an Wahnsinn denken ließ. »Falls Sie uns nicht glauben, kann ich Sie auch immer noch mit ins Labor nehmen, Ihnen eine Taschenlampe geben und die Deckenbeleuchtung ausschalten. Vielleicht begreifen Sie es ja dann.«

»Ist das etwa eine Drohung?«, fragte Martin. Sein Puls klopfte ihm in den Ohren. Nichts von alledem war logisch – vielleicht in »Twilight Zone« oder einem dieser miesen Romane von Jake Bible, doch dieser Unfug gehörte nicht in die wirkliche Welt, Punkt, aus. »Sie drohen damit, mich in Ihr Labor einzuschließen?«

Shawna schüttelte den Kopf. »Sie kapieren es nicht, oder?« Sie drehte sich um und zeigte auf den Monitor. »Das ist passiert – wirklich, Martin. Es entspricht der Realität, Mann!«

Offensichtlich stand sie am Rande einer Panik. Was auch immer geschehen war, ob tatsächlich oder nur in ihrer Fantasie, hatte sie offensichtlich geistig verwirrt. Es gab keine andere Erklärung dafür, dass ein vernunftbegabter Mensch – zumal dieser eine Wissenschaftlerin war – so etwas ernst nahm.

Vraebel wippte nervös mit einem Fuß und hob die Hände hoch. »Ich glaube es nicht; ich kann das einfach nicht akzeptieren.«

Nun wurde Calhoun rot im Gesicht. »Martin«, begann er leise und im gefährlich gelassenen Tonfall. »Akzeptieren Sie denn, dass das Labor in Houston unter Quarantäne gestellt worden ist?«

»Selbstverständlich«, bekräftigte Vraebel. »Ich meine, Simpson würde doch kein dummes Zeug erzählen, oder?«

Calhoun schüttelte den Kopf. »Nein, das würde er nicht, und ich versichere Ihnen, wir auch nicht. Zu welchem Zweck denn auch?«

Vraebel schnappte wortlos nach Luft; er wusste dem nichts entgegenzusetzen. *Genau, welchen Zweck hätte das Ganze?* Kaum zu glauben, aber er gab tatsächlich von sich, was ihm in den Sinn kam: »Sagen wir einmal, ich nehme das wirklich für voll.« Er zeigte auf den Bildschirm. »Was bitteschön soll ich denn dann dagegen unternehmen? Was schlagen Sie vor – die Schraube wieder hochzuziehen?«

Standlee verneinte. »Wir wissen nicht, wie es reagieren würde.«

»Sie meinen mit *sie*, die Schraube, oder?«

»Scheiße«, zischte Standlee. »Nein, verdammt, ich meine, was auch immer dort unter dem beschissenen Meeresboden liegt!«

»*Es*«, wiederholte Vraebel. Er massierte seine Schläfen, denn dort bahnten sich schon wieder unaufhaltsam Kopfschmerzen an.

»Ich denke, wir müssen die Insel evakuieren, und zwar auf der Stelle. Lassen wir *PPE* entscheiden, wie weiterhin vorzugehen ist.«

Calhoun suchte Standlees Blick.

»Zeig es ihm.«

Der Techniker drehte sich mit seinem Sessel um und startete seinen Browser. Sofort öffnete sich eine Dialogbox: »DNS-Fehler. Netzwerk nicht verfügbar.«

»Sehen Sie das?«, fragte er. »Wir haben keine Internetverbindung mehr über Satellit.«

Vraebel blinzelte. »Quatsch, da stimmt nur etwas an der Antenne nicht.«

»Die Antenne ist vollkommen in Ordnung.« Calhoun verzog sein Gesicht. »Ansonsten würde das GPS doch auch nicht funktionieren.«

»Na gut, dann ist es eben lediglich eine Störung; Sonnenflecken oder so etwas in der Art.«

Nun schlug Calhoun mit einer Hand auf den Tisch. »Martin? Sie wollen es zwar nicht wahrhaben, aber falls Ihnen daran gelegen ist, Ihre werten Männer und diese verfluchte Anlage zu retten, dann müssen Sie den Tatsachen ins Auge blicken: Man hat uns isoliert. Der Netzzugang wurde abgeschaltet, und niemand wird uns evakuieren, vergessen Sie's.«

»Das wissen Sie doch gar nicht!«, brauste Vraebel auf. »Sie ziehen einfach nur voreilige Schlüsse. Ich sehe doch, dass Sie Angst haben. Nachdem ich … das da … gesehen habe, bin ich auch ein wenig verunsichert, aber *PPE* wird uns nicht einfach hier draußen im Stich lassen.«

Sigler nickte. »Doch, das wird man. Falls die Gesundheitsbehörde in Houston schon zugange war und mittlerweile weiß, woher die Probe stammt, wird man dort davon ausgehen, dass wir alle dem Agens ausgesetzt gewesen waren.«

»Welchem Agens?«, fragte der Aufseher. »Es gibt schließlich keinerlei Beweis dafür, dass irgendjemandem auf dieser Insel etwas passiert ist.«

Calhoun ging mit am Rücken verschränkten Händen von seinem Tisch fort. »Das Problem«, sagte er zu den Bildschirmen, die unter der Decke hingen, »besteht darin, dass wir nicht wissen, was es tun wird, wenn es auf einen Menschen stößt.«

»Wir können es aber herausfinden«, warf Standlee ein. »Gehen wir zu JP.«

»Genau«, stimmte Sigler zu. Sie schaute Calhoun an. »Hast du heute schon mit ihm gesprochen?«

Er schüttelte den Kopf. »Nein, du Catfish?«

»Nö. Ich dachte, er sei mit dem Taucherteam draußen.«

Vraebel schürzte seine Lippen. »Was glauben Sie: dass er gebissen wurde?«

Standlee zuckte mit den Achseln. »Das hat er jedenfalls behauptet, und JP ist ein zähes Kerlchen; er würde sich nicht in seiner Kabine verkriechen, wenn er keine sehr ernsten Beschwerden hätte.«

»Okay«, meinte Calhoun. »Gehen wir zu ihm. Vielleicht weiß er ja etwas, oder wir können wenigstens herausfinden, ob dieser Dreck tödlich ist.«

»Und falls er es ist?«, hakte Vraebel nach.

Calhoun stockte. Er ging in Richtung Tür. »Darüber denke ich lieber gar nicht erst nach.«

***

Alles um ihn herum hatte Grautöne angenommen. Er wäre fast die Treppe hinuntergefallen, als er geflohen war vor, na ja … was auch immer er vor der Kantine gesehen hatte. Als er den Fuß der Treppe erreichte, lief er einfach weiter, bis er wieder in seiner Kajüte war.

Sobald er die Luke geschlossen hatte, verriegelte er sie und schob einen Stuhl unter den Griff. Dann stellte er sich an die Wand und keuchte heftig. Seine Lunge brannte, und sein Herz klopfte wie ein Presslufthammer, aber er war in Sicherheit.

Er blieb so lange stehen, bis er keine Sternchen mehr sah und die Umgebung wieder vollständig Farbe annahm. Sein blöder Hausarzt hatte ihm dazu geraten, abzuspecken; Harobin hoffte, dass er noch die Gelegenheit dazu bekommen würde, sich um seine Gesundheit zu kümmern.

Nachdem er die Bohrzentrale verlassen hatte, um zu Duschen und saubere Kleidung anzuziehen, wollte er sein Mittagessen nachholen. Deswegen hatte er sich zur Kantine begeben, doch jetzt war er sich nicht mehr sicher, ob er je wieder eine Mahlzeit zu sich nehmen würde.

Red – wenn ihn nicht alles täuschte, hieß der Mann so – hatte vor dem Raum auf dem Treppenabsatz gelegen. Sein Gesicht war weiß wie eine Wand gewesen, und er hatte aus beiden Nasenlöchern geblutet. Als er um Hilfe gerufen hatte, war Andy überrascht gewesen; bis zu diesem Moment hatte er ihn gar nicht bemerkt, doch dann …

Die schwarze Flüssigkeit. Eine große Lache hatte damit begonnen, den Mann aufzulösen. Schon von den Stufen aus war ersichtlich gewesen, dass Red bereits einen Unterschenkel eingebüßt hatte, doch das war noch nicht einmal das Schlimme. Nein, besonders schrecklich war der schmackhafte Geruch von zubereitetem Fleisch und die Erkenntnis, dass das in Verfall begriffene Fleisch eines seiner Mitangestellten ihn ausgeströmt hatte.

Harobin schloss die Augen und beherrschte sich, um nicht zu kotzen. Nach dem Seebeben war das einfach zu extrem, es war nicht mehr zu ertragen. Er fühlte sich so feige, weil er einfach davongelaufen war. Er hatte Red dadurch, dass er die Treppe hinuntergeeilt war, um seine eigene Haut zu retten, buchstäblich den Mittelfinger gezeigt, aber was hätte er sonst tun sollen?

Hätte Red gesehen, was hinter ihm in der Kantine gewesen war, hätte er ihn bestimmt verstanden. Ach was, vermutlich hätte er Andy sogar zugerufen, er solle Reißaus nehmen; genau, so wäre es wohl gelaufen.

Der Boden in der Kantine war großflächig mit schwarzem Öl bedeckt gewesen, in dem überall Metallteile gelegen hatten, ausgenommen jenes Ding, das aus dem Chaos hochgestiegen war. Es hatte ausgesehen wie ein Tentakel mit Augen an der Spitze. Harobin erschauderte, als er es sich noch einmal vergegenwärtigte. *Außerirdische, Mann, mistige Aliens sind gerade gelandet*, dachte er nun.

Vielleicht hatte Shawna aber doch recht; vielleicht stimmte etwas nicht mit dem Öl, und es war eigentlich gar keines.

Als etwas auf dem Flur polterte, erstarrte Andy.

Die Flüssigkeit strömte bestimmt gerade heran; sie würde unter der Luke hindurchdringen und dann …

»JP? Mach die Tür auf, sofort!«

Harobin atmete erleichtert auf. Er schaute durch den Spion an der Luke, während ihm der Puls in den Ohren rauschte. Calhoun und Vraebel standen an der Wand gegenüber vor der Kabine. Der Geologe zog den Stuhl unter dem Griff hervor, entriegelte die Luke und zog sie dann auf. Die beiden Männer drehten sich zu ihm um.

»Mr. Vraebel«, begann er atemlos. »Es gibt da etwas, das Sie wissen müssen.«

Der Aufseher runzelte die Stirn und kniff seine Augen zusammen. »Harobin? Sie sehen furchtbar aus! Warum waren Sie nicht in der Bohrzentrale?«

Calhoun schnupperte und rümpfte anschließend die Nase. »Und in welcher Kloake haben Sie gebadet?«

»Ich habe …« Andy holte tief Luft. »Ich habe es gesehen … es hat Red gefressen.«

Vraebel suchte Calhouns Blick, bevor er sich wieder an Harobin wandte. »Wovon reden Sie da?«

»Die Kantine«, stammelte der Geologe. »Es ist in der Kantine!«

Calhoun trat vor, um ihm tief in die Augen zu schauen. »Was meinst du mit *es*?«

»Das Öl«, antwortete Andy. »Oder … ach, ich weiß auch nicht, was es ist!« Er versuchte, noch einmal tief einzuatmen, wobei er bemerkte, dass er keuchte. »Es hat Red erwischt … und ihn gefressen.«

»Gefressen?«, wiederholte Vraebel. »Was zum …«

»Ihn sich einverleibt, keine Ahnung! Es ist einfach über seine Beine geflossen, und er hat vor Schmerzen gebrüllt.«

»Oh Gott«, stöhnte Vraebel. »Haben Sie versucht, ihn zu retten?«

Harobin schüttelte den Kopf. »Ich bin gerannt, Martin.« Er fing an zu weinen. »Ich konnte ihn doch sowieso nicht retten, er war doch schon so gut wie tot.«

Calhoun legte seine Hände auf die schmalen Schultern des Jüngeren. »Andy, du musst dich beruhigen. Du hyperventilierst ja fast.«

Auf einmal schoss ein stechender Schmerz durch Andys linken Arm bis in seine Schulter. Sein Atem stockte, und plötzlich schien es nicht mehr genügend Luft auf der Welt zu geben. Er riss die Augen weit auf, während Speichel aus seinem Mund tropfte. Der Fußboden auf dem Korridor raste auf ihn zu und knallte plötzlich in sein Gesicht.

***

Wiederbelebungsmaßnahmen führten zu nichts; Harobin war tot! Calhoun blickte auf den Leichnam hinab. »Martin, wir müssen schnellstens von hier weg.«

Vraebel schüttelte den Kopf. »Vier Tote, Thomas. Ich habe hier vier tote Männer – womöglich sogar fünf, falls das, was er über Red sagte, nicht nur irres Gerede war.«

Calhoun schaute den Gang hinunter. Ihm kam es so vor, als hätte er etwas gehört, doch genau konnte er es nicht sagen. »Wo ist der Arzt?«

Vraebel antwortete ihm nicht.

»Martin?« Als Calhoun ihm eine Hand auf die Schulter legte, schüttelte der Aufseher seinen entrückten Blick ab und fokussierte sich wieder auf seinen Begleiter. »Wo ist der Arzt?«

»Ich … ich werde ihn rufen«, erwiderte Vraebel. Er zog sein Telefon hervor und wählte eine Nummer. Die Digitaltöne des Geräts waren unglaublich laut.

»Wi-Fi funktioniert also noch?«

Der Chief nickte. »Aber nur für das Intranet. Wenigstens war *PPE* klug genug, um dafür zu sorgen, dass uns *das* nicht auch noch verlorengeht.« Als er auf den Touchscreen tippte, gab das Handy einen Tusch von sich. »Okay, Nachricht ist unterwegs.«

»Dann können Sie ihn also nicht anrufen?«, fragte Calhoun.

»Nein.« Martin steckte das Telefon wieder in seine Hemdtasche. »Wenn der Satellit ausgefallen ist, gibt es auch kein lokales Sprechfunknetz.«

Thomas nickte und drehte sich wieder zu JPs Koje um. Er wusste, dass niemand drin war, zumindest kein Mensch. Was Harobin erzählt hatte, bevor er gestorben war, wirkte unsinnig und zugleich völlig stimmig. Shawna hatte wissen wollen, was passierte, wenn das Öl mit menschlichem Gewebe in Kontakt geriet; jetzt wussten sie es.

»Martin«, fuhr er fort. »Wir müssen alle Menschen sofort in die Rettungsboote schaffen.«

Nun lachte Vraebel, doch der Laut kam einem Schrei unheimlich nahe. »Rettungsboote? Ist das Ihr voller Ernst? Haben Sie irgendeine Ahnung von dem, was da im Wasser ist?«

»Abgesehen von den Haien?«

»Die meine ich nicht, Sie Blödmann«, blaffte Martin. »Woher wissen wir denn, dass dieses … Ding vom Meeresgrund nicht gerade da draußen herumschwimmt?«

»Das können wir nicht«, räumte Calhoun ein, »aber auf dieser Plattform zu bleiben steht für mich außer Frage.«

»Die Idee ist beschissen«, meinte Vraebel.

»Fällt Ihnen vielleicht eine bessere ein?«

Der Aufseher überlegte kurz, ehe er den Kopf schüttelte. »Nein.« Er ging auf dem Flur bis zu einem roten Kasten. Dessen Plastikscheibe schlug er kurzerhand ein und zog an einem Hebel.

Daraufhin heulten überall auf der Insel Alarmsirenen los, und die Lichter auf dem Korridor blinkten rot. »Jetzt werden sich alle auf dem Deck versammeln.«

Calhoun schrie gegen den Lärm an. »Los!«

Die beiden drehten sich um und liefen zur Treppe. Die Kantine befand sich eine Ebene über ihnen; zumindest mussten sie nicht dort vorbei. Calhoun unterdrückte den Drang, einen Blick nach hinten auf die Leiche des Geologen vor Harveys Koje zu werden. Beide Männer waren tot, verdienten aber etwas Besseres, als einfach hier zurückgelassen zu werden.

Als Vraebel und er die Treppe erreicht hatten, blieb der Chief so abrupt stehen, dass Thomas in ihn hineinlief. Da er größer war als sein Vordermann, schaute er über dessen Schulter hinweg, um herauszufinden, was den Aufseher so plötzlich innehalten ließ.

Die Treppe, die auf die nächste Ebene führte, war mit einer schwarzen Flüssigkeit überzogen. Noch fünf Stufen, bevor sie den Absatz erreichte. »Was machen jetzt?«, fragte Vraebel.

Calhoun schlug ihm auf die Schulter. »Bewegung, Mann!«

Ein Geräusch wie von etwas, das zerriss, hallte nun durch den Treppenschacht, woraufhin sich schwerfällig etwas aus dem dickflüssigen Strom erhob. Vraebel hatte sich nicht gerührt. Calhoun schlug ihn wieder und schubste ihn dann einfach auf die Stufen zu, die zum Deck führten. Jetzt lief Martin endlich weiter. Thomas beobachtete, wie sich ein Tentakel bewegte und dann nach ihm langte.

Er setzte nach, so schnell er konnte, wobei seine schweren Stiefel die Metallstufen zum Klingen brachten. Die beiden folgten dem Zickzackkurs der Treppe nach unten. Calhoun wurde kurz langsamer und riskierte dann einen Blick hinauf; da war keine Flüssigkeit auf den Stufen.

Als er die Kurve auf dem nächsten Absatz nahm, knarrte das Metall plötzlich. Er schaute auf und erschrak; das schwarze Zeug hielt sich jetzt nicht mehr an der Treppe auf, sondern war zu einer festen Masse geworden, die sich hinabhängen ließ und sich zwischen den Trägern wand. Calhoun rannte weiter, was das Zeug hielt. Er hörte *es* hinter sich, während er die Stufen nach unten nahm. Es kam nur langsam voran, aber für ihn trotzdem nicht langsam genug.

Endlich gelangten sie nach draußen. Die Sonne stand noch hoch genug am Himmel, um die Welt in ein vages Licht zu tauchen. Calhoun hatte Lungenstechen, und seine Beine drohten, ihm den Dienst zu verweigern, doch er schaffte es noch bis auf das Deck. Dort drehte er sich nach der Richtung um, aus welcher er gekommen war. Der Eingang zu den Aufbauten der Anlage war dunkel. Was es auch mit diesem Ding auf sich haben mochte: Es war ihnen nach unten gefolgt, ließ sich aber nicht ans Licht treiben.

Vraebel erbrach sich auf das Deck. Calhoun beugte sich nur vornüber, konnte seinen eigenen Würgereiz aber zum Glück überwinden. Während er die Hände auf seine Knie stützte, zwang er sich dazu, tief Luft zu holen. *Du wirst langsam zu alt, um Marathon zu laufen*, dachte er bei sich. *Irgendwann reicht es einfach.*

»Thomas!«, brüllte Shawna von der anderen Seite der Ebene aus. Er schaute hoch. Sie kam nun mit Catfish auf ihn zugelaufen. Der Techniker hatte sich seinen Laptop unter den Arm geklemmt.

Calhoun schaffte es, ihnen zu winken – dabei stieß es ihm sauer auf – und versuchte, sich wieder aufzurichten; seine Knie knackten dabei allerdings wie Knallfrösche.

»Bist du okay?«, fragte Shawna, als sie ihn erreichte.

Er schüttelte den Kopf. »Ganz und gar nicht, obwohl …« Er klopfte Vraebel auf den Rücken. »Wir leben noch, das ist ja immerhin etwas.«

Catfish schaute hinauf zur Treppe an den Aufbauten. Shawna und er waren offensichtlich von der anderen Seite her aus der Bohrzentrale gekommen. »Was ist da oben los?«, wollte er wissen.

»Das schwarze Zeug«, japste Calhoun. »Es ist lebendig.«

Shawna schaute ihn verdutzt an, bevor sie Catfishs Blick folgte. Deshalb sah sie das Gleiche wie er. »Es hat den Weg ins Gebäude versperrt.«

Calhoun verneinte. »Ich glaube nicht, dass es darauf aus ist; vielmehr denke ich, es kann einfach nicht ans Sonnenlicht kommen.«

»Scheiße, scheiße, scheiße«, rief Vraebel laut und nervös. Er fuhr sich mit einem Ärmel über den Mund. »Es ist wirklich das Öl?«

»Wird höchste Zeit, dass Sie sich damit abfinden, Arschloch«, ätzte Catfish

Der Aufseher ballte die Fäuste und machte Anstalten, sich den Techniker vorzuknöpfen. Calhoun hielt ihn aber an einem Arm fest und drückte ihn zurück. »Aufhören. Sofort!« Er schaute den beiden Männern nacheinander in die Augen. »Wir haben jetzt keine Zeit für so etwas.«

Vraebels Handy klingelte. Er zog es aus der Brusttasche und schaute auf die Anzeige. »Mist«, fluchte er. »Der Doc sagt, er ist auf der Krankenstation eingeschlossen.«

Catfish ließ sich im Schneidersitz nieder und klappte den Computer auf seinem Schoß aus. Nachdem er etwas hineingetippt hatte, schaute er zu seinem Partner hoch. »Während ihr zwei zu JP gegangen seid, habe ich ein paar Netzwerktests durchgeführt. Die Übertragung von E-Mails funktioniert noch, sowohl Versand als auch Empfang.«

»Und was heißt das genau?«, fragte Calhoun begriffsstutzig.

»Dass wir Leute verständigen können, damit sie uns zu Hilfe kommen«, sagte Shawna. Sie schaute sich an Deck um; er tat es ihr gleich. Knapp ein Dutzend Roughnecks standen herum und blickten panisch bis verwirrt umher. »Falls das alle sind, die es geschafft haben, bleibt wenigstens noch jede Menge Platz in den Rettungsbooten.«

Calhoun nickte. »Einen Versuch ist es wert.«

Shawna wandte sich an Catfish am Boden. »Hast du die Adressen?«

Er lächelte. »In meiner Kontaktliste, wo sonst?«

Es dämmerte. Thomas schaute zum Himmel hinauf. Die Quellwolken, die den Horizont tagelang bedeckt hatten, wurden nun dunkler. Gut möglich, dass der Sturm bereits erste Regenschauer in ihre Richtung wehte, oder es war einfach nur ein typischer Abend auf dem Ozean.

»Licht. Wir brauchen Licht«, sagte er. »Martin, gibt es hier draußen Lampen? Ich meine, starke Halogenstrahler oder etwas Ähnliches?«

Vraebel antwortete nicht, sondern starrte wie paralysiert auf den Boden.

»Martin!«, bellte Calhoun, und nun sah ihn der Aufseher an; der Mann wirkte entgeistert und desorientiert. »Reißen Sie sich zusammen. Gibt es hier Lampen?«

»Ja«, erwiderte Vraebel endlich. Er drehte sich zu den verbliebenen Besatzungsmitgliedern um. »Gomez? Sind Sie dort drüben irgendwo?« Niemand entgegnete etwas. Er sah sich unter den Arbeitern um. »Haben Sie ihn gesehen?« Alle schüttelten die Köpfe. »Shit. Also gut, ich möchte, dass Sie sich die Decklampen schnappen. Schließen Sie sie an, wir brauchen sie alle hier vorn.« Die Männer starrten ihn lediglich stumm an. Er holte tief Luft und brüllte: »BEWEGUNG!«

Daraufhin lief die verbliebene Crew zu den Wartungsschuppen. Vraebel wandte sich Calhoun zu. »Was meinen Sie?«

Der Ingenieur kaute nachdenklich an seinen Lippen. »Falls Shawna recht hat, verträgt das Zeug ein ganz bestimmtes UV-Spektrum nicht. Das bedeutet, dass uns die Halogenstrahler bei Nacht schützen werden.« Er schaute wieder hinauf in den Himmel. »Oder es wird so dunkel, dass es glaubt, hier draußen geschehe ihm nichts.«

Vraebel nickte und begann, auf seinem Telefon herumzutippen. »Ich werde versuchen, Gomez ausfindig zu machen. Sollte er noch leben, wird er sich melden.«

»*Sollte*«, betonte Shawna. »Wie kann es sein, dass sonst niemand mehr von den Deckarbeitern übrig ist?«

»Schichtwechsel«, antwortete Vraebel, ohne vom Touchscreen aufzuschauen. »Die meisten Männer, die Nachtschicht hatten, wollten bestimmt frühstücken gehen, und die Frühschicht ist wahrscheinlich zum Abendessen gegangen.« Nachdem er seine Nachricht eingegeben hatte, ertönte wieder ein Tusch. Dann suchte er Shawnas Blick. »Die Überlebenden haben entweder früher aufgehört oder hatten ihre Posten noch nicht verlassen.«

»Um Gottes willen.« Shawna schaute Calhoun an. »Achtzig Arbeiter auf dieser Insel, und das sind die Einzigen, die es geschafft haben?«

Vraebel nickte noch einmal. »Harobin sagte, die Kantine sei leer gewesen. Ich schätze, *es* hat sie alle umgebracht.«

»Wo ist er?«, fragte Shawna, während sie sich auf der Ebene umschaute.

Der Aufseher schluckte gequält. »Er hat es leider auch nicht geschafft.« Sie starrte ihn stumm an, ehe sie den Blick senkte.

»Catfish? Wie sieht es aus?«, begann Calhoun wieder.

Der ernste Blick des Technikers wandelte sich zu einem Grinsen. »Ich hab's hinbekommen. Was wollen Sie loswerden?«

»Erbitte unverzügliche Evakuierung! Feindkräfte auf der Plattform!«, diktierte Vraebel. »Schreiben Sie ihnen, wir würden von Piraten angegriffen – Nordkorea, irgendein Verbrecherkartell, mir egal. Die sollen uns einfach aus diesem Albtraum retten!« Catfish nahm es zur Kenntnis und fing mit dem Tippen an.

Die ersten Crewmitglieder kehrten zurück. Einige trugen große Dreibeinstative, andere rechteckige Lampenköpfe. Vraebel ließ insgesamt fünf Strahler in einem Halbkreis aufstellen. Dann richtete er sich an Calhoun. »Die Dinger werden uns blind machen.«

Der Ingenieur stimmte zu: »Ja, und was außerhalb des Lichtkegels liegt, werden wir wohl nicht mehr erkennen können.« Er wippte mit einem Fuß. »Catfish? Wenn du die Mail abgeschickt hast, will ich, dass du versuchst, die Videos vom Server zu laden.«

»Wird gemacht«, erwiderte der Techniker.

Die Sonne verschwand, und zwar nicht nur hinter der Wolkenbank. In weniger als einer Stunde würde sie am Horizont untergehen, und dann gab es nichts mehr, was die Gruppe schützen konnte.

***

Als der Alarm losging, hatte er noch gebetet. Der Heilige Christophorus in seiner Hand, ein Anhänger seines verstorbenen Vaters, war warm und feucht gewesen. Er hatte ihn während der vergangenen dreißig Minuten festgehalten und stetig vor sich hingemurmelt. Wann immer er Gebete sprach, spürte er, wie Ruhe in seiner Umgebung einkehrte, und die Gegenwart Gottes. Heute jedoch nicht.

Gomez saß in einem Sessel auf der Brücke. Er hatte am Rad der Luke gedreht, um sie zu verschließen. Falls irgendetwas versuchen würde, hereinzukommen, würde es vor einem unüberwindlichen Metallschild kapitulieren müssen … zumindest theoretisch.

Alles war zum Teufel gegangen, während er sich zur Brücke durchgeschlagen hatte, um seinen Vorgesetzten zu finden. Die Deckbesatzung hatte gerade Schichtwechsel gehabt, und er eine Pause eingelegt. Zu viel war geschehen, viel zu viel. Steve hatte befürchtet, er würde erfrieren, wenn er sich jetzt keine Auszeit gönnte, und deshalb hatte er beschlossen, mit Vraebel zu sprechen.

Der Gedanke, dass der Kommandant der Anlage nicht auf der Brücke war, wäre ihm nie gekommen. Er war langsam die Treppe hinauf und an der Bohrzentrale vorbei zu den Hauptfluren gegangen. Beim Abbiegen in Richtung Brücke hatte er plötzlich etwas gehört und sich umgedreht.

Der lange Gang war bis auf einen Getränkeautomaten leer. Gomez leckte sich seine Lippen und ging darauf zu. Ihm fiel auf, dass er seit mindestens sechs Stunden weder etwas gegessen noch getrunken hatte. Kein Wunder also, dass er sich fühlte, als müsse er jeden Moment zusammenklappen.

Ein Snickers und einen Energy-Drink zu sich nehmen, während er sich mit Vraebel unterhielt, war nicht unbedingt ein

Verstoß gegen die Förmlichkeiten, aber doch sehr nahe dran. Mit Hinblick auf das, was sie heute erlebt hatten, ging er allerdings davon aus, dass sein Vorgesetzter ihm verzeihen werde.

PPE war nicht der einzige Konzern, der seinem Personal freie Kost und Getränke spendierte; dies entsprach mehr oder minder der Norm, doch hier bei diesem Unternehmen gab es wirklich hochwertige Lebensmittel. Gomez' Magen knurrte, während er sich dem Metallautomaten näherte. Jemand hatte ein Foto von Jules aus »Pulp Fiction« über den Münzschlitz geklebt. Darauf stand das Zitat: »Was dagegen, wenn ich mir was von deinem leckeren Getränk nehme?« Es brachte den Schichtführer zum Schmunzeln.

Nachdem er überflogen hatte, was im Angebot war, entschied er sich für ein Purple. Er schlug mit der flachen Hand auf das entsprechende Plastikrechteck und die Maschine sirrte, woraufhin eine Halbliterdose in den Auswurf rumpelte. Gomez nahm sie heraus, drückte die Verschlusslasche ein und nahm sofort einen kräftigen Schluck.

Als die kohlensäurehaltige Flüssigkeit auf seinen Gaumen traf, zog er die Mundwinkel hoch, ohne abzusetzen. Er hatte sich eigentlich vorgenommen, langsam zu trinken, aber drauf geschissen: Er war durstig. Also stürzte er den Inhalt hinunter und rülpste so laut, dass es über den Korridor hallte. Als er die Aludose in einen Wertstoffeimer werfen wollte, erstarrte er beim Ausholen, denn der Luftschacht der Klimaanlage über dem Automaten war mit schwarzem Schleim überzogen. Dieser blubberte und erzitterte, während er durch das Gitter quoll und an der Wand hinuntertropfte. Gomez ließ die Dose los, sodass sie klappernd auf den Boden fiel.

Dann machte er einen Schritt zurück in den Gang. Das zähe, schwarze Zeug drang nun schneller durch den Rost. Ein Knirschen hallte an den Wänden wider, als es aufwallte und wie ein geschüttelter Wackelpudding bebte. Etwas schälte sich nun aus dem schwarzen Stoff heraus: Ein dicker, röhrenförmiger Fortsatz schnellte hervor, ein Auge platzte auf und starrte ihn an.

Steve rannte los. Er floh durch den Korridor, mit allem, was seine Beine hergaben. Als er die Luke zur Brücke erreichte, riss er sie auf, stürzte hinein und fuhr dann herum, um abzuschließen. Die Flüssigkeit ergoss sich nun in den Gang und kam rasend schnell auf ihn zu. Gomez schlug die Luke mit einem Schrei zu und zerrte dann an dem Rad, um sie zu verriegeln. Als er sich danach umdrehte, schaute er in die vor Panik weit aufgerissenen Augen des stellvertretenden Kommandanten.

»Können Sie mir sagen, was das war?«, fragte Terrel entsetzt.

Gomez hatte den Anhänger von seiner Kette gezogen und die Faust darum geschlossen. Er war von der Tür weggetreten und so weit wie möglich zu den Brückenfenstern gegangen. »Das kann ich nicht«, hatte er geantwortet, »aber ich glaube, wir sind geliefert.«

Als sein Handy läutete, schoss plötzlich ein Strahl Urin in seine Boxershorts, und fast wäre ihm der Anhänger aus der Hand geglitten. Der zweite Kommandant schaute ihn an, bevor er in Gelächter ausbrach.

»Das Telefon hat mich echt furchtbar erschreckt«, rief er laut lachend.

Und meine Blase erst, dachte Gomez. Er steckte eine Hand in die Tasche seiner Latzhose und nahm das Telefon heraus. Als er die Nachricht sah, seufzte er erleichtert.

»Wo sind Sie?«, lautete sie.

Gomez gab seine Antwort ein und schickte sie ab. »Es ist Vraebel«, sagte er dessen rechter Hand. »Er lebt noch.«

Terrel entgegnete mit zusammengebissenen Zähnen: »Gott sei Dank. Fragen Sie ihn, was um Himmels willen hier vor sich geht.«

Der Schichtführer hob eine Hand hoch. *Dazu kommen wir noc*h, sagte er sich. Die Sekunden zogen sich dahin wie Gummi, während er auf Vraebels Rückmeldung wartete.

Endlich vibrierte das Gerät in seinen Händen erneut. Nachdem er die SMS gelesen hatte, warf er einen Blick durch das Fenster hinunter auf das Deck. Obwohl es langsam dämmrig wurde, erkannte er die Ebene noch mühelos. In einem weiten Halbkreis aufgebaut standen Halogenarbeitslampen, und darin mehr als ein Dutzend Personen mit einem tragbaren Generator.

»Jesus Christus«, raunte Gomez wieder einmal.

Der stellvertretende Aufseher folgte seinem Blick. »Was tun die da?«

»Sie bereiten sich vor«, entgegnete Gomez.

»Worauf?« Terrels Stimme zitterte.

»Auf die Dunkelheit.« Das Handy brummte erneut. Der Bohrmeister schaute hinunter auf die Steuereinheit der Brücke. »Terrel? Vraebel fragt, ob wir das Funkgerät einschalten und eine Verbindung herstellen können.«

Der Mann blinzelte. »Es ist noch eingeschaltet, aber wir empfangen nichts.«

Gomez sah ihn an. »Sie sind der verdammte Offizier hier, Terrel; Sie sollten wissen, wie das alles funktioniert. Vraebel meint, dass Sie zusehen sollen, dass Sie es hinkriegen.«

Der Kommandant dachte einen Moment lang nach. »Also gut, was will er genau?«

Gomez las die Nachricht wieder. »Er will, dass Sie die Satellitenverbindung prüfen. Falls sie unterbrochen ist oder wir nicht senden können, sollen Sie es mit der Fehlerbehebung des Wi-Fi probieren. Versuchen Sie, die lokale Netzwerktelefonie wiederherzustellen.«

Terrel blickte ihn ratlos an. »Ich habe keine Ahnung, wie man das macht.«

Blöder, nutzloser Pendejo, dachte Steve. Er tippte Vraebel eine Antwort und wartete wieder. Als das Telefon zum dritten Mal vibrierte, kam Gomez nicht umhin, zu grinsen. »Catfish wird Sie unterweisen.«

»Wer?«, fragte Terrel.

»Standlee.«

Nun stöhnte der Offizier. »Dieses Arschloch kriegt doch überhaupt nichts auf die Reihe!«

»Anscheinend aber immer noch mehr als Sie«, erwiderte Gomez kichernd.

***

Auf dem Deck stieg Zigarrenqualm hoch. Er waberte um die hellen, weißen Halogenstrahler, bevor der Meereswind ihn verwehte. Calhoun nahm die *Macanudo* aus dem Mund und atmete durch die Nase aus.

Shawna rümpfte ihre, sagte aber nichts. Catfish saß mit seinem Laptop auf den Knien in der Mitte des Halbkreises. Der Bildschirm war zugeklappt, und er trommelte fortwährend mit den Fingern auf das Aluminiumgehäuse. Sie zwang sich, nicht zurückzublicken, weil sie genau wusste, dass sie loskreischen würde, wenn sie etwas sah.

Sie harrten nun schon drei Stunden im Dunkeln aus. Die Arbeitslampen leuchteten so hell, dass sie nicht einmal den Mond sehen konnte. Das war aber auch kein Wunder angesichts der vielen Wolken, die am Himmel entlang jagten. Aus dem letzten Wetterbericht, den Gomez auf der Brücke gehört hatte, war hervorgegangen, dass der Sturm nun endgültig aufzog. Die ersten Regenschauer würden voraussichtlich kurz vor dem Morgengrauen niedergehen.

Shawna zitterte. Kalter Wind, kalter Regen … gegen vier Uhr würde es hier bestimmt richtig lustig werden – falls sie so lange überlebten.

Wenngleich alle im Lichtkegel saßen, bedeutete dies noch lange nicht, dass jeder glaubte, was Vraebel und Calhoun erzählt hatten. Shawna vermutete, mindestens die Hälfte der überlebenden Deckarbeiter hielt die beiden Männer für komplett meschugge. Vier von ihnen lagen auf dem Boden und schliefen, die anderen saßen herum und starrten einander an oder hinaus in die Finsternis. Sie sprachen schon seit über einer Stunde nicht mehr miteinander.

»Shit, Mann, was machen wir hier, Chief?«, hatte ein beleibter, blonder Roughneck gefragt, kurz, nachdem es dunkel geworden war.

Vraebel hatte ihm einen flüchtigen Blick zugeworfen. »Wir sitzen die Nacht aus, Bill; wir sitzen die Nacht aus.«

»Und was heißt das genau, Chief?«

Daraufhin hatte der Aufseher geseufzt. »Ich könnte es Ihnen zwar erklären, aber Sie würden mir mit Sicherheit kein Wort davon glauben.«

Ein anderer Mann, gertenschlank mit dickem Bizeps und roten Haaren, hatte geschnaubt: »Seebeben? Dieses verrückte Öl?« Er schüttelte den Kopf. »Mittlerweile glaube ich alles.«

Also hatte Vraebel es ihnen erzählt. Seitdem schlugen sie nur noch die Zeit tot. Bill sah aus, als fürchte er sich davor, irgendetwas zu sagen, und Jack, der Rothaarige, verhielt sich genauso. Und die anderen? Während Vraebels Ausführungen hatten sie die Augen verdreht, teilweise sogar gelacht und erst damit aufgehört, als sie vom Chief mit bösen Blicken bedacht worden waren.

Shawna schaute auf ihre Uhr; noch sechs Stunden bis zum Sonnenaufgang. Sie sah hinüber zu Vraebel; der starrte auf das Deck und sprach lautlose Worte vor sich hin.

»Ich habe eine Idee!«, meinte Calhoun plötzlich.

Die Sitzenden schauten überrascht zu ihm auf. Er ignorierte ihr Starren, indem er sich auf Shawna fixierte. »Angenommen, das Licht hält es wirklich fern: Dann müssten wir uns doch bei Tag gefahrlos bewegen können.«

»Mit der Vermutung lehnst du dich wirklich weit aus dem Fenster«, entgegnete die Geologin, »aber da die Probe im Labor so heftig auf Licht reagiert hat, schätze ich, dass du richtigliegst.«

Vraebel grunzte missmutig. »Was lässt Sie denn bitteschön glauben«, fragte er mit Verweis auf die Dreibeine, »dass diese Halogenlampen irgendetwas in diese Richtung bewirken?«

Shawna bemerkte, dass Thomas' Finger zitterten. Er zog einmal kräftig an der Zigarre und ließ den Qualm dann aus seinem

Mund quellen. Sein Blick ging an Vraebels Kopf vorbei. »Weil es bisher nicht angegriffen hat.«

Shawna drehte sich langsam um und schaute auf die Stelle, die ihr Vorgesetzter ins Auge gefasst hatte. »Ich kann nicht …« Alle weiteren Worte erstarben in ihrem Hals. Es ließ sich kaum erkennen, doch wenige Fuß außerhalb des Lichtkegels war ein Schatten. Sie kniff die Augen zusammen und hätte fast aufgeschrien.

Eine Gestalt, noch schwärzer als die Dunkelheit, stand plötzlich hinter Vraebel. Sie war fest und doch gleichzeitig formlos. Besaß drei Beine, dazu einen gedrungenen Oberkörper, der in einer geduckten Haltung verharrte. Shawna war sich nicht ganz sicher, schätzte die Größe aber auf jene von drei Männern übereinander, vielleicht sogar mehr. Die Kreatur schien sich in die Ferne hin auszustrecken, doch wie weit, ließ sich unmöglich bestimmen.

»Oh. Mein. Gott«, sagte Shawna tonlos. Sie suchte augenblicklich Calhouns Blick.

Vraebel schaute nach hinten. Der Rotton seiner Wangen war verschwunden. »Ist das …?«, hob er an und schluckte schwer. Auch der Rest der Männer in der Runde schaute hin. Einer nach dem anderen schien es zu erkennen, dann saßen sie alle mit offenen Mündern da.

Thomas klopfte sich auf ein Knie und zog abermals an seiner fast heruntergebrannten Zigarre. »Ich glaube, wir haben uns einfach von ihm umzingeln lassen.« Jack kniete sich hin und stand auf. »Treten Sie nicht aus dem Licht heraus«, ermahnte Calhoun den Rotschopf.

Der schlaksige Roughneck sah ihn erstaunt an und drehte sich dann zur Dunkelheit hin um. »Was zu Henker ist *das*?«, fragte er.

»Ich weiß es nicht«, erwiderte Calhoun ehrlich. »Etwas Altes – etwas sehr Altes –, und ich glaube nicht, dass es nur aus Öl besteht. Das ist, glaube ich, nur ein Teil von ihm. Im Ozean liegt noch mehr, doch ich habe keinen blassen Schimmer, was es sein könnte.«

Jack schaute ihn wieder an. »Auch nicht ungefähr?«

Thomas schüttelte den Kopf. »Wie gesagt, keine Ahnung.«

Als Vraebels Handy klingelte, zuckten alle zusammen. Er zog es aus der Tasche und schaute auf das Display; dann fuhr er mit einem Zeigefinger darüber und hielt es sich ans Ohr. »Gomez?«, begann er. Shawna beobachtete, wie er große Augen machte. Schließlich schob er seine Lippen zwischen die Zähne. »Okay, danke«, schloss er und nahm das Gerät hinunter, um auf die Brücke über ihnen zu zeigen. »Steve meint, wir säßen gehörig in der Klemme.«

Catfish brummte: »Als wüssten wir das nicht schon selbst.«

Vraebel strafte ihn mit einem strengen Blick, ehe er sich im Kreis umschaute. »Es kommt näher«, sagte er. Schließlich sah er Calhoun in die Augen. »Sie haben recht, wir wurden umzingelt.«

»Wie geht es Gomez?«, fragte der Ingenieur.

»Ich schätze, er und Terrel sind im Moment sicher.« Vraebel lachte auf. »Jedenfalls sicherer als wir. Diese Brücke besteht nur aus Stahl und Glas, dort kann nichts eindringen.«

»Er kann es also sehen?«, schlussfolgerte Shawna. »Ich meine, wenn es uns umzingelt hat?«

»Genau«, bestätigte Vraebel und wandte sich nun an Jack: »Setzen Sie sich, Mann. Sie … Sie locken es nachher noch an.«

Der Arbeiter schaute seinen Vorgesetzten an. »Ich weiß nicht, was …«

Plötzlich schnellte etwas aus der Dunkelheit hervor und klatschte gegen Jacks Brust. Er drehte sich entsetzt zu den anderen um, die vor ihm zurückwichen. Der Gestank von erhitztem Fleisch und Fäulnis breitete sich auf einmal aus. Er fasste sich ans Herz, als seine Kleider in Flammen aufgingen.

Bill packte ihn an beiden Beinen, zog sie ihm weg und schlug auf die Flammen ein. »Jack!«, rief er und rollte ihn ins Licht. Jack öffnete seinen Mund zu einem stummen Schrei. Schwarze Ranken rasten plötzlich aus der Finsternis in die Runde und schlangen sich um den Kopf des Brennenden. Bill brüllte so laut, dass man das Knacken – ein Geräusch wie von verwachsenem Kiefernholz in einem Kamin – kaum noch hörte. Die Tentakel fingen Feuer, während sie versuchten, die zappelnde Fackel aus dem Licht zu ziehen.

»Jack!«, schrie Bill abermals. Aber er bekam keine Antwort mehr. In der Dunkelheit klang es so, als brate Schinkenspeck in einer Pfanne, einhergehend mit dem Knirschen brechender Knochen. Bill streckte nun vorsichtig eine Hand über den Lichtkegel hinweg, woraufhin Catfish eines seiner Beine packte und ihn zurück in die Mitte zog. Daraufhin holte der Arbeiter mit einer Faust aus und schlug dem Sitzenden gegen den Kopf.

Catfish ignorierte den Hieb einfach und zog weiter, bis Bill sicher in ihrer Mitte lag. Vraebel stürzte sich gemeinsam mit einem anderen Roughneck auf ihn, damit er stillhielt. Bill brüllte weiter. Der Chief schaute auf ihn hinunter. »Er ist tot!«, fuhr er ihn an. »Er ist tot!«

Man hatte das Gefühl, dass Bill fast die Augen aus dem Kopf fielen. »Was … war das, verfluchte Scheiße?«

Calhouns Zigarre war auf den Boden gefallen; sie sah aus wie ein brauner Haufen dessen, was der Arbeiter gerade ausgesprochen hatte, aber das Ende qualmte noch. Er trat ein kleines Stück weiter in die Mitte des Kreises, genauso wie alle anderen auch, Shawna eingeschlossen.

Thomas zitterte. Sie legte ihm einen Arm um die Schultern.

Vraebel schaute seinen Angestellten in die Gesichter. »Hegt jetzt noch irgendjemand unter Ihnen Zweifel an dem, was wir gesagt haben?«

Niemand sagte ein Wort.

***

Tequila – das war das Allheilmittel. Eine Flasche *Tres Generaciones Añejo*, genau die brauchte er jetzt. Zu dumm aber auch, dass auf der Plattform kein Alkohol erlaubt war.

Gomez saß im Kapitänssessel und schaute gebannt in den Lichtkreis unten auf dem Hauptdeck. Terrel hockte in einer

Ecke des Raumes und stützte seinen Kopf in die Hände. Als sie den Angriff mitverfolgt hatten, war die Entschlossenheit des Mannes plötzlich verflogen wie billiges Parfüm. Das konnte ihm Gomez allerdings nicht verübeln, denn er selbst hatte den Heiligen-Anhänger so fest in der Hand gehalten, dass Blut geflossen war.

Jack Hosley lebte nicht mehr, soviel war sicher. Aus der Höhe über dem Licht hatten Terrel und er dabei zugesehen, wie die Schatten am Rande des Kreises zusammengeflossen waren, um ihn zu attackieren. Was auch immer es gewesen war, als es Hosleys Körper in die Dunkelheit gezogen hatte, waren weißliche Rauchwolken im Wind aufgestiegen.

Er hatte versucht, sie zu warnen, ja sogar einen Anruf gewagt, der ihm von Vraebel strengstens untersagt worden war, außer es sei absolut unerlässlich. Sobald Standlee Terrel beim Einrichten einer Telefonverbindung via Wi-Fi geholfen hatte, waren sie dahingehend übereingekommen, dass sich Gespräche lediglich auf die Handyakkus niederschlagen würden. Da Vraebel und die anderen auf dem Deck festsaßen, konnten sie diese deshalb unmöglich aufladen.

Jetzt war Jack Hosley tot. Gomez konnte es nicht genau sagen, doch wie es aussah, hatte sich Bill Christian verletzt, und bis die Sonne aufging, würde es immer noch Stunden dauern.

Mehr als einmal hatten sie etwas an der Luke scharren gehört. Egal was es gewesen sein mochte: Etwa zehn Minuten später hatte es wieder aufgegeben. Als das Geräusch aufgekommen war, hatte er geglaubt, sowohl er als auch Terrel müssten sich gleich in die Hose scheißen, aber jetzt? Nach dem, was sie dort unten gesehen hatten, kam ihm jene Angst schon fast lächerlich vor.

Schließlich widmete sich Gomez wieder dem Computer. Das Wi-Fi-Netzwerk stand, aber eine Verbindung zur Außenwelt existierte abgesehen von Spam-Mails immer noch nicht. Catfish hatte versucht, den verschlüsselten Datenverkehr über 587 zu leiten und einen anderen Server außerhalb der gemeinschaftlichen

Firewall anzusteuern, was jedoch im Sande verlaufen war. *PPE* ließ keine Übertragung zu, die sich nicht auf E-Mails belief.

Und dass irgendjemand auf ihre Nachrichten antwortete, konnte man eigentlich auch nicht behaupten. Gomez, Vraebel und Calhoun, sie alle hatten Simpson und anderen Führungskräften geschrieben und um eine Evakuierung gebeten. Bisher war jedoch nichts passiert und keine Reaktion erfolgt. Es schien so, als seien jene Mails nie abgeschickt worden.

Gomez hatte per SMS gefragt, warum sich *PPE* nicht zurückmeldete. Vraebels Einschätzung war: »Sie besprechen sich noch darüber, wie sie mit uns verfahren sollen.«

Die Rundmail bezüglich der Quarantäne in Houston war gelinde gesagt wenig informativ gewesen. Die Aufforderung, Vraebel solle alles für eine Evakuierung vorbereiten, hatte wie eine Lüge gewirkt, um ihnen Hoffnung zu machen. *Hoffnung*. Gomez befühlte den Anhänger. Die Hoffnung war so gut wie verloren.

Auf der Brücke roch es langsam muffig. Er war sich nicht sicher, ob die Klimaanlage den Gestank verderbender Essensreste in der Küche aufsaugte oder … Gomez beschloss, es gar nicht so genau wissen zu wollen. Egal worum es sich bei dem Zeug handelte, da er auf dem Gang und an Deck erlebt hatte, was es mit seinen Opfern anstellte, wollte er es nicht wissen.

Als der Computer einen Klingelton abgab, fuhr er erschrocken aus dem Sessel hoch. *Neue Nachricht*, stand auf dem Bildschirm.

»Dios mio«, brummte er leise. Indem er die linke Maustaste mit zittrigem Finger klickte, rief er die E-Mail auf.

An die Besatzung der PPE-Insel #2785 Leaguer:
Bitte Statusbericht und bekannte Anzahl der Personen an Bord senden. Notfallteam in Houston benötigt alle Dokumente betreffs Ölextraktion sowie jeglicher Vorfälle Gesundheitsschutzbehörde betreut nun alle Angelegenheiten in Bezug auf PPE-Insel #2785 Leaguer.
Um Evakuation effektiv planen zu können, brauchen wir so viele Daten wie möglich.

Terrel las über die Schulter des Bohrmeisters hinweg mit. »Meine Güte«, rief er freudig. »Sie kommen uns endlich holen.«

Gomez drehte sich zu ihm um. »Vielleicht.«

»Was meinen Sie mit vielleicht?«, fragte der stellvertretende Kommandant verwirrt, während er ihm auf den Rücken klopfte. »Da steht es doch!« Er zeigte auf den Monitor.

»Da steht auch, dass der Gesundheitsschutz jetzt die Verantwortung trägt.« Gomez fuhr mit den Fingern über das Gesicht auf seinem Anhänger.

Terrel hörte auf, so überschwänglich zu strahlen. »Na und?«

Gomez zuckte mit den Achseln. »Ich weiß nicht, aber ich …«

Etwas kratzte wieder an der Wand. Die beiden schauten zur Steuerbordseite. Der ekelhafte Gestank aus dem Lüftungsschacht nahm immer mehr zu, Gomez' Herzfrequenz ebenfalls. Das Geräusch wiederholte sich.

»Mist«, fluchte er. »Wo kommt das bloß her?«

Terrel begann mit einem ängstlichen Blick, die Decke abzusuchen. »Glauben Sie, es versucht, von oben aus einzudringen?«

Gomez schüttelte den Kopf. »Das kann es nicht; Vraebel meinte, es sei außerstande, Metall oder Glas zu überwinden.«

»Ich denke nicht …«

Die Abdeckung des Lüftungsschachts klapperte.

»Ich werde verrückt«, stöhnte Gomez. Er trat von der Wand zurück und griff hastig zum Telefon. »Wir müssen hier augenblicklich raus!«

Bei diesen Worten floss ein dünnes Rinnsal aus schwarzem Schleim durch das Gitter. Als es am Boden aufkam, zischte es. Gomez lief zu einem Werkzeugspind und zog ihn auf. Dann nahm er einen schweren, schwarzen Zylinder heraus und drehte sich wieder zur hinteren Wand um.

Terrel stand wie angewurzelt vor dem Kapitänssessel. »Bewegung, Pendejo!«, rief Gomez. Der Offizier rührte sich nicht; sein Blick war auf den Schacht fixiert. »Bewegung!«, wiederholte der Schichtführer barsch.

Das schwarze Zeug strömte nun geradezu durch den Rost und bildete eine Pfütze auf dem Boden. Diese begann, zu knistern und zu beben. Gomez stieß Terrel beiseite und richtete die Halogentaschenlampe auf die Flüssigkeit. Daraufhin zog sie sich zusammen, und ein gezackter Tubus wuchs aus ihrer Oberfläche heraus. Er schlängelte sich vor den Männern, wobei unvermittelt ein Auge hervortrat. Es zwinkerte kurz und dann schnellte das Tentakel auf die beiden zu.

Steve knipste die Taschenlampe an. Ein schmaler Strahl aus starkem Weiß traf auf das Auge des Fangarms. Die schwarze Pfütze rutschte rückwärts, als der Fortsatz anfing zu qualmen. Das Auge zog sich augenblicklich darin zurück. Terrel brüllte lautstark. Er stolperte über seine eigenen Füße und fiel auf den Boden. Gomez versuchte, weiter mit der Lampe auf die Stelle zu leuchten, an der das Tentakel aufragte, während er Terrel am Hemdkragen packte und über den Boden schleifte.

Der Lichtstrahl zuckte herum und kam schließlich kurz von seinem Ziel ab. Die Lache hörte auf zu qualmen und begann sofort wieder, sich nach vorn zu bewegen. Das Tentakel streckte sich weit nach oben aus und sauste dann mit einem schwerfälligen Klatschgeräusch nieder. Gomez wandte den Blick von Terrel ab, der weiterhin brüllte und unkontrolliert zitterte. Das Tentakel hatte kein Auge mehr; an dessen Stelle lief das Ende nun zu einer Nadelspitze mit schartigen Kanten zu.

Gomez schrie auf, als es Schwung nahm und wieder auf den Boden schlug, wobei es seine Unfallstiefel nur um wenige Zoll verfehlte. Er ließ Terrel los und richtete die Lampe abermals auf die Pfütze. Gleich darauf brutzelte es im Raum, als siede Speck in einer Pfanne voller Fett. Als das Tentakel zum dritten Mal niedersauste, traf es den Oberarm des Offiziers.

Er kreischte auf, während es ihn zu sich zog. Gomez ließ die Lampe fallen und hielt Terrel am Schuh fest.

»Nein, nichts da!«, rief er ächzend. Terrel schrie vor Schmerz, als er nun von beiden Seiten gezogen wurde. Blut spritzte aus seinem

Arm, als der scharfe Greifarm Fleisch, Muskeln und schlussendlich sogar Knochen durchtrennte. Es tropfte dunkelrot in die Lache, wo es noch einmal aufwallte, bevor es schließlich verschwand. Das Tentakel riss den Arm, seine Beute, auf Schulterhöhe ab und verleibte ihn sich ein. Die zurückbleibende Haut zischte und löste sich allmählich auf. Gewebe und Knochen verschwanden zuletzt, doch insgesamt dauerte es nur wenige Sekunden. Gomez zerrte Terrels schreienden, zappelnden Leib weiter nach backbord. Die Lache kräuselte sich und glitt wieder vorwärts, während ihr Tentakel nach neuer Nahrung suchte.

Gomez ließ von seinem Schützling ab, um zur Taschenlampe zu kriechen. Er langte um Haaresbreite daneben, bevor das Tentakel ein weiteres Mal auf den Boden krachte. Die Pfütze schwappte und knisterte erneut.

Ein dünnerer Arm durchbrach ihre Oberfläche, und an dessen Ende befand sich ein grün-schwarzes Auge. Das spitze Tentakel wiegte sich in der Luft und zeigte auf Gomez, nachdem das Auge ihn entdeckt hatte.

Er hechtete gerade nach der Taschenlampe, als es neben ihm einschlug. Dabei streifte der kleine Finger seiner linken Hand die Seite des Fortsatzes; sein Fleisch an dieser Stelle begann sofort, sich aufzulösen. Brüllend hob er die Lampe mit der anderen Hand auf und strahlte genau in das Auge hinein.

Es qualmte, ehe es in einem Blitz aus Licht und weißem Dunst verdampfte. Das dickere Tentakel peitschte herum und zerfetzte die Vorderseite seines Hemdes. Er brüllte noch lauter, während er seine ruinierte Linke auf den Schnitt an seiner Brust drückte, doch es gelang ihm, auch weiterhin mit dem Licht auf das Stielauge zu zielen. Es zog sich in die Lache zurück, woraufhin der ganze schleimige Wust rückwärts auf den Schatten unter dem Kaffeetisch zulief.

Gomez setzte ihm nach, während er vor lauter Zittern Mühe hatte, die Lampe ruhig festzuhalten. Der schwarze Brodem stieß nun gegen die Wand, kroch daran hinauf und zurück in den Schacht der Klimaanlage. Als es verschwunden war, blieben Rauch und verbrannter Gipskarton zurück.

»Helfen … mir«, stöhnte Terrel hinter ihm.

Gomez fuhr herum und strahlte dem Verletzten mitten in das Gesicht. Blut strömte aus dem Stumpf, an dem eigentlich sein Bizeps ansetzen sollte. Der Schichtführer zog seinen Gürtel aus und zurrte ihn an Terrels Arm fest. »Jesus Christus«, murmelte er wieder. Die Blutung ließ zwar nach, war aber noch immer viel zu stark.

Die Lider des Offiziers flimmerten. Seine wettergegerbte Haut war nicht mehr braun, sondern fahl.

»Stirb mir nicht unter der Hand weg, Pendejo!«, schrie ihm Gomez ins Gesicht. Aber Terrels Augen blieben geschlossen. Er sog schaudernd Luft ein, während sich sein Körper aufbäumte und zuckte. Der Geruch von Kot und Urin drang an Gomez' Nase, bevor der Liegende endgültig erschlaffte. Nun starrten seine Augen an die Decke, allerdings ohne jeglichen Ausdruck.

Die plötzliche Stille auf der Brücke reichte aus, um zu hören, wie sich die Flüssigkeit durch das Lüftungssystem wälzte. Sie war verschwunden – fürs Erste jedenfalls. Gomez saß auf seinem Hintern neben Terrels Leichnam und weinte bitterlich.

»Elender Pendejo«, schluchzte er. Sein Atem ging zu schnell, und sein Herz raste. Schließlich zog er das Hemd aus und schaute an sich hinunter. Auf seiner Brust war eine lange Brandwunde zurückgeblieben, die sich von einer Stelle auf niedrigerer Höhe als sein Unterarm bis zur rechten Hüfte zog. Sie blutete nicht, tat aber trotzdem verteufelt weh.

Gomez hielt seine linke Hand hoch. Der kleine Finger war der Länge nach gespalten. Knochen ragten heraus, wo Haut und Muskeln fehlten. Er rutschte rückwärts gegen die Wand und schaltete dann die Taschenlampe aus. Das Ding würde zurückkehren, dessen war er sich sicher. Er zog sein Handy hervor und begann, zu tippen, allerdings nicht, ohne bei jedem Wort zu dem Gitter hochzuschauen. Er konnte nicht einschätzen, wie lange er noch bei Bewusstsein bleiben würde, doch es zu verlieren kam nicht infrage; dann war nämlich alles vorbei, das wusste er.

***

Es lauerte vor der Luke. Alle paar Minuten hörte er, wie es über das Metall glitt, während es versuchte, einen Spalt, eine Rille oder irgendeine Lücke zu finden, durch die es eindringen konnte. Im Moment war er jedoch sicher … zumindest bis auf weiteres.

Sobkowiak lag mit einem Skalpell in der Hand auf dem Untersuchungstisch. Er wusste, die Klinge würde nichts ausrichten können, gegen das, was er gesehen hatte, aber sie vermittelte ihm trotzdem ein Gefühl von Sicherheit. Wenn er sie überhaupt zu etwas gebrauchen konnte, dann um sich selbst die Kehle durchzuschneiden, bevor es über ihn herfiel.

Er hatte die verschreibungspflichtigen Medikamente und Beruhigungsmittel ins Auge gefasst, als er aus dem Flur hierher zurückgelaufen war. Damit konnte er sich einen schmerzfreien Tod gönnen: eine Überdosis Morphium injizieren und einfach hinübergleiten ins Schwarze? Er schauderte.

Es war ein Wort, nichts weiter. Es bedeutete aber auch Farblosigkeit. Lichtlosigkeit. Nichtvorhandensein in jeder Hinsicht. Die Schwärze bewegte sich; die Schwärze war lebendig.

Der Arzt tippte mit dem Skalpell gegen sein Knie. Als die E-Mail der Gesundheitsbehörde gekommen war, hatte er sie angestarrt und so oft durchgelesen, dass er nun jede Silbe auswendig kannte.

Man brauche »so viele Daten wie nur möglich«, hieß es darin.

»Blödsinn«, sagte er laut.

Man brauchte keinen verdammten Doktortitel, um zwischen den Zeilen lesen zu können. Wenn sie bereit waren, die Quarantäne des Labors in Houston preiszugeben, bedeutete die Einholung von Informationen am Ausbruchsherd, dass sie immer noch keine Ahnung hatten, was es war und wie man es aufhalten konnte. *Evakuierung?* »Blödsinn.«

Er hielt sich die Klinge vor die Augen. Der Stahl funkelte hell und war verboten scharf. Die Bohrinsel ließ ihn an ein von Wundbrand verheertes Glied denken. Man konnte es säubern und die kranken Bereiche herausschneiden, doch die Fäulnis würde sich trotzdem weiter fortpflanzen, sodass man am Ende doch amputieren musste.

Amputation war die Lösung – die einzige Lösung. Falls der Gesundheitsschutz das nicht begriff, musste er es bald nachholen, und dann? Würde man eine Druckluftbombe über der Anlage abwerfen? Ein U-Boot schicken, um sie mit einem Torpedo vollständig zu zerstören?

Sobkowiak lachte in sich hinein. Wie empört würde man bei Greenpeace wohl sein, wenn die US-Regierung eine komplette verfluchte Ölbohrinsel versenkte?

Allerdings würde man es bestimmt vertuschen. *PPE* ging dann wahrscheinlich plötzlich unter rätselhaften Umständen bankrott. Die Führungsriege würde sich zur Verschwiegenheit verpflichten und eine Gott weiß wie hohe Abfindung erhalten. Die Welt konnte es sich nicht leisten, von der Schwärze zu erfahren. Die Ölindustrie würde dadurch vollkommen zum Stillstand kommen; die Weltwirtschaft vor dem Zusammenbruch stehen. Keine Autos mehr, keine LKWs, nie wieder Tankstellen.

Sobkowiak berührte eine seiner Fingerspitzen mit der kalten Klinge. Ein Mensch konnte ohne Probleme überleben, auch wenn er einen Finger verlor; zum Teufel, man konnte ihm sogar alle vier Gliedmaßen abschneiden, und er war immer noch in der Lage, ein Dasein zu fristen – ein elendiges wohlgemerkt, aber er würde immerhin am Leben bleiben. Entfernte man jedoch die Herzen der Wirtschaft und des Transportwesens, so wäre dies ein Schnitt, den die Welt nicht verkraften würde.

Es kratzte an der Luke. Der Arzt warf einen Blick hinüber. Die weiße, rechteckige Stahltür bewegte sich nicht. Es kratzte weiter. Er ließ die Beine vom Tisch rutschen und stand auf. Mit langsamen Schritten näherte er sich der Luke.

Als er sie erreichte, presste er das Ohr an das Paneel. Dieses Geräusch ging von etwas Anderem aus. Brutzeln, Braten … das Rauschen eines Fernsehers. Die Metallluke wurde warm.

Der Doktor zog den Kopf zurück und ging zu seinem Schreibtisch, wo er den Computer startete und sich in den schwarzen, ergonomischen Sessel setzte. Der Bildschirm leuchtete auf, während die Festplatte surrte. Nachdem er seine Brille aufgesetzt hatte, schaute er auf den Monitor.

Er öffnete seine E-Mail-Software, suchte die Nachricht der Gesundheitsbehörde heraus und klickte auf »Antworten«. Während das Ding weiterhin an der Tür scharrte, tippte er. Bevor er die Mail abschickte, betete er zu einem Gott, an den er eigentlich gar nicht glaubte.

***

Zwei Stunden waren seit dem Angriff vergangen. Die Gruppe hatte sich so dicht zusammengedrängt, dass sie mit den Füßen gegeneinanderstießen. Im Licht gebadet in der Mitte des Kegels waren sie relativ sicher; zumindest hoffte Calhoun das.

Sie hörten, wie es auf dem Deck herumrutschte. Irgendwann fiel ihnen etwas auf, das nach Schritten klang, doch die Kreatur ließ sich nicht blicken. Nachdem sie sich noch weiter in die Helligkeit bewegt hatten, war ihr Nachtsichtvermögen mittlerweile komplett hinfällig. Was hinter den Dreibeinstativen lag, war für sie kaum mehr als Schatten und Finsternis.

Der Mond stand hoch am Himmel, doch sein trübes Licht durchdrang das Band der Wolken, die von Horizont zu Horizont jagten, nur ein wenig. Calhoun wollte sein Telefon wieder herausnehmen, um nachzusehen, ob sich *PPE* oder die Gesundheitsbehörde – wer auch immer jetzt zuständig war – mittlerweile gemeldet hatten, doch die Leistung seines Akkus betrug nur noch fünfzehn Prozent. Deshalb war es klüger, jetzt damit zu haushalten.

Catfish hatte seinen Laptop mehrere Male aufgeklappt, um sich Gewissheit über die AUVs zu verschaffen. Die drei im Wasser Zurückgebliebenen waren schon vor Stunden aufgetaucht. Calhoun hatte ihn gefragt, ob man sich die Bilddaten ansehen könne, doch auch sein Partner wollte möglichst Strom sparen. Anstelle von Fotos hatte er die seismischen Messwerte abgerufen. Was sie andeuteten, wirkte wenig schlüssig, genauso wie alles andere, was bisher geschehen war.

Sobald das Ding unter dem Ozeanboden den Bohrschacht angegriffen hatte, war der Graben wieder in Wallung geraten. Aus den Aufzeichnungen ging nicht hervor, wie er sich verändert hatte, doch das brauchte Calhoun auch nicht zu wissen.

AUV 5 hatte gemeldet, das Gestänge befinde sich nach wie vor am Meeresgrund. Wie weit es eingedrungen war, blieb aber ungewiss, denn die dafür zuständigen Sensoren waren während des Seebebens beschädigt worden. Harobin hatte als Einziger gewusst, wie weit sie vorgestoßen waren, lebte aber nicht mehr.

Calhoun wünschte sich noch eine Zigarre und einen Single Malt – oder besser noch, einen Portwein. Bei der Vorstellung grunzte er. Sie waren von etwas Bösartigem umgeben, das sie in Stücke reißen oder ihr Fleisch auflösen konnte, und er dachte an seine Lieblingsangewohnheit nach dem Dinner. Schließlich blickte er vom Deckboden hoch in die Dunkelheit.

Drei Stunden!

Noch drei weitere Stunden, und die Sonne würde sich im Osten ankündigen. Die Wolken konnten den Himmel verdeckt haben, doch er war sich relativ sicher, dass sie genügend UV-Licht durchlassen würden, um der Kreatur zuzusetzen oder sie vielleicht sogar zu töten – jedoch nur, wenn es der Gruppe gelang, sie davon abzuhalten, in die Räumlichkeiten der Anlage zurückzukehren. Denn war es erst einmal drinnen, boten sich ihm dort unzählige Verstecke.

»Einmal drinnen«, sagte Thomas laut.

»Was?«, fragte Shawna irritiert nach.

Er schaute zu ihr hinüber und grinste. »Nichts. Ich habe bloß nachgedacht.«

»Worüber?« Die Sorgen standen ihr ins Gesicht geschrieben, doch ihre Augen strahlten weiterhin Unbeugsamkeit aus.

Calhoun wollte sich einmal mehr selbst dafür auf die Schulter klopfen, dass er sie eingestellt hatte. »Ich hätte da mal eine Frage an dich.«

»Klar, schieß los.«

Er zeigte hinauf zur Brücke. »Gomez sagte, sie seien von etwas angegriffen worden, das viel kleiner war als unser Gegner hier draußen.«

»Ja und?«

»Was wäre«, fuhr er fort, »wenn sich jeder Mensch, der … nun ja – infiziert wird, danach in ein anderes Wesen verwandelt?«

Shawna wollte etwas entgegnen, schwieg dann aber doch. Zuerst blickte sie in Richtung Himmel, wobei sie hörbar mit der Zunge gegen ihre Zähne stieß. »Das würde bedeuten, dass es …«, sie hielt inne und schaute ihn wieder an, »… mindestens noch vier weitere gibt, allesamt kleiner als die Kreatur hier draußen.«

Calhoun nickte. »Ich denke, das zu vermuten ist stichhaltig, denn Harvey und die drei Schlammanalysten hatten sich angesteckt. Wie auch immer sich dieses Ding fortpflanzen mag: Es muss sie als Nahrung verschlungen haben, um wachsen zu können.«

»Und das hier …«, Shawna zeigte in die Dunkelheit, »… hatte wohl eine ausgiebige Mahlzeit.«

Catfish klopfte auf seinen Computer. »Und warum sind die anderen nicht hier draußen und machen diesen Spaß mit?«

»Gute Frage«, erwiderte Calhoun. »Vielleicht sind sie einfach noch nicht dazu gekommen.«

»Als müssten sie das«, warf Vraebel ein. »Doc und Gomez sind immer noch drinnen, vielleicht auch ein paar andere.«

Heiliges Kanonenrohr, Calhoun brauchte wirklich eine Zigarre. Er fuhr sich mit einer Hand über die Stirn. Eine Migräne bahnte sich an, in absehbarer Zeit schlafen zu können, konnte er vergessen. »Wenigstens hat es Terrel nicht erwischt.«

Nun stieß Vraebel einen Zischlaut aus. »Oh, da bin ich geneigt, zu widersprechen: Der Mann ist tot.«

»Verzeihung, das meinte ich nicht«, erklärte Calhoun, »sondern dass die Substanz, von der er und Gomez angefallen wurden, ihn nicht in sich aufnehmen konnte, zumindest nicht viel von ihm.«

Der Aufseher sah hoch zur Brücke. »Steve sitzt dort drin fest, und wir kommen nicht an ihn ran. Er könnte verdammt nochmal im Sterben liegen, ohne dass wir auch nur das Geringste für ihn tun könnten.«

Calhoun nickte. »Sobald es hell wird, holen wir ihn da raus.«

»Und wie bitteschön sollen wir das anstellen?«, fragte einer der Arbeiter. Calhoun saß ihm gegenüber, es war ein kräftiger Schwarzer; er wandte sich ihm zu. »Diese Dinger können doch überall da drin lauern.«

Der Anflug eines Lächelns brachte die Mundwinkel des Ingenieurs zum Zucken. »Wir sind aber bewaffnet.« Er zeigte auf die Stative. Der Rest der Gruppe folgte seinem Fingerzeig.

»Sie machen doch Witze, oder?«, fragte Vraebel. »Sagen Sie mir, dass das ein Scherz sein soll.«

»Ich denke, wir werden uns den Weg ausleuchten müssen«, erklärte Calhoun. »Catfish?«

Der Techniker blickte vom Boden zu seinem Boss auf. »Ja?«

»Wir müssen der Gesundheitsbehörde ein paar Infos zukommen lassen. Mach dich mit Shawna an die Arbeit, einen Überblick über die Situation zu erstellen. Sagt denen alles, was wir wissen, aber nicht, von wie vielen Infizierten wir wirklich ausgehen.«

»Wieso denn nicht?«, fragte Shawna.

»Weil sie uns«, entgegnete Calhoun stirnrunzelnd, »dann einfach aus dem Wasser sprengen werden, wenn sie die ganze Wahrheit erfahren.«

8

Der Generator stotterte und deswegen flackerten die Lichter. Calhoun schaute nervös lächelnd an ihnen hoch. Am Horizont im Osten hatte sich ein schwaches rosiges Schwelen gebildet. Selbst hinter der dichten, dunkelvioletten Wolkendecke war es schon hell genug, um einige Schatten auf der Bohrinsel zurückzudrängen. In gewisser Weise machte das aber alles nur noch schlimmer.

Mehrere Meter außerhalb des unsteten Lichtkegels sah Calhoun eine Gürtelschnalle funkeln, außerdem die Nieten einer Bluejeans und ein Taschenmesser. Mehr war nicht übriggeblieben von Jack Hosley. Als sei dies noch nicht schlimm genug, erkannte man nun außerdem das schwarze Ding deutlich.

Es umgab die Gruppe nicht mehr, sondern hatte sich jetzt an den im Westen gelegenen Rand des Kreises verlagert. Anscheinend wusste es genau, dass der Tag bald hereinbrach. Calhoun konnte sich nicht so recht vorstellen, wie es reagieren würde, wenn die Insel endlich von der Sonne geküsst wurde und die Schatten gänzlich aufhob, aber er ahnte, dass es dann bestimmt nicht sonderlich lange hierbleiben wollte.

Ein einzelnes Auge an einem Stiel – einen halben Meter lang – erhob sich aus der flachen Oberfläche, die wie Obsidian schimmerte. Die Überlebenden im Kreis hatten sich geschlossen umgedreht und schauten auf das Ding. Der Fortsatz schwankte im auffrischenden Wind. Mittlerweile roch es nach Regen; der Sturm zog auf, seine Ausläufer nahten nun.

Die Schwärze zitterte und bebte, als sich ein einzelner Sonnenstrahl durch den bedeckten Himmel stahl. Dieser erhellte die Ostseite der Plattform vorübergehend, wobei die Lache immer weiter von den Menschen zurückwich.

Shawna war mittlerweile genauso wie Calhoun über den Schock hinweggekommen, das Ding anzusehen. Seit Beginn der Morgendämmerung konnte man es richtig erkennen, und seitdem hatten sie es beobachtet, ja regelrecht studiert. Es war in keiner Weise mehr aggressiv aufgefallen, nachdem es Jack getötet hatte. Calhoun vermutete, dass helles Licht schade ihm so sehr, dass es vor allem darauf bedacht war, Abstand zu wahren – dies und der Umstand, dass sie sich in der Mitte des Lichtkegels aufgestellt hatten.

Es konnte sie nicht angreifen, ohne selbst darunter zu leiden. Dies bedeutete allerdings, dass es imstande war, strategisch vorzugehen, und nicht nur rein instinktiv und das gefiel Calhoun überhaupt nicht.

Die Wolken wurden heller, als die Sonne am Horizont aufging. Qualm stob aus dem Stielauge hoch, die Lache wackelte wie Gallert und zog sich einen weiteren Meter zurück. Das Deck war größer als ein Football-Feld, und die Schwärze erstreckte sich über mindestens die Hälfte davon. Calhoun konnte nicht abschätzen, wie dick es war, aber er vermutete, dass es sich flach ausgebreitet hatte, um so viel Boden abzudecken wie nur möglich.

Ein weiterer weißer Rauchfinger stieg über der Flüssigkeit empor. Der Auswuchs mit dem Auge daran erzitterte und sank wieder in die schwarze Masse hinein, sodass der Apfel nur noch wenige Zentimeter über der Oberfläche aufragte. Sie floss nun in sich selbst zusammen, wurde dickflüssiger und schrumpfte zugleich. Dann begann sie, sich fortzubewegen.

Die Menschen, die in dem Lichtkreis gefangen waren, schauten dabei zu, wie sie zur Westtreppe rutschte. Erst glitt sie auf die untere Stufe, dann quoll sie wie ein schwarzer Fluss im Rücklauf nach oben und schließlich in die Aufbauten.

Vraebel stieß einen Seufzer aus. »Sind wir jetzt sicher?«

Calhoun schüttelte den Kopf. »Nicht, solange entweder wir von der Insel kommen oder dieses Ding zu einem Nichts verbrannt ist.«

Als Bill aufstehen wollte, hob Vraebel mahnend eine Hand. »Noch nicht; lassen Sie uns erst warten, bis das Licht auf die gesamte Plattform fällt. Ich möchte es zwar nur ungern sagen, aber vielleicht stellt sich dieses Ding auch nur schlafend.« Der vierschrötige Kerl verzog frustriert sein Gesicht und setzte sich wieder. »Thomas?«, fragte der Aufseher. »Sie stimmen mir doch zu, nicht wahr?«

»Voll und ganz. Catfish?«

»Hmm?« Craig öffnete die Augen; er hatte während der letzten Stunde geschlafen. »Was?« Er schaute sich um und strahlte. »Ist es weg?«

Calhoun nickte. »Wir müssen jetzt die AUVs aufladen und sie bereitmachen; du sollst sie umprogrammieren, weil wir sie für eine besondere Mission brauchen.«

Als sich Catfish mit den Fingern durch sein schmutziges blondes Haar fuhr, sah er noch verwirrter aus als vorher. »Und wofür?«

Calhoun grinste und wandte sich an Vraebel. »Haben wir Sprengstoff?«

Der Aufseher blinzelte. »Ja, natürlich – um Gesteinsschichten am unteren Meeresboden zu brechen, falls es Probleme dabei gibt, Öl fließen zu lassen.« Er blickte ihn argwöhnisch an. »Sie meinen das doch nicht etwa ernst, oder?«

»Was?«, fragte Catfish. »Rede gefälligst Klartext, Thomas.«

Calhoun schlug die Hände zusammen. »Es gibt zwei Dinge, auf die wir achten müssen: das Ding loszuwerden …« Er zeigte hinüber zu den Aufbauten. »… und sichergehen, dass es nicht ins Meer zurückkehren kann.«

»Aber wie in Gottes Namen willst du das anstellen – indem du die ganze gottverfluchte Insel in die Luft jagst?«, regte sich Catfish auf.

Calhoun schüttelte den Kopf. »Nein, wir müssen etwas weniger, äh, Gewalttätiges unternehmen, aber das denke ich gerade noch durch.« Er machte eine Pause. »Es kommt vor allem auf eines an, nämlich dafür zu sorgen, dass das, was unter dem Meeresboden liegt, auch dortbleibt – egal, was es auch sein mag. Wir dürfen nicht zulassen, dass dieses Ungeheuer aus dem Graben entwischen kann.«

»Schaffen wir beides«, warf Shawna ein, »wird es auch keinen Anlass dafür geben, uns zu bombardieren … oder was auch immer sie sonst vorhaben.«

»Richtig«, bestätigte Calhoun, »aber es darf niemand mehr infiziert werden, und wir müssen die anderen Wesen aufspüren, um auch sie zu beseitigen.«

»Und was hat das alles mit den AUVs zu tun?«, wollte Vraebel wissen. »Wir können eine Sprengladung im Führungsschacht versenken; sie würde den Bohrlochkopf zerstören und …« Er stutzte. »Moment, warum glauben Sie, dass eine Explosion überhaupt etwas ausrichten wird?«

»Weil«, meinte Shawna lächelnd, »dieses Zeug gegenüber Flammen und hellem Licht extrem unbeständig ist.« Sie zeigte auf Thomas. »Er denkt, wir können den ganzen Graben in Brand setzen, und es so vollständig abfackeln.«

Calhoun nickte wieder. »Das denke ich wirklich. Der Graben ist logischerweise eingegrenzt; es gibt kein Wasserreservoir, das die Flammen am Ausbreiten hindern könnte. So dürfen sie eine Kettenreaktion auslösen.«

Vraebel schüttelte den Kopf. »Was Sie nicht begreifen Thomas: Dieser Sprengstoff ist dazu gedacht, ein Loch in Felsen zu brechen, und nicht zum Entfachen eines Höllenfeuers. Sie wissen doch nicht einmal, ob dabei genügend Hitze entsteht, um irgendetwas zu entflammen.«

Catfish stöhnte. »Wie groß wäre denn ein Loch, das wir an der Bohrstelle heraussprengen könnten?«

»Also«, antwortete Vraebel, »wenn wir eine gewaltige Ladung hinunterlassen, zerreißen wir das Gestänge, aber es würde vermutlich genügend Gestein herausbrechen, um etwas Größeres darin versenken zu können. Es gibt aber keinen Anhaltspunkt dafür, ob es wirklich ausreicht, um bis zum Öl durchzudringen.«

»Das wird es aber«, behauptete Shawna. »Die Schicht dort unten ist nicht so dick, sondern fast wie eine Decke, die um etwas Anderes gewickelt wurde.« Sie überlegte kurz, ehe sie in die Hände klatschte. »Ich hab's«, sagte sie dann. Ihre Augen wurden groß und funkelten. »Thomas? Der spröde Stoff in der Kernprobe; worum handelt es sich dabei deiner Meinung nach?«

»Um das Gefängnis dieses Zeugs«, erwiderte er, »oder etwas, das noch ein bisschen Beunruhigender ist.«

»Zum Beispiel?«, fragte Vraebel. »Welches Material auf der Welt könnte diesen Dreck zurückhalten?«

Calhoun leckte seine aufgesprungenen Lippen. Gott, er brauchte unbedingt eine Zigarre – und viel Wasser. »Sie wissen doch noch, wie sich der Graben bewegt hat, oder? Es lag meines Erachtens nicht daran, dass das schwarze Zeug unter dem Felsen geflossen ist; ich glaube viel eher, dass es etwas ganz Anderes war.«

Shawna schluckte. »Du rechnest damit, dass da unten noch etwas liegt?«

Catfish seufzte wieder. »Sind wir jetzt etwa bei beknackten Unterwassermonstern angelangt? Meinst du das wirklich ernst?«

»Sieh es mir nach«, bat Calhoun. »Was ist, wenn es sich bei der Kernprobe um Haut handelt? Fleisch, den Körper irgendeiner fremdartigen Kreatur? Das schwarze Zeug könnte doch etwas Anderes sein als das, was wir gesehen haben, oder? Vielleicht ist es das Blut des Organismus.«

Die Übrigen im Kreis machten ratlose Gesichter, erwiderten aber nichts. Das Licht wanderte weiter; wer sich nach Osten gewandt hatte, kniff die Augen gegen die Strahlen der orangefarbenen Morgensonne zusammen.

»Sie spinnen doch jetzt vollkommen«, skandierte Vraebel. »Darauf würde Ihnen jeder Arzt Brief und Siegel geben.«

Calhoun nickte. »Ich weiß, Martin; ich weiß, wie sich das anhört.«

Nun fiel das schwache Licht auf das gesamte Deck. Die Sonne stieg höher am Himmel auf, doch die Wolken, die sich zu einer dichten Masse zusammengebraut hatten, hielten sie davon ab, die Plattform in Helligkeit zu baden.

»Im Übrigen ist das noch nicht alles«, meinte Catfish. »Ich muss in die Bohrzentrale.«

»Oh, dorthin gehen wir auch«, versicherte ihm Calhoun, »aber erst müssen wir Steve Gomez von der Brücke holen.«

»Aber wie sollen wir das denn schaffen?«, fragte Vraebel.

Der Generator geriet plötzlich ins Stottern und ging gleich darauf ganz aus. »Zuerst gilt es, dieses Ding aufzutanken. Haben Sie, noch einen davon hier oben?«

Vraebel blinzelte. »Wir haben sogar drei.«

»Gut.« Calhoun schaute wieder an den Himmel. »Und wir brauchen etwas, um sie herumtragen zu können.«

***

Das Unwetter zog langsam auf. In ein paar Stunden würde der Wind kräftiger werden, und es würde anfangen zu regnen. Aus den Wellen wurde dann garantiert eine Sturmflut, und wenn dies geschah, könnte sich die gesamte Bohrinsel aufbäumen wie ein Wildpferd.

Gomez betrachtete aufmerksam das Wetterradar; das tat er schon seit einer Stunde, wobei er beobachten konnte, wie die roten Bänder stetig weiter auf sie zuströmten – eine makabre Art, die Zeit totzuschlagen, aber immer noch besser, als Terrels Leiche anzusehen … die übrigens bereits zu stinken anfing.

Zunächst hatte Gomez geglaubt, der schwarze Schleim sei zurückgekommen.

Er hatte mit dem Rücken an der Wand dagesessen und die Taschenlampe fast zehn Minuten lang auf das Gitter des Luftschachts gerichtet, ehe ihm bewusst geworden war, dass sich Terrels Bauch aufblähte wie ein Ballon. Statt sich mit dem Geruch herumzuplagen, hatte er den Toten einfach in eine der hinteren Ecken des Raumes geschleift. Eine Spur verschmierter Körperflüssigkeiten zog sich nun in langen braunen, roten und grauen Streifen über den Boden.

Als das erste Licht am Horizont aufgetaucht war, hatte er aus dem Brückenfenster geschaut, um das Deck zu überblicken. Dabei hatte er mit angesehen, wie zusehends mehr Sonnenstrahlen auf die Insel gefallen waren und den schwarzen See zum Rückzug in Richtung Westtreppe gezwungen hatten. Dies bedeutete, dass das monströse Etwas wieder in die Aufbauten zurückgekehrt war. Er fragte sich, wie viel Zeit ihm noch blieb, bis es hier aufkreuzte. Ihn beschlich das ungute Gefühl, dass eine Halogentaschenlampe dieses Mal nicht ausreichen werde, um es abzuwehren.

Sein Handy piepte. Er seufzte und nahm es zur Hand. Vraebel … Gomez strich mit dem Zeigefinger über den Touchscreen, woraufhin sich die Nachricht öffnete.

»Halten Sie die Stellung, wir kommen Sie holen!«

Er las die Worte zweimal, bevor ihm der Inhalt endlich klar wurde. Dann lächelte er betrübt. Als er sich auf der Brücke umschaute, fiel ihm im Spind an der Wand die Tasche des Chiefs auf. Er zog sie heraus und stöberte darin nach etwas Nützlichem, wobei er das Aufladegerät für Vraebels Telefon, dessen Brieftasche, ein Schlüsselbund, ein Hemd zum Umziehen und ein Erste-Hilfe-Set fand.

Letzteres entnahm er, während er die Lampe hineinschob. Nachdem er die Wunden an seiner linken Hand mit Brandsalbe bestrichen hatte, umwickelte er sie dick mit Mull. Er machte sich nichts vor: Der Verband würde nicht halten, aber wenigstens ließ der Schmerz so für kurze Zeit nach.

Nun da er sich verarztet hatte, steckte er die Sachen wieder zurück in die Tasche. Der Spind enthielt außerdem noch drei Schwimmwesten und eine Leuchtpistole mit mehreren Kartuschen. Gomez musste schmunzeln, als er die rote Plastikwaffe sah. Er klappte die Verschlusskammer auf und lud sie mit einer Patrone; drei weitere verstaute er in seiner Hosentasche, ehe er die Pistole in seinen Gürtel steckte.

Den Reißverschluss der Tasche zog Gomez zu, dann stellte er sie neben seinen Füßen ab. Als er wieder hinunter auf das Deck der Plattform schaute, waren die Halogenstrahler verschwunden, und mit ihnen sowohl die Überlebenden als auch der Generator.

»Dios mio«, stöhnte er wieder. »Die müssen doch übergeschnappt sein.« Er wusste zwar nicht genau, was sie planten, hoffte aber, dass sie bald bei ihm sein würden. Denn wie lange er der Ohnmacht noch trotzen könnte, wusste er nicht.

***

Drinnen waren die Lampen eingeschaltet; zumindest dies entsprach Calhouns Plan. Was alles Weitere betraf, so hielt sie ihn für wahnsinnig, doch da niemand eine bessere Idee hatte …

Drei stämmige Roughnecks und Martin Vraebel wuchteten den Generator nun die Treppe hinauf. Es gab einen Lastenaufzug, doch dieser befand sich auf der anderen Seite der Anlage. Außerdem ging Shawna nicht davon aus, dass irgendjemand darin festsitzen wollte, falls der Strom wieder ausfallen würde – oder etwas noch Schlimmeres passierte.

Als sie den oberen Treppenabsatz erreicht hatten, stellten sie den Dieselgenerator dort ab und kehrten dann schnell nach unten zurück, um die Strahler und einen Handkarren zu holen. Sobald alle wieder zur Stelle waren, schlossen sie die Lampen am Gerät an und schalteten es wieder ein.

Den Karren um die enge Ecke zu bugsieren, die auf den Hauptgang führte, war die Hölle. Es bedurfte allein zweier Arbeiter, um ihn in Position zu schieben. Die Brücke lag zwei Flure weiter links entlang.

Bill – der Roughneck, der versucht hatte, Jack Hosley zu retten – bestand darauf, die Führung zu übernehmen. Er hielt die schwere Arbeitslampe in den Händen. »Falls sich dieses Dreckszeug wieder blickenlässt, will ich selber dafür sorgen, dass es kriegt, was es verdient«, knurrte er, als er das Licht anhob.

Shawna ging hinter dem Handkarren her. Ein weiterer Arbeiter, ein großer, starker Glatzkopf namens Robert Creely, bildete die

Nachhut. In gewisser Weise, so dachte sie, fiel ihm die schwierigste Aufgabe zu, denn er deckte die Gruppe von der anderen Seite, indem er mit einem weiteren Strahler rückwärts hinter dem Generator ging. Auch Martin und Dick Green trugen Lampen, die jedoch noch nicht eingeschaltet waren. Gelangten sie an Stellen auf dem Flur, über denen Abzüge oder andere offene Schächte lagen, knipsten sie diese an und leuchteten die Orte mit dem gleißenden Licht aus, bis die Gruppe vorbeigegangen war.

Sie kamen so aber natürlich nur langsam voran. Trotz der kühlen Luft aus der Klimaanlage schwitzten Shawna und ihre Begleiter. Ihre Aufgabe – achtzugeben, dass sich die Kabel beim Schieben des Handkarrens nicht verhedderten – erwies sich als kniffliger als erwartet. Meter um Meter legten sie auf dem Hauptflur zurück, bis sie zum ersten Korridor kamen.

Bill hielt nun eine Hand hoch, als er die Abzweigung erreichte. Langsam zog er am Verlängerungskabel, um genügend Spielraum zu haben, und leuchtete dann links den Flur hinunter. Martin tat es ihm gleich, nur auf der rechten Seite. Die beiden Männer schnauften angespannt, und auch Shawna spürte, dass ihr Adrenalinspiegel gerade einen Höhepunkt erreichte. Die Kreatur könnte sich jeden Augenblick durch eine Deckenplatte fallenlassen, aus einem Lüftungsschacht fließen oder der Gruppe einfach nur irgendwo auflauern.

»Alles frei«, sagte Martin leise, aber deutlich.

»Hier auch«, ließ Bill folgen. »Ich gehe jetzt nach links.« Er trat einen Meter weit auf den Flur und wartete, während Shawna den Karren schob. Vraebel leuchtete weiterhin die andere Seite des Korridors aus, bis Robert wieder genügend Spielraum mit seinem Kabel hatte, um hinten aufzupassen. Dann zwängte sich der Aufseher am Karren vorbei, um Bill zu folgen.

Sie alle schwitzten stark. Die Leitungen der Klimaanlage verbreiteten den Gestank von Fäulnis und Schimmel. Shawna befürchtete, sich bald übergeben zu müssen. Ein Blick auf die anderen sagte ihr, dass auch sie sich mit der Luft schwertaten.

»Komm raus und zeige dich, wo immer du auch steckst«, verlangte Bill. »Dreckszeug.« Er führte die Gruppe weiterhin an.

Türen zu Lager- und Geräteräumen flankierten den Korridor; wann immer Martin eine erreichte, richtete er seinen Strahler nach unten auf den Spalt an der Schwelle. Shawna wünschte sich auf einmal, alle Räume würden über Luken verfügen.

Die nächste Biegung kam nun in Sichtweite; von dort aus würde es relativ leicht werden, bis zur Brücke vorzustoßen. Während sie sich dem anliegenden Gang näherten, hob Bill seine Hand erneut, damit alle stehenblieben. Shawna wischte sich die Feuchtigkeit von der Stirn und trocknete ihre Hände an der Khakihose ab, die sie trug. Ihre Kleidung roch nach salziger Meeresluft, Kraftstoff und Schweiß, wobei ihr dieses stinkige Parfüm nicht allein zu eigen war; die ganze Gruppe hätte einen Tauchgang im Ozean, besser noch eine heiße Dusche vertragen können.

Als Bill einen Blick um die Ecke wagte, erstarrte er. »Jesus …«

Vraebel hatte schon die andere Richtung auf dem Gang ins Auge gefasst. Ohne sich umzudrehen, fragte er: »Was ist los?«

Bill schüttelte den Kopf. »Die verfluchte Wandverkleidung ist weg – auf dem ganzen Flur; es existieren nur noch Nägel und Metall.«

»Sehen Sie noch etwas?«, wollte Shawna aufgeregt wissen.

Bill schwieg einen Moment. »Der Fußboden hat noch nie so geglänzt.«

Shawna ächzte. »Dann ist es hier gewesen! Es hat sowohl den Bodenbelag als auch die Täfelung an der Wand aufgelöst. Sind auch die Nägel beschädigt?«

»Kann ich nicht genau sagen«, antwortete Bill. »Alle bereit zum Nachrücken?«

»Hier ist alles sauber«, meldete sich Martin. »Achten Sie auf die Schächte, die vor uns liegen, Bill.«

»Verstanden«, bestätigte der Roughneck. »Robert? Können wir?«

»Ja«, dröhnte die dunkle Stimme des Mannes.

Shawna drückte den Handkarren wieder weiter und manövrierte ihn unbeholfen hinter Bill her. Er wartete, bis er die Kante des Generators an seinem Gesäß spürte, und setzte sich dann in Bewegung. Robert schob sich vorsichtig daran vorbei auf den Flur, wobei er mit seinem Strahler nach hinten leuchtete.

Martin richtete sein Licht an der Wand links unter die Decke; Greens Lampe deckte die rechte Seite ab. Shawna folgte Bill behutsam mit dem Karren.

Plötzlich bemerkte sie neben dem Brummen des Generators ein scharrendes Geräusch. »Bill?«, fragte sie.

»Schon klar«, erwiderte er, »ich höre es auch.«

»Scheiße, was ist das?«, brauste Robert auf.

Shawna widerstand dem Drang, sich umzudrehen.

»Was ist das, Robert?«, fragte nun auch Martin.

Das Scharren wurde lauter. Hinter Shawna polterte plötzlich etwas auf dem Boden.

»Gottverdammt!«, rief Robert.

Ihre Entschlossenheit fing an zu bröckeln, und sie schaute zurück. Es verschlug ihr den Atem; drei Deckenplatten waren zerfallen. Die Lampen am anderen Ende des Flurs gingen eine nach der anderen aus, während das Zischen immer lauter wurde. Die Gipsplatten an der rechten Wand brachen unter den kaputten Lichtern einfach auseinander.

Bill knurrte: »Beeilen wir uns, Leute. Wir müssen Gomez da rausholen.«

Er ging weiter. Als Shawna den Weg voraus wieder ins Auge fasste, hatte sie eine Gänsehaut und Schwierigkeiten mit dem Luftholen. Es kam ihr so vor, als müsse ihr das Herz gleich aus der Brust springen.

Der Karren wurde immer schwerer. Sie zog die Mundwinkel zu einem resignierenden Lächeln hoch. *Natürlich wird das blöde Ding nicht schwerer, du bist lediglich erschöpft.* Sie hatten die Brücke ja noch gar nicht erreicht, und der Rückweg sollte genauso tierisch anstrengend werden. *Falls es überhaupt einen geben wird,* ergänzte Shawnas innere Stimme. Diese zu verdrängen bemühte sie sich nach Kräften, indem sie sich auf die Kabel konzentrierte.

Nun flüsterte Creely zischend: »Ich sehe es.«

Gott, wie gern hätte sie sich wieder umgedreht und geschaut, was er sah. Während sie Bill weiter folgte, stellte sie sich vor, wie der schwarze Schleim auf dem Flur gekrochen kam und an ihren Fersen leckte. »Wie groß ist es?«, fragte sie.

»Verdammt nochmal groß genug!«, bellte Robert.

Bill schlug einen schnelleren Schritt an. Shawna legte sich ebenfalls entsprechend ins Zeug, doch ihre Arme taten schon weh vor Mattigkeit. Nicht mehr lange, und sie würde einfach außerstande sein, zu schieben. Sie wusste, dass sie von ihrem Adrenalin und nur wenig sonst auf Trab gehalten wurde.

Dann spannte sich plötzlich Roberts Verlängerungskabel straff, sodass der Generator vom Karren zu rutschen drohte. »Nachrücken!«, rief sie.

Gleich darauf entstand wieder neuer Spielraum – Shawna fiel ein Stein vom Herzen –, aber Robert schnaufte laut hinter ihr. Es klang so, als sei er einem Herzinfarkt nahe.

Weiter vorn bog Bill links in Richtung Brückenluke ab. Er wurde nicht langsamer, bevor er um die Ecke gegangen war. Shawna malte sich aus, er werde rückwärtsfallen, während ein riesiges, schwarzes Monster ihm Kleider, Fleisch und Knochen wegätzte. Stattdessen aber hörte sie ihn gegen den Eingang schlagen.

»Steve! Bill hier! Mach auf!«

Einen Augenblick lang geschah gar nichts. Shawna drehte ihren Kopf, um nach hinten zu schauen; der Flur war dunkel. Das schwarze Zeug hatte sich durch die Wandverkleidung, die Deckenplatten und Lampenkästen gefressen. Sie wäre jede Wette eingegangen, dass dort oben noch eine Menge Metall hing, das die Leuchtstoffröhren zusammenhielt, doch die Drähte lagen sehr wahrscheinlich frei, und das Plastik hatte sich völlig aufgelöst.

Sie folgten dem Kegel von Roberts Strahler, als er ihn um die Ecke schwenkte, und siehe da: Metallklammern, Schrauben und

Bleche reflektierten das Halogenlicht. Am Boden jedoch war nichts zu sehen.

»Wohin ist es verschwunden?«, wunderte sie sich.

Robert schüttelte den Kopf, drehte sich aber nicht zu ihr um. »Keine Ahnung«, antwortete er. »Ich habe es dort hinten am Ende des Gangs gesehen, doch jetzt ist es weg. Ich habe versucht, ihm mit der Lampe zuzusetzen, aber sie ist einfach nicht stark genug, um so weit zu leuchten.«

Shawna zuckte zusammen, als die Luke plötzlich laut knarrend aufging.

»Gomez?«, fragte Bill. »Sie sehen ja wie gerädert aus.« Als sie sich zum Flur hin umdrehte, hatte Bill den kleinen Latino gerade ungestüm in die Arme genommen. Der Arbeiter hatte recht; Bill sah tatsächlich halbtot aus und wie durch den Wolf gedreht. Er stand buchstäblich neben sich und starrte sie aus trüben Augen an. »Hier.« Bill bot ihm einen Arm an. »Halten Sie sich an mir fest; wir bringen Sie hier raus, und zwar pronto.«

Hinter den Wänden zischte nun etwas. Alle blieben wie paralysiert stehen. Shawna schluckte beklommen, während Martin und Dick ihre Lampen gleichzeitig hochrissen, um die Stellen unter der Deckenverkleidung abzusuchen. Sie legte eine Hand an die Wand; sie fühlte sich warm an.

»Männer? Hier geht gerade etwas sehr Übles vor sich.«

Vraebel wandte sich ihr zu und meckerte: »Ist ja mal was ganz Neues.«

Sie ignorierte seinen Sarkasmus. »Ich glaube, es steckt jetzt in den Wänden; es muss ...« Ihre Worte verloren sich, als Dick zu schreien anfing.

***

Durch die Flure zu gehen war unheimlicher, als er es sich vorgestellt hatte. Catfish hatte sich seine Laptoptasche über die Schulter gehängt, wo sie nun baumelte, und wünschte sich sehnlichst eine Schachtel Zigaretten, die er sich auf einmal in den Mund stecken könnte. Dieser Trip hätte glatt von den Machern des Computerspiels *Doom* ersonnen worden sein können.

Die Lampen auf dem Hauptflur flackerten bereits, seit sie die Aufbauten betreten hatten. In den Wänden klafften mittlerweile große Löcher, deren Ränder schwarz und wie verbrannt waren. Hinter dem ramponierten Gipskarton glänzte glatt poliertes Metall. Der harte Boden reflektierte das Licht der Halogenstrahler, als sei er frisch gewachst.

Genau wie Vraebels Gruppe hatten sie einen Generator auf einen Handwagen gehoben und die übrigen Arbeitslampen daran angeschlossen. Zwei Roughnecks, die Catfish nicht kannte, gingen davor her, ein Einzelner dahinter. Calhoun blieb an der Seite seines Partners und hatte wie dieser eine Hochleistungstaschenlampe dabei. Der Ingenieur behauptete, diese Geräte würden dem gewünschten Zweck dienen, doch Catfish war sich diesbezüglich nicht so sicher. Er wünschte sich, sein Freund hätte nicht verlangt, so viele Lampen auf dem Deck zurückzulassen. Andererseits würde die Sonne irgendwann wieder untergehen, und sie brauchten etwas, um sich gegen die Kreaturen zur Wehr setzen zu können.

Nun da die Leuchtstoffröhren auf dem Gang drauf und dran waren, ihren Dienst zu quittieren, fragte er sich, ob die Gruppe ihren Plan nicht besser noch einmal überdenken sollte – und zwar komplett. Um zur Bohrzentrale zu gelangen, mussten sie die Treppe passieren, die zu den Quartieren und in die Kantine führte. Jene elende Riesenlache aus schwarzem Dreck könnte sich überall auf der Insel verbergen, von ihren kleineren Ausläufern mal ganz zu schweigen.

Vraebel war mit den anderen die Osttreppe hinaufgegangen, weil man die Brücke auf diesem Weg leichter erreichen konnte. Hoffentlich hatten sie mehr Glück mit der Beleuchtung. Sollte Shawna etwas zustoßen, würde er die Anlage höchstpersönlich in die Luft jagen, quasi als ultimatives »Fuck you« an das, was auch immer im Moment darauf hauste.

Sie bewegten sich langsam auf den Treppenschacht zu. Die beiden Männer an der Spitze hatten ihre Strahler geradeaus in den Gang gerichtet. Beim Näherkommen sagte einer von ihnen leise: »Stopp.«

Catfish und Calhoun hielten den Wagen an, um zu warten. Der Roughneck machte einen Ausfallschritt vor dem Eingang des Schachts, wobei er den Treppenabsatz ausleuchtete. »Mist«, wisperte er.

»Was ist?«, fragte Calhoun.

Der Mann drehte sich nicht um, als er sagte: »Das Metall auf den Stufen glänzt verflucht sauber; die Platten an der Wand sind weg – komplett. Sind nur noch verkohltes Holz und Metall übrig.«

»Es verfolgt uns«, erwiderte Calhoun. »Es könnte jetzt in den Wänden stecken, Leute, genauso wie in den Luftschächten.« Er schaltete seine Taschenlampe ein und strahlte die Deckenplatten auf dem Flur an, unter denen sie noch durchgehen mussten. Der Abstand zwischen den Öffnungen der Luftschächte betrug jeweils ungefähr vier Meter. »Wir müssen besonders vorsichtig sein.«

»Ach was«, meinte der Arbeiter hinter ihnen.

Wie heißt er noch gleich?, dachte Catfish. *Jake? Jim? Scheiße.*

Calhoun sah sich nicht bemüßigt zu antworten oder sich umzudrehen. »Ich bin so weit, wenn Sie es sind, Terry.«

Der Roughneck, der auf die Treppe schaute, zuckte ein wenig zusammen, als er seinen Namen hörte, und trat dann an dem Eingang vorbei. Sie setzten ihren Weg nun fort. Im Vorbeigehen warf Catfish einen Blick in den Treppenschacht. Dort sah es, genau so, wie Terry geschildert hatte, verheerend aus, aber dennoch blitzblank. Vom üblichen Schmutz – was sich an Bord der Plattform normalerweise so unter den Sohlen festsetzte – war überhaupt nichts mehr zu sehen. Die Wandverkleidung fehlte in der Tat, und die Holzstifte vermittelten den Eindruck, mit einem Flammenwerfer in Kontakt gekommen zu sein. Tja, jetzt wussten sie also, dass dieses Ding auch Holz verzehren konnte.

Mit einer Hand packte Catfish die Lenkstange des Wagens, um beim Anschieben zu helfen, während er die Taschenlampe in der anderen hielt. Thomas und er leuchteten in die Luftschächte hinein, doch irgendetwas kam ihnen einfach nicht geheuer vor. Je tiefer sie ins Gebäude vorstießen, desto übler roch die Luft.

Bis zur Luke der Bohrzentrale war es nicht mehr weit. Catfish rekapitulierte noch einmal in Gedanken, was er als Nächstes tun musste. Eigentlich war es simpel. Er brauchte nur seinen Laptop anzuschließen, ein paar Dateien herunterzuladen und das Kamerasystem der Anlage so umzuprogrammieren, dass es auf seinen Computer ansprach. Sobald er das geschafft hatte, konnten sie beobachten, was vor sich ging, während sie Calhouns Plan umsetzten.

Als sie den Eingang der Zentrale erreicht hatten, stieß Terry mit zusammengebissenen Zähnen einen Seufzer aus. »Und jetzt?«, fragte er.

Der Eingang war offen – nicht weil jemand versäumt hatte, ihn zu schließen, sondern weil die Tür sich in Luft aufgelöst hatte. Ein glänzender Messingknauf und der Verschlussmechanismus lagen vor ihnen auf der Schwelle.

Calhoun betrachtete diese Überreste. Dann fluchte er und schwenkte den Kegel seiner Lampe auf den Eingang in die Zentrale. »Wir gehen rein«, sagte er. »Du übernimmst die linke Seite«, trug er Catfish auf, »und ich die rechte.«

Sein Freund nickte. Nach dem Anblick der kaputten Wände und flackernden Lampen sowie des Griffs der Luke am Boden raste sein Puls. »Wenn ich es zu Gesicht bekomme, werde ich zusehen, dass ich ihm wehtue.«

»Gut«, erwiderte Calhoun. »Terry? Aaron? Wir möchten, dass Sie vorgehen und Bescheid sagen, ob alles sauber ist. Dann schieben wir den Generator über die Schwelle; sobald wir drin sind, müssen Sie uns gemeinsam Deckung geben, während Catfish ein bisschen auf der Tastatur zaubert, verstanden?«

»Ja«, brummten die beiden Männer.

Calhoun schaute über seine Schulter zurück. »Joel? Sie bewachen den Eingang; leuchten Sie dabei immer in den Flur.«

Der kräftige Bartträger nickte. Catfish konnte sich nicht entscheiden: War Joel stumm oder einfach nur bewusst wortkarg? Womöglich ängstigte er sich aber auch einfach nur genauso wie der Rest der Gruppe und wollte nicht, dass man es an seiner Stimme bemerkte. Egal – Catfish hatte das Gefühl, dass der Mann seine Pflicht tun würde. Er hatte aus eigenen Stücken angeboten, das Schlusslicht zu bilden, und das fand Catfish in vielerlei Hinsicht gefährlicher, als an der Spitze zu gehen.

Terry betrat die Zentrale zuerst. Aaron folgte dicht dahinter. Ihre Kabel spannten sich, während sie ein paar Schritte weitergingen. Catfish konnte sie zwar im Flüsterton fluchen hören, aber sonst nur wenig mehr. »Die Luft ist rein«, rief endlich eine Stimme.

Catfish knirschte mit den Zähnen, als er den Generator gemeinsam mit Calhoun in den Raum schob. Es gab fast keinen Platz für den Handkarren, weshalb es einige Mühe kostete, ihn hineinzuschieben. Hätte die Luke noch im Rahmen gehangen, wäre es gar nicht zu schaffen gewesen. Auch so hinterließen sie tiefe Kerben in den Überresten des Holzrahmens.

In der Bohrzentrale war es abgesehen vom Dröhnen der Computer still. Catfish schaute hinüber zu Harobins Arbeitsplatz. Er wünschte sich, dass der Geologe noch hier wäre, Selbstgespräche führte und in seiner Nase nach grünem Gold bohren würde. Er seufzte und ließ den Blick noch einmal aufmerksam durch den Raum schweifen. Dabei leuchtete er mit der außerordentlich starken Lampe alle Winkel und Nischen aus; keine Spur von der Schwärze.

Er stöhnte schwer, ließ den Wagen los und ging schließlich zu seinem Computer. Terry trat an seine Seite und richtete den Kegel seiner Lampe auf den Bereich vor den Geräten. Hätte sich das Ding irgendwo verstecken wollen, wäre der Serverraum als solcher der perfekte Ort dazu gewesen; der Boden unter einem

Schreibtisch oder Druckerterminal hätte es aber genauso gut getan.

Anscheinend hatte Calhoun seine Gedanken gelesen. Er war einen Meter hinter der Reihe von Plätzen in die Hocke gegangen und suchte nun aufmerksam die Dunkelheit unter den Computern mit seinem Licht ab. Das war gut; wenigstens einer hier bewies gesunden Menschenverstand.

Catfish drückte Enter und loggte sich ein. Dann rief er ein Menü auf und verband sich mit dem Kontrollserver. Vraebel hatte ihm den Benutzernamen und das Passwort gegeben, die er brauchte, um die Kameraübertragung zu rekonfigurieren. Nachdem er der Push-Liste die MAC-Adresse seines Laptops hinzugefügt hatte, lud er die Dienstkonfiguration des Kamerasystems neu. Ein grünes »OK« erschien nun auf der Bedienoberfläche.

Jetzt nahm er den Laptop aus seiner Tasche, klappte ihn auf und steuerte die IP-Adresse des Kameradienstes an. In seinem Browser öffneten sich sofort sechs Fenster mit Echtzeitbildern. Da er sich beobachtet fühlte, drehte er sich zu Calhoun um. Dieser hatte die Augenbrauen hochgezogen; Catfish nickte ihm zu.

Die Tasten klapperten unter seinen flinken Fingern, während er das Verzeichnis aufrief, das er suchte. Er übertrug die aktuellen AUV-Einstellungen auf seinen Laptop und überprüfte sie noch einmal, um sicherzugehen, dass sie auch wirklich vorhanden und vollständig waren. Wenn er eines nicht wollte, dann feststellen zu müssen, dass sie diesen Abstecher vergeblich gewagt hatten.

»Okay«, meinte Catfish schließlich. »Ich glaube, ich habe, was ich brauche.«

Nun nickte Calhoun. »Dann lass uns jetzt mal ganz schnell von hier verschwinden«, drängte er. Sowohl sein Blick als auch das Licht seiner Lampe waren auf eine Stelle über dem PC fixiert.

Catfish drehte langsam den Kopf und sah das Gleiche wie sein Arbeitgeber. Ein Gitterrost der Klimaanlage hoch oben an der Wand war dunkler, als es hätte sein sollen. Das vormals weißlackierte Metall glänzte nun im Schein von Thomas' Lampe. Im Schacht darüber steckte etwas – etwas, das sich nicht so recht von dem Licht treffen lassen wollte.

Nachdem Catfish den Laptop zurück in die Tasche gesteckt hatte, stand er auf und hängte sie sich wieder um. Sobald er die schwere Taschenlampe festhielt, war ihm ein wenig wohler zumute, doch was auch immer sich in dem Schacht verbarg, ließ ihm das Blut in den Adern gefrieren.

Er ging zu Calhoun und blieb neben ihm stehen. »Es ist da drin«, sagte er.

Thomas nickte. »Die einzige Frage lautet«, entgegnete er, »welches von ihnen?«

»Können wir jetzt hier raus?«, fragte Joel vom Eingang aus. Er leuchtete nach wie vor nach draußen, doch er hatte sich den beiden zugewandt.

»Joel!«, schrie Calhoun, doch es war schon zu spät.

Während er sich von der Öffnung abgewandt hatte, war ein schwarzer Schleimfaden vom Rahmen über der Luke nach unten gezogen. Als Joel den Kopf wieder zum Flur umgedreht hatte, war die Substanz nach vorn gependelt und hatte sich um seinen Hals geschlungen. Joel ließ vor Schreck die Halogenlampe los, sodass sie auf den Boden fiel und zerbrach. Er fasste sich an die Kehle und versuchte, das Ding von sich zu lösen; kurz darauf klatschten seine Finger abgetrennt auf den Boden wie durchgeschnittene Würstchen. Der Greifarm hob ihn nun in die Luft. Geknister und der Gestank von verbranntem Fleisch brachen sich in der Bohrzentrale Bahn. Joels Schreie wurden abrupt abgewürgt, als sein Körper im Flur verschwand.

Sowohl Terry als auch Aaron standen wie vom Donner gerührt nur wenige Meter vor der Öffnung. Catfish atmete hektisch und flach. »Um Gottes willen!«

Calhoun schaute wieder zu dem Schacht hinauf. »Es ist immer noch da. Aaron? Terry?« Die beiden starrten weiterhin in den leeren Eingang. »Männer!«, rief Calhoun, nun drehten sich die

Roughnecks langsam zu ihm um. »Richten Sie Ihre Lampen verflucht nochmal auf die Tür – eine hoch, eine niedrig.«

Catfish leuchtete mit seiner genau auf den Schacht. Das schwarze Ding steckte noch immer darin. »Teufel aber auch, glaubst du, die beiden jagen zusammen?«

»Ich weiß es nicht«, antwortete Calhoun, »aber mir wäre eindeutig wohler, wenn diese Vermutung nicht stimmen würde.«

»Mir auch«, fügte Catfish schwer schluckend hinzu. »Zurück auf den Flur?«

»Ja, zurück auf den Flur.« Calhoun ging zum Handwagen. Die Abgase des Generators hatten es im Raum nebelig gemacht; Luft zu holen fiel allmählich wirklich schwer. »Wir müssen in Bewegung bleiben«, erklärte Calhoun. Er zeigte auf Aaron. »Sie, halten Sie uns den Rücken frei. Terry? Sie gehen vor. Craig?«

»Schon klar, ich achte derweil auf die Luftschächte.«

»Gut.« Terry trat vor den Karren, und Aaron nahm seine Position hinter Calhoun ein. »Gehen wir«, sagte der Ingenieur dann.

Catfish verharrte noch eine Sekunde, um einen zweiten Blick hinauf zu dem Gitter zu werfen, und zu sehen, ob das Ding auch dort blieb. Als er sich abwandte und Terry folgte, wünschte er sich inniglich, dass sie die Luke hinter sich schließen könnten.

***

Der Stahl gab mit einem grellen Quietschen nach. Die gesamte linke Seite des Korridors wölbte sich nun nach außen, als die Holzstifte der Verkleidung einfach zerfielen. Zwei schwarze Tentakel schnellten durch die großen Löcher und schlangen sich um Dick. Die Schultern des Mannes qualmten und brutzelten, als die Schwärze mit ihm in Berührung kam.

Seine Lampe krachte auf den Boden und ging sofort aus. Creely schrie und richtete die Hochleistungstaschenlampe auf Dicks zitternden, zuckenden Leib. Rauch stieg von den schwarzen Fangarmen auf, doch sie wollten ihre Beute einfach nicht loslassen.

Sie schleiften Dick, während er brüllte, zur Wand. Blut spritzte dagegen und auch in Shawnas Gesicht, als dem Arbeiter der Kopf abgetrennt wurde und über den Boden rollte.

»Green!«, rief Creely.

Hinter der kaputten Wand hörten sie es knistern wie Pfannen auf einem Herd. »Green!«, wiederholte Bob. Er schlug sich die Hände vor dem Gesicht zusammen und heulte.

Shawna hörte kaum etwas Anderes außer ihrem hämmernden Herzen. Sie drehte sich um und blickte zurück zur Luke der Brücke. Bill stützte nun Gomez, der zum Generator humpelte. Vraebel starrte den Flur hinunter. Als sie wieder nach vorn schaute, wurde ihr klar, dass sie der eingedellten Wand viel zu nahe war.

Also trat sie zurück, bis sie mit dem Hintern an den Handkarren stieß. »Ich brauche eine Lampe!«, rief sie. Kaum eine Sekunde später stand Vraebel neben ihr und leuchtete die Wand an.

»Wischen Sie sich Ihr Gesicht ab«, bat er.

Shawna hob einen Arm und fuhr sich über ihre nasse linke Wange. So schwierig es war, versuchte sie ihr Möglichstes, nicht auf ihre Handfläche zu schauen; stattdessen putzte sie diese an ihrer ebenfalls feuchten und schmutzigen Khaki-Hose ab. »Wie sollen wir denn bloß daran vorbeikommen?« Sie zeigte auf die Wand.

Vraebel grunzte. »Wir zielen mit unseren Lampen darauf und gehen dann langsam vorwärts.«

»Martin«, rief Gomez hinter den beiden.

»Ich bin froh, dass Sie noch leben, Steve«, erwiderte der Aufseher, ohne sich umzudrehen.

»Ich habe etwas für Sie«, fuhr Gomez fort.

Shawna drehte sich zu ihm um, als er eine dicke, rote Pistole aus seinem Gürtel zog. Dabei sah sie seine zerfetzte Hand; der kleine Finger war bis auf einen Teil der Innenfläche gespalten worden, und die Haut blasig verbrannt, wo die Schwärze sie berührt hatte. Gomez gab Bill die Waffe, der sie wiederum Shawna anbot.

Sie nahm sie entgegen und fragte: »Eine Signalpistole?«

Der Schichtführer nickte. Er griff mit der gesunden Hand in eine Hosentasche und zog ein paar Kartuschen heraus. Bill ließ sie sich geben und reichte sie an Shawna weiter. Sie steckte sie in ihre Hemdtasche.

»Seien Sie vorsichtig damit«, ermahnte Gomez sie. »Das Ding ist geladen.«

»Gut zu wissen«, erwiderte sie. Vraebel strahlte die Wand noch immer an. Auf dem Flur stank es nach Dieselabgasen. »Wir müssen weiter«, sprach sie, »oder wir werden ersticken.«

»Fertig, Bill?«, fragte Vraebel.

»Bin bereit, Boss.«

Der Aufseher schaute zu Creely hinüber. »Sehen Sie zu, dass unsere Ärsche heil bleiben.« Der Angesprochene machte immer noch den Eindruck, unter Schock zu stehen, nickte aber. Daraufhin übernahm Martin selbst die Führung.

Shawna stellte sich wieder hinter den Handkarren und fing an zu schieben. Ihre Arme kamen ihr vor, wie zu lange gekochte Nudeln, doch sie brauchte sie noch, um aus dem Gebäude auf das Deck zurückzukehren. Sobald sie die Treppe hinuntergestiegen waren, würden sie wieder in natürliches Licht gelangen, wenngleich das keine sonderliche Abschreckung für das Ding zu sein schien. Während sie an der blutbesudelten Wand vorbeigingen, zwang sie sich zum Wegschauen.

Der Korridor auf dem Rückweg war dunkel. Die Kreatur hatte anscheinend genügend Elektronik an der Decke zerstört, um einen Kurzschluss zu verursachen. Vraebels Halogenlampe erhellte den Bereich vor ihnen als weißes Rechteck, doch der Flur war so lang, dass er das Licht verschluckte, bevor es die hintere Wand erreichen konnte. Shawna wäre am liebsten gerannt. Sie wollte den Karren so schnell wie möglich anschieben, während Vraebel vor ihr hersprintete; sie wollte …

Auf einmal hielt er eine Hand hoch und neigte den Kopf zur Seite. Shawna hörte sofort auf zu schieben und holte tief Luft. Sie lauschte; draußen schmetterte der Wind gegen die Aufbauten in ihrer erhöhten Lage, doch das war nicht der Grund dafür, dass Vraebel innegehalten hatte.

Irgendwo vor ihnen, vielleicht aber auch um die Ecke in einem der anderen Gänge, verursachte etwas ein Klopfgeräusch.

»Ist da vielleicht jemand eingeschlossen?«, fragte Shawna.

Der Aufseher zuckte mit den Achseln. Das Klopfen wurde lauter und schließlich zu einem metallischen Rappeln. Er nahm seine Hand wieder herunter und ging weiter auf dem Flur entlang. Shawna folgte ihm mit dem Karren. Sie hörte Gomez angestrengt schnaufen. Da er beim Ausatmen leicht gurgelte, fragte sie sich, ob vielleicht gerade Blut in seine Lungenflügel lief.

Der Lärm auf einem der anderen Korridore brach ab. Vraebel blieb wieder stehen und legte den Kopf schief, um zu lauschen. Shawna hörte nichts mehr; was auch immer schuld an dem Geräusch gewesen war, hatte sich anscheinend verzogen.

Vraebel setzte sich wieder in Bewegung, und die angeschlagene Gruppe trottete hinterher. Creely schwenkte seine Lampe ununterbrochen von links nach rechts, während er die Schächte über ihnen kontrollierte. Shawna spitzte weiterhin ihre Ohren, achtete auf jedes Knistern oder die Erschütterung von zerreißendem Metall. Falls die Kreatur begriff, dass sie auch die Holzstifte auflösen konnte, welche die Stahlrahmen zusammenhielten, konnte dies die Überlebenden in schlimme Nöte bringen. Unter diesen Vorzeichen konnte die erste Ebene des Oberbaus der Insel nämlich jederzeit einstürzen.

Nach nicht enden wollenden, langsamen Schritten erreichte Vraebel die Ecke. Er hielt eine Hand hoch, woraufhin Shawna wieder stehenblieb. Die Abluft des Generators brachte ihre Augen zum Tränen. Der Aufseher hüpfte in den angrenzenden Flur hinein, wobei er seinen Strahler von sich weghielt. »Oh, scheiße«, sagte er.

»Was ist los?«, fragte sie.

»Leute? Wir müssen einen anderen Weg finden.«

Bill fluchte. »Bill, Sie verarschen uns, oder? Wo zur Hölle liegt denn das Problem?«

Shawna ging am Karren vorbei nach vorn und schaute dann um die Ecke. Die Decke dort war vollkommen demoliert. Die Lichter brannten nicht mehr, doch sie erkannte verbogenes Metall, das dort baumelte, wo eigentlich die Verkleidung und Lampenkästen gehangen hatten. Der Boden glänzte, war aber wellig geworden.

»Mist«, raunte sie. »Ich glaube, es hat die Träger unter dem Boden zerfressen.«

Vraebel pflichtete ihm bei: »Ich auch, also wird er unser Gewicht wahrscheinlich nicht halten, ganz zu schweigen von der Möglichkeit, dass es sich jetzt auch ohne weiteres an vielen anderen Stellen auf uns stürzen kann.« Er schüttelte den Kopf. »Wie gerissen sind diese Dreckviecher denn bloß?«

Shawna schnalzte mit der Zunge. »Gerissen genug anscheinend«, antwortete sie. »Es hat uns eine Falle gestellt.«

»Creely?«, rief Vraebel.

»Ja, Boss?«

»Schauen Sie auf dem anderen Korridor nach«, befahl ihm der Aufseher.

Shawna sah, wie der dickliche Mann mit der Glatze vortrat und dann die Gegenrichtung einschlug. Dort richtete er seine Halogenlampe auf die hintere Wand des anderen Flurabschnitts. »Verdammt«, flüsterte sie dann.

»Jetzt sind wir endgültig geliefert, Boss«, meinte Bob.

Auch auf der gegenüberliegenden Seite zeigte sich nichts als Verwüstung. Abgesehen davon, dass die Decke komplett zerstört und der Boden wellig war, hatte die Schwärze auch so große Löcher in die Wand gefressen, dass Rohrleitungen herausgefallen waren und nun auf den Boden zeigten. Das hieß, die Flüssigkeit konnte sich aus den Schächten ergießen wie aus Wasserhähnen.

Vraebel keuchte. »Ich denke, wir müssen …« Auf einmal zischten die Wände wieder. »… zurück zur Brücke!«

Shawna zögerte nicht; sie eilte wieder zum Handkarren zurück und begann, ihn den langen Flur hinaufzuziehen. Gomez und

Bill hatten sich bereits in diese Richtung aufgemacht, doch Bobs Verlängerungskabel war gespannt.

Sie drehte sich um. »Verschwinden wir von hier!«

Martin kam hinter der Ecke hervor und leuchtete in die andere Richtung. »Bob! Sie strahlen rückwärts!«, befahl er und lief mit hochgehaltener Lampe auf Shawna zu. Die plötzliche, gleißende Helligkeit blendete sie.

»Ich bin bei Ihnen, Shawna«, sagte Vraebel, als er die andere Seite des Karrens erreichte. Creelys Kabel war immer noch nicht erschlafft. »Bob! Bewegung!«

Der Arbeiter kam im Rückwärtsgang aus dem Flur, wobei der Kegel seiner Lampe über die Wände und anschließend über die Decke huschte. Über ihnen ächzte etwas. »Bob! Laufen Sie!«, schrie Shawna – allerdings vergeblich.

Creely hob den Kopf, um hochzuschauen, woraufhin ein Schwall schwarzer Flüssigkeit von der Decke plumpste und ihn verschlang. Ein Zischen wie von gegrilltem Fleisch wurde auf dem Flur laut. Sein Strahler knallte und platzte, als der Schleim die Elektronik auflöste.

Der Generator brummte laut, und dann begann Vraebels Lampe, zu flackern. »Fuck!«, brüllte er. »Scheiß aufs Licht! Weg hier!« Er drückte Shawna vom Karren fort und sprang hinüber. Sie floh den Flur hinauf zu dem schwachen Licht, das aus der offenen Brückenluke drang. Dabei hörte sie Vraebels schwere Schritte hinter sich.

Bill und Gomez verschwanden durch den Eingang, unmittelbar gefolgt von ihr. Dann drehte sie sich mit der Leuchtpistole in den Händen noch einmal um. Vraebel richtete seinen Strahler auf den Gang zurück. Zuletzt aber ließ sich das Kabel einfach nicht mehr weiterziehen, sodass ihm das Gerät aus den Händen gerissen wurde; es fiel mit einem dumpfen Knall auf den Boden. Vraebel blieb stehen und drehte sich um, weil er es aufheben wollte.

Das Weißlicht huschte über die Metallträger, ehe es einen gedämpften Lichtkreis um den Generator herum warf. Während sich Vraebel beidhändig danach ausstreckte, wurde auch dieser unzureichend erhellte Bereich auf dem Gang wieder dunkel.

»Vergessen Sie die verdammte Lampe! Laufen Sie!«, schrie Shawna.

Vraebel hob den Kopf und erkannte, was sie sah, ehe er seine Beine in die Hand nahm, so schnell er konnte, doch das Kabel von Bills fallengelassener Lampe wickelte sich um seinen rechten Stiefel, sodass er mit dem Gesicht voran auf den Boden fiel. Shawna eilte zurück und packte mit links seinen ausgestreckten Arm. Sie zog nach Kräften; sein kraftloser Körper ließ sich in ihre Richtung bewegen, doch die Schwärze kam immer näher.

Shawna fiel rückwärts auf ihre vier Buchstaben, zielte und drückte dann ab. Der Flur ging in orangerote Flammen auf, als die Kartusche am Generator vorbeiflog und in den Boden schlug. Die schwarze Lache geriet in Brand. Sie bebte und wackelte wie Götterspeise, während sich das Feuer ausbreitete. Der Korridor brannte lichterloh.

Shawna zog Vraebel nun kurzerhand mit beiden Händen weiter. Er stöhnte vor Schmerz. Nicht lange, und die Flammen würden den Generator erreichen; er würde explodieren und sie beide in den Tod reißen.

»Beeilung, verdammt«, drängte Bill hinter ihr. Er bückte sich und nahm Martins Hände. Sein dicker Bizeps spannte sich an, als er den Gefallenen zur Brücke schleifte. Shawna ließ sich kein zweites Mal auffordern: Sie stürzte mit allem, was ihr Körper hergab, durch die Luke. Sekunden später trug Bill Vraebel in den Raum.

Shawna machte die Luke zu und drehte am Verschlussrad. Durch die Wände hörten sie die Flammen prasseln. Rauchschwaden wehten durch die Luftschächte herein. Sie wusste nicht, ob sie die Schwärze unschädlich gemacht hatte, doch sie selbst könnten hier drinnen genauso draufgehen. Die Sprinkleranlage funktionierte nicht, und wie weit sich das Feuer ausbreiten mochte, war nicht abzusehen.

***

Sie entfernten sich von der Bohrzentrale, als die Lichter zu flackern aufhörten und endgültig erloschen. Calhoun und Catfish nahmen ihre Taschenlampen heraus, ehe sie den Wagen weiterschoben. Aufgrund der Enge auf den Korridoren roch die Dieselabluft noch strenger. Calhoun hoffte, dass sie schnell frische Luft schnappen konnten, oder ihnen stand eine Kohlenmonoxidvergiftung bevor.

Terry und Aaron hatten seit Joels Tod nicht mehr gesprochen. Was von ihren Gesichtern abzulesen war, ließ Calhoun darauf schließen, dass sie bereits aufgegeben hatten. In Anbetracht der Tatsache, dass sie jeweils vorn und hinten gingen, stimmte dies den Ingenieur nicht unbedingt zuversichtlich. Denn falls sie ihre Aufgabe nicht erfüllten, war das Unterfangen der Gruppe völlig hinfällig.

Hinter den Wänden der Anlage hörten sie ein Poltern, unter Knarren zerreißendes Metall und Schreie. Calhoun biss die Zähne zusammen; Shawnas Team war in Schwierigkeiten und er konnte nicht das Geringste dagegen unternehmen. Vorerst zumindest …

Die Männer, die an Deck zurückgeblieben waren, sollten die Sprengladungen vorbereiten. Er baute darauf, dass Vraebel die Richtigen dafür ausgewählt hatte. Falls das Geschöpf unter der Meeresoberfläche aber beschloss, aufbegehren zu müssen, würde das sowieso keine Rolle spielen, denn dann wäre die Insel nichts weiter als ein Kartenhaus.

Terry erhellte den Flur vor ihnen mit seiner Lampe. Die Gruppe kam ein wenig schneller als bisher voran. Der Roughneck an der Spitze ängstigte sich entweder zu sehr, um Ruhe zu bewahren, oder ihm war nunmehr einfach alles egal geworden. Keine dieser Möglichkeiten verhieß Gutes.

Als sie an einer mit *Lager* gekennzeichneten Tür vorbeikamen, hielt Calhoun alle an. »Terry? Haben Sie einen Schlüssel zu diesem Raum?«

Der Arbeiter schüttelte den Kopf. »Gomez, Vraebel und der Quartiermeister haben je einen.«

Als Calhoun auf das Schloss strahlte, grinste er. Nachdem er sich weit genug für einen Tritt entfernt hatte, zielte er mit einem Stiefel auf den Griff. Sein Bein erzitterte, als es auf den stählernen Widerstand traf, doch die Tür ging auf.

»Ich schätze, dort liegt nichts allzu Wichtiges«, meinte Catfish.

Thomas erwiderte nichts, während er mit seiner Lampe in den Raum hinein leuchtete. Zwei Kisten mit Batterien – Monozellen – standen gestapelt in einer Ecke, daneben Mineralwasser in Flaschen und eine Schachtel Energieriegel. Er schwenkte den Lichtstrahl über die anderen Behälter. »Hier liegen noch mehr Taschenlampen«, sagte er. »Wir brauchen wahrscheinlich sowieso welche auf Reserve.«

Er öffnete eine Kiste und zog fünf der schweren Geräte heraus. Nachdem er jede angeknipst hatte, um sicherzugehen, dass die Batterien noch zu gebrauchen waren, reichte er sie nach hinten an Catfish. »Sieh zu, dass du sie irgendwo verstaust.«

»Irgendwo? Was schwebt dir vor – meine Hosentaschen, Mann?«

Nun drehte sich Calhoun um und bedachte seinen Techniker mit einem bösen Blick. Der Langhaarige klemmte sich eine lose Strähne hinter das Ohr und nahm die schwarzen Zylinder an sich.

»Außerdem müssen wir uns überlegen, wie wir diese Batterien transportieren können«, fuhr der Ingenieur fort. Dann sah er genau das, was er unbedingt brauchte, und grinste erneut. »Perfekt.« An Wandhaken hingen aufgewickelt starke Seile aus Nylon. Calhoun nahm eines und legte es sich um den Hals. Es würde zwar umständlich werden, aber mindestens zwei konnte er auf diese Art tragen. Die anderen gab er Catfish.

Im Raum lag auch ein Erste-Hilfe-Kissen; das schnappte sich Calhoun ebenfalls und drückte es seinem Freund in die Hände.

»Was tun wir hier?«, meckerte dieser. »Das ist doch kein Supermarkt, verdammt.«

»Halt die Klappe, Craig«, ermahnte ihn Calhoun.

Kisten, Kisten und noch mehr Kisten; er überflog die Aufkleber. In einer befanden sich Konserven, eine andere war mit

»Kaffee« beschriftet, und ein weiteres Etikett ließ sich nicht mehr entziffern. Thomas runzelte die Stirn, während er diesen Pappkarton betrachtete, und öffnete ihn schließlich. »Bingo.« Heraus zog er drei Rucksäcke mit dem Logo von *PPE* an den Seiten. Er erkannte nicht, aus welchem Material sie bestanden, aber sie lagen mit angenehmem Gewicht in der Hand.

Er steckte das Kissen gemeinsam mit den Riegeln in einen und gab ihn Catfish. »Für die Lampen ist auch noch Platz darin.« Der Techniker griff zu dem Rucksack, ohne etwas zu sagen. Calhoun war froh, dass der Kerl endlich den Rand hielt.

In Gedanken ging er Listen verschiedener chemischer Zutaten durch. Wenn er bloß die richtigen fand, konnte er eine Bombe daraus basteln oder … eine Schweißperle tropfte von seiner Stirn. Es wurde warm in der Lagerkammer. Er befühlte die Wand; die Gipsplatten waren erschreckend heiß. »Kacke«, fluchte er und zog sich aus dem engen Raum zurück. »Wir müssen weiter, sofort.«

»Was ist denn?«, fragte Catfish.

»Die Bohrinsel brennt«, antwortete Calhoun. »Vielleicht, nachdem die Elektrik ausgefallen ist, ich weiß es nicht, ist aber auch egal; wir sind am Arsch, falls wir es nicht zur anderen Seite schaffen.« Thomas schloss die Tür des Lagerraums und schaute Terry an. »Verschwinden wir.«

Catfish hustete. »So langsam krieg ich keine Luft mehr, Alter.«

»Ich weiß«, entgegnete Calhoun. »Komm in die Gänge, los.«

Catfish und er schoben den Generator auf dem Karren weiter und richteten ihre eingeschalteten Taschenlampen weiter nach vorn. Während sie durch den Flur gingen, leuchteten die beiden abwechselnd die Luftschächte an der Decke aus.

Als sie eine Abzweigung erreichten, blieb Terry stehen. »Meine Fresse«, begann er. »Steuerbord kommen wir nicht durch; der Boden ist total verbogen, und rechts sehe ich am Ende des Flurs nur Qualm und Flammen.«

»Breiten sie sich in unsere Richtung aus?«, fragte Calhoun.

Terry nickte. »Wir müssen also doch den linken Weg nehmen.«

»Dann los.« Selbst Calhoun staunte darüber, wie brüsk seine Aufforderung klang. Da es brannte, musste Shawnas Gruppe auf der Brücke feststecken, falls sie nicht bereits von dort aufgebrochen war. Er biss sich auf die Zähne und hoffte, dass die anderen noch am Leben seien.

***

Schwarzer Rauch quoll durch die Gitter der Klimaanlage. Shawna und ihre Begleiter konnten kaum noch durchatmen. Im Raum war es schon unbehaglich warm. Er bebte, als etwas auf dem Flur explodierte; sie war sich sicher, dass es der Generator gewesen war. Falls brennender Dieselkraftstoff ein Gutes hatte, dann, dass sie das Feuer schürten, von dem die schwarze Kreatur verzehrt wurde – wenigstens diese eine.

Das würde jedoch keine Rolle spielen, solange sie nicht wussten, wie sie von der Brücke fliehen konnten. Shawna schaute auf die Fenster. »Bill? Können wir die einschlagen?«

Er drehte sich zu den Scheiben um; ein irres Grinsen erhellte seine Züge. »Wir können es auf jeden Fall versuchen.« Daraufhin griff der Roughneck zu einem der wuchtigen Rollsessel an der Steuerkonsole. Er hob ihn hoch und schleuderte ihn gegen das Fenster in der Mitte.

Als das Drehkreuz das dicke Plexiglas traf, knallte es metallisch, und Risse breiteten sich darauf aus wie ein Spinnennetz. Bill zog das Möbelstück zurück, holte noch einmal aus und schlug erneut zu.

Jetzt platzte die Scheibe mit einem lauten Klirren. Scherben fielen über hundert Fuß tief auf das Deck.

»Geht doch«, meinte Bill grinsend. Dann widmete er sich dem nächsten Fenster; es brach genauso laut heraus.

Der Qualm entwich nun durch die offenen Rahmen. Shawna reckte ihren Hals in der Nähe der Öffnung und holte tief Luft. Es roch nach Diesel, Regen und Salz. Verglichen mit dem Gestank von beißendem Rauch und ungewaschenen Leibern war dies ein herrlicher Duft.

»Jetzt wird das Feuer zu uns gesogen«, gab Gomez zu bedenken. Er war aschfahl geworden. Shawna konnte sich nicht erklären, wieso er seine Brust nicht losließ, aber er musste wohl sehr ernst verwundet sein.

Sie nickte. »Aus diesem Grund müssen wir schleunigst hier raus.« Sie schaute durch die Rahmen. Das Deck lag unter dunklen Wolken im Zwielicht. Starke Arbeitslampen warfen weißes grelles Licht auf die Männer, die in der Nähe der Drehscheibe für den Bohrer zugange waren. Shawna überlegte, während sie ihren Unterkiefer hin und her schob. Wegen des lauten Motorenlärms würde man sie nicht hören können. Nach einem Moment schaute sie auf die Leuchtpistole in ihren Händen.

»Gomez? Wie zum Geier kommen wir von hier fort?«

Er zwinkerte, dann wurden seine Augen glasig. Sie trat vor und schlug ihm ins Gesicht, woraufhin er schielte, sich aber schließlich doch auf die Geologin fokussierte. »Was?«

»Wie kommen wir von hier fort?«, wiederholte sie. Gomez zeigte auf die Wand. Als sie seinem Finger folgte, sah sie einen Feuerwehrschlauch, der zusammengerollt in einem Glaskasten hing. »Das meinen Sie nicht ernst.«

»Wir könnten ihn benutzen, um uns hinunterzulassen«, erklärte er. »Vielleicht ist er ja lang genug.«

»Nie im Leben«, behauptete sie. »Wir würden fallen und uns die Beine brechen.«

Er schüttelte den Kopf. »Nicht, wenn wir den Vorsprung erwischen.«

Shawna streckte ihren Kopf aus dem Fenster. Die Brücke ragte über den Rest der Aufbauten der Insel hinaus, jedoch nur ein paar Fuß. Sie sah nichts außer dem Deck. »Bill? Halten Sie meine Beine fest.«

Der Mann packte ihre Waden mit seinen kräftigen Händen, während sie sich durch die Öffnung streckte. Sie schaute wieder nach unten; dort verlief tatsächlich ein Vorsprung, allerdings mindestens fünfzehn Fuß tiefer.

»Okay«, sagte sie. »Ziehen Sie mich wieder zurück.«

Bill half ihr wieder herein. Spitze Plexiglasscherben schnitten durch die Khakihose in ihre Haut, doch sie verdrängte den Schmerz. Ihr Blick fiel nun wieder auf den Schlauch.

»Dieses Ding hält unser Gewicht unmöglich aus«, erklärte Bill. »Wir müssen nacheinander hinunterklettern, und selbst dann wird es vermutlich aus der Wand reißen.«

»Dann schneiden wir es ab und binden es irgendwo fest«, schlug Shawna vor.

Vraebel am Boden stöhnte. Er setzte sich hin und wischte Blut von seiner Stirn, wo er sich verletzt hatte. Seine Nase stand schief, und seine Lippe war aufgeplatzt. Shawna sah es nicht genau, glaubte aber, dass auch einer seiner Zähne abgebrochen war.

»Sind wir in Sicherheit?«, fragte er.

»Eigentlich nicht«, entgegnete sie, »aber sehr viel besser dran als auf dem Flur.«

Er schüttelte den Kopf und verzog sein Gesicht. »Meine Güte, ist der Boden hart.«

»Ja«, stimmte Bill zu. »Ich bin froh, dass Sie noch leben, Boss.«

»Können Sie sich bewegen?«, wollte Shawna wissen.

Der Aufseher ballte die Hände zu Fäusten und erhob sich langsam. Er schwankte kurz, doch Bill war sofort zur Stelle, um ihn zu stützen. Vraebel winkte ab, weil er es von selbst schaffte, sein Gleichgewicht zu halten. »Ich kann mich bewegen, aber verlangen Sie bloß nicht von mir, sehr schnell zu laufen.«

»Möglicherweise wird Ihnen aber nichts Anderes übrigbleiben«, erwiderte Shawna. »Bill? Lassen Sie uns herausfinden, wie lang der Schlauch ist.«

Er nickte und drückte auf den Verschlussknopf des Glaskastens. Die Spindel, an der die Rolle hing, schnellte mit einem Schwenk heraus. Bill betrachtete die Schrauben, mit denen dieser an der

Wand befestigt war. »Mann, ich weiß wirklich nicht, ob er halten wird.«

Vor der Luke knallte etwas. »Und ich weiß nicht, ob wir eine andere Wahl haben, als es auszuprobieren«, hielt Shawna dagegen. »Schnell jetzt, wir müssen die Länge messen.«

Sie drehten an der Spindel und zogen den Schlauch von der Wand. Sie schätzte ihn auf fünfzig bis sechzig Fuß, was gerade so ausreichen könnte, um den Vorsprung zu erreichen … vielleicht.

»Wenn wir ihn an der Wand lassen, verlieren wir mindestens zehn Fuß«, sagte sie.

Vraebel ließ den Blick über die Brücke schweifen; dann lächelte er. »Dort.« Er zeigte auf die Steuerkonsole; eine Stütze aus Stahl war sowohl mit ihr als auch am Boden verschraubt. »Knoten wir es daran fest.«

Bill nickte, nahm ein Messer aus seiner Tasche und begann, am Anschluss des Schlauchs zu schneiden und zu zerren. Es dauerte nicht lange, bis er ihn von der Kopplung getrennt hatte. Dann nahm er das zerfranste, abgerissene Ende und band es an der Stange fest.

»Ladies first?«, fragte er.

Shawna zog ihre Schultern hoch. »Das ist nicht böse gemeint, aber ich bin am leichtesten. Wir müssen uns überlegen, wie wir Steve nach unten kriegen.«

Gomez schüttelte seinen Kopf. »Das schaffe ich schon, sehen Sie nur zu, dass es Ihnen gelingt.«

Bill wickelte ihr den Schlauch um die Taille. »Fallen Sie bloß nicht runter, denn das werden Sie nicht überleben.«

»Warum binden Sie mir das Ding dann um?«

Er grinste wieder. »Nur für den Fall, dass Sie es doch tun.«

»Na großartig.« Sie drehte sich zum Brückenfenster um, holte tief Luft und kletterte dann langsam auf die Konsole. Während sie den Schlauch fest mit beiden Händen packte, ließ sie sich vorsichtig hinaushängen. Bill hielt ihn in seinen beiden breiten Pranken. Vraebel hatte sich hinter ihn gestellt und achtete auf den Schlupf, falls der Arbeiter abrutschte. Auf diese Art ließen die beiden Shawna langsam hinunter.

Ihre Arme taten furchtbar weh, nachdem sie den Handkarren bis zur Erschöpfung durch die Flure geschoben hatte. Sie grunzte, aber sie machte weiter. Ein Wimmern kam ihr über die Lippen, weil sie sich nun ganze Streifen Haut in den Händen abschürfte.

Sie sank weiter und baumelte bereits unter dem Ansatz der Brücke. »Wie viel Spielraum haben wir noch?«, rief sie nach oben.

»Noch ein bisschen!«, antwortete Bill. »Nehmen Sie einfach Schwung und schaffen Sie sich auf diesen Vorsprung!«

Die beiden ließen Shawna noch einen Meter weiter hinunter; jetzt befanden sich ihre Füße beinahe auf der Höhe des Absatzes. Sie verlagerte ihr Gewicht und begann, zu schaukeln. Als ihre Füße die Wand trafen, ging ein wenig Schwung verloren; sie wartete, bis sie genau über der Kante pendelte, und ließ den Schlauch dann los.

Nun stand sie auf dem Vorsprung. Nachdem sie erleichtert aufgeatmet hatte, entknotete sie den Schlauch von ihren Hüften.

»Es hat geklappt!«, meldete sie.

Einen Augenblick später schlängelte sich der Schlauch am Überbau nach oben. Der Absatz war nicht breiter als ein Meter. Shawna streckte die Arme seitwärts aus und drückte ihren Rücken an die Wand, ehe sie sich behutsam in Richtung Steuerbord schob. Sie wollte nicht, dass der Nächste gegen sie knallte, wenn er anfing, Schwung zu holen.

»Ich komme runter!«, gab eine Stimme von oben Bescheid. Shawna wartete. Leichter Regen hatte eingesetzt, und am Himmel zuckten begleitet von Donnergrollen Blitze. Als eine Windbö auf ihre Haut traf, bekam sie Gänsehaut an den Armen. Nach der Bullenhitze auf der Brücke kam ihr das allerdings himmlisch vor.

Shawna schaute ihre Handinnenflächen an. Das Fleisch war rot angeschwollen und blutete an mehreren Stellen; folglich durfte sie sich auf ein paar ganz fiese Blasen gefasst machen. Als sie ein

Klingeln hörte, blickte sie auf. Ein Paar abgewetzte, schmutzige Unfallstiefel hingen fast mittig über dem Vorsprung. Kurz darauf kam der Rest von Vraebel herunter. Sein Gesicht war vor Anstrengung rot angelaufen. Die Schnittwunde an seiner Stirn blutete wieder, und ein dünnes Rinnsal quoll aus seinem Haar.

Er schaukelte, bis er die Füße auf den Absatz stellen konnte. Dann stöhnte er und begann, den Schlauch von seinem Bauch zu wickeln. »Wir verlieren Gomez«, sagte er. »Ich bin mir ziemlich sicher, dass er stirbt.«

»Wie will Bill ihn denn herablassen?«, fragte Shawna.

Vraebel zuckte ratlos mit den Schultern. »Keine Ahnung. Ich wollte ihn überreden, die Brücke vor mir zu verlassen, doch er meinte, ich könne den Schlauch nicht halten.« Martin betastete seine Schädeldecke und zuckte zusammen. »Ich denke, er hat recht, aber wie zum Teufel er …«

Plötzlich schrie jemand über ihnen. Sie schauten einander an. Shawna stockte das Blut in den Adern. »Was war das?«

Dann erklang ein Poltern am Überbau. Zwei große Stiefel kamen in Sicht, und Blut tropfte daran hinunter. Bill kletterte so schnell am Schlauch hinunter, wie er nur konnte; schon schwang er sich auf die Kante und fasste Fuß. Schließlich drückte er sich gegen die Wand. »Wir sind so was von geliefert«, ächzte er.

»Was ist passiert? Wo ist Gomez?«

Bill schüttelte den Kopf. »Es hat ihn aufgefressen – von innen, glaube ich.« Er wischte sich die blutigen Hände am dicken Jeansstoff seiner Hose ab. »Er begann plötzlich, Schleim zu spucken, und dann ist seine Haut einfach …« Er unterbrach sich, um zu husten. »Weggeschmolzen. Ich habe zugesehen, dass ich ganz schnell fortkomme.«

»Elender Mist«, fluchte Vraebel. Sein Gesicht hatte nun alle Farbe verloren. »Steve war mein Freund!«

Der stämmige Arbeiter nickte. »Ich weiß, Boss, meiner auch.« Über ihnen knisterte etwas. »Wir müssen unbedingt hier runter, und zwar sofort.«

Shawna brauchte sich dies kein zweites Mal sagen zu lassen: Mit dem Rücken an der Stahlwand schob sie sich weiter nach rechts. Vraebel und Bill folgten ihr. Als sie die Ecke des Überbaus erreichte, schaute sie herum. »Jetzt sind wir wieder genau dort, wo alles losgegangen ist«, sagte sie. Der Treppenschacht, durch den sie hochgestiegen waren, um ihr nunmehr gescheitertes Vorhaben in Angriff zu nehmen, ragte vor ihren Augen auf. Sie starrte ihn einen Moment lang an. Die Stahlträger zum Stützen der Stufen waren mindestens einen Meter von dem Vorsprung entfernt.

»Es hilft nichts, verdammt«, stöhnte sie und schlurfte weiter darauf zu. Als die beiden Männer um die Ecke kamen, sahen sie, was Shawna gemeint hatte. Bill fluchte hinter ihr. »Kann jemand von Ihnen gut springen?«

Vraebel keuchte. »Machen Sie Witze? Ich schaffe es kaum noch, geradeaus zu schauen.«

»Miss, wir können unsere Positionen nicht wechseln«, sagte Bill. »Dazu ist nicht genug Platz, also müssen Sie zuerst springen.«

***

Die Treppe, die hinunter auf das Deck führte, befand sich in der anderen Richtung. Das Feuer versperrte ihnen den Weg, was bedeutete, dass es nur noch eine Möglichkeit gab, nach unten zu gelangen: den Aufzug.

Terry atmete schnaufend, als er auf den abwärtsgerichteten Pfeil am Metallrahmen drückte. Die Türflügel vibrierten, als sich der Motor und die Stahlseile im Inneren in Bewegung setzten.

»Wir wollten das Scheißding doch nicht benutzen, oder?«, echauffierte sich Catfish. »Sind wir nicht genau deswegen die Treppen hinaufgegangen?«

Aaron verzog abfällig seinen Mund. »Schlagen Sie doch was Besseres vor, Arschloch. Es gibt zwei Treppen, und wir gelangen zu keiner von beiden.« Er zeigte mit einem Daumen in die

Richtung, aus der sie gekommen waren. »Außer, Sie wollen sich gern mit diesem Monster anlegen.«

Catfish schüttelte den Kopf. »Und wenn wir hier feststecken, können wir nirgendwohin ausweichen.«

»Das ist massiver Stahl«, erklärte Terry. »Selbst wenn es im Fahrstuhlschacht lauern würde, käme es nicht durch.«

»Mann«, stöhnte Catfish. »Sie kapieren das nicht, oder? Falls der Kasten nicht luftdicht ist, kann es durch die Abzugsschlitze eindringen – durch die Decke, ach was: Es wird durch die Elektronik sickern!«

Der Aufzug klingelte. Die vier Männer leuchteten mit den Lampen hinein, als die Tür aufging. »Stell den Generator ab«, verlangte Calhoun.

»Fuck«, fluchte Catfish und schaltete das Gerät aus; es sirrte immer leiser, bis es schließlich still war. Die Luftqualität auf dem Flur hatte sich zusehends verschlechtert. Durch die Dieselabluft und den Qualm des Feuers auf dem anderen Gang wurden die Überbauten immer unwirtlicher, zumindest für Menschen.

Thomas zog den Rucksack auf, um Terry und Aaron je eine der dicken Taschenlampen zu geben. »Benutzen Sie die«, sagte er. »Und jetzt weiter.«

Catfish schob den Generator in die Kabine. Die Roughnecks stellten ihre Industriestrahler daneben ab und traten ein. Calhoun leuchtete den Weg aus, den sie gekommen waren; er riss die Augen weit auf und bestieg den Fahrstuhl ebenfalls. »Los, runter!«

Terry drückte die Taste zur ersten Ebene. Die Tür begann, sich zu schließen. Als sie nur noch einen Spaltbreit offenstand, sah Catfish, dass sich etwas auf dem Gang bewegte. »Ich werd nicht mehr; hat es uns etwa nachgestellt?«

Thomas nickte.

Der Aufzug fuhr los. Der Generator knarrte unter Einwirkung der Schwerkraft. Wenigstens funktionierte die Beleuchtung in der Kabine; die Halogenlampen warfen helle Kreise an die Metallwände.

Niemand sagte etwas.

Der Motor über ihnen und ihre eigenen angespannten Atemgeräusche waren das Einzige, was sie hörten. Sofort stank es nach ungepflegten Körpern und Kraftstoff.

»Sie müssen echt mal duschen«, meinte Catfish naserümpfend.

Terry lachte in sich hinein. »Genauso wie Sie.«

Der Aufzug kam mit einem leichten Ruck zum Stehen. Die vier Männer richteten ihre Lampen auf die Tür. Sie öffnete sich langsam auf einen hellen Flur. Terry trat hinaus und schwenkte seinen Lichtkegel nach rechts. Aaron tat es ihm auf der linken Seite gleich. Calhoun und Catfish strahlten auf die Wand am anderen Ende.

»Alles klar«, sprach Terry.

Aaron nickte. »Hier auch.«

»Wie kommt es, dass die Lichter noch an sind?«, wunderte sich Catfish.

Calhoun brummte: »Ich schätze, diese Wesen sind noch nicht dazu gekommen, die untere Ebene zu verwüsten.«

»Gott sei Dank«, entgegnete Aaron. »Hauen wir schnell von hier ab, bevor sich das ändert.«

Catfish schob den Wagen aus dem Aufzug und zog am Anlasser des Generators. Dieser setzte seinen Dienst tuckernd fort, woraufhin die großen Halogenstrahler wieder blendend hell leuchteten. Nachdem Terry und Aaron ihre Taschenlampen eingesteckt hatten, nahmen sie das schwere Stativ abermals auf. »Und weiter geht's«, sagte Catfish.

Terry führte sie an, Aaron blieb hinten. Calhoun und Catfish schoben den Handwagen abermals gemeinsam, während sie die Schächte unter der Decke mit ihren Taschenlampen anstrahlten.

Auf dem Weg den Korridor hinunter fielen Catfish verschmierter Dreck und Schuhabdrücke am Boden auf. »Wow, hier unten sind diese Dinger noch nicht gewesen.«

»Entweder das«, erwiderte Calhoun, »oder sie verstecken sich in den Wänden.«

Catfish graute vor diesem Gedanken. Die Vorstellung, eines der Wesen durchstoße den Gipskarton mit seinen Tentakeln, genügte, um ihn zur Hast anzuspornen.

»Machen Sie langsam, verflucht«, beschwerte sich Terry, als ihm der Wagen ins Kreuz stieß. »Ich gehe schon so schnell, wie ich kann.«

»Tut mir leid«, entschuldigte sich Catfish. Calhoun schaute ihn mit hochgezogenen Augenbrauen an. »Wir wollen einfach nur schnellstmöglich …«

Das Gewirr aus Metallrohren über ihnen ächzte plötzlich. Auf dem Flur hinter ihnen knallte es. »Was war das?«, fragte Aaron. »Oh scheiße! Bewegung!«

Terry gab das Tempo vor, sodass sie bald zügig über den Flur liefen. Catfish wollte wissen, was Aaron gesehen hatte, traute sich aber nicht, den Kopf nach hinten zu drehen.

»Das Mistvieh hat Beine!«, schrie Aaron entsetzt.

Wieder schwoll ein Zischen auf dem Gang an. Plötzlich war Catfishs Mattigkeit verflogen. Sein Körper schüttete Adrenalin aus, und das Einzige, was er hören konnte, war sein klopfender Herzschlag. Hinter ihm zeterte Aaron weiter, doch was er von sich gab, klang weit weg und unverständlich.

Calhoun rannte keuchend weiter; er konnte nur mit Mühe Schritthalten. Terry bog um eine Ecke, wo der Gang nach draußen führte. Durch das Kabel, mit dem sein Halogenstrahler am Generator angeschlossen war, ging ein kräftiger Ruck, sodass der Stecker aus der Buchse riss. Terrys Schrei ließ Catfishs Blut gefrieren.

»Stopp!«, rief Calhoun und ließ den Handkarren los. Das Zischen wurde lauter. Catfish drehte sich um. Das mit den Beinen stimmte; ein gedrungener Körper wankte auf die Gruppe zu. Die Glieder der dreibeinigen Kreatur endeten in spitzen Krallen, und zwei Tentakel waren aus dem Rumpf gewachsen. In dessen Mitte ragte ein Stielauge auf und wackelte im Rhythmus ihrer Schritte. Das Wesen war so schwarz, dass man praktisch gar keine weiteren Einzelheiten erkannte. Catfish konnte sich nicht mehr rühren.

Calhoun brüllte noch irgendetwas. Aarons Strahler war genau auf das Ding ausgerichtet. Dessen schwarze Haut qualmte im Licht, doch es näherte sich weiter. Der Ingenieur zielte mit seiner Taschenlampe auf das Auge, woraufhin der Körper zuckte und zur Seite auswich, wobei sich der lange Stiel bog, um die Helligkeit zu meiden.

Catfish besann sich wieder und lenkte den Strahl seiner Lampe ebenfalls auf das Ding. So schaffte er es gemeinsam mit Calhoun, das Auge in sich überlagernden Kegeln aus weißem Licht zu bannen. Eine Flammensäule stob vom Stiel empor, und auf einmal liefen die Beine der Kreatur in die entgegengesetzte Richtung. Die drei Lichter bohrten sich in ihren Rücken, bis sie außer Reichweite gelangte. Sie wankte um die hintere Ecke und war plötzlich verschwunden.

Calhoun drehte sich um und schrie überrascht auf. Catfish schaute ebenfalls nach hinten; aus dem anliegenden Korridor floss auf einmal eine breite, schwarze Lache auf sie zu. Die beiden Männer richteten ihre Lampen sofort auf den Rand des Schleims. Dieser warf augenblicklich Blasen und zog sich wieder zurück, um hinter der Ecke Schutz zu suchen.

»Jesus«, stöhnte Aaron. »Ist Terry tot?«

»Falls nicht«, antwortete Catfish, »wäre es ein Riesenwunder.«

Calhoun atmete langgezogen ein und aus. Sein Gesicht war viel zu rot, seine Kondition bei Weitem überstrapaziert. »Alles okay mit dir, Thomas?«

»Hatte schon bessere Tage«, erwiderte der Ingenieur. »Okay, Aaron, Sie decken uns weiter von hinten mit ihrer Lampe. Catfish und ich werden um die Ecke schauen und Bescheid geben, ob die Luft rein ist.«

»Mensch«, klagte Aaron, »das glauben Sie doch selbst nicht.«

»Tun Sie einfach, was ich Ihnen gesagt habe«, beharrte Calhoun.

Catfish schluckte. Er wusste, was Thomas vorhatte, und das würde richtig unangenehm werden. Er packte seine Lampe noch fester. »Bist du bereit?« Sein Partner erwiderte nichts; nachdem er am Generator vorbeigegangen war, stellte er sich an die Wand. Catfish hielt seine Lampe tief und zielte auf die Ecke, während auch er den Generator langsam passierte.

Calhoun leuchtete auf eine Stelle weniger als einen Viertelmeter vor ihm im Flur. Falls sich die Schwärze dazu hinreißen ließ, wieder auf sie zuzufließen, würde sie auf die Halogenwaffe stoßen. Catfish holte tief Luft, ehe er weiter vorwärtsging. Während er tiefer in den Korridor schlich, hielt er den Lichtkegel direkt geradeaus. An den Decken hingen Leuchtstoffröhren, jedoch brummten und flackerten diese stetig. Nichts deutete darauf hin, dass der Schleim noch in der Nähe war. Catfish sah jedoch eine Gürtelschnalle und mehrere Metallknöpfe.

Gerade als er Entwarnung geben wollte, nahm er eine Bewegung am Ende des Gangs wahr. Dort lag etwas auf dem Boden; es sah aus wie ein schwarzer Kasten, der auf den weißen Platten für sie hinterlegt worden war. Der Ausgang zum Deck befand sich auf halbem Weg durch den Flur – genau in der Mitte zwischen ihm und dem Ding.

»Ich weiß nicht, wie schnell diese Monster sind«, sprach Catfish, ohne sich umzudrehen, »aber es liegt am Ende des Korridors, dort wo der …«

Calhoun seufzte. »Behältst du auch die Decke im Auge?«

»Sicher, da ist nichts«, versicherte ihm Catfish, »aber ich sehe Terrys Gürtelschnalle.« Nun stöhnte Aaron weiter hinten auf dem Flur. »Kannst du den Generator schieben, Kumpel?«

Calhoun hielt inne. »Ja, ich kann ihn um die Ecke drücken.«

Catfish biss sich auf die Zähne. »Du hörst dich nicht gerade fit an.«

»Ach, halt dein Maul, ich komme schon.«

Das Brummen des Generators hallte durch den Gang, während sich Calhoun damit näherte. Catfish ging ein paar Schritte weiter auf die Tür zu, während er den Schattenriss am Ende des Wegs nicht aus den Augen ließ. Falls es Aaron gelang, dicht genug heranzukommen, konnte er es mit seinem viel stärkeren Licht grillen, doch gelangten sie unversehrt durch die Tür, war Catfish die Kreatur egal.

»Immer noch alles klar?«, fragte Calhoun.

»Ja. Ich gehe weiter.« Catfish setzte bedächtig einen Fuß vor den anderen, während er auf die Luke zum Deck zuging. Calhoun schwenkte seine Taschenlampe fließend ohne Unterlass zwischen den Schächten und der Decke hin und her. Egal wie angeschlagen der alte Mann auch war, er hielt sich doch fest an ihren Plan.

Das Ding ganz hinten auf dem Gang bewegte sich. Es hatte wie ein fester Kasten ausgesehen, verwandelte sich aber jetzt plötzlich und nahm eine andere Form an. Etwas stieg aus dem zerfließenden Quader auf. »Jetzt gilt's!«, rief Catfish.

Er stürzte zum Ausgang, wobei der Strahl seiner Lampe auf und niederging, während er versuchte, ihn konstant auf den Umriss zu richten. Calhoun hinter ihm schnaubte wie eine Dampflok. Zwei Tentakel platzten auf einmal aus dem breiigen Ding. Es zog sich nun über den Boden unaufhaltsam auf sie zu. Catfish erreichte die Luke und drehte am Verschluss. Als er sie öffnete, wehte eine kräftige Brise Regen hinein. Er lief nach draußen und wandte sich um.

Calhoun tat sich schwer, den Generator über die Schwelle zu drücken.

»Vergiss das Ding einfach, komm schon!«, drängte Catfish seinen älteren Freund.

Calhoun ließ die Lenkstange des Wagens los und zwängte sich daran vorbei ins Freie. Aaron erschien ebenfalls in der Öffnung und versuchte, über den Karren zu steigen. Dabei trat er unglücklich auf den Generator und rutschte aus; er fiel vornüber und landete unsanft auf dem Deckboden.

Ein schwarzer Greifarm schnellte aus der Luke und knallte gegen den Wagen. Dieser wackelte, rollte aber nicht weg. Catfish lief zu Aaron und zog ihn vom Ausgang fort. Das Tentakel schlackerte weiter, bis helles Licht auf seinen Stamm fiel. Daraufhin zischte und qualmte es, weshalb sich das Ding nach drinnen zurückzog.

Catfish lief nach vorn und knallte die Luke zu. Er drehte das Rad, bis er ganz sicher war, dass die Luke verschlossen war. »Du liebe Zeit«, meinte er.

Calhoun konnte kaum noch stehen. Der alte Mann war fertig. »Thomas? Geh Shawna suchen und sieh zu, dass du dich irgendwo hinsetzt. Schick jemanden her, der mir mit diesem Kerl hilft.«

Der Ingenieur nickte und entfernte sich langsam rückwärts. Schließlich drehte er sich um und ging auf die Drehscheibe zu. Catfish seufzte und rollte Aaron herum; hätte er es doch nur bleibenlassen …

Der Schädel des Arbeiters war linksseitig eingedrückt. Ein Auge stand offen; die Pupille war so klein, dass sie ebenso gut, verschwunden sein könnte. Catfish prüfte seinen Puls am Handgelenk. Nichts. Somit hatten sie die gesamte Gruppe verloren; lediglich Thomas und er waren übriggeblieben.

Der Strahler stand mit dem Generator hinter der Luke. Sie würden nichts davon bergen können, außer sie waren bereit, das Ding freizulassen. Hoffentlich gab es hier draußen noch genügend andere Lampen.

***

Der Himmel wurde nicht heller, sondern immer dunkler. Es war erst neun Uhr morgens, doch Shawna hatte den Eindruck, der bisherige Tag hätte ein ganzes Jahr lang gedauert. Sie saß ungefähr sechs Meter von den Roughnecks entfernt, die sich am Bohrgestänge zu schaffen machten, auf einer Werkzeugkiste. Red und Vraebel ruhten sich in der Nähe aus. Die Drei hatten eine Flasche Wasser getrunken, doch zu essen gab es nichts an Deck. Shawnas Magen grummelte. Ihr war übel, und sie hatte das Gefühl, jeden Augenblick umzukippen.

Als sie zur Brücke hinaufschaute, waberte schwarzer Qualm aus den Fenstern. Sie fragte sich, wie lange es wohl dauern würde, bis das Feuer die Überbauten zum Einsturz brachte – und wenn es so weit war: Wohin würden sie dann fliehen können?

Vraebel hatte erklärt, dass die Kreaturen die Brandschutzanlage beschädigt haben mussten. Als die Lampen auf den Fluren durchgeschmort waren, hatten zweifellos auch die Sprinkler etwas abbekommen.

»Mit etwas Glück«, hatte er gemeint, »funktionieren sie noch auf den unteren und oberen Ebenen, sodass wir nur den Brückenbereich verlieren.«

Nur, dachte sie. Ihr war klar, was ihr Vraebel vorenthielt: Ohne die Brücke konnten sie nicht mehr funken; ohne die Brücke wurden die Schubdüsen unbrauchbar, und die Ruder ließen sich nicht mehr kontrollieren. Die einzigen Steuerelemente, die ihnen dann noch zugänglich waren, standen auf dem Deck, und die beliefen sich lediglich auf die Instrumente für die Ballastkammern, kein bisschen mehr.

Shawna hätte gern gewusst, was die Kreatur machte, die einmal Steve Gomez gewesen war. Saß sie auf der Brücke fest und zögerte, sich in das schwache Sonnenlicht zu begeben? Hatte sie etwa einen Ausweg durch die brennenden Luftschächte gefunden? Oder vielleicht – nur vielleicht – griff das Feuer ja schon auf den Raum über und tötete ihn.

Gomez, Creely, Green – alle waren sie tot. Die Gruppe war ins Gebäude gegangen, um Gomez zu retten. Sie hatten es nicht geschafft, sondern stattdessen sogar noch zwei Mann dabei verloren. Shawna hätte am liebsten geweint, war aber einfach zu hundemüde. Zum Kotzen frustriert.

Wenigstens wussten sie nun ganz sicher, was passierte, wenn die Schwärze mit Feuer in Berührung kam. Wie Thomas spekuliert hatte, war die Flüssigkeit äußert leicht entzündlich. Sonnenlicht, ein Strahl des UV-Spektrums und Feuer waren die einzigen Waffen, die man gegen sie verwenden konnte. Die Sonne stand zur freien Verfügung und war sicher, schien aber leider nur eine begrenze Anzahl von Stunden. Und bei diesem Unwetter gab es keine Garantie dafür, dass sich das Zeug nicht sogar zu ihnen auf das Deck gesellen würde. Die UV-Strahlung der Halogenleuchten fügte ihm unbestreitbar Schaden zu, doch es war nicht abzusehen, wie lange es sich von den Taschen- und Standlampen aufhalten lassen würde. Feuer letztlich konnte man leicht entfachen und verbreiten, doch die Gruppe hockte auf einem ausgewachsenen Pulverfass. Ein Blick auf die Überbauten genügte, um sich dessen zu vergewissern.

Die Männer, die am Gestänge arbeiteten, hatten keine Fragen gestellt. Ihnen waren Vraebels Schnittwunden aufgefallen, nicht zu vergessen sein Blick ins Leere, also hielten sie es für ratsam, sich längere Kommentare zu sparen. Die Tatsache, dass Creely, Green und Gomez nicht mit ihnen zurückgekehrt waren, zeugte in hinreichender Weise davon, dass die Gruppe versagt hatte.

Shawna deutete die Körpersprache der Arbeiter, während sie sich um die Stahltrossen kümmerten. Sie waren erschöpft und entmutigt. Falls Calhoun und seine Begleiter nicht mit einer Wunderlösung zurückkehrten, würden sie alle hier sterben.

Shawna schüttelte ihre nassen Haare und schenkte Bill ein zaghaftes Lächeln. Er grinste und entledigte sich der Regentropfen, die an seinem schwarzen Vollbart hingen. »Haben wir so etwas wie Schirme hier draußen?«, fragte sie.

Bill grollte: »Nein, Ma'am. Drinnen gibt es ein paar Regenjacken für Notfälle, aber …« Er drückte sein Kreuz durch, sodass es knackte, und stöhnte zufrieden. »… Ich denke nicht, dass Sie wieder reingehen wollen.«

»Äh, nein, wirklich nicht.« Vraebel schaute zu ihr hinüber. Er hatte nicht mehr als drei Worte gesprochen, seit sie aus dem Fenster geklettert waren, um sich zu retten. Sie hatte sich zuerst hinunterlassen müssen, wie sie mit Bill übereingekommen war.

Die Treppenstufen waren hoch und schlossen mehr als vier Meter über Shawna mit der Plattform ab. Sie starrte auf die nassen Metallstiegen und hatte vor, die untere Brüstung zu erreichen.

Es befand sich nur ein bis zwei Meter vor dem Absatz, kam ihr aber meilenweit entfernt vor. Nachdem sie tief Luft geholt hatte, stieß sie sich mit einem Schrei ab. Als sie auf das Geländer zuflog, erkannte sie, dass sie zu tief stürzte, weshalb sie die Hände hochwarf; sie bekam den Handlauf gerade noch zu fassen.

Schmerzen schossen durch ihre Arme in den Rücken. Sie spürte, wie etwas in ihrer Schulter knackste, ignorierte es aber und pendelte beidhändig festhaltend über dem Deck. Schließlich schwang sie ein Bein und legte es auf die Kante der Brüstung. So behutsam, wie sie nur konnte, zog sie sich schließlich auf die Stufen hoch. Dann lag sie dort regungslos und verschnaufte, während ihr das Metall ins Kreuz stach.

»Nichts passiert dort drüben?«, rief Bill vom Vorsprung aus. Sie streckte den Kopf am Geländer vorbei und nickte. »Also gut, Vraebel kommt als Nächstes.«

Shawna zwang sich zum Aufstehen und ging ein paar Stufen hinunter. Dort kauerte sie und wartete. Falls sich Vraebel nicht an der Brüstung festhalten konnte, gelang es ihr vielleicht, ihn hochzuziehen. Ihre Arme taten schon beim Gedanken daran weh. Sollte er das Geländer ganz verfehlen, war sie natürlich außerstande, irgendetwas zu tun.

Sie beobachtete, wie der Aufseher der Bohrinsel allen Mut zusammennahm. Er atmete einmal tief durch, während er mit den Armen ruderte. Dann sprang er.

Er stürzte nicht so tief wie Shawna, sondern knallte mit der Brust gegen die untere Querstange der Brüstung. Dafür verfehlte er allerdings den Handlauf mit den Fingern und drohte, rückwärts hinunterzufallen. Da er nur den linken Arm um die Stange geschlungen hatte, hing nun sein gesamtes Gewicht daran. Vraebel schrie.

Shawna streckte sich nach unten aus und nahm seine andere Hand. Sie zog mit aller Kraft, als es wieder knirschte, dieses Mal in ihrem Rücken. Die beiden heulten vor Schmerz auf, während sie ihm über die Brüstung auf die Treppe half. Zuletzt lagen die beiden keuchend da, während der Regen auf ihre Köpfe rieselte.

»Das … war … viel zu … knapp«, japste Vraebel.

»Ach was«, erwiderte Shawna grinsend.

»Alles klar bei Ihnen?«, rief Bill gegenüber.

»Nein«, entgegnete Vraebel, »aber wir leben noch.«

»Lassen Sie mich wissen, wenn Sie bereit sind«, fügte Bill hinzu.

Einige Meter über ihnen strömte dichter, schwarzer Rauch aus der Eingangstür. Shawna kräuselte ihre Nase. »Wir müssen uns aufraffen.«

Vraebel nickte. »Okay.«

Er hielt das Geländer fest und zog sich mühsam hoch. Dann reichte er Shawna eine Hand und half auch ihr auf. Die Stufen waren so breit, dass beide nebeneinanderstehen konnten, während sie Bill beim Herüberkommen zuschauten.

Sein Sprung war perfekt. Das Metall ächzte unter dem Gewicht des stämmigen Mannes, als er sich mit beiden Händen ans Geländer klammerte. Bill zog sich auf die Treppe hoch. Mit rotem Gesicht und leicht schnaufend grinste er die beiden an. »Das war ja ein Klacks.«

Auf einmal knallte es über ihnen. Shawna drehte sich um und schaute auf die Tür. Eine Flamme schoss heraus und erlosch sogleich. »Ich habe die Faxen langsam dicke, verschwinden wir – sofort.«

Die drei rannten die Treppe hinunter, so schnell sie konnten. Als sie auf dem Deck ankamen, fing es an, kräftiger zu regnen. Blitze zuckten am Himmel, gefolgt von lautem Donner; einen Moment lang übertönte er den Lärm der schleifenden Maschinerie und Motoren.

Shawna blickte hinaus auf den Ozean. Die Wellen schienen vor ihren Augen immer größer zu werden. Ihre Arme waren mit blauen Flecken und Schnitten übersät, wo sie sich an den geriffelten Stufen gestoßen hatte. Mit einer Hand rieb sie sich die Schulter. »Wie lange dauert es, bis wir …« Sie brach mitten im Satz ab, als plötzlich jemand aus dem Schatten neben den Aufbauten gelaufen kam.

Sie lächelte. »Thomas!«

Nachdem sie wieder aufgestanden war, eilte sie ihm entgegen. Er trug eine Taschenlampe und drei Rucksäcke mit dem Schriftzug von *PPE.* Je näher sie kam, desto besorgter wurde sie. Calhoun hatte einen ungesunden Teint und Probleme beim Luftholen.

»Gib mir die Taschen«, rief sie.

Er winkte jedoch ab und ging weiter auf die beiden anderen Männer zu. Diese schauten zu ihm auf, als er die Rucksäcke von seinen Schultern nahm und auf den Boden legte. Er zog einen davon auf, um eine Pappschachtel herauszunehmen. »Ich habe etwas zu essen dabei«, sagte er. Nachdem er die Verpackung geöffnet hatte, nahm er einen Riegel heraus und gab Vraebel die restlichen.

Shawna schaute in die offene Tasche. *Batterien, Taschenlampen – und was zu beißen?* Sie grinste. »Wie es aussieht, hast du ordentlich hamstern können.«

Calhoun schüttelte den Kopf. Er sackte eher auf eine Sitzbank, als dass er langsam Platz nahm. »Bill? Catfish braucht Hilfe mit Aaron. Ich glaube …«

»Vergiss es«, warf der Techniker von hinten ein.

Als sich Shawna umdrehte, stand er dort und wrang sein nasses Haar aus; ein Schwall Wasser klatschte auf das Deck. Dann legte er den Kopf kurz in den Nacken und ließ sich den Regen über das Gesicht strömen.

»Wo ist Aaron?«, fragte Vraebel.

Catfish schüttelte den Kopf. »Hat's nicht geschafft. Er ist ausgerutscht und mit dem Schädel auf den Boden gefallen.«

»Verflucht«, raunte Bill. Er rang seine großen Hände. »Sind Sie verfolgt worden?«

Catfish und Thomas wechselten einen kurzen Blick. »Könnte man so sagen, ja«, antwortete der Ältere. »Ich bleibe jetzt aber erst einmal hier sitzen, esse einen Müsliriegel und ruhe mich aus.«

»In Ordnung«, stimmte Shawna zu. »Tu das.« Dann schaute sie Catfish an. »Hast du, was du brauchst?«

»Eine neue Hose wäre nicht schlecht, aber ja.« Er schaute sich um und seufzte. »Gomez ist auch tot.«

»Ja«, schob Vraebel nach. »Genauso wie Creely und Green.«

Catfish saugte seine Wangen an. »Haben wir genügend Männer an Deck, um zu erledigen, was wir vorgesehen haben?«

Vraebel zuckte mit den Schultern. »Ich schätze schon, wenn wir alle mit anpacken. Da es uns ja nicht unbedingt darum geht, das Bohrloch sicher zu versiegeln, können wir es wohl schaffen.«

»Gut, dann ist das ja schon mal klar«, entgegnete Catfish. Er ließ seinen Rucksack auf den Boden fallen und steckte die Taschenlampe wieder ein. »Ich werde jetzt auch etwas essen; die anderen herzurufen wäre wohl angebracht. Wir haben zwar nicht viel, aber es muss reichen.«

Gezackte Blitze schraffierten den Himmel und ließen die Bohrinsel im Zwielicht aufleuchten. Zwei Sekunden später erscholl Donner. »Der Sturm kommt näher.«

»Oh ja«, erwiderte Catfish, als er die Verpackung eines Riegels aufriss. »Ich schätze, das war schon seit Tagen abzusehen.«

9

Alles hatte mit einer Besatzung von achtzig Personen begonnen, doch jetzt? Die Überlebenden beschränkten sich auf fünf Deckarbeiter, den verletzten Leiter der Insel, eine Geologin und einen Ingenieur mit einem neunmalklugen Techniker. Gomez' Verlust war am schwierigsten zu verkraften. Vraebel konnte noch immer nicht fassen, dass sein alter Gefährte nicht mehr lebte und – was noch schlimmer war – er nicht imstande gewesen war, ihn zu retten.

Wie Sigler aber bereits sagte, war Gomez schon seit Stunden tot gewesen, nur dass er es nicht gewusst hatte.

Die Geologin saß neben ihm, während er eine Flasche Wasser hinunterstürzte und einen der Energieriegel verzehrte.

»Ich weiß nicht, wie es passiert ist«, sagte sie, »aber JP war infiziert; Ihre drei Schlammanalysten waren infiziert – und Gomez auch irgendwie, als es … ihn berührte.«

Vraebel versuchte, sich auf ihre Worte zu konzentrieren. Er fühlte sich immer noch so, als sei sein Hirn kaum noch mit dem Rest des Körpers verbunden. Alle paar Minuten schien ihm die Welt entgleiten zu wollen, und er biss sich fest auf die Zunge, um sie festzuhalten. Das Wasser kühlte seine Kehle und machten den gipsartigen, künstlichen Erdnussbuttergeschmack ein wenig erträglicher. »Sie glauben, dass jeder, der mit diesem Zeug in Kontakt kommt, automatisch davon angesteckt wird?«

Sie zuckte mit den Achseln. »Ich weiß es nicht, aber wir müssen vorsichtiger sein, finde ich. Da ich keine Biologin bin, habe ich nicht auf biologische Faktoren geachtet, als ich das Öl im Labor untersucht habe, zumal ich auch nicht unbedingt auf geeignete Gerätschaften zurückgreifen konnte.«

Vraebel lachte auf. »*PPE* haben so viel Geld ausgegeben und Ihnen kein ausreichend großes Labor zur Verfügung gestellt? Meine Liebe, Sie sind schwer zufriedenzustellen.«

Shawna grinste. »Tut mir leid, ich sehe zu, dass Thomas für die nächste Bohrinsel einen entsprechenden Antrag einreicht.«

»Die nächste Bohrinsel? Ich werde das Festland verdammt nochmal nie wieder verlassen«, skandierte Vraebel.

Darüber musste sogar Calhoun lachen. Der alte Mann sah allmählich wieder besser aus. Der Aufseher tippte darauf, dass dieser einfach nur Ruhe und etwas zu essen gebraucht hatte.

Mittlerweile war es Nachmittag. Das Unwetter brach über sie herein. Der Himmel hatte sich so stark verfinstert, dass es so gut wie gar kein Licht mehr gab. Darum waren sie mit den übrigen Halogenstrahlern auf der Drehscheibe zusammengerückt. Während sich Bill mit den überlebenden Crewmitgliedern ernsthaft an die Arbeit machte, die Stahltrossen zum Herablassen des Sprengstoffs vorzubereiten, luden Vraebel und Catfish diesen auf einen Karren und schoben ihn vorsichtig hinüber zur Scheibe.

Shawna und Calhoun behielten die Aufbauten im Auge, und die Kegel ihrer Taschenlampen schnellten im Dunkeln herum. Er wusste, dass sie den schwarzen Geschöpfen aus dieser Entfernung nichts anhaben konnten, aber wenigstens ließ sich die Bohrcrew so vorwarnen. Angesichts der Tatsache, dass sie ihre Furcht vor dem Licht immer weiter ablegten, bekam Vraebel Zweifel daran, wie die Gruppe den Sturm überleben sollte. Wenn der Himmel vollständig verdunkelte, würde die sprichwörtliche Essensglocke läuten.

Er versuchte nicht weiter daran zu denken, während er Abseits stand und seinen Männern zuschaute. *Meine Männer*, dachte er. *Was noch von ihnen übrig ist.*

Seit der vergangenen Nacht hatten sie nichts mehr von Sobkowiak gehört. Vraebel musste davon ausgehen, dass der beleibte Arzt tot war. Belmont und sein Team hatten dienstfrei gehabt; waren auch sie von den Monstern getötet worden?

Catfish hockte im Schneidersitz auf einem der Podeste und ließ die Finger auf seiner Laptoptastatur hin und her gehen. Dort, wo er saß, blieb er fast vollkommen vom Regen verschont, doch

Vraebel war aufgefallen, dass er seinen Bildschirm wiederholt abwischen musste. Er hoffte inständig, dieser zottelige Flegel wusste, was er tat. Falls Calhoun recht hatte, sollten sie es zumindest schaffen, sich dessen anzunehmen, was sich unter dem Meeresgrund befand.

Was der Ingenieur in Aussicht gestellt hatte, war irrwitzig – Cthulhu-Schauermärchen –, doch in einem Punkt traf er den Nagel auf den Kopf: Würde es ihnen nicht gelingen, den Gesundheitsschutz zu entwarnen, war ihr Schicksal besiegelt. Nach dem, was er gesehen und erlebt hatte, wusste er, dass niemand zulassen durfte, dass die Schwärze ans Festland gelangte; ach was, man musste selbst verhindern, dass sie ins Meer zurückkehrte. Wäre Vraebel Leiter der Behörde gewesen, hätte er die Insel glatt in die Luft gejagt – mit einer dieser Druckluftbomben, die alles Lebendige sofort vernichteten.

Lebendig, dachte er. *Jawohl, dieser schwarze Stoff ist lebendig.*

Die fünf verbliebenen Deckarbeiter wuchteten einen weiteren Sprengsatz ins Rohr. Da der Schacht über fünf Meilen lang war, dauerte es seine Zeit, bis die Ladungen den Ozeangrund erreichten. Er schätzte, man werde noch eine schaffen, bevor das Unwetter auch den Rest des Tageslichts ausblendete.

Vraebel schaute wieder zu Catfish hinüber. Der Techniker schwitzte mittlerweile beim Tippen. Er mochte ein Arschloch sein, doch der Aufseher beneidete ihn nicht um das, was er gerade leisten musste. Falls er seine Roboterfreunde nicht ganz korrekt programmierte, würde nichts von alledem funktionieren.

»Martin?«, fragte Calhoun.

Seine Stimme klang inmitten des Maschinenlärms und Sturmgetöses milder und weniger zuversichtlich. Vraebel drehte sich um und betrachtete den Älteren. Calhoun hatte einen klaren, konzentrierten Blick, sah aber immer noch nicht fit aus. »Thomas? Was ist?«

Der Ingenieur wippte mit einem Fuß auf dem Deckboden. »Sind Sie bereit, mir mit den Leuchtspurgeschossen zu helfen?«

Nun blaffte der Aufseher zurück: »Der Plan, den Sie da haben, ist völlig hirnrissig.«

Calhoun nickte. »Ich weiß, aber bitte beantworten Sie trotzdem meine Frage.«

Nun gab Martins Miene allmählich ein Schmunzeln preis. »Ich wollte das nur noch einmal klarstellen, bevor ich mich daran beteilige, ihn umzusetzen.«

»Damit kann ich leben«, erwiderte Calhoun. »Kommen Sie.«

Sie verließen den Bereich des Bohrers und gingen nun zu dem Lagerschuppen am Rand der Anlage. Dort war eine Werkbank an einem der Stahlelemente befestigt, auf der normalerweise Rohre gewartet und Werkzeuge gesäubert wurden. Unter dem Vorsprung waren sie zumindest vor dem Regen geschützt.

Auf einer Gummimatte auf der Bank lagen fünf Signalpistolen nebeneinander. »Woher wissen Sie, dass sie nicht Feuer fangen, wenn wir damit beginnen?«

»Weil Magnesium eine Flamme braucht. Achten Sie nur darauf, dass keine Funken stieben, wenn Sie hineinschneiden«, ermahnte ihn Calhoun.

Nun kicherte Vraebel. »Ich werde mein Bestes versuchen, verlassen Sie sich darauf.« Er klopfte dem Ingenieur auf die Schulter. »Frisch ans Werk.«

***

Die AUV-Bucht befand sich weit genug unter der Plattform, sodass sich Catfish sogar quasi selbst beim Nachdenken hören konnte. Neben der Bohrscheibe zu sitzen und gleichzeitig zu programmieren war schwierig gewesen, doch er hatte es geschafft, wenigstens den Großteil der neuen Befehle anzulegen. Nach wie vor fand er, Calhoun sei völlig durch den Wind, aber konnte das schaden, wenn man versuchte, ein Ungeheuer zu töten, das sich unter dem Ozeanboden versteckte? *Man stirbt schließlich nur einmal, nicht wahr?*

Er rieb sich die Augen. Gott, war er müde … Es dauerte immer nur ein paar Minuten, bis der Programmcode auf dem Monitor zu unerkennbarem Nonsens verschwamm, weshalb er die Augen schließen musste, um sein Gehirn praktisch neu zu starten. Mit Hinblick darauf, was sie vorhatten und wie viel Zeit sie dafür veranschlagen mussten, war nicht zu erwarten, dass er in naher Zukunft Schlaf finden würde – und überhaupt: Wer könnte denn pennen, während diese Viecher nach einer Mahlzeit suchten?

Shawna stand hinter ihm auf dem Podest und schaute die Treppe hinauf, die zum Deck führte. Sie schob Wache. Die AUV-Bucht zählte zu den hellsten Orten an Bord, wenn die Beleuchtung eingeschaltet war. Falls eines der Wesen die Stufen herunterkam, würde es auf etwas stoßen, das fast so intensiv war wie Sonnenlicht.

AUV 2 war dauerhaft funktionsuntüchtig. Mit den Schäden am Ballasttank und am Gehäuse des Propellers sollte es nicht mehr zu Wasser gelassen werden. Es eignete sich nur noch zum Ausschlachten und Testen. Gerade Letzteres schwebte Catfish vor, weshalb er die Außenverkleidung abgenommen hatte.

Er lud das Programm in den Speicher des Roboters und überprüfte, ob die Daten nicht zerschossen waren; nein, alles in Ordnung. AUV 2 sendete im Gegenzug ein Ping-Signal zur Bestätigung seiner Einsatzbereitschaft. Catfish befahl ihm, einen Tauchgang zu beginnen.

Er hatte den Motor, der den Propeller antrieb, auf Diagnosemodus zur Fehlerbehebung eingestellt, damit der Bordcomputer so arbeitete, als sei das Triebwerk noch intakt. Der Laptop speiste die Sensoren mit falschen Druckmesswerten; darum ging der Roboter davon aus, er steige wirklich in den Ozean hinunter.

Auf dem Bildschirm erschien ein dreiachsiges Diagramm, das sich aus Tiefe, Druck und Position der Sonde zusammensetzte. Sie wähnte sich auf einem schnellen senkrechten Tauchgang zum Meeresgrund. Catfish streckte seine Arme über dem Kopf aus und gähnte.

»Wachbleiben, Programmexperte«, rief Shawna hinter ihm.

Er schüttelte den Kopf. »Schlafen? Hier? Warum sollte ich das tun wollen?« Er stellte den Laptop auf das dafür vorgesehene Pult und drehte sich zu ihr um. Die Kleider der Geologin waren verschmiert und fleckig; an ihrer Khakihose taten sich nicht nur vereinzelt Risse auf. Blut war sowohl in ihr Hemd als auch in die Hose gesickert. »Du siehst beschissen aus.«

»Ist mir egal«, erwiderte sie grinsend. »Du bist genauso im Eimer wie ich.«

»Mmh«, stimmte er zu. »In deinen Haaren klebt aber Blut.«

Nun verging ihr das Grinsen. »Ich habe versucht, es im Regen auszuspülen, aber das hat wohl nicht geklappt.«

Er schüttelte den Kopf erneut. »Ich wünschte, jemand würde mir aus dem Gehirn spülen, was ich gesehen habe.«

Darauf antwortete Shawna nichts. Sie schaute wieder zum Deck hinauf, und Catfish tat es ihr gleich. Die Roughnecks arbeiteten bereits seit mehreren Stunden, während es durchaus schon hätte Nacht sein können; irgendwo oben am Himmel hinter einer dichten Wand aus schwarzen Wolken schien aber noch die Sonne. Hier unten gab es jedoch nichts außer trüben Lichtverhältnissen und Wasser.

»Weißt du, was die da tun?«, fragte er.

Er bejahte. »Und genau das wird das Bohrgestänge vermutlich kaputtmachen.«

»Mann, das ist das Beste, was ich heute gehört habe.«

Als sie sich ihm wieder zuwandte, war ihr Strahlen zurückgekehrt, zwar versetzt mit einem Hauch Kummer, aber dennoch heiter. »Der Sprengstoff ist gewichtet, genauso wie die Schraube. Wenn sie die Scheibe rotieren lassen und der Ballast sinkt, wird der Bohrkopf wieder ins Loch eindringen. Dann, glaube ich, drücken sie einen Knopf, und es gibt einen großen Knall. Falls sich Thomas nicht irrt, sollte der Bohrer dabei noch tiefer einsacken und möglicherweise ein Loch reißen, das groß genug für dein AUV ist.«

»Falls«, betonte Catfish. »Das ist ein wunderbares Wort, nicht wahr? Es bedeutet: Das könnte klappen, aber vielleicht sind wir auch genauso gut geliefert.«

Shawna musste lachen. »Genau das mag ich an dir, Catfish; du bist ein Stammmitglied des Clubs der Weltuntergangsjünger.«

Er seufzte und widmete sich wieder seinem Laptop. Laut Timer hatte er noch zehn Minuten. Er war sich nicht sicher, ob er noch so lange warten konnte, musste die Simulation aber laufenlassen. Denn täuschte er sich, waren sie tatsächlich geliefert.

»Glaubst du, das wird funktionieren?«, fragte er. »Ich meine die Sache mit der Leuchtmunition.«

»Magnesium brennt; dabei spielt Wasser keine Rolle, sondern ein Flammpunkt, und sobald es begonnen hat, ist es sehr schwierig, das Feuer zu löschen, also ja: Ich glaube, es wird funktionieren.«

»Ich rieche schon wieder ein *falls*«, frotzelte Catfish.

Sie sah ihn entnervt an. »Also gut, FALLS dein Roboter seinen Zweck erfüllt, FALLS das Loch groß genug ist und FALLS nichts Anderes schiefgeht.«

Er lächelte. »Na, siehst du? Das wollte ich hören. Nun, Ms. Geologin, immer noch Interesse an Steinen?«

»Ja«, antwortete sie, »aber nur auf trockenem Land und tausend Meilen vom Meer entfernt.«

»Thomas denkt, es sei irgendein prähistorisches Tier und du?«

»Ich habe keinen Schimmer«, gestand sie. »Falls ich wüsste, was die in Houston gefunden haben, hätte ich wohl eine genauere Ahnung.« Sie schüttelte den Kopf. »Lass mich das umformulieren: Ich würde ihre Untersuchungsergebnisse wirklich gerne erfahren.«

»Du meinst, die vor der Quarantäne.«

»Richtig«, bestätigte sie. »Bevor es … was auch immer angerichtet hat.«

Die Vorstellung, dass irgendein unglückseliger Laborant ein Fass voller Tentakel, Kneifzangen und Zähne geöffnet hatte, jagte Catfish einen Schauer über den Rücken. Mit einem Mal war ihm nicht mehr nach Reden zumute. Anhand von Shawnas Miene ging er mit ziemlicher Gewissheit davon aus, sie stelle sich das Gleiche vor.

Er versuchte, einen klaren Gedanken zu fassen, doch JPs Gesicht wanderte wiederholt an seinem geistigen Auge vorbei. Sein Freund – der Mann, der ihm Tauchen und Speerfischen beigebracht und seine Liebe zum Ozean geweckt hatte – war von diesem Ding gefressen oder als Träger benutzt worden … oder zu irgendeiner anderen Gräueltat. Jedenfalls lebte er nicht mehr, und Catfish konnte seine Wut und seine Trauer an nichts Anderem auslassen als an der Kreatur unter dem Meeresboden. So wahr ihm Gott helfe: Er würde diesen Dreck hochjagen!

Als sein Laptop piepte, schaute er wieder auf den Monitor. Der Timer blinkte; nur noch fünfundfünfzig Sekunden. »Und los geht's«, sagte er.

Shawna nahm ein paar Stufen nach unten, um hinzusehen. Er zwinkerte ihr zu und konzentrierte sich dann wieder auf seine Software.

Die Sekunden verstrichen. Als der Timer null anzeigte, vergrößerte sich das Schaubild. Ein AUV, dargestellt durch ein Rechteck, schwebte in der Nähe einer senkrechten Linie. Catfish schaltete auf die Steuerkonsole um. »Und jetzt zu dem großen Knall.« Er gab einen Befehl ein, drückte Return und rief erneut das Diagramm auf.

Die senkrechte Linie sprang nach unten; der Boden unter ihr schien nachzugeben. Der Roboter blieb bewegungslos. Catfish biss sich auf die Zähne und prüfte die Messwerte der Sensoren. AUV 2 hatte wie vorgesehen fälschlicherweise eine schwere seismische Erschütterung aufgezeichnet, also konnte er sich nicht erklären, warum es …

»Aha, jetzt aber«, sagte er schließlich. Das Symbol der Drohne trieb langsam auf das Loch zu und tauchte dann ein. »Und …« Ein metallisches Klicken hallte von den Stahlwänden wider, gefolgt von Zischlauten.

Die Vorderklappe von AUV 2 leuchtete intensiv weiß auf. Catfish atmete langsam aus und fing an zu lachen. »Oh, Mr. Monster, ich werde dir den Arsch aufreißen.«

***

Auf der Krankenstation war es stockdunkel, und das schon stundenlang. Sobkowiak hatte Schlaf auf einem der Betten gefunden, aber nur bis zur Aktivierung des Feueralarms. Seitdem war er hellwach und wartete darauf, zu sterben.

Er hatte schon beschlossen, sich selbst zu töten, bevor es der Rauch oder die Flammen taten. Einfach mit einer hübschen Dosis Morphium, genug für einen Herzstillstand, ehe er ersticken oder verbrennen würde.

Es wird wie Einschlafen sein, sagte er sich, *und du wirst nie mehr in diesem Albtraum aufwachen.*

Darum hatte er eine Spritze auf den Besecktisch gelegt und diesen dann dicht ans Bett geschoben. Aber was geschah, wenn er nicht dazu kam, sie zu benutzen? Tja, dann würde es sowieso vorbei sein.

Sobkowiaks Handy war aufgeladen und lag auf seiner Brust. Direkt, nachdem die Lichter ausgefallen waren, hatte er es an der Notstrombatterie des Computers angeschlossen; diese hatte zum Glück noch ein wenig Saft abgegeben.

Der Doktor war über die Mailadresse von *PPE* mit der Gesundheitsbehörde ins Gespräch gekommen. Diese hatte ihm bestätigt, dass in Houston der gleiche Organismus ausgebrochen war. Bislang habe man es zwar geschafft, ihn im Laborgebäude einzuschließen, doch ob man das Ganze unter Kontrolle bringen könne, war ungewiss.

Er hatte den Zuständigen von Harvey berichtet und auch die drei anderen Arbeiter erwähnt, die infiziert worden waren, nicht zu vergessen das, was ihm in der Koje aufgefallen war; in gewisser Weise wünschte er sich, es gar nicht gesehen zu haben.

Houston war plötzlich nicht mehr auf seine Nachrichten eingegangen, nachdem er zugegeben hatte, nicht zu wissen, wie man es töten konnte. Er hatte der Behörde lediglich als Quelle für Informationen gedient, die sie benötigte, und seit diese bekannt waren, gab es keinen Grund mehr, den Kontakt zu ihm aufrechtzuerhalten.

Er konnte immer noch versuchen, sich mit Vraebel und den anderen in Verbindung zu setzen, aber das wollte er nicht. Denn falls sie noch lebten, brauchten sie nicht zu wissen, dass keine Rettung in Aussicht war. *Leaguer* stand unter Quarantäne.

Da die kontaminierte Insel Tausende Meilen von der Zivilisation entfernt in mehr als fünfeinhalb Meilen hohem Wasser trieb, hatte die Welt nichts von ihr zu befürchten. Sobkowiak war sich sicher, dass der Gesundheitsschutz dafür sorgen wollte, dass es auch so blieb. Er versuchte, sich vorzustellen, wie *PPE* eine Presseerklärung bezüglich ihres jüngsten und teuersten Spielzeugs formulieren würde. Würden sie behaupten, *Leaguer* sei tragischerweise gesunken? Schob man die Schuld auf die Technik? Einen Tsunami? Eine unvorsichtige Besatzung?

Der Arzt seufzte im Dunkeln. Der Feueralarm war schon vor einer Weile verstummt; jetzt hörte er nur noch das Geräusch der Klimaanlage. Gern hätte er gewusst, wie lange es wohl dauerte, bis eines jener Dinger auf die Idee kam, durch diesen oder jenen Luftschacht einzudringen. Zumindest der Qualm war nicht allzu unangenehm gewesen, obwohl die Station immer noch nach verbranntem Plastik und Holz stank.

Der Mundschutz, den er getragen hatte, während der Rauch durch die Abzüge gequollen war, hatte geholfen, doch beim Luftholen meinte Sobkowiak immer noch, er habe sein Leben lang Kette geraucht. Als er nun tief einatmete, rümpfte er die Nase, weil die Luft, die im Raum zirkulierte, so muffig war.

Irgendwann musste er eine Entscheidung treffen. Entweder blieb er bis zum Ende im Gebäude oder er versuchte, einen Weg zu finden, die Station zu verlassen. Die Wesen kratzten nicht mehr an der Luke, und er hatte seit über einer Stunde keine Bewegungen mehr in den Schächten gehört.

Was machst du?, fragte er sich. *Bereitest du dich auf den Tod vor? Oder bleibst du einfach in deinem kleinen Käfig, bis … wie lange: bis die verdammte Welt untergeht?*

Schließlich nahm er sein Telefon in die Hand und schaltete dessen Blitzlicht ein. So konnte er sich wenigstens ein bisschen im Raum umsehen. Es standen mehrere Flaschen Alkohol dort, doch er besaß nichts, um sie anzuzünden. Zum ersten Mal in seinem Leben wünschte er sich, Raucher zu sein.

Er stand vom Krankenbett auf und stellte zwei starke Halogenleuchten wenige Fuß vor den Eingang. Als er dies getan hatte, zog er die Notstrombatterie unter dem Schreibtisch hervor und platzierte sie zwischen den Stativen. Im schwachen Licht des Handys gelang es ihm, die Kabel der Lampen einzustecken. Dann schaltete er sie an; grelles Weißlicht reflektierte von der Luke.

Sobkowiak richtete die beiden Köpfe so aus, dass ihre Lichtkegel genau auf den Boden vor dem Eingang fielen. Obwohl er nichts hatte, mit dem er eine Flamme entfachen konnte, griff er zu einer Flasche Alkohol. Sie war voll, bestand aus Plastik und fühlte sich in seinen Händen schwer an, aber er wusste, das war ein Witz. Martin hatte ihm erklärt, das schwarze Zeug brenne wie Öl. Als der Arzt über diese Mitteilung nachdachte, musste er den Kopf schütteln.

Obwohl Vraebel wusste, dass Sobkowiak nicht mehr zu retten war, bemühte er sich weiterhin um Möglichkeiten, den Überlebenden aus seiner Crew zu helfen. Dabei machte sich der Leiter der Bohrinsel jedoch nur selbst etwas vor, denn aus dieser Misere gab es kein Entrinnen. Der Doktor konnte höchstens noch versuchen, es bis auf das Deck zu den anderen zu schaffen … falls sie noch lebten.

Nachdem er das Handy eingesteckt hatte, blieb er vor der Luke stehen. Er horchte mit einem Ohr am Metall; es fühlte sich warm an. Plötzlich schnalzte Sobkowiak mit der Zunge.

Gut möglich, dass es sich um Resthitze des Feuers handelte, oder vielleicht machte der schwarze Dreck noch immer Anstalten, hereinzukommen.

Der Doc steckte die Plastikflasche Alkohol in seine andere Hosentasche; sie drückte ihm ins Fleisch, doch das nahm er kaum wahr. Als er das Metallrad mit seinen fleischigen Händen umschloss, holte er tief Luft, und nachdem er ebenso lange ausgeatmet hatte, drehte er daran.

Währenddessen quietschte es. Auf den Lärm hin klopfte sein ohnehin schon rasendes Herz noch heftiger. Als sich der Verschluss nicht mehr weiterdrehen ließ, knallte es einmal laut. Sobkowiak zog die Luke auf und warf vorsichtig einen Blick in den Flur.

Der Boden war verzogen und wellig. Die Schwärze hatte den ganzen Gips an den Wänden und die meisten Schrauben zur Befestigung der Platten an der Decke aufgelöst. Die Beleuchtung war ausgefallen, also blieben seine Halogenstrahler als einzige Lichtquellen übrig, die noch funktionierten.

Sobkowiak starrte auf den Boden; dass dieser sein Gewicht tragen würde, glaubte er nicht. Er war in jeglicher Hinsicht gefangen! Gerade als er die Luke wieder schließen wollte, stockte er, denn in der Wand bewegte sich etwas. Er leuchtete mit einem der Strahler auf den Bereich unmittelbar vor ihm.

Auf einmal knisterte es auf dem Gang, als werde Schweinefett in einer Bratpfanne erhitzt. Was er für Schatten gehalten hatte, war das Schwarze, ein ganzer Fluss davon. Es klebte an der brüchigen, unebenen Wand wie Farbe, wobei es Blasen schlug und sich kräuselte, während die Stelle die er anstrahlte, qualmte. Dann züngelte eine Flamme aus der dunklen, rauchenden Fläche empor.

Die Kreatur spaltete sich plötzlich in drei Teile. Ein breites Band floss in eine Richtung, ein noch breiteres in die andere. Getrennt von diesen beiden großen Massen blieb nur noch ein Fußbreit Schwärze übrig, die brannte und knisterte.

Sobkowiak war fassungslos. Er warf die Luke zu und drehte wieder am Verschluss, bis er sich nicht mehr bewegte. Dann lehnte er sich mit dem Rücken dagegen und rutschte entsetzt zu Boden. Es gab keine andere Möglichkeit mehr – keinen Ausweg, nichts.

Sein Blick fiel abermals auf die Morphiumspritze auf dem Metalltisch neben dem Krankenbett. Schlaf war nun ein absolut einladender Gedanke. Mit ein bisschen Glück verlor er die Besinnung, ehe das Ding einen Weg hineinfand. Er schaltete die Lampen ab und ging zum Bett, um sich hinzulegen. Ein kurzer Stich mit der Nadel, und der Doc flüchtete sich in die wahre Finsternis.

***

Schwimmwesten, Rettungsboote, Sicherheitsleinen, Gebete.

So las sich die Prioritätenliste, die Vraebel für die Überlebenden zusammengestellt hatte. Calhoun wusste nicht, wie sich die Kreatur unter dem Meeresboden verhalten würde, wenn sie die Sprengsätze zündeten; Teufel auch, niemand von ihnen konnte sich so etwas vorstellen.

Sobald die Ladungen versenkt waren, füllte die Crew so viel Beton zum Versiegeln in das Rohr, wie sie nur konnte. Dieser Pfropfen sollte die Explosion nach oben hin eindämmen, sodass die Druckwelle nach unten umso stärker wurde – vorausgesetzt jedoch, dass sie das Gestänge nicht einfach auseinanderriss.

Rote Notfalllampen wiesen Wege zu den Rettungsbooten. Alle, Catfish eingeschlossen, trugen Schwimmwesten. Was die Sicherheitsleinen anging, so waren Bill und ein anderer Roughneck noch damit beschäftigt, sie zu spannen.

Catfish und Shawna hatten eines der Zodiac genommen, um hinauszufahren und die AUVs tauchen zu lassen. Sie zogen 5 und 1 aus dem Schatten der Insel; diese beiden Roboter waren zuerst voll aufgeladen gewesen. Catfish hatte seine Eingriffe an ihnen vorgenommen und die Magnesiumstreifen an den Klappen befestigt.

Calhoun war davon ausgegangen, fünf Leuchtspurkartuschen zu zerlegen würde genügen, doch nachdem ihm Catfish erklärt hatte, wie die Flamme brannte, zumal es keine Garantie dafür gab, dass der Zündmechanismus an beiden AUVs überhaupt funktionieren würde, hatte er beschlossen, auch die restlichen Patronen von den Rettungsbooten auseinanderzunehmen.

Gemeinsam mit Vraebel hatte er über dreißig der roten Hülsen geöffnet und das Magnesium entnommen. Als sie damit fertig gewesen waren, hatte Calhoun geglaubt, seine Finger müssten abfallen, doch falls es klappte, war es die Quälerei durchaus wert.

Nach der Rückkehr von Shawna und Catfish hatte man den Countdown begonnen. Die AUVs waren auf einen zügigen Abstieg programmiert worden, aber es würde trotzdem immer noch mindestens eine halbe Stunde dauern, bis sie den Meeresboden erreichten. Bevor sie in die aphotische Zone tauchten, sollten sie Statusdaten an das Führungsrohr senden. Ausgehend von ihrer Geschwindigkeit konnten die Roboter ihre Ankunft und voraussichtlichen Koordinaten berechnen. Calhoun wünschte sich wieder, er hätte eine Zigarre – nur eine Letzte und vielleicht ein feines Gläschen Highland Park 18; beim Gedanken daran lief ihm das Wasser im Mund zusammen.

Er warf einen Blick auf die Drehscheibe. Die Bohrcrew gönnte sich gerade eine Pause unter dem Bohrturm. Der Regen traf sie zwar kaum, doch Windböen zerrten an ihren Kleidern und Schutzhelmen.

Vraebel lebte seine Eigenheiten in aller Konsequenz aus, weshalb er darauf bestanden hatte, dass alle solche Kopfbedeckungen und auch Sicherheitsmontur trugen. Calhoun vermutete, der Aufseher versuche ein letztes Mal, seine Männer zu behüten – lobenswert, aber vollkommen unnötig. Denn stimmten Thomas' Vermutungen bezüglich der Kreatur, die unter dem Ozeangrund lebte, bestand kein Zweifel daran, dass sie die Anlage zum Kentern bringen würde. Wenn sie Glück hatten, lebten sie dadurch alle noch zwei Stunden länger.

***

Das Zodiac ging in den Wellen auf und nieder. Shawna hatte einen Sicherheitsgurt angelegt – Catfish auch, und zwar zum ersten Mal, seit er denken konnte. Bei solchem Wetter war er noch nie mit einem Boot gefahren. JP hatte sich üblicherweise am Ruder die Ehre gegeben, ungeachtet der Höhe der Wellen.

Shawna hatte sich um das Boot gekümmert, während er ins kalte Wasser gesprungen war, um eine letzte Stichprobe an den AUVs durchzuführen. Er hatte jedes von der Zugleine losgemacht und dann abgewartet. Nummer 5 – die Zicke – und ihr artiger Bruder tauchten nun ihrem Ende entgegen. Die Roboter wussten es nicht, würden aber, so stand zu hoffen, damit alle auf der Insel retten … na ja, zumindest die neun, die noch am Leben waren.

Catfish hatte mit der Sauerstoffmaske im Gesicht gelacht, als er das Statuspaneel von AUV 5 geöffnet hatte, um sicherzugehen, dass alle Lichter grün waren. *Vielleicht rettest du die ganze beschissene Welt.*

Nun wusste er sicher, dass seine Babys bereit für ihre Mission waren. Nachdem er ihre Paneele geschlossen hatte, klopfte er auf die Rümpfe. *Gute Fahrt – und macht dieses verfluchte Ding kalt,* dachte er. Dann schwamm er zur Bordwand des Bootes und winkte mit einer Hand. Shawna musste ihn beobachtet und die Fernbedienung gedrückt haben, denn Sekunden später startete der Propeller von AUV 5. Das Motorengeräusch war nur ein leises Brummen. Die Ballastpumpen sogen Wasser an, und ein paar Sekunden später verschwand das Fahrzeug außer Sicht; Nummer 1 folgte dicht dahinter.

Eine Welle ging über Catfish nieder, doch er achtete gar nicht darauf. Die Kälte, die Angst – das alles lag nun hinter ihm. Es ging nur noch darum, dies bis zuletzt durchzuziehen, und jetzt hatten sie wenigstens eine Chance.

Im Zodiac zurück zu *Leaguer* zu fahren kostete ihn unglaublich viel Geduld. Er wollte vor seinem Laptopmonitor sitzen und den Fortschritt seiner Roboter überwachen, wenn diese die Mitternachtszone erreichten. Nicht zum ersten Mal wünschte er sich, gemeinsam mit ihnen nach unten vordringen zu können, um die Fische aus unmittelbarer Nähe zu sehen und nachvollziehen zu können, wie die Welt so finster wurde, dass nicht einmal die Tiefe des Weltalls einem Vergleich standgehalten hätte. Catfish drosselte das Boot. Die Bohrinsel strahlte hell wie ein Weihnachtsbaum. Oben auf der Brücke glühten und blinkten rote LEDs. Am Fuß des Förderturms waren grüne Lampen angebracht, in der Mitte gelbe und im oberen Bereich ausnahmslos rote. Vom Meer aus konnte er sogar die Industriestrahler auf dem Deck erkennen.

Shawna drehte ihm den Kopf zu; ihr Haar war zerzaust und vom Salzwasser verklebt. »Oh, wir sind schon da?«, meinte sie ironisch und lächelte.

Er schnaubte, während er zur Anlegestelle fuhr. Die hellen Halogenlampen dort vertrieben die Schatten, und er stieß einen erleichterten Seufzer aus. Auf die Plattform zurückzukehren war sowohl beängstigend als auch tröstlich; was sich auf ihr befand, wusste er zumindest, doch im Wasser? Man konnte unmöglich sagen, ob eines jener Wesen schon darauf wartete, dass jemand hineinfiel.

Das Tau aus weißem Nylon hing an der Wand hinunter. Catfish wickelte es fest um die Schlagleiste des Bootes. »Okay Shawna, lass uns …«

Sie zischte leise, damit er schwieg. Catfish drehte sich um und schaute sie verwirrt an. Sie versteifte ihren Unterkiefer, ihre Wangen waren hohl, und die Augen auf etwas über seinen Schultern gerichtet.

Er zog zwar verwundert die Augenbrauen hoch, konnte sich aber schon sehr gut vorstellen, worauf sie starrte. Langsam bewegte er eine Hand auf die Taschenlampe zu, die er an seinem Tauchanzug eingehängt hatte. Shawna nickte ihm langsam zu und tat dasselbe. Sobald er das Gerät zu fassen bekam, knipste er es an und fuhr herum, so schnell er konnte.

Der Lichtstrahl schnellte hinauf an die Wand der Aufbauten. Die Schwärze verharrte auf einem funkelnden Stück Stahl. Ihr

Stielauge erzitterte, als er mit der Lampe darauf zielte. Auch über das Rauschen der Wellen und den pfeifenden Wind hinweg hörte man es zischen. Das Ding glitt ans andere Ende des Metallträgers.

»Los, los«, drängte Shawna.

Sie ließ den Anschnallgurt fallen und kletterte die Anlegestelle hinauf. Catfish behielt den Träger im Auge, während er den Lichtkegel daran hin und her schwenkte. Die ganze Oberfläche war glatt und glänzte wie poliert.

Ein zweiter Strahl fiel neben seinem darauf. »Komm schon hoch, verdammt«, verlangte Shawna.

Länger ließ er sie nicht warten. Er wich zurück und stieg zu Shawna hinauf. Sie ließ ihr Licht an dem Träger entlang streifen, wie er es getan hatte.

»Falls du noch etwas aus der AUV-Bucht brauchst«, sagte sie, »holst du es besser ganz schnell, und zwar jetzt.«

Catfish schüttelte den Kopf. »Lass uns an Deck gehen und das Ding hier einschließen.«

»Was ist, wenn es ins Wasser taucht?«, fragte Shawna. »Was wird es dann tun?«

Er zuckte mit den Achseln. »Ich weiß es nicht, aber wir können es nicht töten, wenn wir es nicht finden, und ich würde vorziehen, dass es uns nicht zuerst findet.«

Sie nickte. »Okay, verschwinden wir von hier.«

Auf dem Weg die Treppe hinauf ans Deck der Anlage fühlte er sich an ihren Vorstoß in die Aufbauten erinnert. Ein einziger Reinfall … das galt heute für alles, was sie anpackten. Als er die Hauptebene erreichte, verlor er kurz sein Gleichgewicht, und wedelte deshalb mit der Lampe.

Unten in der Bucht bewegte sich etwas. Er richtete das Licht darauf. Das Ding kroch auf AUV 3 zu, gleich hinter die gelbe Heckflosse. »Bleib genau da«, sagte er zu ihm. Er bedachte es mit einem letzten Strahl Helligkeit, bevor er die Klappe hinter sich schloss.

Oben auf dem Deck standen die Roughnecks unter dem Bohrturm. Die portablen Arbeitslampen badeten sie in Weißlicht.

Vraebel, Bill und Calhoun unterhielten sich abseits miteinander. Als der Ingenieur Shawna und Catfish bemerkte, schaute er zu ihnen hinüber.

Craig nickte ihm zu, während er den Riegel durch das Schloss der Klappe zur Bucht schob. Wenn der Schleim auf das Deck dringen wollte, würde er es irgendwie schaffen, doch zumindest vorerst blieb er hoffentlich in der Bucht, gebannt durch all die Halogenstrahler.

***

Er unterdrückte ein weiteres Gähnen. Dem Drang Einhalt zu gebieten, den Mund lange und weit aufzusperren, wurde langsam unmöglich. Die Insel schwankte ein wenig im heftigen Wellengang. Der Regen prasselte nun vom Himmel. So weit weg von den Halogenlampen an Deck war es finsterer, als er je erlebt hatte.

Bill stand zehn Meter von den Aufbauten entfernt. Auf der ersten Ebene funktionierten noch einige Lampen, doch die zweite und dritte waren dunkel. Er konnte nicht genau sagen, ob es dort oben überhaupt noch Elektrizität gab.

Sobald sie damit fertig geworden waren, die Sprengladungen und den Verschlussbeton durch den Führungsschacht hinunterzulassen, hatte er seinen Wachdienst begonnen. Das war vor über einer Stunde gewesen. Sich zu beschäftigen und wach zu bleiben wurde nun immer schwieriger, doch jedes Mal, wenn er das Gefühl bekam, im Stehen einzuschlafen, dachte er an die Wesen auf den Gängen des Gebäudes und stellte sich vor, dort mit ihnen eingesperrt zu sein.

Sicherheitshalber hatte er die Batterien in seiner Taschenlampe gegen frische ausgetauscht und noch eine mitgenommen. Der Ersatz hing nun eingehakt an seinem Gürtel und baumelte im Wind. Der schmale Lichtstrahl der einen, die er hielt, zuckte über die Stahltür, die ins Innere der Anlage führte.

Die anderen Luken hatten sie bereits geschlossen. Es gab keinen Ausweg mehr für die Kreaturen, ausgenommen natürlich, sie hatten irgendetwas vergessen.

Darüber hatte Bill mehrere Minuten lang nachgedacht; nun ja, sie waren ihm eher vorgekommen wie Stunden. In Gedanken hatte er hastig die Baupläne von *Leaguer* überflogen und überlegt, ob es noch eine Möglichkeit für die Wesen gab, auf das Deck zu gelangen, aber ehrlich gesagt, fiel ihm keine mehr ein.

Er suchte den unteren Bereich weiter mit der Lampe ab, um irgendeinen Weg zu finden. Bill war so müde und derart darauf bedacht, dass ihm kein einziges Mal einfiel, einfach mal nach oben zu schauen. Denn vom Brückenfenster aus tropfte schwarzer Schleim am Metall hinunter auf den Vorsprung, über den Sigler, Vraebel und er entkommen waren. Die zähe Flüssigkeit lief zusammen und wartete dort. Stielaugen schossen aus dem Schleim empor und beobachteten die Deckarbeiter. Das Wesen brauchte ein paar Momente, bis es Bill bemerkte und als es dies tat, setzte es sich in Bewegung.

***

Die Wellen auf dem offenen Meer wurden immer noch höher. Wind peitschte über sie hinweg, sodass weiße Gischt in die Höhe stob.

Die stetig vorwärtsgetriebene Sturmflut riss Seeblasen und andere Quallen mit sich. Eine Schule von Walen tauchte darin auf, füllte ihre Lungen mit Luft und verschwand dann wieder unter der Oberfläche, um sich vor den heulenden Böen und Regenmassen zu schützen.

AUV 5 filmte jede Bewegung, während es in Richtung Ozeanboden strebte. AUV 1 folgte nur wenige Meter hinter ihm und tat das Gleiche. In diesen Tiefen war nichts davon zu bemerken, dass die Sonne am Horizont unterging; aufgrund des Unwetters hatten ihre Strahlen das Wasser den ganzen Tag lang nicht weit durchdrungen. Die Kameras von Nummer 5 zeichneten nichts als Dunkelheit auf, bis ihr eine Schar Laternenfische begegnete.

Die unansehnlichen, fremdartig wirkenden Meeresbewohner waren hastig aus der Mitternachtszone aufgestiegen, um sich in Sicherheit zu bringen. Mit ihrem Lebensraum am Grund stimmte etwas nicht ... ganz und gar nicht.

Während die Roboter tiefer tauchten, lösten die Tiere ihre Formation erschrocken auf. Sie hatten bereits Roboter kennengelernt und wussten in gewisser Weise, dass sie keine Bedrohung darstellten, doch sie befürchteten hinter allem Raubfische. Ein vorzeitlicher Instinkt, der sich über Jahrmillionen der Evolution gehalten hatte, trug ihnen auf, um ihr Leben zu schwimmen. AUV 5 hielt Eindrücke von ihnen fest, als sie vorbeihuschten.

Andere Wesen, sogar älter als der Laternenfisch, flohen ebenfalls vom Meeresboden. Ein Teil von ihnen überlebte den Weg in höhere Zonen, wohingegen manche einfach platzten, wenn der Druck nachließ, in dem sie zeit ihres Daseins gelebt hatten, doch alle folgten dem gleichen Urinstinkt: Flucht!

AUV 5 umkreiste den Bohrschacht – eine träge, trudelnde Abwärtsbewegung. Es näherte sich der Grenze von achtzehntausend Fuß, woraufhin das Unterprogramm startete, mit dem es Tiefe und Druck aufzeichnete. Nummer 5 sandte einen Datenstrom an den Schacht, ihr Begleiter genauso. Schließlich wurde der untergeordnete Vorgang zurückgesetzt, bis eine Tiefe von 27.320 Fuß erreicht war; schon bei sechsundzwanzigtausend sollte die Sonde seismische Störungen messen.

Die Roboter sanken weiter in völliger Finsternis gen Meeresgrund. Ihr Schöpfer wäre stolz darauf gewesen, dass sie sich so gleichmäßig in einer Abwärtsspirale bewegten. Auf ihrem Weg in die aphotische Zone waren keine Fische ... gar keine weiteren Lebewesen mehr zu sehen. Das einzig Verbliebene im Graben wartete bereits auf sie.

***

Der Laptop piepte. Catfish hatte ihn länger als eine halbe Stunde angestarrt und dabei versucht, seinen rebellierenden Magen zu beruhigen. Vraebel füllte die Ballasttanks über die Sicherheitsgrenze hinaus, damit die Insel weiterhin stabil im Wasser lag, doch die Wellen schien dies nicht zu beeindrucken; sie rissen einfach nicht ab, und jede klatschte gegen den Heckbereich der Anlage.

Catfish hatte niemals auch nur in Erwägung gezogen, die verdammte Plattform könne schlicht und ergreifend sinken, bevor die Gruppe die Chance bekam, ihren Plan umzusetzen. Das wäre das endgültige »Ihr könnt mich mal« vonseiten des Universums.

Er grinste, als sich der Bildschirm mit Informationen füllte: Druck, Tiefe, Geschwindigkeit und Koordinaten. Die vielen Zahlen schienen vor seinen Augen zu tanzen. Er drückte eine Taste auf dem Keyboard, um vom Programm Durchschnittswerte errechnen zu lassen. Diese wurden dann übersichtlich in Reihen aufgelistet.

Seine Babys hatten ausgeführt, wozu sie angewiesen worden waren, und stürzten nun ohne Umwege in die Tiefe. Catfish klappte seinen Computer zu und steckte ihn in die wasserdichte Tasche. Bevor er seinen Platz verließ, fuhr er liebevoll mit drei Fingern über die Konsole. Dieser kleine Rechner war ungefähr ein Jahr lang sein ständiger Begleiter gewesen, aber die Tasche? Mann, die hatte er schon seit seinem Schulabschluss; ein Dutzend Laptops und andere Apparate waren bereits darin aufbewahrt worden, und jetzt würde er sie vermutlich nie wieder gebrauchen können.

Catfish stieß einen Seufzer aus und schlug sich in den Regen. Als ihm eine Bö entgegenwehte, verlor er fast das Gleichgewicht. In Erinnerung daran, wie sich Aaron den Schädel aufgeschlagen hatte, lief er langsamer. Vraebel und Calhoun harrten geduckt unter dem Dach des Werkzeuglagerplatzes aus.

Er schaute auf sein Handgelenk. »Noch zweiundzwanzig Minuten, bis sie den Boden erreichen!«, rief er seinem Partner zu. Nachdem er ein paar Knöpfe an seiner Taucheruhr gedrückt hatte, begann ein fünfundzwanzigminütiger Countdown. »So haben wir noch drei Minuten Puffer, bevor wir zünden.«

Als Calhoun zu ihm aufschaute, grinste er. Dann wandte er sich Vraebel zu. »Uns bleibt nicht mehr viel Zeit.«

Der Aufseher verdrehte die Augen und zeigte zu den Aufbauten hinüber. »Das soll ein Scherz sein, oder? Für diese Monster ist das eine verdammte Ewigkeit!«

»Das haben Sie schon richtig verstanden«, meinte Shawna und runzelte die Stirn. Sie schaute ebenfalls auf das Gebäude. »Es gibt nicht genug Lichter dort oben.«

Vraebel erhob sich und hielt sich eine Hand über die Augen, damit ihn die hellen Industriestrahler nicht blendeten. »Bill schiebt Wache, Shawna. Wir haben nichts zu …« Er stockte plötzlich.

»Was ist?«, fragte Catfish alarmiert.

»Ich sehe Bill nicht mehr«, antwortete Vraebel. »Und der Strahl seiner Taschenlampe ist auch verschwunden.«

Shawna zog die Leuchtpistole aus ihrer Tasche; eine Patrone steckte in der Waffe, zwei weitere hatte sie noch übrig. Calhoun schaltete seine Lampe ein, Catfish löste seine vom Tauchanzug; diesen auszuziehen, war unnötig, solange es nicht zu regnen aufhörte.

Vraebel hielt seine Balance gekonnt, während er vom Betriebsmittellager zum Bohrturm ging. Die Roughnecks hockten noch immer darunter, umgeben von im Kreis aufgestellten Arbeitsstrahlern. Die Männer sahen abgeschlagen aus, so als brächen sie jeden Moment zusammen.

Catfish beobachtete, wie sich der Aufseher an seine Crew wandte. Diese erhob sich daraufhin und griff zu den Stativen. Man hatte einige Lichter von der Drehscheibe weggerückt; jetzt schien es an der Zeit zu sein, sie wieder zurückzuholen.

Kurz erwog Catfish, hinüberzulaufen und mit anzupacken, doch irgendwie ließ ihn sein Rücken spüren, dass dies eine schlechte Idee sei. Die Anstrengung, die AUVs zu Wasser zu lassen, und das ganze Gerenne hatten seiner Wirbelsäule nicht unbedingt gutgetan. Außerdem befürchtete er, einen der letzten Halogenscheinwerfer umzuwerfen, weil ihm die Schlagseite der Plattform so zusetzte, und das konnten sie sich jetzt auf keinen Fall erlauben.

Er schaute dabei zu, wie die Männer den Generator und die vier übrigen Strahler verschoben, um Bohrscheibe und Steuerkonsole anzuleuchten. Mittlerweile war die Gruppe bereit, dass es endlich losging. Vraebel winkte Calhoun zu.

Dieser ging langsam auf den Turm zu, während er den Kopf wegen des Windes und Regens einzog. Shawna und Catfish folgten ihm. Die Insel wankte, als eine weitere hohe Welle gegen sie prallte. Thomas taumelte, doch Catfish schaffte es, ihn wieder aufzurichten.

»Du fällst mir nicht hin, alter Mann!«, schrie er gegen den Lärm an, den der Sturm und die Maschinerie verursachten.

Die Crewmitglieder nahmen unterschiedliche Positionen ein, jeder an einer Steuereinheit. Vraebel stand hinter einem Stahlpodest der Drehscheibe. Calhoun und seine beiden Teampartner stießen zu ihm.

»Die Männer wissen schon, wie sie das handhaben müssen«, rief er, »aber ich erkläre Ihnen vorsichtshalber lieber trotzdem, wie man die Schraube senkt.« Sie ließen sich die Bedienung der Konsole zeigen.

Kinderleicht, fand Catfish. *Außer, dir sitzt gerade der schwarze Dreck im Genick*. Er drehte sich zu den Aufbauten um. In der Nähe des Vordereingangs glühte etwas. Er konnte beobachten, wie das Licht wanderte und dann plötzlich ganz erlosch.

»Leute?« Die anderen achteten nicht auf ihn. Erst als er mit einer Hand auf den Steuerkasten klopfte, verstummten sie. »Ich glaube, ich weiß, was mit Bill passiert ist!«

Im schwachen Schein, den die Außenbeleuchtung der Anlage abgab, beobachteten sie, wie die Metallkonstruktion von Grau zu glänzendem Silber changierte. Die Schwärze kam herunter – und zwar im vollen Ausmaß.

Vraebel rief nach den Männern rings um die Bohrscheibe. Als sie ihre Scheinwerfer anhoben, um sie auf das Gebäude zu richten, zitterten ihre Hände und Knie. Die Entfernung war zu groß, um die schwarze Woge anzustrahlen, die sich auf dem Deck ergoss. Tentakel und Stielaugen wiegten sich vor den Menschen, während die Masse gemächlich vom Rand der Aufbauten auf die Anschlüsse der Rohre zuglitt.

Catfish schaute wieder auf seine Uhr. Eine Viertelstunde; sie mussten es noch fünfzehn elende Minuten länger aushalten. »Shawna?« Sie trat vor und blieb neben ihm stehen. »Lass es krachen!«

»Noch nicht«, erwiderte sie. »Noch nicht.«

***

Er spürte, wie es warm wurde, als der Urin in seine Unterhose strömte und an seinem Bein hinunterlief. Er hätte sich geschämt, wäre ihm im Angesicht dessen, was er sah, nicht so ängstlich zumute gewesen. Das Ding wälzte sich jetzt nicht einfach nur auf die Gruppe zu; es blubberte, wobei die Blasen, die es warf, laut platzten, und dann bäumte es sich auf. Die Kreatur zog sich in sich selbst zusammen, um ihre Masse zu verfestigen, und nahm nun endlich Gestalt an.

Kurze, gedrungene Beine wuchsen aus ihrer Oberfläche. Als die Flüssigkeit weiter an diesen provisorischen Gliedern hinaufkroch, entstand ein breiter Torso. Die Stielaugen und Tentakel glitten daran zusammen, um sich in der Mitte zu treffen. Fünf Beine, sieben Arme, neun Augen – und das Höllengeschöpf wurde von Sekunde zu Sekunde immer größer. Er hörte nichts von dem Knistern und Knacken, während es sich innerlich neu ordnete, um seinen Körper zu stützen.

Das Meer tobte, und eine weitere Welle krachte gegen das Heck der Insel. Sogar mit dem Ballast, der die Anlage so niedrig im Wasser treiben ließ, wie es gefahrlos möglich war, ging sie auf und nieder wie ein Badespielzeug.

Er hielt sich an der Kante der Steuereinheit fest, um nicht zu fallen, als der nächste Ruck durch die Insel ging. Dem Wesen, das sich gerade aufzurichten versuchte, machte das offenbar nichts aus.

Vraebel öffnete den Mund, um etwas zu rufen, sparte sich die Mühe aber schließlich. Was gab es denn noch zu sagen? Welche Befehle konnte man erteilen, wenn man mitten im Nirgendwo auf dem gottverlassenen Ozean auf einer Metallplattform festsaß, die so groß war, wie ein Football-Feld?

Zuletzt gelang es ihm, einen konkreten Gedanken aus dem Durcheinander in seinem Kopf zu pflücken. »In die Rettungsboote, verdammt! Schnell!«, brüllte er den übrigen Crewmitgliedern zu. Die Roughnecks rührten sich jedoch nicht, sondern blieben genauso handlungsunfähig stehen, wie er es getan hatte. »Herrgott nochmal, ich sagte Bewegung!«

Endlich nahm sich einer der Männer zusammen. Er machte sich von der Drehscheibe los und rannte in Richtung der Rettungsboote. Als er die Hälfte des Weges über das Deck zurückgelegt hatte, schnellte ein langer, schwarzer Greifarm aus der festen Form der Kreatur hervor und riss ihm die Beine weg. Jason Jones überschlug sich im hohen Bogen und landete auf seinem Rücken. Er hatte noch Zeit, Luft zum Schreien zu holen, bevor sich das Tentakel um seinen Kopf wickelte und ihn auf die Mitte des Körpers des Ungeheuers zuzog; dann verschwand sein eigener darin.

»Fuck!«, schrie Vraebel.

***

Calhouns Herzschlag setzte aus – nur ein oder zwei Sekunden lang, doch er nahm den Stillstand wahr. Der Anblick des Monsters, das sich auf dem Deck herausbildete, war schlimm genug gewesen, um sein Gehirn und alles damit Verbundene in Schock zu versetzen. Vraebel schrie der Kreatur allerhand Schimpfwörter entgegen.

Thomas wankte hinter dem Aufseher her, während er den Blick über das Deck schweifen ließ. Es musste etwas – irgendetwas geben, das sie dazu benutzen konnten, um das Ding aufzuhalten und Zeit herauszuschlagen. So schnell, wie es sich gerade bewegte, würde es sie längst erreicht haben, wenn die AUVs ans Ziel gelangten.

Dann sah er, genau das, was er suchte. »Martin!« Der Leiter der Insel wandte sich ihm mit weit aufgerissenen Augen und wackligen Beinen zu. »Der Treibstoff für den Generator – wir müssen ein Feuer auf dem Deck machen!«

Vraebel starrte ihn ungläubig an und Thomas versetzte ihm daraufhin eine kräftige Ohrfeige. Nachdem der Aufseher zurückgeschreckt war, starrte er den Ingenieur mit bohrendem Blick an. »Der Treibstoff!«

»Richtig«, sagte Vraebel. »Richtig.« Er drehte sich zur Crew um. »Die Dieselfässer; wir müssen sie auf dem Deck ausschütten und anzünden, danach locken wir das Monster zu dem Feuer. Los jetzt, Beeilung!«

Vraebel und die drei überlebenden Arbeiter rannten zu mehreren hellroten Fässern, die im Lagerbereich standen. Gemeinsam mit einem von ihnen trug er einen der Behälter zur Mitte des Decks. Die anderen beiden Männer schleppten einen zweiten hinterher.

Das Ungeheuer bewegte sich auf sie zu. »Schnell!«, bellte Calhoun.

Vraebel kippte das Fass um, woraufhin der Kraftstoff in einem dicken Strom über den Boden quoll; auch das andere Fass wurde zur Seite geneigt. Schwarze Tentakel schossen nun plötzlich auf Calhoun und die anderen zu; er dachte einen Augenblick lang, das Ding würde sie an sich reißen, so wie es auch mit Jones verfahren war, doch es ignorierte sie und griff stattdessen die Arbeiter an.

»Schieß!«, brüllte er.

Shawna zielte auf eines der Fässer und drückte ab. Das Leuchtgeschoss verließ den Lauf der Waffe mit einem Knall, begleitet von einer Wolke Qualm. Kurzzeitig erstrahlte das Deck in rotem Licht, ehe die brennende Ladung Magnesium in der Nähe des einen Dieselfasses einschlug.

Sofort stieg Feuer in einer Linie auf dem Metallboden empor. Der Kraftstoff, der nicht durch die Stahlgitter geflossen war, verwandelte sich in eine lodernde Zickzackspur. Eines der Tentakel der Kreatur ging in helle Flammenzungen auf. Es erzitterte und klatschte schließlich in die brennende Flüssigkeit.

Calhoun schaute zu dem Monster auf. Die angezündeten Überreste des Fortsatzes waren nicht mehr mit ihm verbunden. Es hatte ihn einfach abgestoßen.

»Das gibt's doch nicht«, sagte Calhoun fassungslos. Mit dem brennenden Sprit gewannen sie wohl ein paar Minuten, doch wenn er ausgebrannt war, hatten sie nichts mehr zum Aufhalten der Kreatur außer der Leuchtmunition.

***

Es gab nichts zu sehen, nur noch über die Blaulichtkameras von AUV 5. Die Sonde hatte ihre Zielkoordinaten erreicht und schwebte nun an dieser Position. Anhand der Bilder, die Nummer 5 von den Riffs der vermeintlichen Kalkröhrenwürmer in der Umgebung der Bohrstelle aufgenommen hatte, war Catfish auf eine Stelle gestoßen, an der die Drohne unbeeinträchtigt schweben konnte. Während er bei ihr genau richtig kalkuliert hatte, stimmten die Koordinaten von AUV 1 nicht ganz.

Es kam nämlich direkt über einem Wurmriff herunter. Die Tentakel umschlangen es prompt wie ein Tintenfisch eine Muschel. Sein Metallgehäuse wurde langsam zusammengedrückt. Ein gigantischer Schlund öffnete sich und verschlang seine stählerne Beute.

AUV 5 erkannte, dass das Signal seines Bruders verschwunden war, und vermerkte den Zeitpunkt. Die Tentakel streckten sich auch nach ihm aus, doch es trieb nur wenige Fuß außer Reichweite. Der Roboter nahm ihre Bewegungen nicht wahr.

Bräunlicher Schlamm bedeckte die Bohrstelle. Wäre Catfish in der Lage gewesen, die Kameraeinstellung zu sehen, hätte er es für Wundschorf gehalten. Die Oberflächenbeschaffenheit des Grabenbettes hatte sich abermals verändert. Die Klüfte lagen dichter zusammen, und rings um das Bohrgestänge herum hatte sich ein breiter Buckel erhoben.

Während AUV 5 seine Stellung hielt und wartete, registrierte sein seismischer Sensor eine leichte Erschütterung. Diese entsprach nicht dem Signal, auf dessen Erfassung es programmiert war, aber es nahm den Messwert trotzdem auf und speicherte ihn. Der Grund unter ihm hatte sich bewegt; eine Wolke aus Stein und Sand stob auf.

Die Röhrenwürmer hörten nun auf, mit ihren Tentakeln zu wedeln, und hielten still. Die Erde bebte, als sich etwas anschickte, einen Weg durch den Felsen zu brechen. Die Kameras von AUV 5 nahmen die Unruhe endlich zur Kenntnis und fokussierten sich. Hätte Catfish das monströse Auge gesehen, das nun unter der Drohne die Lider aufschlug, wäre ihm garantiert ein Schrei entglitten.

***

Vraebel rutschte auf den Steuerkasten zu. Die Insel erzitterte wieder, als sich eine weitere Welle an ihr brach. Salzwasser spritzte über die Crew und das flammende Deck. Das Dieselfeuer brannte rasch aus; das bemerkte auch die Kreatur.

»Standlee!«, schrie Vraebel. »Jetzt oder nie!«

Catfish schaute auf seine Uhr. Er hoffte inniglich, seine Babys seien bereit. »Starten Sie!«

Seine Lippen bewegten sich in einem stummen Gebet. Vraebel legte die Schalter um. Die Drehscheibe ächzte, als sie ihr ganzes Gewicht hinunterließ und zu rotieren begann.

***

Der Roboter spürte die Fortsätze nicht, die Spinnenbeinen glichen und sich über seinen Rumpf schlängelten; auch sah er die tiefe Senke nicht, die sich plötzlich unter ihm auftat. Er erhöhte den Schub seiner Propeller, um auf der Stelle schweben zu können, doch etwas zog ihn hinunter. Er befand sich nur noch einen Meter über dem Ding, als die Umgebung erschauerte, der Führungsschacht niederging und in den Meeresgrund krachte.

Die Explosion riss den Bohrkopf in die Tiefe. Aufgrund der dichten Betonversieglung konnte der Druck nirgendwohin entweichen außer nach unten. Das erste Gelenk am Gestänge löste sich in Metalltrümmer auf, während sich die Schraube weiterhin tief in die Förderstelle bohrte.

AUV 5 war mit einem Mal frei, da die Kreatur ihre Tentakel vor lauter Schmerz zurückzog. Indem der Bohrer Fels und Sand durchdrang, stach er tief in ihren Bauch.

Die seismischen Sensoren schlugen über das messbare Spektrum hinweg aus, wobei die letzten beiden Programminstanzen aktiv wurden. Der Antrieb von AUV 5 heulte auf, als es seinen Motor in den roten Bereich jagte. Es schnellte vorwärts und dann hinab zum Bohrloch. Nachdem es an der Seite aufgeschlagen war, wendete es und setzte erneut an, bis es ihm schließlich gelang, in die Kreatur einzudringen.

Nun war es von dunklem Schlick umgeben. Sein Lack löste sich auf, denn die Schwärze ätzte ihn von seiner Metallhaut herunter. AUV 5 gab weiter Schub, bis es nicht mehr vorwärtskam; dann drosselte es, und der letzte Befehl wurde ausgeführt.

Zur Gänze umgeben von brennbarer Schwärze erzeugte eine Zylinderspule Spannung, woraufhin Funken auf die Magnesiumstreifen übersprangen. Unwirklich gleißendes Licht blitzte im Inneren der Kreatur auf … und dann flog die Welt auseinander!

***

Die Drehscheibe bebte und rappelte. Shawna stolperte vorwärts und fiel auf ein Knie. Catfishs AUVs hatten ihre Aufgabe bewältigt; jedenfalls hoffte die Geologin es.

Die Männer riefen durcheinander. Als Shawna aufschaute, blickte sie dem Monster entgegen, das auf sie zukam; es machte langsame Schritte mit jenen kurzen, dicken Beinen. In der Mitte ging ein breites Maul auf – ein gezacktes Loch, das im schwachen Licht unförmig wirkte.

Die Insel erzitterte ein weiteres Mal, als eine Welle das Heckteil überflutete. Noch mehr Wasser klatschte auf das Deck und löschte die letzten Flammen. Nun waren sie schutzlos, und die Kreatur wusste es genau.

»Shawna!«, schrie Thomas. »Feuer!«

Ein Tentakel sauste nieder und knallte auf den Boden. Shawna geriet ins Wanken. Sie spannte den Abzug der Signalpistole. Alles oder nichts, so lautete nun die Devise. Sie zielte auf das Ungeheuer und drückte ab.

Kurz blitzte das Mündungsfeuer auf und tauchte das Deck in rotes Licht. Das dreitausend Grad heiß brennende Magnesium berührte die Schwärze, dann sah man nichts mehr außer einem riesigen Feuerball, von dem dunkler Rauch in den Himmel stieg. Der mittlere Teil des Wesens verschwand hinter einer orangefarbenen Wand aus Flammen. Diese griffen mit rasender, erschreckender Geschwindigkeit auf die Tentakel über. Das Geschöpf verlor unglaublich schnell seine Festigkeit und verwandelte sich in einen Fluss aus lodernder Flüssigkeit.

So breitete sich die brennende Schwärze in alle Richtungen auf dem Deck aus. Das Prasseln des Regens auf dem Metallboden wurde von ihrem Knacken und Zischen übertönt.

Etwas explodierte in der Nähe der Aufbauten. Zwei Drittel des Decks gerieten plötzlich in Brand. Die Druckwelle riss Shawna die Beine weg, sodass sie auf die Seite fiel; die Leuchtpistole glitt aus ihren erschlafften Händen. Nachdem sie sich auf den Rücken gedreht hatte, schaute sie in den Gewitterhimmel und auf den schwarzen Qualm, der vom Deck aufstieg. Die Luft stank ätzend, weshalb Shawna kaum atmen konnte. Jemand stürzte neben ihr zu Boden. Mit klingelnden Ohren und verschwommenem Blick drehte sie den Kopf zur Seite; dort lag Thomas mit dem Gesicht nach unten auf dem Bauch. Sie versuchte, seinen Namen auszusprechen, doch die Worte blieben ihr im Hals stecken.

Als sie sich aufraffen wollte, stöhnte sie vor Schmerzen. Das tosende Feuer konnte ebenso gut Tausende von Meilen entfernt sein. Das Gebrüll und die Rufe der Männer – gequält oder in kopfloser Panik – drangen ihr kaum ins Bewusstsein. Sie schaffte es, ihren Körper wieder herumzuwälzen, und begann sich vom Boden hochzudrücken. »Thomas?« Sie wollte schreien, doch der Name kam ihr als kaum hörbares Husten über die Lippen.

Sie kroch zu ihm und drehte ihn um. Er starrte entrückt ins Leere, während Blut von seiner Stirn floss. Sein Mund bewegte sich, doch sie konnte ihn nicht verstehen.

Plötzlich packte jemand ihre Schultern; drängte sie zum Aufstehen und sie wurde zu einem Rettungsboot gezogen. Ein Tentakel schlug aus und drohte, sie zu erfassen. Kurz bevor es sie berühren konnte, fing es Feuer.

Die Insel wurde noch einmal erschüttert, allerdings nicht von einer Welle. Die gesamte Backbordseite stieg aus dem Wasser hoch, als eine gewaltige Blase mit ihr kollidierte. Shawna knallte unsanft gegen die Brüstung, aber dies brachte sie wenigstens wieder zur Besinnung. Catfish hielt sie an einem Arm fest und schrie sie an. Das Rettungsboot lag vor ihnen.

Nun drangen ängstliche Schreie an ihr Ohr. Sie drehte sich um. Eine menschliche Fackel rannte auf das Geländer zu. Shawna war sich nicht sicher, glaubte aber, dass es Vraebel war. Der Brennende lief gegen die Stangen und stürzte dann darüber hinweg in die Dunkelheit.

Das Deck neigte sich nun der Gegenseite zu, und plötzlich schaute sie hinab in den Ozean. Die brausenden Wellen und der heulende Sturm entzogen sich ihr, als etwas ihren Kopf traf und die Welt finster wurde.

***

Als Shawna erwachte, schaute sie zu Catfish hoch. Selbst im Dunkeln erkannte sie die Platzwunde an seiner Stirn. Sein Kinn ruhte auf seinem Brustbein, und er schnarchte.

Kaum dass sie sich aufgesetzt hatte, schoss ein stechender Schmerz durch ihren Schädel. *Wo bin ich?*, fragte sie sich – und dann fiel ihr alles wieder ein: die Bohrinsel … das Deck … die Schwärze … Thomas lebloser Körper, der hoch an den vom Sturm und durch Blitze zerrissenen Nachthimmel starrte.

Das Rettungsboot war groß. Da man es für zehn Personen gebaut hatte, erinnerte es eher an einen Fischkutter als ein Transportmittel für Notfälle. Shawna schleppte sich zu einem der Bullaugen und blickte hinaus auf das Meer.

Mondlicht fiel durch Lücken in der Wolkendecke, doch zu sehen gab es nichts als bewegte See. Sie hatte keine Ahnung, wo sie waren oder wohin sie treiben würden. Etwas in der Kabine piepte, aber sie war zu müde, um danach zu suchen. Sie wusste ohnehin, was das Geräusch verursachte – ein Notsignalsender.

PPE würde die Koordinaten des Rettungsbootes herausfinden, was bedeutete, dass auch sonst jeder sie erfuhr. Shawna zog an Catfishs Beinen, bis er flach lag, dann drehte sie ihn auf die Seite, damit er nicht mehr schnarchte. Während frische, salzige Meeresluft durch ein angerissenes Bullauge hereinströmte, kuschelte sie sich in der Dunkelheit an ihren Kollegen und wartete ab, was als Nächstes geschehen würde.

***

In der Mitternachtszone ist alles still. Es kommen keinerlei Geräusche außer dem nachhallenden Ächzen der Erde selbst auf.

Die schwelenden Grün- und Gelbtöne der Laternenfische oder die Phosphoreszenz gewisser Pflanzen stellen die einzigen Lichtquellen dar, die sich gegen das Dunkel behaupten.

Fast sechs Meilen von der Stelle entfernt, an der einst *Leaguer* auf dem Meer getrieben hatte, erstreckte sich nun ein neuer Graben. Dieser war viel tiefer als der frühere und so unregelmäßig in seinem Verlauf wie die Flatirons in der Nähe von Boulder im US-Bundesstaat Colorado. Die Explosion, in deren Zug er entstanden war, hatte keinerlei Spuren von dem hinterlassen, was zuvor unter dem Meeresgrund gewesen war. Ein Tsunami, der jetzt auf ein weit abgelegenes Land zusteuerte, blieb der einzige Beleg dafür, dass es je existiert hatte.

Ein Laternenfisch schwamm auf Nahrungssuche in den neuen Graben. Bald schlossen sich andere an. Ihre neue Heimat war tiefer, für sie jedoch genauso finster und lebenserhaltend wie die alte.

– E N D E –

DANKSAGUNGEN

Keine Erzählung entsteht im luftleeren Raum. Wir Schriftsteller saugen auf, was wir sehen, lesen und hören. Dieses Buch entstand aufgrund meiner Vorliebe für Monsterfilme wie »Das Ding aus einer anderen Welt« oder »Der Blob« von John Carpenter sowie tonnenweise Bücher, die ich als Kind gelesen habe. Seinen eigentlichen Ursprung fand es jedoch beim Brainstorming mit meinen Dead-Robots-Kollegen Terry Mixon und Justin Macumber. Wenn Autoren anfangen, mit Ideen um sich zu werfen, rauchen die Köpfe, und die Worte sprudeln nur so hervor. Ohne diese beiden und die folgenden Menschen wäre dieses Werk nicht entstanden:

THOMAS E. COOLEY

Mein Vater, ein Chemieingenieur, half mir dabei, dieses Buch umzusetzen. Seine Begeisterung für das Projekt und sein Rat als Wissenschaftler waren von unschätzbarem Wert für mich. Danke, Dad. Jegliche wissenschaftliche Unzulänglichkeit oder Fehler in Bezug auf die Ölindustrie gehen einzig und allein auf mein Konto.

JAKE BIBLE

Er ist mein Erzfeind. Wir beide haben uns schon manche Schlammschlacht in den sozialen Netzwerken geliefert und einander bedroht, aber mit jedem üblen Wort, das wir uns gegenseitig um die Ohren hauen, haben wir ein Lächeln auf den Lippen. Mr. Bible ist ein guter Freund, ein großartiger Schreiber und ein höllischer

Ansporn, war aber vor allem dafür verantwortlich, dass ich mit meiner Arbeit eine neue Heimat gefunden habe. Ich hasse es, ihm etwas schuldig zu sein, komme aber wohl nicht umhin, es zu gestehen. Vermutlich muss ich es ihm nun mit fiesen Verunglimpfungen heimzahlen.

Wie immer muss ich auch den Fiendlings danken. Sie fördern mich schon seit 2009 und schreien anhaltend nach mehr.

Paul E. Cooley, September 2014

EINE AN IDEEN NUR SO ÜBERQUELLENDE MIXTUR AUS **APOKALYPSE**, **HORROR-ROMAN** UND **SCIENCE-FICTION-EPOS**, DIE EINMAL MEHR McCAMMONS AUSNAHMESTELLUNG UNTER DEN MODERNEN FANTASTISCHEN AUTOREN UNTERMAUERT.

LUZIFER
VERLAG

Printed in Poland
by Amazon Fulfillment
Poland Sp. z o.o., Wrocław

93575933R00204